Jakob Wassermann

ENGELHART
oder
Die zwei Welten

Roman

Mit einem Nachwort von
Wolfdietrich Rasch

Langen Müller

© 1973 by Albert Langen · Georg Müller Verlag GmbH
Umschlaggestaltung: Peter Schimmel
Gesamtherstellung:
Jos. C. Huber KG, Dießen vor München
Gesetzt aus der 10 Punkt Garamond-Antiqua
Printed in Germany 1973
ISBN: 3-7844-1503-2

WASSERMANN · ENGELHART

Erstes Kapitel

Engelharts erste Kindheitserinnerung knüpfte sich an eine Feuersbrunst. Seine Mutter saß, mit einer Handarbeit beschäftigt, am offenen Fenster, der Knabe rutschte spielend auf dem Boden umher, in der Nähe eines Kochtopfes, in dessen Innern sich Überreste von Pflaumenmus befanden. Da wurde Frau Ratgeber durch einen Aufschrei von der Gasse her veranlaßt, zum Fenster hinauszuschauen. Neugierig kletterte Engelhart auf einen Stuhl, beugte sich über das Sims, und von der Mutter beim Ärmel festgehalten, sah er eine ragende gelbe Feuersäule, die fern aus der Tiefe der Straße emporschoß. Nachdem er das Schauspiel mit erstaunten Blicken betrachtet, kehrte er wieder zum Fußboden zurück und benutzte die anderswo hingelenkte Aufmerksamkeit der Mutter, um aus dem Pflaumentopf ein paar Fingerspitzen voll zu naschen.

Das Feuer hatte Engelhart so gut gefallen, daß er wünschte, die ganze Stadt möge vom Feuer zerstört werden. Am folgenden Tag um die Dämmerungszeit nahm er ein kleines Holzhäuschen aus dem Spielereikasten, begab sich damit und mit Zündhölzern versehen in den abgelegensten Winkel des Hofes, scharrte einen kleinen Sandhügel zusammen, trug Späne herbei, die immer zu haben waren, weil in dem anstoßenden Trakt ein Tischler wohnte, und machte im Innern des Gebäudes Feuer an. Die Flammen schlugen jäh aus dem kleinen Tor heraus, die durch grellrote Farbenflecke angedeuteten Fensterchen begannen zu zerfließen, der ganze Hof lag in lichterlohem Schein. Bald kamen Leute gelaufen, die den Miniaturbrand löschten und den Knaben verprügelten. Die Familie Ratgeber wohnte im ersten Stock eines Hauses, in dessen Erdgeschoß sich eine Wirtschaft befand. Jede Nacht drang großes Lärmen herauf, in jeder Sonntagnacht kam es zu einer Schlägerei, und ein Gestochener brüllte alle schlafenden Bewohner wach. Schlimmer war aber für Engelhart das allwöchentliche Schweineschlachten. Das Todesgeschrei schnitt ihm furchtbar durch die Brust, seine Phantasie war damit belastet, sein Denken wurde verdunkelt, und wenn das Tier unter dem letzten Messerstich ersterbend wimmerte, schlich Engelhart totenbleich in die Kleiderkammer, riß eine Schranktür auf und steckte den Kopf zwischen die hängenden Gewänder, um nichts zu hören. Es war ein Glück, daß seine Eltern, kurz nachdem er fünf Jahre alt geworden war, in die nah gelegene Theatergasse verzogen.

In jenem Sommer heiratete die jüngste von Frau Ratgebers Schwestern. Da die Hochzeit in Karlstadt stattfand, einem uralten Städtchen am Main, reisten Herr und Frau Ratgeber dorthin und nahmen Engelhart mit, während die beiden kleineren Geschwister, die dreijährige Gerda und der kaum ein Jahr alte Abel, unter der Obhut einer treuen Magd zu Hause blieben. Es war ein düster bewegter Tag, der Tag von Engelharts erster Eisenbahnfahrt. Der Knabe blickte mit dankbarem Gefühl auf den Vater, der, kaum daß die Fahrt begonnen hatte, ein gebratenes Huhn aus der Reisetasche nahm und mit dem ihm eigenen, seltsam verlegenen Schmunzeln verzehrte. Frau Agathe saß versonnen da, bisweilen seufzte sie oder warf einen flüchtigen Blick auf die Landschaft hinaus.

Das Hotel, in dem sie zu später Nacht ankamen, war ein früheres Kloster und hatte weitgewölbte Räume. Engelhart wurde in ein entlegenes Gemach geführt, wo vier Betten standen. Im blassen Kerzenlicht sah er mit verschlafenen Augen drei Mädchengestalten, und man sagte ihm, daß es seine Cousinen aus Gunzenhausen seien. Die Mädchen flüsterten und lachten, endlich trat die Jüngste, die schon im Hemd war, vor ihn hin und sagte, es schicke sich nicht, daß

Knaben bei den Mädchen schliefen. Er berief sich auf seine Mutter und kroch in einen Mauerwinkel, um sich in Eile zu entkleiden. Frau Ratgeber setzte sich zu ihm an den Bettrand, es wurde noch eine Weile hin- und hergesprochen, im Halbschlaf sah Engelhart einen haarumwallten Mädchenkopf, der sich über die Schulter seiner Mutter beugte, und schon auf der Schwelle des Schlummers taumelnd, starrte er noch einmal in das übermütige Gesicht seiner jüngsten Vetterin.

Am andern Tag war dann die Hochzeit. Während der Trauung hörte man die Braut weinen, es schien, als ahne sie ihr trauriges Schicksal voraus, während der Bräutigam, Herr Peter Salomon Curius, selbstbewußt und höhnisch lächelnd um sich blickte. Die Sache war die, daß es kein Geschöpf auf Gottes Erdboden gab, dem er sich nicht überlegen gefühlt hätte.

Als das Hochzeitsmahl zu Ende war, wurde Engelhart mit den andern Kindern ins Freie geschickt. Es war ein lieblicher Garten hinter dem Haus, voll von Apfel- und Kirschenbäumen. In dem dumpfen Trieb aufzufallen sonderte sich Engelhart von der Gesellschaft ab und schritt in einer den Erwachsenen abgelauschten Gangart in der Tiefe des Gartens hin und her. Und was ihm unbewußt dabei vorgeschwebt hatte, geschah; die jüngste Cousine suchte ihn in seiner aus Eitelkeit entstandenen Einsamkeit auf, stellte sich ihm gegenüber und blitzte ihn mit dunklen Augen schweigend an. Nach einer Weile fragte Engelhart um ihren Namen, den er wohl schon einige Male gehört, aber nicht eigentlich begriffen hatte. Sie hieß Esmeralda, nach einer englischen Tante, und man rief sie Esmee. Dieser interessante Umstand erweckte von neuem Engelharts prickelnde Eifersucht, und er fing an, prahlerische Reden zu führen. Ein gefährlicher Lügengeist kam über ihn, und zum Schluß stand er seinem wahnvollen Gerede machtlos gegenüber, und Esmee, die ihn mit immer größeren Augen angestarrt hatte, lief spöttisch lachend davon.

Um diese Zeit faßten seine Eltern den Beschluß, ihn, obwohl es zum pflichtmäßigen Schulbesuch noch ein Jahr Zeit hatte, in eine Vorbereitungsklasse zu schicken, die ein alter Lehrer namens Herschkamm leitete. Herr Ratgeber, der große Stücke auf Engelharts Begabung hielt und noch größere Erwartungen von seiner Zukunft hegte, war ungeduldig, ihn in den Kreis des Lebens eintreten, von der Quelle des Wissens trinken zu sehen. Er dachte an seine eigene entbehrungs- und mühevolle Jugend. Noch in den ersten Jahren seiner Ehe liebte er gehaltvolle Gespräche und gute Bücher und bewahrte eine schwärmerische Achtung für alles, was ihm geistig versagt und durch äußerliche Umstände vorenthalten blieb.

Nun war der alte Herschkamm ein recht seltsam gewählter Pförtner an den Toren der Bildung. Er war ein dicker kleiner Greis mit dem Wesen eines betrunkenen Kobolds. Er hielt sich beständig für überlistet und tanzte in Anfällen grenzenloser Wut von einem Ende der winzigen Schulstube zum andern; dabei hielt er einen langen Flederwisch in der Hand, mit dem er ein geisterhaftes Geräusch machte, er spie und gurgelte, stampfte, klopfte, brüllte, und alles um nichts, um ein harmloses Wort. Das Schauspiel füllte Engelharts Herz mit Bangigkeit, doch bald war er daran gewöhnt und heckte mit den anderen Knaben freche Streiche aus. Ein beliebtes Vergnügen war es, daß während des Unterrichts und während der kurzsichtige Herschkamm seine Figuren an die Tafel malte, einer um den anderen seinen Platz verließ und sich zur Tür hinausstahl, so daß schließlich nur noch zwei oder drei lautlos grinsend dasaßen. Dann begann das Tanzen und Fauchen, der Flederwisch wurde hervorgezogen, der Alte sauste hinaus und trieb die Schar vor sich her wie ein bellender Hund das gackernde Geflügel. Das Wunderbare war, daß dieses wütigtolle Männchen sonst in jeder Beziehung ein sanftes, ja demütiges Benehmen zeigte. Er lebte mit einer uralten Schwester, und oftmals, an Sonntagen und schönen Sommerabenden, sah man die beiden Arm in Arm friedlich und den Bekannten zulächelnd durch die Alleen am Bahnhof trippeln.

Der Weg nach Herschkamms Schule führte Engelhart täglich am städtischen Waisenhaus vorüber, und täglich sah er die Waisenknaben, schwarz gekleidet, mit schwarzen Mützen und bleichen Gesichtern in Hof und Garten wandeln, ein auffallendes Gegenbild zu der Ungebundenheit und dem rohen Übermut seiner Kameraden. Bisweilen begegnete er ihnen, wenn sie in langem Zug durch die Straßen gingen; ihr leiser Gang, ihr murmelndes Sprechen, ihr scheues Auge bedrückten und erschreckten ihn, oft sah er im Traum den langen Zug vorüberziehn, schwarz und bleich wie Kadetten des Todes.

Zu solchen Bildern gesellten sich Erzählungen und Märchen. Ratgebers hatten seit Jahren eine Magd namens Katti, und von dieser wurde Engelhart sehr geliebt. Sie stammte aus Heilsbronn und hatte neben fränkischer Herbheit auch das Gemüthafte und Phantasievolle, das dem schwäbischen Wesen eignet. Um die Dämmerungsstunde, am liebsten im Winter und späten Herbst, wenn die Arbeit getan war und die Küche vom Glanz des geputzten Geschirrs strahlte, nahm sie den Knaben bei der Hand, kauerte mit ihm zum Ofen, und während sie aus Holzscheiten Spreißel riß und die Stücke behutsam vor sich hin legte, erzählte sie ihm Geschichten. Es war gut, daß in der Person der Magd das Volk zu ihm redete und seine vielfache, zu Sage und Gedicht verwebte Not und Lust, aber es war schlimm, daß ihm auf andere Weise die Wirklichkeit entrückt ward und daß er sich selber zum Gegenstand phantastischer Vorstellungen machte. Er schuf sich den Wahn, daß er ein Kind von königlicher

Abkunft sei, daß ihm der Thron vorenthalten werden solle und daß Abenteuer gefährlicher Art ihn einst auf dem Weg seiner Sendung erwarteten. Es kam so weit, daß er der Eltern in mitleidiger Herablassung gedachte und den Geschwistern durch einen beziehungsreichen Hochmut unleidlich wurde. Jedes Geringfügige gewann einen besonderen Glanz, schon allein das bloße Hinrollen von Tag und Nacht, und Sinnloses erhielt einen tiefen Sinn. Frau Ratgeber hatte einen Verwandten in der Stadt, einen alten Sonderling namens Zederholz, man nannte ihn kurzweg Vetter Zederholz. Er kam oft an Sonntagen zu Besuch, wobei er sich der Mutter gegenüber mit veralteter Galanterie gebärdete; Engelhart aber reichte er jedesmal mit einer tiefen Verbeugung die Hand und sagte mit dem Ausdruck feierlicher Hochachtung, wobei er den Zeigefinger hob: »Engelhart ist eine Kapazität.« Obwohl der Knabe nicht wußte, was das Wort zu bedeuten habe, legte er es in der für seine Einbildung günstigen Weise aus und schmückte sich damit.

Seine Mutter konnte den Hirngespinsten wenig entgegensetzen, denn ihre zurückhaltende und geschehenlassende Natur war überhaupt nicht geeignet, gegen so bestimmte und absurde Neigungen anzukämpfen. Frau Agathe verkehrte selten mit andern Frauen, sie war viel allein und wurde von schlimmen Ahnungen geplagt. Sie hatte etwas Fernhaltendes für Menschen, sei es durch ihre Schönheit (man nannte sie die schönste Frau von Franken), sei es durch eine angeborene Traurigkeit des Herzens. Herr Ratgeber konnte sich nur in seinen Ausruhestunden lebhafter des Sohnes annehmen. Er war über den größten Teil des Jahres auf Reisen, die Mühseligkeit der Geschäfte stumpfte ihn ab. Er war noch immer von den ungeheuersten Hoffnungen für die Zukunft erfüllt, obgleich ihm seit Jahren nichts Rechtes gelingen wollte. Er war immer voll von Plänen, Pläne und Entwürfe besaßen eine außerordentliche Macht über sein

Gemüt, aber etwas verkettete, verstrickte ihn, er blieb im Kleinen stecken, er kam nicht vom Pfennig los. Der beständig sich erneuernde Kummer darüber trug dazu bei, die Stimmung zwischen ihm und seinem Weibe zu verdunkeln, der Ehrgeiz hielt ihn ab, sich mit völliger Offenheit zu geben, und jenes edlere, der gröbsten Notdurft abgewandte Dasein, von dem sie beide vielleicht geträumt, blieb eben ein Traum. Frau Agathe ließ sich nichts merken, alles Leiden preßte sie in ihr dämmerndes Innere zurück, nur bisweilen, etwa in einem Brief an ihre Geschwister, brach es wie ein fahler Blitz hervor, gegen ihren Willen und sie selbst erschreckend.

Zweites Kapitel

Noch war der Knabe im Schlaf, im tiefen Schlaf des Unbewußtseins, und höchstens ein Traum ließ ihn Leben ahnen. Spiel war ihm alles, Spieltrieb erfüllte ihn ganz. Abends, wenn er schon im Bette war, die Mutter saß bei der Lampe und nähte, spielte er mit Stahlfedern, gebrauchten Zündhölzern und einigen Bleisoldaten folgendes Spiel: Er hielt die Knie unter dem Deckkissen so gespreizt, daß dieses allerlei Erhöhungen, Falten und Mulden bildete, und darin sah er nun ein unheimlich zerklüftetes Gebirge mit finsteren Schluchten und schroffen Gipfeln. Die Söldnerscharen begingen die Höhen und Tiefen und kämpften mit Zwergen und wilden Tieren; vom gespensterhaften Schein der Lampe bestrahlt, schwebten Feen über das Bettgebirge, und den Schluß bildete ein gewaltiges Erdbeben, die Geister und Soldaten flehten um Gnade, aber Engelhart war gesonnen, die Rolle des Weltenschöpfers mit Konsequenz zu vollenden, mitleidlos fielen seine Knie nieder, und das malerische Felsenland ward zu einer öden Ebene, Weltennacht brach herein. Oft ermahnte die Mutter zum Schlaf, oder Katti kam und warf eine moralische Bemerkung hin, während sie mit der Herrin die Ausgaben verrechnete. Bevor Frau Agathe in ihr Schlafzimmer ging, pflegte sie eine Weile zu ruhen und zu denken, ihr Kopf mit der hohen Haarkrone beugte sich tief herab, und ein Seufzer war das Ende ihres Sinnens. Woran mochte sie denken? An ihre Einsamkeit? An die Kinder? An den frühen Tod?
Bald machte sich an Engelhart eine übergroße Begehrlichkeit bemerkbar, und oft glaubte er nur in die Welt gesetzt zu sein, um die Welt zu besitzen, um alle ihre Schätze an seine Brust zu drücken, liebend oder hassend. Wie hätte er

auch Grenzen finden sollen? Das Auge ist unersättlich. Einmal hing er seine Lust an eine Orange. Orangen waren teuer, man konnte sie nur beim Konditor haben, aber Engelhart wußte Rat. Er ging um jene Zeit schon in die öffentliche Schule und erhielt jeden Morgen von der Mutter drei Pfennige, damit er sich ein Vesperbrot kaufen konnte. Er berechnete, daß er sich siebenmal das Vesperbrot vorenthalten müsse, um in den Besitz der Orange zu gelangen, und er unternahm es. Das Geld versteckte er in einem heimlichen Winkel, und als die Frist verstrichen war, schlich er aufgeregt und eilig zum Konditor. Es gab ein sonderbares Geklapper, als er seine Kupfermünzen auf den Steintisch legte. Es geschah nun, als er den Laden verließ, daß plötzlich sein Vater vor ihm stand. Herr Ratgeber sagte nichts, und Engelhart sagte nichts; jeder merkte an des andern Schweigen, wie die Sache stand. Herr Ratgeber löste die mühsam erworbene Frucht aus der umklammernden Hand des Knaben; vom Hause gegenüber sah der Major Friedlein zu, der Tag für Tag von morgens bis abends aus dem Fenster lehnte, eine lange Pfeife rauchte und in seinem pechschwarzen Bart finster aussah, wie das Gewissen der ganzen Stadt. Zu Hause gab es ein scharfes Verhör und Vorwürfe, auch von der Mutter. Das wäre in Ordnung gewesen, aber von seiner Orange bekam er nichts mehr zu sehen, und es ritzte ihn wie ein giftiger Stachel unerträglich das Gefühl erlittener Ungerechtigkeit.

Kurz danach war Weihnachten, und Engelhart begab sich mit Bruder und Schwester auf die Christbaumbesuche. Da sie Juden waren, hatten sie keinen Baum zu Hause, aber mitten unter protestantischen Christen lebend, blitzte die fremde Festtagslust bis in ihre öden Zimmer, und allein die Sehnsucht trieb sie fort. Wie Bettelkinder gingen sie von Haus zu Haus und wurden überall wohl aufgenommen und mit Lebkuchen und Nüssen beschenkt. Wenn er die strahlenden Menschen, die strahlenden Räume sah, dachte Engelhart, daß es traurig sei, ein Jude zu sein. Am liebsten verweilte er dann bei Webers unten im Haus. Da waren zwei Schwestern mit Namen Thekla und Selma. Sie waren Waisen und wohnten allein bei der Großmutter. Die Mutter hatte sie unehelichen Standes geboren und hatte ein abenteuerndes Leben durch Selbstmord geendet. Die alte Frau Weber war wunderlich; sie war sehr dick und haßte die Menschen. Daß sie Engelhart und seine Geschwister an den Weihnachtstagen zu sich lud, geschah aus einer Vorliebe, die sie für Frau Ratgeber hatte. Aber sie ließ nicht alle drei zur gleichen Zeit ein; eins mußte nach dem andern kommen und durfte nicht länger als eine Stunde weilen. In den Zimmern hatte alles ein geheimnisvolles Aussehen; die Schwestern spielten still vor sich hin, die Großmutter saß auf einem erhöhten Tritt beim Fenster und las in einem dicken Buch. Thekla war ein robustes Geschöpf, das den ganzen Tag arbeitete, kochte, Wasser schleppte und die Böden fegte. Die sechsjährige Selma war dagegen zart und fein. Stirn, Wangen und Hände waren fein an ihr, auch die Haare waren beinahe weiß. Ihr Anblick erschreckte Engelhart. Ähnliches spürte er in der Nacht, wenn er, aufwachend, die Ruhe der Welt bis ins Herz empfand und, hinaushorchend, in ihrer Grenzenlosigkeit sich nie zurechtzufinden fürchtete. Einmal kam er an einem Winternachmittag von der Schule zurück und fand niemand zu Hause. Er läutete mehrmals, die Glocke schrillte wie Gebell durchs Haus, schließlich stieg er langsam besinnend die Treppen hinab, und da er das Gatter bei Webers offen stehen sah, ging er hinein, um zu fragen, wo seine Leute seien. Er hatte Hunger. Er öffnete die Türe der fremden Wohnung und sah nun Selma nackt, wie Gott sie erschaffen, vor einem Badetrog stehen; ihre Kleider, von Schnee und Schmutz bedeckt, lagen daneben. Engelhart war erstaunt und ergriffen; das Menschenbild gefiel ihm.

Selma wandte ihm das Gesicht zu, ihre Augen blickten träg und mißmutig, und plötzlich lief sie unhörbar ins Nebenzimmer. Die alte Frau Weber drehte sich auf ihrem Stuhl beim Fenster um, und als sie das demütig-bestürzte Gesicht des Knaben gewahrte, lachte sie mit tiefen männlichen Tönen.

Als es Frühling wurde, durfte Engelhart an Sonntagnachmittagen mit seinem Vater nach Altenberg gehen, einem kleinen Dorf zwischen Nürnberg und Radolzburg, wo Herrn Ratgebers Vater wohnte. Der alte Ratgeber, wie er allgemein, auch bei den Bauern, genannt wurde, war Seiler, und oft schaute Engelhart zu, wenn der Greis dort im steingepflasterten Hof mechanisch auf- und abschreitend seine Stricke drehte. Auf ihm lastete die Zeit und die Sorge sichtbar. Er war gewöhnlich dumpf und müde, aber ein höherer Glanz ging von ihm aus, wenn er von seiner Gesellen- und Wanderzeit erzählte. Er hatte die Welt gesehen, und er sprach mit scheuer Verehrung davon: »Als ich im Jahr dreißig nach Wien kam«, sagte er und berichtete, bei welchem Tor er eingezogen und durch welche Straßen er gegangen war. Er meinte, damals sei das Leben noch lebenswert gewesen. Im Jahre dreißig? dachte Engelhart; er wußte nicht, daß achtzehnhundertdreißig gemeint sei, und er sah im Großvater eine Figur von mystischem, gotthaftem Alter. Bisweilen war auch der Bruder des Herrn Ratgeber anwesend. Die beiden Brüder hatten gemeinschaftlich das Geschäft in der Stadt, aber sie waren feindselig gegeneinander gestimmt. Herrn Ratgebers Bruder Hermann war ein Mann, der nichts in der Welt liebte außer seiner eigenen Person, die aber gründlich. Er pflegte mit selbstzufriedenem Schmunzeln von seiner Geschicklichkeit im Sparen zu sprechen, von seiner trockenen Geschäftspraxis; für die geistigere überschauende Art des älteren Bruders hatte er kein Verständnis, er bezeichnete diese Art als phantastisch und ging ins-

geheim mit dem Plane um, die Firma ganz an sich zu bringen. Er hatte den siebziger Krieg als Trompeter mitgemacht; es war auch in seiner Stimme etwas Trompeterartiges, aber wenn er schwieg, sah er scheu und schläfrig aus.
Einmal erzählte Frau Agathe Engelhart auch von ihren verstorbenen Eltern. Es war an einem schönen Tag im Mai, und er ging mit der Mutter über die Wiesen jenseits der Maxbrücke und gegen die Wolfschlucht. Dort setzten sie sich unter einem Kastanienbaum nieder, Frau Ratgeber nahm ihre Handarbeit, und dann begann sie seltsam kameradschaftlich mit dem Knaben zu sprechen; seine Fragen führten auf den Weg ihrer eigenen Gedanken.
Ihr Vater war ein weitgewanderter gebildeter Mann von lebhaftem Geist gewesen. Er hatte an der Rhône, in Marseille, in der Lombardei und in Zürich gearbeitet, und als er mit nicht geringen Ersparnissen in seine unterfränkische Heimat zurückkehrte, kaufte er vier Webstühle, nahm vier Gesellen ins Haus und machte sich in kurzer Zeit als Verfertiger solider Ware unter den Abnehmern bekannt. Nun dachte er daran, sich zu verheiraten. Auf der Heimreise hatte er in Uhlfeld bei Fürth ein überaus schönes Mädchen aus vornehmer Judenfamilie kennengelernt, und er hielt um ihre Hand an. Nun war es üblich, nicht nur, daß der Mann im Haus der Braut einen Besuch abstattete, sondern, daß auch das Mädchen ins Haus des Bräutigams kam, und zwar allein. Daher machte sich die schöne Uhlfelderin auf und marschierte drei Tage lang zu Fuß, da eine Postfahrt zu viel Geld gekostet hätte, nach Sonnenhausen am Main. Wenn ihr das Gehen in den Stiefeln beschwerlich wurde, zog sie diese aus und stopfte sie in das Bündel auf ihrem Rücken. Der Bräutigam kam ihr bis Ochsenfurt entgegen.
Die Weberei nahm einen guten Aufschwung, die Familie geriet in Wohlstand und konnte einen Weinberg, ein Stück Ackerland und einen Gemüsegarten erwerben. Dazu brachte

Herr David Herz einige Verbesserungen an den Webstühlen an. Aber mit einemmal kamen die Maschinenwebstühle auf, und Tausende der kleinen Webmeister gingen rasch zugrunde. David Herz wartete nicht das letzte Ende ab, er schickte die Gesellen fort, ließ die Stühle auf den Speicher bringen und eröffnete einen Tuchladen. Weil aber keine Käufer kamen, mußte man mit den Waren über Land gehen, doch war es nach damaligem Gesetz den Juden strenge verboten zu hausieren und das Gesetz mußte umgangen werden, wenn anders die Familie vor Hunger bewahrt bleiben sollte. Nach und nach waren zehn Kinder auf die Welt gekommen, die ältesten halfen schon, sie mußten bei Nacht und Nebel mit dem Warenbündel auf Schleichwegen in die Dörfer wandern, und die Gendarmen mußten mit kostbarem Geld bestochen werden. Aber es wurde noch schlechter, Mißernten kamen, politische Finsternis hielt die Regsamkeit des Landes und der Gewerbe in Fesseln, Emilie, die Älteste, sollte vorteilhaft heiraten, aber das sogenannte Matrikelgesetz erschwerte auf die grausamste Weise die Ehe der Juden. Sechs Kinder starben innerhalb dreier Jahre hinweg, darauf folgte die Mutter, erschöpft an Leib und Geist und Seele, und der Vater war ebenfalls gebrochen durch die Zeiten. Ihn hatte das Handwerk betrogen, die Erde gab ihm keine Frucht, er verlor den Glauben an Gott und an die Menschheit und starb, noch nicht fünfzig Jahre alt. Kaum war er tot, so blies ein frischer Wind in die Welt.
Engelhart ward betrübt an der Erzählung. Das Ereignisvolle daran, Tod, Krankheit, Armut, prägte sich ihm unvergeßlich ein. Als er mit der Mutter nach Hause wanderte, begann schon der Mond in die silberne Abenddämmerung zu blinken. Frau Agathe nahm den Knaben bei der Hand, und sie schritten schweigsam dahin. Engelhart begriff plötzlich, daß seine Mutter nicht glücklich war.
Unter seinen Mitschülern hatte er keinen Kameraden. Es

waren fast lauter Armeleutkinder, Söhne von Fabrikarbeitern. Zu Hunderten kamen sie des Morgens aus den Rändern der Stadt, barfuß auch im Winter, Löcher in den Hosen, mißfarbene Flecke auf den Ärmeln. Während der Spielviertelstunden stand Engelhart am Gitter des Schulhofs und starrte die hohe Mauer hinab auf den Pegnitzfluß. Das Hingleiten des Wassers zog ihn an, Papier, Blüten und Holzstücke schwammen auf der glatten Fläche.

Eines Nachts erwachte Engelhart und merkte, daß fremde Leute in den Zimmern waren, Leute mit einem ängstlichen und geschäftlichen Wesen. Herr Ratgeber war von der Reise zurückgerufen worden und kam spät nach Mitternacht. In dem Raum, wo Engelhart lag, blieb das Licht brennen; bald kam einer und schraubte es höher, bald ein anderer und drehte es tiefer, sie flüsterten, sie lächelten, und da sich der Knabe schlafend stellte, achteten sie nicht ihrer Worte, und er fing ein paar Wendungen auf, die ihm zu denken gaben. Da hörte er aus dem Zimmer der Mutter ein Stöhnen, das ihm durch Mark und Bein ging. Er richtete sich auf, sah sich allein und lauschte. Die erschütternden Töne wiederholten sich. Er sprang aus dem Bett, schlüpfte mit Eile in die Kleider und wollte zur Mutter. Aber eine unbezwingliche Scheu hielt ihn zurück, Ahnung nicht, Halb-Ahnung vielleicht. Er lief in die Küche. Katti saß am Herd; ihr liefen Tränen über die Backen, doch trank sie mit ziemlicher Seelenruhe eine Schale aufgewärmten Kaffees. Sie begehrte auf, als sie des Knaben ansichtig wurde, er entwischte ihr und begab sich in den Hof, setzte sich, in der Nachtkühle schauernd, auf die Hühnersteige und schlief dort unversehens ein. Er schlief über eine Stunde, das Krähen des Hahns weckte ihn auf, da ging er ins Haus zurück und begegnete auf der Treppe der Tante Iduna Hopf, einer Verwandten des Herrn Ratgeber. Sie war groß und hager, ein riesenhafter grüner Schal hing um ihre Schultern, mit stren-

gem Erstaunen betrachtete sie den Knaben und sagte endlich mit zweideutigem Lächeln und unehrlicher Kameraderie in ihrer hellen Stimme: »Nun, Engelhart, der Storch ist zu euch gekommen und hat ein Brüderchen gebracht. Hast du ihn nicht klappern gehört?« Engelhart senkte den Kopf, dachte nach und erwiderte: »Nein, ich habe die Mutter weinen gehört.«
Es malte sich in seinem Bewußtsein dies: nicht daß ein Kind gebracht, sondern daß es geboren worden sei. Eine tote Buch- oder Zeitungswendung wurde in seinem Geiste flammend lebendig. Am anderen Tage ging er zu Fräulein Frühwald, die mit Ratgebers auf demselben Flur wohnte. Fräulein Frühwald war eine Person, die immer Neuigkeiten wissen wollte, eine richtige Spionin. Das einzige Zimmer, das sie innehatte, war voll von Sägespänen, denn sie verdiente ihren Unterhalt damit, daß sie Blechkapseln glänzend machte. Während sie Engelhart in ein Gespräch zu verwickeln suchte, schlug dieser ein umfängliches Buch auf, das auf dem Tisch lag. Es war die Bibel, Altes und Neues Testament. Er blätterte unschlüssig umher, da fiel sein Blick auf die Stelle: »Gideon aber hatte siebzig Söhne, die alle aus seiner Lende entsprossen waren, denn er hatte viele Weiber.« »Was ist das, eine Lende?«, fragte er das unablässig redende Fräulein. Sie antwortete, eine Lende sei ein Stück Fleisch. »Auch beim Menschen ein Stück Fleisch?« fragte er. »Gewiß«, rief sie lachend und schlug sich auf die Hüfte, »hier«.
Er kam nun öfter als bisher zu Fräulein Frühwald, die für jede Gesellschaft dankbar war. Er setzte sich an den Tisch und las in der Bibel. Doch erwuchs ihm wenig Verstand daraus, obwohl er das Fabelmärchen leicht begriff. Die erwachten Zweifel über Geburt und Geborenwerden fanden Nahrung, doch keine Lösung; Unverstehbares mischte sich mit der geahnten Natur, die er auch in seinem Innern beben und

wachsen fühlte. Eines aber riß sein Gemüt hin, vielleicht weil es mit Worten nicht ausgedrückt war, nämlich das Landschaftliche: Die Finsternis des Anfangs, das Paradies mit seinem Frieden, die Wasserflut und die um den Berg Ararat neu sich hebende Welt, der Turmbau im babylonischen Land, der Brand der sündhaften Städte und das Meer über ihnen. Mit anderen Augen als bisher trat er unter den freien Himmel; es war ihm derselbe Himmel, der jene Länder und Zeiten überwölbt hatte, und wie eine Stirn die Erinnerung des Gelebten aufbewahrt, glaubte er im Firmament das Andenken jener gewaltigen Ereignisse vergraben. Als er zum erstenmal wieder die Mutter sehen durfte, vermochte er kein Wort über die Lippen zu bringen. Stumm blieb er am Bette stehen, als sie mit der alten klaren Stimme einige belanglose Fragen stellte. Zuerst wunderte sich Frau Agathe, dann schalt sie, noch halb gutmütig, dann wandte sie sich unwillig, ja verletzt von ihm ab. Als Herr Ratgeber nach Hause kam, berichtete sie über die sonderbare Verstocktheit des Knaben. Herr Ratgeber glaubte nun, daß Engelhart irgend etwas Lichtscheues angerichtet habe, er nahm ihn bei der Hand, führte ihn ins Fremdenzimmer und fing ebenfalls an zu fragen. Die aufgerissenen Augen und das unbewegliche Stillehalten des Knaben bestärkten seinen Verdacht, er wurde zornig und schlug Engelhart mit Heftigkeit ins Gesicht. Die unbegreifliche Tat entpreßte dem Gezüchtigten Tränen, es schien ihm, als ob die Unbill alles Maß übersteige, es erfaßte ihn auf einmal ein Gefühl von Liebe für etwas Unsichtbares, Unnennbares, das außerhalb der Welt lag, in der er sich bewegte.

Zwei Tage lang durfte er nicht zur Mutter. Am dritten entschloß er sich, ohne Erlaubnis an ihr Bett zu kommen, um sie zu versöhnen. Doch sie hatte Besuch. Der alte Ratgeber aus Altenberg war da und außerdem dessen Vater, der also Engelharts Urahn war, ein Mann von sechsundneunzig

Jahren. Er lebte in Rot am Sand, zwei Stunden hinter Nürnberg. Ein zottiger Bart von rötlich weißer Farbe schloß das ungemein große rote, zerwühlte, volle Gesicht wie in einen Rahmen. Als er Engelhart gewahrte, hielt er die Hand wie einen Schirm an die dicken Brauen und stierte mit den scheu versteckten Augen auf ihn wie auf etwas Weitentferntes, Winziges, gleich als ob er zeigen wollte, daß achtundachtzig Jahre zwischen ihm und diesem Kinde lägen. Er griff in die Manteltasche und reichte mit der zitronengelben Hand Engelhart zwei halbverschimmelte Schokoladestückchen. Seit dreißig Jahren war er nicht in der Stadt gewesen, und nicht etwa die Liebe zu seinem Geschlecht hatte ihn angetrieben, sondern die bloße Neugierde zu sehen, was die Zeiten gebracht hätten. Der andre Alte verhielt sich gleichmütig, der Besuch des Vaters war ihm, dem Siebzigjährigen, eine Last. Frau Agathe blickte mit stiller Verwunderung auf die beiden Greise, von denen keiner um die Nähe des Grabes zu wissen schien.

Drittes Kapitel

Mitte Juli mußte Herr Ratgeber eine große Reise antreten, die ihn für einige Monate von seiner Familie trennte. Frau Agathe beschloß, diese Zeit auf dem Lande zuzubringen und mit den Kindern zu ihrer Schwester Emilie Wahrmann nach Gunzenhausen zu reisen. Ihr Leib, ihr Geist bedurften der Ruhe. Sie hatte schon längst gespart für diese längst ersehnte Reise. Die Tage vor der Fahrt vergingen mit vielfacher Arbeit. Noch in der letzten Stunde war sie im sogenannten grünen Zimmer damit beschäftigt, die Polstermöbel zu überziehen, die Jalousien herabzulassen, Kampfer zu streuen; dann stand sie ermüdet auf der Schwelle, ihre Gestalt hob sich schmal aus dem Dämmer des verdunkelten Raums, sie war blaß von dem überstandenen Wochenbett, die Stirne, für eine Frauenstirn ungewöhnlich hoch, war an den Schläfen wie Marmor von schönen blauen Adern durchzogen, ihre grauen Augen hatten einen doppelten Blick, den nach außen für die Gegenstände und den ruhigen, warmen süßen Blick nach innen für das Unbekannte.
Die Familie Wahrmann bewohnte ein ziemlich geräumiges einstöckiges Haus an der Straße, die vom Tor des Blasturmes aus gegen den Burgstall-Wald führte und wenige hundert Meter weiter schon Landstraße wurde. Auf jeder Seite standen etwa zwanzig solcher Häuser von ganz gleicher Bauart, und zwischen je zweien war ein kleiner Garten oder Hof, alles von friedlich-heiterer Gemütlichkeit erfüllt. Frau Agathe fand hier das, was sie vom Leben einzig wünschte: Sorglosigkeit. Die Erinnerung an ihre Mädchentage erwachte, denn hier hatte sie, nachdem der Vater gestorben war, bis zu ihrer Verheiratung gelebt, hier hatte sie manche Nacht durchtanzt, hier hatte sie Herr Ratgeber zum

erstenmal erblickt. Nun war sie wieder da, von liebreicher Gastfreundschaft gehegt, und vier Kinder mit ihr als Zeugen der verflossenen Jahre. Ihre gehobene Stimmung wirkte wie ein seelenvolles Leuchten auf die Gemüter der anderen Hausbewohner.

Engelhart vertrug sich gut mit den Cousinen. Helene, die älteste, liebte es besonders, ihn zu necken. Nicht einmal seine Gedanken waren vor ihrem Spott sicher. Sie war niemals schlecht gelaunt, sie entdeckte mit Scharfblick an jedem Menschen die komische Seite, und jeder bot ihr daher unerschöpflichen Stoff zu lachen. Sie hatte aber auch Respekt für geistige Dinge, für gute Bücher, es war nichts Kleinstädtisches in ihr. Ganz anders Jettchen, die zweite. Sie war eine trübe Träumerin, stets von Unzufriedenheit und zielloser Eifersucht erfüllt. Sie neigte schon als Kind zu einer sonderbaren, halb schwärmerischen, halb gottmeisternden Frömmigkeit, und da sie häßlich war, sprach sie gern mit Verachtung von dem eitlen Wesen schöner Mädchen. Die jüngste nun, Esmee, hatte etwas Teuflisches für Engelhart; er fürchtete sie, wenn sie alle an den Sommerabenden auf der Straße wandelten und sich das Mädchen lächelnd an ihn drängte, ihren Arm in den seinen schob und beim Sprechen ihr Gesicht so nah wie möglich an das seine brachte. Sie war immer von einem einzigen Zustand vollkommen beherrscht, von Wildheit oder Angst, Müdigkeit oder Begierde. An Regentagen gebärdete sie sich oft, als wolle sie vor Ungeduld die Mauern niederreißen, und im Wald pflegte sie mit schmetternder Stimme zu singen:

> In den Garten wollen wir gehn,
> Wo die schönen Rosen stehn,
> Stehen der Rosen gar zu viel,
> Brech ich mir eine, wo ich will.

Am Anfang des Waldes stand ein Wirtshaus, kurzweg die »Höhe« genannt, und an Sonntagen pilgerte das halbe

Städtchen dort hinauf. Engelhart fand sich dann unbehaglich in dem Menschentrubel und er schlich davon, in den Wald. Er hatte einen Lieblingsplatz, mitten im Dickicht, unter einer alten Eiche, nahbei war ein Ruinenstein der römischen Mauer. So saß er einmal, bevor der Abend kam, und lauschte auf die Tanzmusik, die von der »Höhe« herüberklang. Da legten sich zwei kleine Hände über seine Augen und eine zarte Stimme wisperte: »Wer bin ich.« Eigensinnig schwieg er still, und als sich Esmee schmollend an seine Seite setzte, herrschte er sie an: »Warum bist du mir denn nachgelaufen?« Sie antwortete nichts, sondern schüttelte heftig ihr lose hängendes Haar. Er verfiel wieder in sein verstocktes Schweigen. Es flogen Glühwürmer auf, hinter dem Weg schimmerte es goldgelb vom Mond, aus dem Westen brummte dumpf der Donner. Plötzlich sprang Esmee auf, packte blitzschnell mit beiden Händen Engelharts Kopf und biß ihn ins Ohr. Es schien, sie lief davon, ihr Lachen vermischte sich mit dem Rascheln der Zweige, Engelhart eilte ihr nach. Als er in den Wirtsgarten kam, hatten sich die Gäste schon in den Saal geflüchtet, da es zu tröpfeln anfing. Esmee stand auf der obersten Stufe der Terrasse. Sie hatte einen Zipfel ihres Taschentuches zwischen den Zähnen und riß daran, während sie in den Saal blickte, die Augen in unheimlicher Wildheit funkelnd.

Die Tanzenden ließen sich durch den herangrollenden Donner nicht irre machen. Engelhart trat, mit der Hand das schmerzende Ohr bedeckend, in den Saal und gewahrte unter den ersten Paaren, die sich zum Walzer anschickten, seine Mutter und den Leutnant Siderlich. Er erstaunte über ihr Aussehen, über ihre roten Wangen, ihre glänzenden Augen. Ihre Bewegungen, wenn sie dankte, den Kopf zur Schulter neigte, den Fuß zum Tanz vorsetzte, hatten etwas Fräuleinhaftes.

Der Leutnant Siderlich lag schon seit zehn Jahren mit einer

Halbkompagnie im Ort, man sagte, daß es eine ewige Strafversetzung sei. Er wohnte bei Wahrmanns zur Miete, doch gingen diese mit dem Plan um, ihm zu kündigen, da er in der letzten Zeit so oft betrunken war. Das gewöhnliche Volk nannte ihn wegen seiner Länge und außerordentlichen Magerkeit den Lattenhanni. Er verkehrte mit niemandem, hatte weder Kameraden noch Freunde und empfing oder schrieb nie einen Brief. Jeden Abend um acht Uhr ging er ins Gasthaus zur Post und verzehrte sein kärgliches Nachtessen dort. Wenn er fertig war und neben seinem Tisch bekam etwa ein anderer Gast zu essen, so beugte er sich gegen dessen Teller herüber und sagte, mit der Zunge schnalzend, gierig und überrascht: »Ah, das ist aber ein schöner Braten, so einen Braten bekomme ich nie«, oder »Das ist aber ein kolossaler Fisch, so einen bekomme ich nie.« Hierauf rief er die Kellnerin oder den Wirt und fragte mit trauriger Stimme: »Warum bekomme ich nie eine so große Portion wie der Herr Expeditor?« – »Aber ich bitte, Herr Leutnant«, sagte der Wirt, »es ist ganz genau dasselbe Stück.« Beim nächtlichen Nachhausegehen nahm er sich auf der Straße sehr zusammen, kaum hatte er jedoch die Haustüre bei Wahrmanns aufgesperrt, so stimmte er einen greulich unmelodischen Gesang an und stolperte geräuschvoll die Stiege empor.

Seit Frau Ratgeber im Hause weilte, betrank er sich nicht mehr und verwendete größere Sorgfalt als bisher auf seinen Anzug. Am Morgen nach dem kleinen Tanzfest schickte er seinen Burschen mit einem Strauß von Rosen und einer Visitenkarte, auf deren Rückseite in sorgfältig gemalten Buchstaben zu lesen stand: »Schönheit besiegt ein jedes Herz, und sei es auch so hart wie Erz.« Bald danach hörte man ihn mit klingendem Wehrgehänge die Stiege herabpoltern, er machte im Frühstückszimmer seine Aufwartung, aber seine Haltung verlor an Sicherheit, als die Kinder, durch sein wunderliches Grimassenschneiden belustigt, kichernd entflohen.

Es nahte die Zeit der Reife, das Obst auf den Bäumen wurde schwer. Täglich wanderten die Kinder in die Beeren. Tief im Wald, an einem verlorenen Hang war eine besonders ergiebige Brombeerstelle, die Haselnüsse dagegen wuchsen drüben in der Ebene, in der sogenannten Spittelhift beim Fallweiher. Spät nachmittags zog die belebte Schar heimwärts, die Mütter kamen auf der Landstraße entgegen und freuten sich der reichen Ausbeute. An einem schönen Septembertag brachen beide Familien morgens um fünf Uhr auf und fuhren mit der Bahn nach Pappenheim, wo sie von Bekannten zur Obstlese eingeladen waren. Engelhart, sich von den Seinen mit Absicht entfernend, schritt durch den riesengroßen Garten, der über mehrere Hügel hingebreitet war, und sah ein Schloß, das den Gipfel eines Berges krönte. Es wurde ihm feurig zu Sinn; als er wieder zu den anderen zurückkehrte, stieß er ein Jubelgeschrei aus. Doch diese waren ebenfalls in Glückseligkeit gefangen, Frau Agathe schritt mit stillem Lächeln umher und deutete manchmal auf den Himmel, der so strahlend blau war, als ob ein blaues Feuer ihn erfülle. Dann sank die Sonne herunter, Engelhart hatte ein schneidendes Gefühl von Schmerz, es schien, wie wenn eine Stimme tönte: Jetzt ist es genug der Freuden.

Am nächsten Tag begann die Schule für die Cousinen, und Engelhart mußte mit ihnen gehen, denn Frau Ratgeber hatte schon vorher mit dem Lehrer Guggenmoos gesprochen; auch zu Hause wären seine Ferien zu Ende gewesen, und sie fürchtete, daß er alles verlernen werde.

Gegen vierzig Kinder waren in dem engen Schulzimmer zusammengepfercht; auf der rechten Seite saßen die Knaben, auf der linken die Mädchen, auf der ersten Bankreihe die Dreizehnjährigen und so fort bis zu den Sechsjährigen herab. Herr Guggenmoos galt als ein strenger Lehrer, die Erwachsenen sprachen mit Bewunderung von seiner Methode. Seine Methode bestand darin, sinnlos zu prügeln. Er verbreitete gespensterhafte Furcht unter den Kindern. Schon am Morgen war Engelhart das veränderte Benehmen seiner Cousinen aufgefallen, besonders die scherzfrohe Helene war bis zur Krankhaftigkeit erregt. Er beobachtete sie jetzt, da sie unweit von ihm saß; ihr Gesicht war bleich, ihr Auge starrte gebannt auf den süßlich redenden Mund des Herrn Guggenmoos, wenn er eine Frage an sie gerichtet hätte, wäre ihr vor Schrecken die Stimme versagt geblieben. Ein beängstigendes Schweigen herrschte, niemand wagte sich zu bewegen. Herr Guggenmoos erzählte aus der biblischen Geschichte, während die Kinder stocksteif sitzen mußten, die geschlossenen Hände nebeneinander auf die Bank gelegt. Er lächelte schmeichlerisch, er umschlich gleichsam die Aufmerksamkeit der Schüler, plötzlich redete er schnell, und ebenso plötzlich rief er ein rothaariges kleines Mädchen an und stellte eine verzwickte Frage. Die Kleine schwieg. Herr Guggenmoos wippte auf den Fußspitzen, und das bisher freundliche Gesicht erkaltete langsam; es wandte sich an die Nebensitzende, an eine Dritte, Vierte, alle schwiegen. »Weiß es niemand?« schmetterte er mit metallener Stimme. Alle schwiegen. Seine Züge verzerrten sich, als hätte man ihm einen Feuerbrand unter die Nase gehalten. »Niemand«, kreischte er. »Freilich, Ferien haben, dem lieben Gott die Tage stehlen, Allotria treiben, das versteht ihr gründlich, ihr Zuchthäusler.« Er schnappte nach Luft. Nun sperrte er die Schublade seines Katheders auf, nahm den gelben spanischen Stock zur Hand, schlich mit katzenartigen Tritten, vorgebeugten Leibes in die Mitte der Stube, ließ das Rohr wie zur Probe durch die Luft sausen und winkte der Ersten in der ersten Reihe, einem hübschen, blonden Mädchen. Zitternd kam sie heran; sie war mit der Methode schon vertraut und hielt die linke Hand ausgestreckt, auf welche Herr

Guggenmoos mit grausam-höhnischer Miene seinen Stock niederzischen ließ. Es tat weh, die Mädchen weinten alle, die Knaben bissen die Zähne zusammen. Als Helene Wahrmann an die Reihe kam, weigerte sie sich, ihren Platz zu verlassen. Herr Guggenmoos zog sie mit Gewalt von der Bank, sie schrie: »Ich lasse mich nicht schlagen«, der Alte wurde bleich vor Wut und warf das Mädchen auf den Boden.
Das Herz erstarrte Engelhart. »Lassen Sie los!« schrie er – nein, er glaubte es nur zu schreien. Es drängte sich wie eine Faust in seinen Mund, er glaubte zu ersticken. Dennoch war es nicht Zorn, was in ihm tobte, sondern nur tiefste Bitterkeit und Scham. Als die erste Heftigkeit der wallenden Gefühle vorüber war, wurde er kleinlaut und zerknirscht, er kam sich armselig vor, er stachelte sich noch einmal zu künstlichem Zorn auf, denn es schien ihm unmöglich, unter solchen Umständen ohne eine Tat zu leben, aber das war doch vorbei. Als die Stunden des Unterrichts verflossen waren, die jedes Gemüt mit Eisenklammern fesselten, atmete er auf und erklärte am Mittag mit unerschütterlicher Festigkeit, daß er die Schule des Herrn Guggenmoos nie wieder betreten würde.
Es erwies sich auch als überflüssig, wenige Tage später mußten sie nach Hause reisen, Herr Ratgeber war früher, als er gedacht, zurückgekehrt. Kisten und Koffer wurden gepackt, und gegen Abend setzte sich die ganze Karawane nach dem Bahnhof in Bewegung. Erst dort begriff Engelhart, daß es sich um Scheiden und Trennung handle, und es wurde ihm schwer zumut. Nur mechanisch küßte er die Mädchen, aber später durchzuckte es ihn, daß er Esmees Mund feucht auf dem seinen gefühlt. Der Zug rasselte davon, die Nacht brach ein, fremde Leute saßen im Coupé, Katti hielt den Säugling im Arm, Gerda und Abel schliefen. Auch Frau Ratgeber schien müde, ihr Blick war in die Finsternis hinaus gerichtet, die Hände lagen still im Schoß. Engelhart schaute sie an,

kehrte aber mit einem befremdeten und schaudernden Gefühl in sich selbst zurück. Die Schlafsucht kam ihn an, und seine Lippen murmelten wie von selber Esmees Verse und zerhackten sie mit dem Takt der Eisenbahnräder: In den Garten wollen wir gehn – wo die schönen Rosen stehn – stehen der Rosen gar zu viel – brech ich mir eine, wo ich will. Er träumte, daß ein ungeheurer Mensch käme und ihn wie ein Stück Holz unter den Arm schiebe, der Mensch schritt durch eine eiserne Tür, die er hinter sich zuschlug, und betrat ein dunkleres Gemach. Er eilte weiter zur nächsten Tür, die er ebenfalls zuschlug und so weiter, von Tür zu Tür, bis sie in einen grauenvoll finsteren Raum kamen.
Am Morgen glaubte er sich in eine Welt des Elends und der Trauer verstoßen, draußen war Herbststurm, in der kahlen Stube schien ihm jedes Ding armselig und gemein, und mit Widerwillen verließ er das Bett. Er zürnte der Mutter, daß sie zurückgekehrt war; nach seiner Ansicht lag es in ihrem Belieben, zu tun, was ihm und ihr selbst so angenehm war.
Den selben Abend schrieb Frau Agathe einen sechs Quartseiten langen Brief an ihre Schwester in Gunzenhausen. Sie meldete die glückliche Ankunft und daß weder den Kleinen noch den Großen ein Unfall zugestoßen sei. Dann beschrieb sie ausführlich, in welchem Zustand sie die Wohnung angetroffen habe; in den Fugen des Flurgatters sei der Staub fingerdick gelegen, das Türschloß im Wohnzimmer sei vollständig eingerostet; im grünen Zimmer hätten die Motten trotz aller Schutzmaßregeln die Rücklehne des Plüschsofas angefressen; in der Küche sei vom Hagelwetter im August ein Fenster zertrümmert worden. Nachdem alles das ausführlich beschrieben war, dankte Frau Ratgeber ihrer Schwester und deren Gatten für die lange Gastfreundschaft. Sie drückte ihre Dankbarkeit in den leidenschaftlichsten Worten aus, zu denen sie in mündlicher Rede nie den Mut gefunden hätte, und erklärte sich unvermögend, solche Opfer nur an-

nähernd in gleicher Münze zu bezahlen. Sie gestand, daß sie sich seit wenigen Stunden grenzenlos unglücklich fühle und daß sie wisse, eine geheime Stimme habe es ihr zugeflüstert, sie werde die Schwester und die Nichten nicht mehr wiedersehen. Sie erzählte, wie trostlos Engelhart sich benehme und fügte hinzu, daß sie seines versteckten und träumerischen Charakters wegen recht besorgt sei. Mit einer abermaligen glühenden Versicherung der Dankbarkeit schloß der Brief.
Ungern besuchte Engelhart die Schule. Aber er mußte. Schon tönte das Wort Pflicht wie ein Fanfarenstoß an seine Ohren. Ihm war es das liebste, zu gehen, wohin er wollte, zu unternehmen, wozu sein Inneres ihn antrieb. Er spielte mit sich selbst, sogar das Sehen seiner Augen wurde ihm zum Spiel; auf der Gasse gehend, probierte er, ob man nicht auch mit dem Mund sehen könne. Er dachte, klüger zu sein als Gott oder ihn wenigstens zu kontrollieren. Er schloß die Augendeckel, schob die Lippen vor, und da er nun weiter zu gehn vermochte, dachte er in seiner Albernheit, Gott eines bessern belehrt zu haben, während er ihn doch nur beschummelt hatte, denn ein ganz klein wenig hatte er doch durch den Spalt zwischen den Lidern gespäht.
Herr Ratgeber tadelte das Guck-in-die-Luft-Wesen heftig. »Hände aus den Taschen! Frisch! Frisch! Munter!« rief er, wenn der Knabe sinnend einhertrottete. Aber Engelhart fand sich nur eingeschüchtert und er verbarg eifersüchtig sein Herz. Tausend Fragen waren in ihm erwacht, Bedeutendes und Nichtiges lagen gleich schwer vor seinem Weg. Er hatte niemand, um zu fragen; die Mutter war in solchen Dingen nicht entgegenkommend, dem Vater war nichts lästiger, als wenn man ihn viel und um vielerlei befragte. Von den Lehrern erwartete er nichts; er hätte lieber gewußt, warum der Vogel fliegt und der Mensch nicht und warum man in den Mond schauen kann und in die Sonne nicht, als daß sechs mal sechs sechsunddreißig ist.

Im Spätherbst verbreitete sich das Gerücht von einem Weltuntergang. Der furchtbare Termin war für Anfang November prophezeit. Engelhart wunderte sich über das gefaßte Wesen der Leute, er wunderte sich, daß sie noch aßen und tranken, daß sie schwatzend unter den Haustoren standen und den hellen Himmel betrachteten, und er freute sich schon auf ihren Schrecken und ihre Verzweiflung, wenn das Ungeheure kam. Er spazierte in der Mitte der Straße auf und ab, um beim Zusammensturz der Häuser verschont zu bleiben. Es verdroß ihn, daß in den Erdgeschossen heute wie sonst die Goldschläger hämmerten. Allmählich sammelten sich vor der Pfistergasse, wo man den Ausblick auf das freie Feld hatte, viele Erwartungsvolle an und starrten in den aufgehenden Mond. Die Abergläubischen hatten wenig Zuspruch, wer Angst hatte, wollte sie doch nicht zeigen, denn man lebte in einer aufgeklärten Protestantenstadt. Dennoch war die Enttäuschung allgemein, als es Abend ward und Himmel und Erde ihr friedliches Aussehen nicht veränderten. Engelharts Unzufriedenheit wurde gemildert durch das freie und sehnsüchtige Gefühl, das ihm der Mond einflößte. Die unsichtbare Bewegung des Gestirns bewegte ihn mit. Auf dem Heimweg traf er Selma Weber, sie gingen zusammen und sie unterhielten sich davon, wie lange ein Mensch wohl brauchen konnte, um zu Fuß nach dem Mond zu gelangen. Als sie im Hausflur waren, unterbrach Selma das Gespräch und fragte plötzlich mit ängstlichem Tonfall: »Ist es wahr, daß du ein Jud bist?« Er stutzte, bejahte, aber der Ton ihrer Stimme wollte ihm nicht aus dem Kopf. Eines Tages, es war schon Winter geworden, tiefer Schnee lag, vergnügte er sich damit, in die Fußstapfen eines vor ihm hergehenden größeren Knaben zu treten. Da dieser aber viel größere Schritte machte, mußte er seine Beine übermäßig spreizen, was einen komischen Anblick bot. Er hörte denn auch ein schallendes Gelächter und sah Fräulein Holländer, die am Fenster ihrer ebenerdigen Wohnung lehnte und sein Treiben belustigt mit ansah. Dieses Fräulein war eine Jüdin, eine ältliche Jungfer, die mit ihrer Mutter ein kleines Häuschen gegen den Spitalgarten bewohnte. Engelhart kam oft dorthin, weil das Hoftor mit bunten Glasscheiben versehen war, und er liebte es, durch die farbigen Gläser auf die fernen Hügel des Vestnerwaldes und auf die Wiesen des Flußtals hinunterzublicken; er berauschte sich an dem Schauspiel einer bald gelben, bald blauen, bald purpurroten Welt.

Als der größere Knabe das Lachen vernahm, blieb er stehen und sah sich um, und Engelhart, mit beiden Füßen in einer einzigen seiner Fußstapfen, blieb ebenfalls stehen. Der andere stierte ihn drohend an und sagte haßerfüllt: »Du Jud.« Darauf kamen noch ein paar Burschen, stellten sich um Engelhart herum und wiederholten das Wort. Er wußte sich beschimpft, begriff aber doch nicht, wodurch. Er grübelte noch in sich hinein, als jene schon verschwunden waren; es war ihm, als dürfe er sich keiner heitern und harmlosen Laune mehr überlassen. Da winkte ihm Fräulein Holländer zu, er folgte, und als er im Zimmer war, schloß sie das Fenster, reichte ihm einen gebratenen Apfel aus der Ofenröhre, und während er aß, holte sie ein dickes Buch herbei, schlug es auf und las ihm folgende Stelle vor: »Dort wohnten die Nachkommen der Juden aus der babylonischen Gefangenschaft. Sie bewahrten noch ihre Stammbäume und konnten ihre Geschlechter auf die Fürsten und Propheten Judas zurückführen. Ihr Oberhaupt wohnte zu Bagdad und führte den Titel: Fürst der Gefangenschaft. Er stammte in gerader Linie vom König David, Christen und Heiden anerkannten seine Abkunft und nannten ihn: unser Herr, der Sohn Davids. Sein Ansehen erstreckte sich über die Länder des Ostens bis Tibet und Hindostan. Es wurden ihm die größten Ehren erwiesen und, wenn er öffentlich erschien, trug er

Kleider von gestickter Seide und einen weißen Turban mit goldenem Diademe.«
Engelhart senkte den Kopf und dachte nach. »Ist es ein Märchenbuch?« fragte er. »Nein, kein Märchenbuch«, erwiderte sie. Sie zeigte das Titelblatt und er las: »Benjamin von Tudelas Reisen.« Da lächelte Engelhart aufatmend vor sich hin und war dessen gewiß, daß er ein Mensch unter Menschen bleiben durfte. Nachmittags kam Fräulein Holländer zu Frau Agathe. Sie trug gelbe Handschuhe, die an allen zehn Fingerspitzen zerrissen waren, einen außerordentlich großen Hut mit Federn und ein kupferglänzendes Seidenkleid. Sie sprach mit der ihr eigenen geschraubten Lebhaftigkeit über den Knaben, über seine Begabung, sein schönes belebtes Gesicht und schloß ihre Rede mit den Worten aus der Geschichte Bileams: »Es wird ein Stern aufgehen aus Jakob.« Frau Ratgeber ward es angst und schwül, und sie war froh, als die Person wieder fort war.
An seinem Geburtstag, als er neun Jahre alt wurde, erhielt Engelhart die Erlaubnis, sich Spielwaren aus dem Geschäft des Vaters zu holen. Am Nachmittag nach der Schule ging er hin, auch Gerda und Abel kamen, von Neid und Eifersucht getrieben. Es waren niedrige, lichtlose Räume dort. Hinter einem Holzgitter saß Herr Ratgeber und sein Bruder, ein jeder wachsam in dumpfem Haß. Nebenan befanden sich die jungen Leute und unter ihnen Peter Salomon Curius, den Herr Ratgeber als Buchhalter angestellt hatte. Er war stets in muntrer Laune, schmunzelte zum Fenster hinaus, wenn die Dienstmädchen der Nachbarschaft vorübergingen, rauchte, trank Bier, erzählte Geschichten. Er war beständig der Meinung, er sei zu etwas Großem geboren, und dieser Gedanke versüßte ihm die bitterste Gegenwart; er benahm sich wie ein Herzog, der zum Scherz Lakaiendienste verrichtet. Seine Lieblingsredensart war: »Laßt mich nur einmal Zeit haben, Kinder.«

Überall in den verliesartigen Zimmern roch es nach Tinte, Staub und Spinnweben. Lange suchte Engelhart umher, um etwas zu finden, was nicht bloß der augenblicklichen Lust, sondern auch den zukünftigen Wünschen Genüge tun konnte, und er wählte endlich eine Trommel und einen Spiegel. Gerda und Abel fingen laut zu weinen an und wollten auch etwas haben, aber er lachte sie aus. Als es die Mutter zu Hause erfuhr, schalt sie; sie empfand vielleicht dunkel, daß da keine Unschuld mehr sei, wo mißgünstiges Behagen an fremdem Neid sich sättigt. Sie warf ihm vor, er habe kein Herz für seine Geschwister, doch konnte sie nicht ermessen, wie es sich damit in Wirklichkeit verhielt; er gedachte nicht mit Wärme dieser beiden, eine rätselhafte Schranke hielt ihn fern. Wie ihr alles in der Stille Sorgen machte, so auch dies. Zudem erfuhr sie von einer ungewöhnlich hinterlistigen Handlung, die er bald hernach beging, und ihr Urteil über den Knaben verwirrte sich noch mehr. Er hatte mit den Kindern des Pedells von der nahegelegenen Bürgerschule Bekanntschaft geschlossen und jagte mit ihnen oft aufs wildeste in dem großen mit Bäumen bepflanzten Hof umher. An den Spielen beteiligte sich auch Selma Weber, ferner das Töchterchen des Direktors, ein liebliches, ausgelassenes Ding, und Sophie Hellmut, das Kind eines Arztes. Vor den drei Mädchen suchte sich Engelhart durch Geschrei und heldenmäßiges Wesen hervorzutun, oder wenn nicht so, dann durch ein gekränktes und sauertöpfisches Beiseitestehen, das ganz grundlos war, wodurch er aber doch die Aufmerksamkeit auf sich zu lenken wähnte. Den tiefsten Eindruck machte Sophie Hellmut auf ihn. Sie war so schwermütig wie eine Nacht, die von Stürmen in der Ferne zittert und die doch ihre Wolken ruhig vorübergleiten läßt, weil sie weiß, daß es Morgen werden muß.
Nun war ein gewisser Rindskopf in der Gesellschaft, ein rothaariger häßlicher Knabe, der sich immer scharwenzelnd

und prahlend um Sophie zu schaffen machte und gegen den Engelhart einen bösen Groll hegte. Einmal fing es an zu regnen, und alle Kinder flüchteten vom Spiel ins Haus, in eines der leeren Schulzimmer. Sie schrien und lärmten, bis die Dämmerung einbrach, da kam Rindskopf noch dazu, sprang mit einem Satz auf den Katheder, ließ die Beine baumeln und spuckte mit einem Ausdruck zur Seite, als wolle er alle Lehrer der Welt totspucken. Die Kinder wurden von unten zum Nachtessen gerufen, sie schossen tobend hinaus, Engelhart folgte verdrossen, nur Rindskopf blieb sitzen, um zu zeigen, daß er keinem Ruf gehorchen müsse. Ja, er begann sogar zu singen; Engelhart kehrte noch einmal zur Tür zurück und hörte, wie die Stiefelhacken des Knaben hohl gegen das Brett schlugen, er sah den Schlüssel im Schloß stecken und drehte ihn um, so daß der Verhaßte gefangen war. Dann rannte er die Treppen hinab und setzte sich auf die Brunnenbank im Hof. Der Abend war schon hereingebrochen, hohe Mauern bleckten rings durch den rieselnden Regen. Lang blieb es still, endlich wurde oben ein Fenster aufgerissen, und Rindskopf schrie. Niemand hörte, er wiederholte sein Geschrei, schon saß ihm die Furcht in der Kehle. Engelhart verspürte eine trotzige Genugtuung, den trockenen Prahler so bang zu wissen, aber dann ergriff ihn ein dunkler Abscheu vor sich selbst, er wünschte, das Geschehene möchte ungeschehen sein. Zaghaft schlich er in den Flur, da sah er den Pedell schon mit der Lampe die Stiege hinaufschreiten, denn oben hämmerte es so fürchterlich an die Türe, daß das ganze Treppenhaus dröhnte. Rindskopf wußte, wer ihm den Streich gespielt, und gab es an. Doch ließ er sich Engelhart gegenüber nichts merken, er rächte sich nicht, obwohl er stärker und älter war. Das erschreckte Engelhart mehr als alles andre, nie ging er ohne das unheimlichste Gefühl an dem Burschen vorüber und er ahnte, daß in jener Brust ein gefährlich-giftiger Haß brüte und sich mit teuflischer Vorsicht der rechten Stunde gewärtig hielt.

Es wurde Frühling, und der Himmel war blau wie nie zuvor. Am zweiten Sonntag im April, während eines Spazierganges am Donau-Main-Kanal gegen Nürnberg zu, sagte Frau Ratgeber, es sei ihr heute besonders wohl zu Mut, sie fühle sich wie eine Siebzehnjährige. Aber als sie nach Hause kamen, war Engelhart eine Zeitlang mit der Mutter allein im Zimmer, Herr Ratgeber war im Hohlwegsgarten zu einem Glas Bier eingekehrt, Gerda und Abel waren bei Tante Caroline Curius, Katti ging mit dem kleinen Benjamin noch auf der Straße, da sah Frau Agathe den Knaben eigentümlich an und sagte, es verlange sie ins Bett zu gehen und zu ruhen. Ihr Gesicht war weder heiter noch traurig, sondern nachdenklich. Herr Ratgeber war erstaunt, als er heimkam und die Frau im Bette fand, die er so munter verlassen. Sie klagte neuerdings über Schmerzen im Ohr, wie schon seit einigen Tagen, da sie jedoch eine Person war, die sich ohne Notwendigkeit nicht ins Bett legte, schickte Herr Ratgeber nach dem Doktor Federlein.

Am nächsten Tag begannen die Osterferien. Frohgestimmt trat Engelhart nach der Schule ins Schlafzimmer, wo seine Mutter lag. Die grünen Rolläden waren herabgelassen, um die Sonnenstrahlen abzuhalten, auf dem Tischchen stand eine Arzneiflasche mit brauner Flüssigkeit. Die Mutter fragte ihn nach diesem und jenem und gab ihm Ermahnungen allgemeiner Art. Sie meinte, das beste im Leben sei Gehorsam und Sichfügen. Aber Engelhart suchte den Sinn ihrer Worte als etwas Unbehagliches beiseite zu schieben. Was war ihm Gehorsam? Ein Zwang, dem seine Schwäche unterlag. Er wollte frei sein, er hatte die eigensinnige Überzeugung von einer im Innern der Brust wirkenden Kraft, die sich frech über alle Vernunft der Wohlgesinnten hinwegsetzte. Er erwiderte nichts, und da Frau Agathe den Zustand des verstockten Schweigens bei ihm kannte und fürchtete, hieß sie ihn gehen. Als er die Schwelle des Zimmers überschritt, hörte er sie seufzen, es schlug an sein Ohr, aber er dachte nicht darüber nach. In der Folge hat er keinen solchen Seufzer mehr vernommen, als man ihn ziehen ließ, wohin er wollte, nämlich in die Dunkelheit.

Viertes Kapitel

Eine weite Ebene, Wiesen und Felder, in ruhigem, spinnwebgrauem Nebel. Die Landstraße mit den hohen Pappeln kriecht weiß, breit und leer in den Nebel hinaus, und so absonderlich wie der blühenden Frühlingslandschaft in dem herbstlichen Dunst ist es Engelhart zumut. Eine trügerischschwermütige Stille liegt über der Welt, und der Bauer steht auf dem Acker und faltet bedenklich die Stirn. Ein liebliches Kindergesichtchen taucht aus dem Nebel, es ist Benjamin, auf Kattis Arm. Man schickt ihn zu den Großeltern nach Altenberg, im Haus darf er nicht mehr bleiben, Frau Agathe muß Ruhe haben. Das kleine Bübchen jauchzt, da Engelhart possenhaft vor ihm hertanzt, es weiß nicht, daß es bald sterben wird. Drüben im Dorf wartet der Tod auf Benjamin, der Tod hat die Nebeltücher aufs grüne Land gebreitet, er sitzt an der Straße und schaut düster auf das lachende Kind.
Auch Engelhart, Gerda und Abel mußten das elterliche Haus verlassen und wurden bei der Familie Dessauer in einem vornehmen Haus an der Bahnhofstraße einlogiert. Frau Dessauer war eine entfernte Verwandte der Mutter und lebte mit ihrem Sohn und seiner Frau in der Abgeschlossenheit reicher Leute. Dort mußte man leise gehen und leise sprechen, man mußte die Klinke in der Hand halten, bis die Türe geschlossen war: man mußte artig sein. »Artig, artig« hallte es aus jedem Winkel, lispelten die Lippen der jungen Frau. Die Kinder wagten schließlich vor lauter Artigkeit nicht zu gestehen, wann sie Hunger hatten. Engelhart schlich bedrückt durch die langen Korridore und betrachtete staunend die hohen Türen. Er vernahm die Klänge eines Klaviers und lauschte. Eine Singstimme fiel ein. Er öff-

nete die Türe, der Gesang zog ihn unwiderstehlich an. Die alte Frau Dessauer saß am Instrument, Frau Katinka stand daneben und sang das Lied. Als sie den Knaben gewahrten, unterbrachen sie Spiel und Gesang, zwei Augenpaare blickten ihn dürr und strafend an. »Man tritt nie in ein Zimmer, ohne anzuklopfen«, hieß es, er solle wieder hinaus und an die Türe pochen. Er schaute starr zu Boden, dann lief er davon, auf die Straße. Die beiden Frauen kamen überein, daß der Knabe von einem bösartigen Geist erfüllt sei und daß man vor ihm auf der Hut sein müsse. Indessen lief Engelhart zum Bahndamm hinüber und spazierte an den schimmernden Geleisen entlang, die so weit in die Ferne liefen, gleichsam eigenbeweglich. Sehnsucht packte ihn, er spürte unter seinen Sohlen ein Zittern, als er sich auf das blanke Eisen stellte, dann warf er sich platt zur Erde und legte das Ohr auf die Schienen. Das Unglück führte gerade in dieser Minute den jungen Dessauer des Wegs, er befahl Engelhart aufzustehen und führte ihn wortlos in das große stille Haus zurück. Dort wurde ein Verhör angestellt, und der Beschluß war, daß Engelhart aus dem Haus geschafft wurde, da man für einen Knaben von so verbrecherischen Anlagen nicht die Verantwortung übernehmen wolle.
Er kam zu Frau Iduna Hopf. Wieder eine neue Welt: ein uraltes Haus am Helmplatz, im finstern Flur der Backofen eines Bäckers, morsche Treppen, die bei jedem Schritt jämmerlich ächzten, und oben die winzigen Stübchen, in denen das Ehepaar Hopf wohnte. In dem einen Raum war ein Bücherschrank mit einer Glastüre, davor stand Engelhart oft, betrachtete die enggepreßten Reihen der Bücher und las die Titel auf den Rücken der Einbände. Frau Iduna Hopf behauptete, es seien die tiefsinnigsten Werke der Welt, außer ihrem Immanuel würden alle Leute wahnsinnig, die darin läsen. Später einmal, wenn Engelhart zu Jahren und

Verstand gekommen, werde sie trachten, ihm das Heiligtum zu erschließen.
Später ... Er vertraute diesem Später ohne weiters. Das Kind ahnt den Mann. Er ahnte, was ihm im dunklen Spiel der Zufälle und Schicksale für ein Los fallen könne und daß er, an ödem Strande kauernd, sich begnügen würde, wenn ihm die Woge aus einem Schiffbruch ein armseliges Buch vor die Füße spülte. Nach Wissen und Belehrung stand ihm der Sinn nicht vor dem Bücherkasten, er verlangte nach andrem, nach Seelenspeise, Wärme des Herzens; er träumte eine Welt der edlen Harmonie, abseits vom Täglichen und Sichtbaren.
Tag um Tag verging, denn sie lassen sich nicht halten, die Sonne steigt und sinkt, die Sterne scheinen und verschwinden, und der Tag, der das Schreckliche bringt, kommt gewiß; er ist seiner Sache sicher und kann warten. Auf einmal berührte Engelhart aus dem Ungefähr heraus ein Gedanke: es geschieht etwas zu Hause; da hielt es ihn nicht länger. Als er vor der elterlichen Wohnung läutete, gab die Glocke, die sonst so schrill und frech gellte, nur einen dünnen gedämpften Ton. Man hatte den Klöppel mit Leinwand umwickelt. Katti öffnete und wandte das Gesicht ab, als sie ihn sah. Seine Betroffenheit wuchs, als er im Wohnzimmer den Onkel aus Wien, den einzigen Bruder der Mutter, und dessen Frau traf. Auch ein paar andere Leute waren zugegen. Kein Lächeln begrüßte ihn. Alle schienen wie in der Betrachtung eines Loches vertieft. Herr Ratgeber lehnte regungslos im Sessel, sein Antlitz war verzerrt, der sonst so glänzende und martialische Schnurrbart hing kraftlos über die Lippen. Eine fremde Person kam aus dem Krankenzimmer und flüsterte: »Ach, du bist da, Engelhart – deine Mutter hat heute nach dir verlangt.«
Er ging in das tiefdunkle Zimmer, und nur allmählich lösten seine Blicke die weiße Gestalt mit der weißen Binde um die

Stirn aus der Halbnacht. An das Lager tretend, empfand er Schrecken, oder etwas anderes, ein zerflossenes, böses Gefühl, wie wenn ein Sturmwind Sand in die Augen treibt gerade da, wo es darauf ankommt, zu sehen. Er fand die Mutter so verändert, daß er furchtsam den Kopf senkte und mit seinen Fingern spielte. Frau Ratgeber streckte den Arm aus dem Bette und suchte seine Hand, und er, rätselhafte Verstocktheit, machte es ihr nicht leichter, sondern stellte sich, als sähe er es nicht. Vielleicht entfremdeten ihn die abgemagerte Hand, das weiße Gesicht, die ruhlos hinter den rötlichen Lidern rollenden Augensterne. »Engelhart«, sagte Frau Ratgeber, »mach es mir leicht, an dich zu denken von dort drüben.«

Frau Ratgeber war den Tag zuvor operiert worden. Der Professor hatte schon wenige Stunden später gesehen, daß die Sache eine schlimme Wendung nahm. Herr Doktor Federlein hatte es von Anfang an zu leicht genommen, dadurch war viel versäumt worden. »Eine Erkältung«, hieß es, während der Tod, winzig wie ein Elf, in den geheimnisvollen Gängen des Ohres wühlte.

In der Nacht wurde Engelhart plötzlich vom Schlaf verlassen. Es umschauerte ihn; sein Herz wußte, wen es verlieren sollte, es sträubte sich und fing an zu brennen wie eine Schnittwunde am Finger. Ein richtiger Verkündiger, spürte es voraus, was für Wetter nun heranziehen würde und daß die Paradieseszeiten, paradiesisch Schmerz und Lust, vorüber seien. So kam ihm das Gefühl des Versäumnisses, zum erstenmal das Gefühl der Unwiederbringlichkeit, das wie ein schwarzer Schatten aus der Finsternis trat und ihm das Wort und den Begriff Verlust hinschleuderte. Das war kein Träumen mehr, sondern ein doppeltes Erwachen des Leibes und der Seele, kein Spiel mehr, sondern der wilde, unbewegliche Ernst.

Er nächtigte in dem Bretterverschlag, den sonst die Magd

innehatte, verließ das Bett und schlich nacktfüßig in den Flur. Aber Nachtkälte und Nachtfurcht hauchten ihn an, er kehrte um und blieb, ohne zu schlafen, bis der Morgen graute. Dann kleidete er sich an und ging hinüber. Auf der Schwelle ihrer Wohnung stand das Fräulein Frühwald, den Kopf an den Türpfosten gelehnt, und weinte. Es wurde dem Knaben kühl um die Brust, und unsicheren Fußes betrat er das kleine Zimmer zwischen dem Vorzimmer und dem grünen Zimmer. Dort lag Herr Ratgeber auf dem Sofa, das Gesicht gegen die Wand gekehrt, den Kopf tief zwischen den Armen verwühlt. Er schluchzte mit solchen Tönen, daß man es auch für Gelächter hätte halten können; erst das Langanhaltende des Geräusches und der krampfhaft sich windende und bäumende Körper belehrten Engelhart eines andern. Er ging weiter und sah im nächsten Zimmer Onkel und Tante aus Wien, die sich umschlungen hielten. Die junge Engländerin sah verstört in die Augen ihres Mannes. Engelhart taumelte vorwärts, er wußte genug, endlich hatte er ein abgelegenes Plätzchen gefunden, im letzten Zimmer, dort lehnte er die Stirn gegen den Rand des eisernen Öfchens, weinte bitterlich und sah seine Tränen vor sich hin auf den Boden fallen.

Später am Tag kamen viele Leute, gegen Abend wurde der Sarg gebracht. Am andern Morgen kam Emilie Wahrmann aus Gunzenhausen; bei ihrem Anblick dachte Engelhart an blühende Wiesen und an bunte Kindergestalten zwischen Haselnußstauden. Noch einen Tag darauf kamen viele schwarzgekleidete Leute, Herr Ratgeber saß mit roten Augen auf einem Schemel und gab teilnahmslos jedem die Hand. Als es zum Begräbnis ging, standen die Hausbewohner und die Nachbarn bleich vorm Tor. Die Goldschläger hörten auf zu hämmern und traten in respektvoller Haltung auf die Straße. Der Major Friedlein schaute wie immer aus seinem Fenster, doch hatte er diesmal keine Pfeife. Bis

der Zug zum Gottesacker kam, hatten sich unzählig viele Menschen angeschlossen, aus manchem Fenster hing ein schwarzes Tuch oder blickten weinende Frauen.
Auch Engelhart mußte die Schaufel nehmen und Erde in das Grab werfen. Als alles aus war und er allein abseits stand, unfähig, die Augen zu einem Blick zu sammeln, kam der alte Vetter Zederholz, klopfte ihm auf die Schulter und sagte: »Lieber Sohn, so etwas kommt nicht zum zweiten Mal.« Er blickte freundlich und traurig zugleich auf den Knaben, und zwischen den Fettfalten seiner Wangen glänzte es feucht.
So war die große Seele hinunter, und der Abgrund hatte sich geschlossen. Es war, als ob sie nie gelebt, als ob ihr Lächeln nie gelebt hätte, ihr volles, wahres Auge, ihr karges und wohlgemeintes Wort. Nur die toten Dinge blieben: die Straße und das Haus; das Bett, in dem sie geruht; der Teller, von dem sie gegessen.
Schlimm, daß Engelhart durch einen äußerlichen Trauerdienst der Trauer seines Gemüts entführt wurde. Jeden Morgen, sobald der Tag graute, mußte er aufstehen und zum Gebetshaus eilen, um das Totengebet dort laut zu beten. Jeden Morgen allzufrüh riß ihn eine rauhe Hand zum Wachsein auf, und noch halb schlafend wankte er durch die Gassen. Gott wolle es und das Seelenheil der Mutter, sagte man ihm. Er glaubte nicht an einen Gott, der dieses wollte, er verhielt sich feindselig gegen einen Gott, der es darauf abgesehen hatte, seinen Schlaf zu zerreißen. Das war schlimm, denn dadurch wurde sein Himmel plötzlich leer. Und wenn ihn dies auch nicht belästigte oder verwandelte, so stellten sich später doch die Übel ein, und es rächte sich das zu bald fessellos gewordene Herz. Innerliche Güter statt in Kämpfen in verstimmter Selbstsucht verlieren, heißt ohne Würde und Gewinn verlieren. Freilich war Engelhart darin von je ungeleitet geblieben, der Vater stand

diesen Dingen selbst zaghaft und scheu gegenüber. Halb der Nacht entrungen, ohne das Licht erblickt zu haben – es war ihm unbequem, daran zu rühren, und er hatte keine Zeit, darüber nachzudenken, und die Mutter, einfach in ihrem Glauben wie in ihrem Wesen, hatte gemeint, das wüchse von selber in der Brust wie der Baum in guter Erde. Aber es kam kein Baum heraus, nur ein schmächtiges Reis, das vor dem ersten Windhauch zerbrach. Zudem lebte das werdende Geschlecht damals in einer Luft nüchterner Praktiken, und der höhere Sinn fand in kränklicher Sehnsucht sein Heil.
Kurze Zeit nach Frau Agathes Tod sagte Katti den Dienst auf. Es blieb unbekannt, was sie vertrieb. Zu einigen Leuten äußerte sie, sie wolle nicht bei mutterlosen Kindern bleiben. Man wandte ein, daß sie nun erst recht nötig und am Platze wäre, aber sie sagte, es täte ihr zu weh; sie möge auch keinen andern Dienst mehr annehmen und gehe in ihre Heimat. Sie war zehn Jahre im Haus gewesen, und Herr Ratgeber ließ sie ungern ziehen. Er war den ganzen Tag im Geschäft, zu Mittag schlang er hastig seine Mahlzeit hinunter, warf kaum einen Blick auf die Kinder, zündete die Zigarre an und ging wieder. Die Verwandten sagten ihm, daß die Kinder auf diese Weise verwildern müßten, auch kostete der kleine Haushalt mehr als je zu den Zeiten der Frau. Da entschloß er sich, eine Wirtschafterin zu nehmen, und er hielt Nachfrage nach einer entsprechenden Person, die zugleich eine gewisse Geistesbildung besitzen sollte. Es dauerte nicht lange, und ein großes, blasses, blondes Frauenzimmer erschien im Haus, und Herr Ratgeber glaubte gut gewählt zu haben. Wenige Tage, nachdem das Fräulein, dessen Name Adele Spanheim war, seine Stellung angetreten hatte, übergab er ihr das Wirtschaftsgeld für drei Monate und reiste fort. Mehr als je träumte er jetzt von Reichtum oder doch von behaglicher Wohlhabenheit; er spannte alle Kräfte an, um sich auf jene Höhe des Lebens zu schwingen, auf der

man von den Menschen geachtet werden muß; es war, als ob das nun erstarrte Herz ihm keinerlei Rücksichten des Gefühls auferlegte, er brauchte nicht und nirgends mehr verweilen, konnte sich völlig seinen Projekten hingeben, und wenn ihm auch nicht vergönnt war, ins Weite hinaus zu wirken, das wußte er, so wollte er doch in seinem Kreis etwas gelten. Er war nie ein Jammerer, er beklagte nie sein Geschick; diese Kraft, sich zu verschließen, entfremdete ihn aber auch der Teilnahme der denk- und gemütfaulen Leute, die rings um ihn gemächlich ihre Existenz bauten.
Adele Spanheim verlangte blinden Gehorsam von den Kindern. Die beiden Kleinen bequemten sich dazu, sie konnten ja noch nicht sehend wollen. Engelhart jedoch widerstand trotzig. Das Blut schoß ihm in die Stirn, wenn sie lachend einen Befehl gab, nicht aus Einsicht, sondern aus bloßer Lust am Kommandieren. In einem ihrer wöchentlichen Berichte über die Ausgaben und die Vorfälle im Haus, die sie Herrn Ratgeber zu senden hatte, klagte sie, daß Engelhart ihr ohne den gebührenden Respekt begegne und daß es ihr schwerfalle, gegen seine freche Selbstherrlichkeit aufzukommen. Darauf schrieb Herr Ratgeber zurück, wenn sich der Knabe nicht bessern wolle, erlaube er ihr jede Form der Züchtigung. Diese Briefstelle las ihm das Fräulein vor. Es war an einem regnerischen Abend, der Sturm heulte durch die Gassen und schlug in den Kamin, so daß Feuer zum Ofenloch herausprasselte. Engelhart vernahm des Vaters Worte, die so fremdartig aus der Ferne klangen, so kaltherzig auf dem Papier standen, mit Unglauben und Schmerz. Er forderte Fräulein Spanheim auf, ihm den Brief zu zeigen, sie willfahrte gern, und es wurde ihm leicht, die schönen, klaren Schriftzüge zu lesen. Natürlich stand alles wirklich da. Niedergedrückt schlich der Knabe im Haus umher und stellte sich, des schlechten Wetters nicht achtend, unter das Haustor. Die anbrechende Nacht verscheuchte ihn, und

als er hinaufging, hatte er Kopfschmerzen und jagende Hitze. Fräulein Spanheim sah ihn bleich hereinschwanken und wurde besorgt. Sie entkleidete ihn und strich ihm liebkosend über das Haar, aber ihr verändertes ängstliches Benehmen beleidigte seinen Stolz mehr, als es ihn verletzt hätte, wenn sie lieblos gewesen wäre. Er wollte leiden.
Er bekam den Scharlach in der gefährlichsten Form, lag vier Tage bewußtlos, bäumte sich aus der pflegenden Hand und schrie vor sich hin. Danach, als er genas, füllte sich seine Brust mit Süßigkeit, es wurde ihm offenbar, daß er durch ein dunkles Tor neuerdings ins Leben trat, etwas von Lebensschönheit wurde ihm bewußt, über einem langhinlaufenden Weg strahlte die Sonne mit herrlicher Gewalt, an beiden Seiten hingen Rosengirlanden, und über smaragdenen Wiesen flogen Vögel, wie er sie nie zuvor erblickt, sie hatten etwas menschlich Sanftes im Ausdruck ihrer Augen, und es wirkte beruhigend, wenn sie langsam sichere Kreise um denselben Mittelpunkt zogen. Gleichzeitig hörte er die vertrauten Geräusche von der Straße, das Hämmern der Goldschläger, dies meisterhafte Schlagen im kurzen Wechsel-Takt, das Geschrei der spielenden Kinder, den Gesang vom Wirtshaus und vieles andre. Dabei dachte er an den Tod. Der Tod hörte auf, ein Wort für ihn zu sein. Er wurde Bild, und er glich dem Bild des Lebens, nur daß alles geheimnisvoll umschattet und erstarrt war. Die Frage entstand: Wären die Stadt und ihre Häuser noch vorhanden, auch wenn ich tot wäre? Würden die Bälle draußen noch ebenso in der Luft fliegen, die Leute im Wirtshaus noch ebenso singen? Er begriff oder fühlte dunkel das Einzige des Lebens, die wunderbare unermeßliche, unbegreifliche Macht, die den Menschen atmen läßt und die ihn zugleich die Finsternis ahnen läßt – dort, jenseits des Rosenwegs, über welchen die sanftäugigen Vögel fliegen, die er im Halbtraum gewahrt.

Täglich kam Doktor Federlein, flüsterte mit Fräulein Adele, dann trat er ans Lager, von Karbolgeruch umwallt wie ein Priester von Weihrauch, nickte dem Knaben zu, schrieb ein neues Rezept, befühlte seinen Puls, kitzelte ihn am Kinn, schüttelte vor dem Spiegel seine dunklen, bereits angegrauten Locken und ging wieder. Herr Ratgeber war von der Reise zurückgekehrt, Engelhart sah ihn aber nur des Abends. Neues Unglück hatte ihn getroffen, der kleine Benjamin war draußen in Altenberg gestorben. Wie ein Schatten war er seiner Mutter nachgefolgt, als ob sie, schon unter der Erde, das winzige Seelchen noch verlangt hätte, das in unergründlicher Trauer sein Leben kränkelnd hinschleppte.
Als Engelhart zum erstenmal wieder ausgehen durfte, fuhr Adele Spanheim mit ihm und den beiden Geschwistern nach Nürnberg zu ihren Eltern. Es war prächtiges Wetter, kristallen wölbte sich der Himmel, die Blätter begannen schon gelb zu werden und hingen glühend an den Bäumen des Stadtgrabens, vieleckig, vieltürmig, mit strahlend roten Dächern erhob sich die Burg und zur Rechten die säulenschlanken Türme von Sankt Sebald. Zwischen dem Henkersteg und dem Weinmarkt traten sie in das düstre Tor eines altertümlichen Hauses, stiegen eine riesenbreite Treppe mit flachen Stufen hinan und schritten oben über eine Holzgalerie mit schön geschnitztem Geländer. Unten war der Hof, es plätscherte Wasser aus dem Brunnen in ein steinernes Becken. In der Wohnstube befanden sich zwei alte Leute und fünf erwachsene junge Männer, Adeles Brüder. Die Kinder wurden in die Ecke des Zimmers an einen kleinen Tisch gesetzt und erhielten Kaffee und Kuchen. Die acht Leute redeten sehr leise miteinander, bisweilen flog ein musternder Blick zu den Kindern herüber. An den Wänden des großen Raumes standen hochbeinige Stühle, und zwischen den Fenstern hing ein Bild, ein Mädchenkopf mit schwarzen, bis zur Schulter fallenden Haaren. Der Aus-

druck des Gesichts erinnerte Engelhart an Sophie Hellmut, der Blick hatte etwas Zärtliches und Fragendes, und er konnte sein Auge nicht davon wenden. Er stand auf, um das schöne Gesicht noch näher zu haben, da ertönte vom Kaffeetisch aus, das Wispern durchbrechend, Adele Spanheims Stimme: »Engelhart, sitzen bleiben! Artig sein!« Die Tasse an den Lippen, betrachtete sie ihn erwartungsvoll, auch die fünf Brüder sahen ihn an. Mit verzerrtem Gesicht starrte der Knabe zu Boden, und es wäre vielleicht zu einem Auftritt gekommen, wenn nicht die Ankunft eines neuen Gastes die Aufmerksamkeit des Fräuleins abgelenkt hätte. Diesen Umstand benützte Engelhart und stahl sich aus dem Zimmer. Draußen lehnte er sich einige Minuten lang über die Galerie und blickte entzückt in das blaue Himmelsviereck; auf der andern Seite konnte er durch eine geöffnete Türe in ein halbdunkles Zimmer sehen, in dessen Mitte ein Aquarium stand; Goldfische blitzten an der Glaswand vorbei, und ein schmaler Sonnenstreifen lag wie ein goldener Stab quer im grünen Wasser.

Die Furcht, entdeckt und geholt zu werden, trieb ihn weiter, auf die Straße, über den Platz zur Sebalduskirche hinüber. Zaudernd stand er dort vor einer offenen Seitentüre. Es zog ihn hinein, und doch lähmte ein Unbekanntes seinen Fuß. Frömmigkeit, der Genuß des Wunderglaubens, die Seligkeit des Gebets, alles das war ihm fremd geblieben, aber die Furcht, Gottesfurcht, nicht im biblischen Sinn, behauchte ihn bisweilen wie die Kälte der Winternacht, die durch die Fensterfugen in das erwärmte Zimmer streicht. Und nun der gewaltige Bau, die schwere Dämmerung drinnen, und das Fremde und Steinerne, das den Christen und das Christentum in seinen Augen umgab.

Er konnte nicht anders und ging hinein. Die gewaltigen Pfeiler, die erhabenen Bogen und Gewölbe, wie schräg gefaltete ungeheure Hände nach oben geneigt, das Halblicht,

verstärkt und bemalt durch die bunten Glasfenster, die Stille des Ortes und seine ungeheure Raumfülle, dies Emporstrebende, Emporweisende, es machte ihn schaudern bis ins Herz. Als dann die Glocke im Turm zu läuten anfing und ihn die Klänge umschwirrten wie das Flügelschlagen mystischer Wesen, trugen ihn die Beine kaum mehr, er suchte einen Winkel, um sich zu verkriechen, und taumelte vorwärts, bis ein schwarzes Gitter ihn aufhielt. Es war das Sebaldusgrab. Langsam wich die Blindheit von seinen Augen, er gewahrte zahllose kleine Figürchen, lieblich gestaltet in stiller vorgesetzter Bewegung, und sein Erstaunen war groß. Das Zittern, das Grauen wich, auf einmal fand er sich heimisch, als hätte er Spiel und Spielgenossen entdeckt, und lange konnte er sich nicht trennen.
Zu spät erinnerte er sich der verflossenen Zeit. Alle Spanheims waren auf der Suche nach ihm. Adele stand im Flur und empfing ihn wortlos, mit eisig kalter Miene. Auch die Geschwister behandelten ihn hochmütig, denn sie waren durch seinen Fehltritt in großer Gnade. Nach und nach kamen die Brüder Adelens zurück, lachten spöttisch, und einer zwickte den Knaben am Ohr. Auf der Heimfahrt bewahrte Adele ihre bedeutungsvolle Zurückhaltung, und als er sich zum Schlafengehen anschickte, nahm sie einen Stock, stellte sich an das Bett und genoß seine stumme Angst, seinen fliegenden Blick. Er dachte an den Brief des Vaters und wagte innerlich nicht einmal ihre Befugnis zu bestreiten, die ihr Macht zur Züchtigung gab. »Wo warst du, während wir dich gesucht haben?« fragte sie durch die geschlossenen Zähne. Da er nichts antwortete, geriet sie vor Zorn außer sich, packte ihn beim Hemd, und wie er zurückwich, riß das Hemd entzwei. Der Knabe lief nackt gegen das Fenster, und den Blick gegen die Mauer gepreßt, den Arm abwehrend zurückgestreckt, rief er aus: »Schlagen Sie mich nicht!«
In Adele Spanheims Gesicht ging eine wunderliche Verän-

derung vor. Sie errötete, nahm die Kerze vom Tisch und sagte mit dunklerer, rauherer Stimme, ohne die Augen von der Gestalt des Knaben abzuwenden: »Geh nur schlafen, du ... Bub.« Bei diesem zögernd ausgesprochenen Wort lächelte sie. Dumpfer Abscheu gegen die Person sammelte sich in Engelharts Brust. Im Bette liegend, dachte er an ihr sonderbares Lächeln und schlief in Scham und Traurigkeit ein.

Fünftes Kapitel

Adele Spanheims Herrlichkeit nahm bald ein Ende. Eines Sonntagnachmittags ging Herr Ratgeber mit Engelhart spazieren. Die Bäume waren schon kahl, über den Wassern lag Nebel, fern glänzten die Dächer von Nürnberg in der roten Novembersonne. Herr Ratgeber hatte Freude an der Natur, bei manchen Dingen und Vorfällen lachte er scheinbar grundlos, z. B. wenn ein kleiner Hund eilig heranlief und mit angestrengter Wut drauflos bellte, oder wenn etwa zwei Knaben auf der Gasse sich balgten. Dem Sohn gab er nie moralische Lehren, nie zog er eine Nutzanwendung aus den Ereignissen, und das war gut. Als sie nach Hause kamen, betrat Herr Ratgeber wider seine Gewohnheit zuerst die Küche und sah, daß Fräulein Adele mit träumerisch-aufgerissenen Augen vor einem Topf mit eingemachten Preiselbeeren saß und von Zeit zu Zeit einen Kochlöffel voll in den Mund steckte. Gerda und Abel kauerten lüstern dabei, man spürte, wie ihnen der Mund wässerte. Da Herr Ratgeber auch sonst unzufrieden war mit der Leitung des Haushalts, sagte er sich: jetzt ist es genug und gab der naschhaften Dame den Laufpaß. Damit gewann die Sorge um die führerlosen Kinder neue Macht.
Herr Ratgeber hatte sich mit seinem Bruder Hermann endgültig entzweit. Er war im Begriff, aus dem gemeinsamen Geschäft zu scheiden und eine Fabrik zu gründen, das heißt, seine Lebensidee zu verwirklichen. Produzent sein, die Ware gleichsam aus dem Nichts erschaffen, die Hände des Arbeiters unmittelbar in seinen Dienst nehmen, Maschinen in Betrieb setzen und im großen Stil zu wirtschaften, das war sein Traum. Er hatte es satt, Bänder und Pfeifenspitzen zu verkaufen, wie er sich verächtlich ausdrückte, und um jeden

Groschen Verdienst mühevoll schwatzen zu müssen. Nach langen Erwägungen entschied er sich für die Holzwarenbranche, und da er vorerst nicht viel von der Sache verstand, suchte er sich durch nächtelanges Studieren zu helfen, durch Gespräche mit Fachleuten und durch die Anstellung eines tüchtigen und vertrauenswürdigen Werkführers namens Göd, der eine Zeitlang Meister gewesen und kurz vorher Bankrott gemacht hatte. Aber so stolz auch seine Pläne waren, es fehlte Herrn Ratgeber an Kapital. Er wandte sich um Hilfe nach Wien an den reichen Bruder seiner verstorbenen Frau, und da er eine wunderbar überzeugende Art zu schreiben hatte, ließ sich Michael Herz bestimmen, zehntausend Mark herzugeben. Aber damit hatte Herr Ratgeber nicht genug. Er war leidenschaftlich bemüht, seiner Idee unter den bisherigen Geschäftsfreunden geldkräftige Anhänger zu gewinnen, und phantasievoll und tatgierig, wie er war, versprach er einem jeden goldene Berge. Mit weithinausgerichtetem mutigen Blick ging er in dieser Zeit umher, beständig ein Lächeln zwischen den Lippen verhüllend, welches sagen wollte: Laßt mich nur gewähren, laßt mich nur ans Ruder kommen. Denn er glaubte, die Stunde sei reif, wo er die nacheilenden Schatten seiner bedrückten Jugend in die Flucht schlagen könne, und sagte sich mit stürmischer Entschlossenheit: Es muß sein, muß gelingen. Und dieses Muß trieb ihn zeit seines Lebens aufenthaltslos von Mühsal zu Mühsal und von Mißlingen zu Mißlingen.
Nun gab es einen Mann in der Stadt, der das Treiben des Herrn Ratgeber mit der größten Neugierde verfolgte. Er hieß Teilheimer, hatte brandrote Haare, ein mit Sommersprossen bedecktes Gesicht, und sein Beruf war, stets über die Angelegenheiten seiner Mitbürger aufs genaueste unterrichtet zu sein. Er saß zum Beispiel im Wirtshaus und summte scheinbar achtlos vor sich hin. Da ging der Weinhändler Strung am Fenster vorüber. Teilheimer zwinkerte

listig mit den Augen und sagte: »Schau, schau, da geht der Strung zum Bezirksarzt, um seine fälligen Wechsel einzukassieren, wird ihm aber nichts nützen. Der Mann hat selbst kein Geld, und der Schwiegervater gibt nichts mehr her; böse Geschichte.« Oder man redete in einer Gesellschaft über das gesunde Aussehen und die Frische einer schönen Frau, was den roten Teilheimer zu der beiläufigen Bemerkung veranlaßte, daß diese Frau den Krebs in der Leber sitzen habe und daß ihr nur noch ein Jahr und etliche Tage zu leben vergönnt sei.
Dieser magische Seher machte sich auf, um Herrn Ratgeber beizustehen. Kam Engelhart aus der Schule und stürmte ins Zimmer, da sah er den Vater am Ofen stehen, den Kopf gebückt, in unbewegliches Nachdenken versunken. Am Tisch ihm gegenüber saß der rote Teilheimer, ein Bein übers andere geschlagen, einen langen Zigarrenstummel mit vergnüglicher Miene über die Lippen wälzend und einen Bleistift auf ein mit Zahlen beschriebenes Blatt bohrend, als ob er den Speer in die Brust eines Besiegten tauche. Sein Auge blitzte feldherrnhaft, als er dem Knaben mit einer Handbewegung das Zimmer verwies. Am folgenden Nachmittag war es wieder so, nur daß noch Iduna Hopf dabei war; Herr Ratgeber stand wieder vor dem Ofen und schien qualvoll unentschieden. Der rote Teilheimer spitzte wieder kühn den Bleistift in die Zahlenleiber. Da sagte Iduna Hopf, gegen Herrn Ratgeber gewendet: »Da sieh mal, Joseph, wie vernachlässigt der Junge herumgeht.« Herr Ratgeber blickte zerstreut und unruhig in des Knaben Gesicht.
Eine Woche später kam Herr Ratgeber zu früherer Stunde als sonst nach Hause, schritt erregt im Zimmer auf und ab, befahl der Magd, sogleich sein Essen zu bereiten, er fahre über den Abend nach Nürnberg. Dann kleidete er sich sonntäglich an, kam wieder zu den Kindern heraus, pfiff leise vor sich hin, öffnete, als sei ihm zu heiß, das Fenster und

beugte sich eine Weile hinaus. Inzwischen war der Braten aufgetragen worden, er setzte sich zu Tisch, und da ihn die Kinder andächtig umstanden und jedem Bissen nachschauend, der in seinem Munde verschwand, schnitt er drei gleich große Stücke Brotes ab, legte auf jedes Stück eine Scheibe Fleisch und teilte aus. Während sie nun alle drei speisten, gab er sich einen Ruck und sagte: »Ihr werdet jetzt eine neue Mutter bekommen, damit wieder Ordnung unter euch ist. Seid verständig und macht mir Ehre.« Er vermied es, bei diesen Worten seine Augen vom Teller zu erheben, doch bevor er aufstand, richtete er den Blick mit plötzlicher Strenge und unsicheren Glanzes auf Engelhart, der den Vater beinahe atemlos anstarrte.

Am folgenden Tag, noch vor Tisch, traten zwei fremde Frauen ins Zimmer. Die eine sagte: »Guten Tag, Kinder, gebt mir die Hand, ich bin eure neue Mutter.« Sie hatte eine falsche Stimme und ein süßliches Wesen. »Sehr schöne Kinder«, sagte die andere Frau, die eine helle, kalte Stimme hatte. Darauf begaben sich beide an die Besichtigung der Wohnung und unterwarfen jedes Möbelstück, jedes Bild, jedes Porzellanfigürchen einer eingehenden Beurteilung.

Um diese Zeit besuchte Engelhart schon längst die Realschule. Es mehrten sich seine Pflichten, und dem ziellosen Herumtreiben war eine gewisse Grenze gesetzt. Zumeist verhielt er sich still und in sich gekehrt, dann wieder kam es über ihn und trieb ihn umher wie einen Ball, der von unsicheren Händen von einem Eck ins andere geworfen wird. Da fand er die Kleider zu eng, das Haus zu klein, den Himmel zu niedrig, und er lief ohne Sinn und Plan durch die Gassen, bis er in einem verborgenen Winkel Halt machte und in die Luft starrte. Er hatte in einem Märchenbuch die Geschichte gelesen von einem, der auszog, um das Gruseln zu lernen, und diese Geschichte machte den tiefsten Eindruck auf ihn, durch etwas, was hinter den erzählten Vorgängen steckte und das ihn, in einem Nebel des Grauens hin- und herwogend, ergriff und hinausrief, irgendwohin und nicht dorthin, wo man ihn haben wollte. Sogleich spürte er auch die unermeßliche Kluft, die ihn von jenem trennte, der das Gruseln nicht lernen konnte. Im Anfang seines Denkens war die Furcht. Er umspannte weit hinaus das Leben mit langsamer Furcht, Furcht vor dem Ungewissen, Unsichtbaren, Unnennbaren, Furcht mitten in der Freude und im Spiel. Zagend stand er einem dämonischen Wesen gegenüber, dessen Wille es ist, zu zerstören und irrezuführen, den freifliegenden Wunsch aufzufangen und an die Ecke zu fesseln. Er, er hätte ausziehen müssen, um das Gruseln zu verlernen.

Im sogenannten Feldschlößchen, eine halbe Stunde von Nürnberg entfernt, feierte Herr Ratgeber seine zweite Hochzeit. Die Kinder saßen an diesem Tag in dumpfer Spannung zu Hause. Gegen Abend brachte jemand von der Hochzeitsgesellschaft eine Torte und einen Gruß vom Vater, der mit seiner neuen Frau schon abgereist war. Die Botschaft wurde kaum gehört, alle machten sich über die Torte her, auch die Magd erhielt ein Stück, und um sich erkenntlich zu zeigen, verschwand sie dann und überließ die Kinder für den ganzen Abend sich selber. Sie befanden sich im großen Wohnzimmer, und während Gerda ihre Schulaufgaben machte und Abel immer wieder an einem frischen Stück Torte mampfte, beschäftigte sich Engelhart, die Aufsichtslosigkeit nutzend und wie es längst seine Sehnsucht gewesen war, mit der großen Wanduhr. Er liebte diese Uhr und die lautlosen Schwingungen des gelbfunkelnden Messingperpendikels: oft war ihm, als müsse er eine Seele in ihr suchen, und das unsichtbare Fortgleiten der Zeiger war ihm rätselhaft. Er stellte einen Schemel auf einen Stuhl, kletterte hinauf, öffnete den Glasdeckel und lauschte dem heimlichen Rädergesurr: bisweilen gab es ein Geräusch, das einem

Seufzer glich. Nach einer Weile begann Engelhart magisch angezogen an dem Zifferblatt herumzuhantieren, es gelang ihm, eine Schraube zu lockern, und auf einmal hatte er beide Zeiger in der Hand. Er erschrak, ihm war zu Mut, als seien einem liebenden Wesen die Arme abgefallen. Umsonst probierte er das Übel wieder gutzumachen, schließlich stieg er herunter und legte die Zeiger kleinlaut auf die Kommode. Es war ein ziemlich stürmischer Abend, das Feuer im Ofen war erloschen, die Kinder froren, zudem ging auch das Öl in der Lampe zur Neige. Auf der Straße und im Haus war es totenstill. Abel war am Tisch sitzend über seiner Schiefertafel eingeschlummert, Gerda schlich eine Weile in dem düster werdenden Zimmer hin und her, dann drückte sie sich in die Ofenecke und fing an, leise vor sich hinzuweinen. Engelhart verbarg seine Gefühle, so gut es möglich war. Er stellte sich gegen die Tür und horchte und wagte endlich zu öffnen. Draußen war es finster. Er überredete sich zur Tapferkeit und schritt hinaus, um nach der Magd zu rufen und das Fräulein Frühwald zu bitten, daß sie käme. Doch war die Finsternis so groß, daß ihm selbst das Geräusch des eignen Herzens unbezwingliche Angst einflößte. Nie hatte er etwas so Teuflisches, Umschnürendes in der Nacht geahnt, er machte eine betende Bewegung mit den Armen, sein Auge fand aber keinen Aufblick, kein Ziel, und die Brust entbehrte für die Regung von Andacht der Fülle. Das machte die Finsternis doppelt schwer und doppelt öde, und da Gerda ängstlich seinen Namen rief, kehrte er zurück. Er schaute zur Uhr, um zu sehen, wie spät es sei, und ein Grauen überlief seine Haut, als er das zeigerlose Blatt gewahrte und darunter den Perpendikel, ernsthaft schwingend, wie wenn nichts geschehen wäre. Er dachte, daß nun vielleicht die Zeit ihr Maß verloren habe, und daß die Nacht kein Ende nehmen würde.

Durch seine Heirat hatte sich Herr Ratgeber den Verwandten seiner ersten Frau völlig entfremdet. Sie hatten von Anfang an alle Mittel aufgeboten, die Verbindung zu hintertreiben, sie wollten nicht verstehen, wie man nach einer solchen Frau eine zweite ins Haus führen könne. Herr Ratgeber, erbittert, daß jene sich nicht einmal die Mühe nahmen, die Frau kennenzulernen, die er gewählt, hielt nun in edler Parteinahme und heißblütiger Verworrenheit erst recht an ihr fest, obwohl sie nicht schön, nicht jung, nicht anmutig, nicht liebenswürdig war, ohne Vorzüge des Geistes, ohne Herzensbildung, ja ohne ein über das Trivial-Alltägliche erhobenes Gemüt. Als er nach vierzehn Tagen von der Hochzeitsreise, die zugleich für ihn eine Geschäftsreise war, zurückkehrte, fand er sich von Feindschaft und Übelrednerei umgeben. Er bekam es auch bald zu fühlen und konnte nicht mit der Heiterkeit eines Mannes am Werk sein, der im Licht hilfreicher Sympathien wandelt.

Das Ehepaar kehrte an einem Mittag zurück, die Kinder spielten gerade im Flur neben der Stiege, Engelhart hatte aus Stühlen eine Kutsche hergestellt, Abel war Postillon, Gerda, in einem unermeßlich langen, weit über die Dielen schweifenden Mantel der Mutter und einen großen Federhut auf dem Kopf, spielte die vornehme Passagierin, und Engelhart selbst war der Räuber, der die Kutsche im Wald zu überfallen hatte. Mitten im größten Getöse tauchten Herr Ratgeber und die fremde Frau, die neue Mutter, auf und blieben auf der halben Höhe der Stiege stehen. Herr Ratgeber, das Reiseköfferchen tragend, winkte den Kindern lachend zu, innezuhalten, die Frau schüttelte verdrossen lächelnd den Kopf, und ihre Blicke blieben auf Gerda haften, die vergeblich bemüht war, sich aus dem Riesenmantel zu befreien.

Von Stund an ging alles einen andern Gang im Hause. Früh, mit dem Glockenschlag sieben hieß es aufstehen, und es war keine Minute der Besinnung erlaubt, kein Sichdehnen, kein Zurückdenken an die Träume, ein Rüttler an der Schulter und: heraus.

Besonders für den kleinen krummbeinigen Abel war es zu früh, oft, wenn er schon gewaschen und angekleidet war, fielen ihm am Frühstückstisch die Augen wieder zu. Es gab keine drei Pfennige mehr zum Vesperbrot, und damit war eine der schönsten Vergnügungen zerstört: den Schulhof verlassen, über die Straße zum Bäcker laufen und so mit einigen anderen, welche die gleiche Schicksalsgunst genossen, eine scheinhafte kurze Freiheit erobern.

Nach der Schule mußte man in gemessener Zeit zu Hause sein, Frau Betty haßte das Streunen; kläglich bitten mußte Engelhart, wenn er eine Viertelstunde in den Hof wollte. Am Abend, kaum war das Butterbrot gegessen, hieß es wieder: ins Bett, ins Bett, kein Einwand galt, alles war Befehl geworden, Regel. Engelhart durfte nicht mehr, wie er es so gerne tat, bei der Lampe sitzen und lesen oder seine stillen phantastischen Spiele spielen. Die neue Frau Ratgeber meinte es nicht schlecht mit den Kindern, sie glaubte das Rechte zu wollen und zu tun, auch wenn sie das Brot, bis auf den Millimeter berechnet, vorschnitt, Fleisch nur in den winzigsten Portionen verteilte, den Zucker zum Kaffee abschaffte, so daß das gallenbittre, wasserdünne, graubraune Getränk kaum herunterzubringen war. Obst gab es nur selten, niemals eine Bäckerei. Engelhart wußte natürlich nichts von dem Zwang zu sparen, unter dem sie stand, und daß sie nur durch die scharfsinnigste Strategie in den Ausgaben mit dem zugewiesenen Wochengeld den Haushalt bestreiten konnte. Er spürte nur die haßartige Lieblosigkeit, die ihm vorenthielt, was er bis jetzt genossen hatte, er bäumte sich auf unter tyrannischen Verboten, er wurde hinterlistig, wenn er sich hinterlistig angeklagt sah, feig oder rasend den aufgebauschten Beschuldigungen gegenüber, die stets vor das Tribunal des Vaters gebracht wurden, und er blieb bei großen Verfehlungen reuelos, weil doch die kleinsten ungroßmütig verdammt wurden. Bald griff er zur Lüge aus Furcht, aus Diplomatie, zur gedankenlosen Lüge, ja zur Lüge, die er nur erfand, um sich in einer dumpfen Weise an der Frau zu rächen. Nicht selten gebrauchte er langwierige Ausreden, um sich eines erbärmlichen Vorteils zu versichern, und war einmal ein auskömmlicher Tag mit der Stiefmutter, so tat er freundlicher gegen sie, als ihm zumute war, schmeichelte ihrem Bedürfnis nach Klatsch durch allerhand Geschichten und suchte sie möglichst lang bei guter Laune zu erhalten. Zweimal in der Woche ging sie abends zum Fleischer, da begleitete er sie, schleppte den schweren Korb nach Hause, saß beim Tisch bei ihr, wenn sie Linsen klaubte oder Äpfel schälte, und wenn er im Plaudern war und sie bisweilen zum Lachen brachte, dann übersah sie es, daß er die Butzen der Äpfel aß und das in den Streufschalen verbliebene Früchtefleisch mit den Zähnen herausschabte, dann durfte er auch noch eine halbe Stunde in seinem geliebten Don Quichotte lesen oder aus Zwirn, Gläsern und allerlei Schachteln sonderbare Paläste bauen und in ihrem Anblick die trübe abendliche Stube vergessen. Wies sie ihn aber zu Bett, so durfte kein Widerspruch fallen. Das freie, arglose Wort fand kein Echo bei ihr, die rückhaltlose Heiterkeit erweckte ihr Verdruß und Mißtrauen, der offene Blick erschien ihr frech. In ihr selbst war nichts als tartüffisches Ducken gegen gesellschaftlich Höherstehende, auch wenn sie nachgewiesenermaßen nur hundert Mark mehr Einkommen besaßen. In den engsten und dunkelsten Verhältnissen eines fränkischen Judendorfes aufgewachsen, war sie von einer überreichen, ja dämonischen Liebe zum Gelde besessen. Nichts sonst erschien ihr wichtig, nichts anderes begehrenswert, Glück, Freiheit, Segen, Freude, alles hing für sie davon ab, im Geld suchte sie alle Quellen des Lebens. Sie war aufs genaueste mit den Verhältnissen aller Familien der Stadt bekannt und richtete auf der Straße ihren Gruß nach eines jeden Besitz. Wenn ein reicher Mann starb, war sie immer ein wenig erstaunt darüber, daß Gott seine Hand sich nach einem solchen Inbegriff irdischer Macht ausstreckte. Ihr ganzes Tun und Lassen war von einem rätselhaften Neid durchflutet und einem auffangslosen, sie völlig durchsickernden Verdruß gegen das ihr beschiedene, armselige Schicksal. Mehr und mehr wurden ihre Züge zerrissen von Unruhe, Ungenügsamkeit und Ehrgeiz, ihr Blick war stechend, ihr Mund bitter und ärgerlich zusammengepreßt. Sie war eine Natur, alles Wohlwollens bar, ohne sanftes Verweilen im Augenblick, ohne frauenhaftes Träumen. Wenn andere Tausende auf Tausende häuften, wollte sie wenigstens Pfennig um Pfennig sammeln, und weil sie darin kein Ende sah und alle Geister des Behagens auf immer von der Schwelle verscheucht wurden, an der sie begehrlich lechzend stand, so entsprangen Fried- und Lieblosigkeit aus allem, woran sie die Hände rührte. Ihr war es nicht gegeben, Zutrauen zu erwecken, die früheren Freunde der Familie blieben fern. Kein freundliches Bild, keine anziehende Vorstellung belebte die Räume, wenn Engelhart fern vom Hause sie sich gegenwärtig hielt. Einsam sparte und haderte die Frau und füllte ihre Tage mit erschöpfender Arbeit.

Einmal kam Engelhart hungrig aus der Schule, und als er durch die Küche ging, wo sich grade niemand aufhielt, sah er einen Korb voll kleiner Äpfel auf dem Anricht stehen. Unbedenklich nahm er zwei Äpfel und verzehrte sie im Zimmer, entledigte sich des Schulgerätes und schickte sich an, möglichst schnell zu entkommen, denn es war der erste schöne Tag nach regnerischen Wochen. Plötzlich stand die

Stiefmutter vor ihm und fragte atemlos: »Wer hat von den Äpfeln gestohlen?« Der Knabe starrte sie an, er war im Begriff, es ruhig zu bekennen, doch das Wort »gestohlen« machte ihn stutzig. »Ich habe nichts gestohlen« antwortete er. Das Zittern seiner Stimme und besonders sein Erröten straften ihn Lügen. »Leugne nicht«, sagte die Frau, »ich habe die Äpfel gezählt, du wirst ja feuerrot, du schlechter Mensch.« Damit schlug sie ihn vor den Kopf, daß er zurücktaumelte, noch einmal erhob sie den Arm, Engelhart fing ihn auf und hielt ihn krampfhaft fest, darauf wurde sie von Wut und Bosheit übermannt und schlug aus aller Kraft mit beiden Fäusten los. Der Knabe schrie, je mehr er schrie, je wilder wurde die Frau, die Leute vom Haus liefen zusammen, die Magd rannte von der Waschküche herauf. Endlich gelang es Engelhart zu entkommen, er taumelte in den Flur, tastete sich das Gitter entlang und verkroch sich im finsteren Ende des Korridors zwischen zwei Schränken. Zwei Stunden blieb er unbeweglich dort, um zu warten, bis der Vater kam. Endlich vernahm er seine kurzen hastigen Schritte und atmete auf. Er erschien sich beschützt und harrte mit Spannung auf das Sühngericht. Es verfloß geraume Zeit, bevor Herr Ratgeber das Zimmer wieder verließ. Schon bedrückte den Knaben die Einsamkeit und Halbdunkelheit, er glaubte es aber so lange ertragen zu müssen, bis er mit Güte und List zurückgeführt wurde. Da rief die Stimme seines Vaters seinen Namen, doch mit so hartem Klang, daß er erschrak und sich nicht rührte. Noch einmal tönte der Ruf lauter, gereizter, ungeduldiger. »Dort hinten steckt er«, sagte Abel, der herangeschlichen war und den Bruder verlegen zwinkernd betrachtete. Abel war eine Denunziantennatur. Herr Ratgeber faßte Engelhart rauh am Arm und zerrte ihn hinein. »Schämst du dich nicht?« begann er. »Zum Lügner bist du geworden? Zum Dieb? Ja, du willst mir Kummer machen, ich weiß es schon lang, fort aus meinen Augen, ich

kann dich nicht mehr sehen.« Damit wandte sich Herr Ratgeber ab, ging in das nächste Zimmer und schlug die Türe zu. Die Sprache, die er geführt, raubte Engelhart beinahe das Gefühl des Lebens. Besonders der Umstand, daß er gar nicht gefragt worden, daß kein Fünkchen Recht auf seiner Seite gelten sollte, daß der Vater den Worten seiner Frau ohne weiters Glauben schenkte, das umkrampfte seine Brust, und er hatte eine solche Verzweiflung bisher noch nicht kennengelernt.
Nicht mehr ganz derselbe wie vorher, verließ er das Haus. Selma Weber gesellte sich zu ihm und fing an zu plaudern, doch er wollte allein sein und lief, so schnell er konnte, davon, bei der Gasanstalt vorbei über den Bahndamm bis auf den Dambacher Weg. Der schöne Tag, die vollkommene Ruhe der Felder und Wiesen, der lautlos dahinfließende Rednitzfluß mit seinen Wasserrädern und den weidenbestandenen Ufern, die alte Schwedenveste in der Ferne und der Wald rings um sie wie ein blauer Kranz: dies alles zog ihn empor aus dem Abgrund seines Schmerzes. Er setzte sich unter einen Weidenbaum dicht am Fluß und verfolgte das Treiben der Krähen, die sich in seiner Nachbarschaft furchtlos niederließen. Das Flußbett war vom langen Regen hochangeschwollen, das Wasser trug auf seinem Rücken Hunderte von Baumzweigen dahin. Hätte ihn nicht der Hunger gequält, so wäre Engelhart bis in die Nacht hier geblieben; er umfaßte Land, Wald, Wasser und Himmel mit einer neuen ernsten Empfindung, er fühlte mit dunkler Genugtuung, was ihm beschieden sein könnte, wenn er in sich wirken lassen würde, was so groß, so feierlich sich als Welt, als Natur vor ihn hinbreitete. Als er heimwärtswanderte, sank die Sonne hinter den Waldrändern, der Himmel sah aus, wie wenn aus verborgenen Quellen rotglühendes Eisen über ihn hingeströmt wäre. Darüber streckten sich, aus *einem* Mittelpunkt hervorlaufend, grüne Strahlenbüschel, einzelne

Wolken hingen gleich ruhig brennenden Schiffen im Zenit, und die Ebene zitterte im rötlichen Dunst. Franken ist das Land der wunderbaren Sonnenuntergänge.
Fremd und fremder fand sich Engelhart dem Vater gegenüber, und auch dieser vergaß seinen Groll diesmal lange nicht, vielleicht, um die Ahnung von eigener Schuld zu ersticken. An einem Sonntagabend holte Herr Ratgeber die Gitarre von der Wand. In früheren Zeiten hatte er oft und gern darauf gespielt und Lieder gesungen, die er noch aus seiner Knabenzeit kannte. Er pflegte damals unbestimmt, doch glücklich vor sich hin zu lächeln, und seine Augen füllten sich mit einem Ausdruck schamhafter Schwärmerei. Heute schlug er wie suchend ein paar Akkorde an, Engelhart bat, er möge doch singen, aber Herr Ratgeber zog die Stirn in Falten, legte das Instrument beiseite, machte eine abwehrende Bewegung mit der Hand und sagte rauh: »Du kannst schlafen gehen.« Die Gitarre wanderte bald darauf in die Rumpelkammer, Herr Ratgeber zeigte nie mehr Verlangen nach ihr, sein Leben war ausschließlich der aufreibendsten Arbeit gewidmet.
Die Fabrik war im Gang, sechsundzwanzig Arbeiter waren an den Hobelbänken, an der Kreissäge, am Gasmotor tätig. Herr Ratgeber war vorn im Kontor und dessen Nebenräumen beschäftigt, die fertiggestellten Holzschachteln mit Bildern zu bekleben und diese dann wieder zu lackieren. Er hatte aus Sparsamkeitsrücksichten nur einen einzigen Kommis aufgenommen, einen gewissen Lechner, der epileptisch war. Es herrschte eine eigentümliche Traurigkeit in den Räumen dort; gedämpft drang von den Fabriksälen das furchtbar jauchzende Kreischen der Säge herein, lauter und wilder, wenn eine Türe geöffnet wurde. An den Zahltagen kamen die Arbeiter zur Kasse, es gab nicht selten Streit, die Leute nahmen eine drohende Haltung an, aber Herr Ratgeber wurde mit ihnen fertig. Wenn er dann wieder allein war,

rechnete er stundenlang, stellte den Umsatz fest, überschlug die Herstellungskosten eines neuen Artikels und beriet mit dem Werkführer über die Löhne oder die Holzsorten. Spät am Abend saß er noch und schrieb Briefe und Fakturen, zeichnete Muster und Pläne oder lackierte abermals die einfältigen Bilder auf den Schachteln. Oft kam Engelhart und erinnerte den Vater an das Abendessen, dann löschte Herr Ratgeber mit einem letzten Blick und Seufzer die Lichter, versperrte Laden, Geldschrank und Türen und ging schweigend mit dem Knaben nach Hause. Er wurde täglich wortkarger, sein Unternehmen stellte ihn nicht zufrieden, die Konkurrenz war zu groß, und seine Mittel schienen ihm zu klein. Ihm waren keine Freuden beschieden. Unbewußt schnitt es Engelhart ins Herz, wenn der Vater einmal wieder vergnügt war, etwa wenn Fremde da waren – wenn er mit seinen funkelnden Augen an harmlosen Gesprächen teilnahm, wenn er sich selbst wieder spürte und die Zeitläufte vergaß. Es wohnten ungelenke Kräfte in seiner Brust, aber Kräfte waren es; mit beiden Fäusten hielt er sich grimmig an der Lebensleiter fest und konnte nicht empor, vielleicht weil ein brutaler Vorgänger die Sprossen zerbrochen hatte.

Die Kinder sahen nur noch die richterliche strafende Gewalt in ihm, er schien nicht mehr Teilnahme für sie zu hegen als der Drahtziehende im Puppentheater an den Marionetten, die gehorchen müssen. Bei Tisch durfte nicht gesprochen werden; anständige Kinder reden nicht bei Tisch, hieß es. Ein Verbot wurde ausgesprochen, die Kinder wollten den Grund wissen, dies setzte oft in Verlegenheit, und jede Erörterung wurde mit dem Satz angeschnitten: »Genug, ein Kind fragt nicht, warum.« Der Vater verlor das Licht in Engelharts Augen, es kam vor, daß er beim Schall seiner Schritte zitterte. Er lernte in den Blicken und zwischen den Lippen der Menschen lesen, erfüllt von Mißtrauen und allgemeiner Furcht. Auf allen Seiten trieb es ihn zur Lüge, umsonst suchte seine geängstigte Seele ein Gegengewicht, dumpf und düster stand die feindselige Welt vor seinen Sinnen. Da fand er einen Freund oder wenigstens einen Kameraden. Sein Name war Philipp Raimund, es war ein aufgeweckter Knabe von graziösem Wesen; er hatte etwas Beschwingtes, Beherztes, das in seinem Gang und in seiner Art, den Kopf zu tragen, zur Geltung kam; seine Stimmung war durchsichtig wie Glas, alles an ihm war hell, seine Äußerungen hatten eine famose angeborne Kräftigkeit, und er war gutmütig. An einem Mittwochnachmittag machten sie zusammen einen weiten Spaziergang bis in den Burgfarnbacher Wald, wo sie an eine tiefeinsame Stelle kamen. Dort rasteten sie. Raimund teilte sein Butterbrot mit Engelhart, sie sprachen über die Schule, dann über ihre Eltern, und Raimund fragte beiläufig, ob es Engelhart nicht gut zu Hause habe. »Wir haben jetzt eine Stiefmutter«, entgegnete dieser in einem Ton, als ob es sich um eine kleine vorübergehende Unannehmlichkeit handle. »Autsch«, rief Raimund teilnehmend und patschte sich auf die Schenkel. Von da an wurde sein Benehmen noch zarter und freundlicher, er berührte diesen Umstand niemals wieder. Immer mehr nahm die Philosophie von ihren Unterhaltungen Besitz, und sie stritten mit Eifer über die Existenz Gottes. Engelhart leugnete Gott; das bekümmerte Raimund, und er hatte viele Gründe dagegen. »Können denn die Blumen und die Bäume von selbst entstehen?« fragte er eindringlich; »und die Sonne, sie ist doch da, folglich muß sie geschaffen worden sein.« – »Sie ist ewig«, antwortete Engelhart. – »Ewig? was heißt das?« warf Raimund nachdenklich entgegen, »ewig ist nichts, das ist doch nur dein Wort.« Dieser Einwand machte Engelhart stutzig, er hätte nichts zu sagen gewußt, wenn Raimund nicht hinzugefügt hätte: »Und der Mensch, so schön und lebendig, glaubst du, durch Zauberei ist er ge-

kommen?« – »Die Menschen entstehen aus sich selbst«, rief Engelhart triumphierend. – »Wie, aus sich selbst?« fragte der andere erstaunt. – »Ich weiß es, ich weiß es«, behauptete Engelhart finster, dennoch sank in diesem Augenblick seine Wissenschaft in nichts zusammen, und aus Groll darüber ward er störrisch. »Wie ist denn Gott?« warf er dem Freunde grimmig ein, »was ist denn Gott? wie denkst du ihn? wie sieht er aus?« – Raimund lächelte sonderbar liebenswürdig und sagte ruhig: »Er ist ein Wesen.« Dazu machte er eine getragene Handbewegung, und sein Gesicht hatte den Ausdruck der Verehrung.
Jeder liebte des andern innere Art. Dies geistige Einander- und Sichselbstsuchen im kindischen Wortgefecht, dies warme Emporsehnen und Hinausfühlen war genug des Glücks, was konnte ein Ja oder Nein daran vermehren oder davon rauben? Ihre Worte glichen leerem Fliegengesurr in sommerlicher Luft; was Engelhart dachte, teilte er dem Freunde mit, aber was sie empfanden, verbargen sie einander sorgsam, so wurde ihr Beisammensein reich an unterirdischen Quellen und belebt von fiebernden Wünschen nach der Zukunft hin. Raimund zuerst fand Engelharts Herz voll von Freundschaft, er bereitete es zu für die Freundschaft, er machte ihm das Gespräch mit einem vertrauten Genossen unentbehrlich. Eines Tages durfte Gerda an einem Spaziergang der Freunde teilnehmen, und das kam so. Engelhart hatte Raimund abgeholt, und sie gingen an dem Haus vorbei, wo Ratgebers wohnten. Da sahen sie Gerda auf der Steintreppe des Spenglerladens sitzen und weinen. Die Knaben fragten sie aus, und sie erzählte, sie habe ein Glas zerbrochen und sei geschlagen worden. Der mitleidige Raimund lud sie ein mitzukommen, und sie besann sich nicht lang. Sie wanderten in den Vestnerwald, und Gerdas blasses Gesicht färbte sich in der belebenden Luft, und ihre Augen, deren Ausdruck stets zwischen Pfiffigkeit und Träumerei wechselte, blickten

freier. Sie gab nur Angst vor neuer Züchtigung zu erkennen, weil sie so weit vom Hause war, aber Raimund lachte und meinte, das wolle er schon richten. In der Tat hatte Frau Betty Ratgeber eine Schwäche für den Knaben, vielleicht, weil er angesehener Leute Kind war und ihr sein Verkehr mit Engelhart schmeichelhaft vorkam; er war der Sohn eines Landgerichtsrates.

Die drei zogen tiefer in den Wald und beachteten kaum, daß die Dämmerung einbrach. Bisweilen blieb Raimund stehen und hielt mit kühnen, scharfen Augen Umschau. Ein Uhu schrie in der Ferne, es wurde schnell dunkel, gerade daß sie noch den Waldrand und die Landstraße erreichten, ohne in die Irre gegangen zu sein. Gerda war plötzlich todmüde, sie war nicht gewohnt zu marschieren, sie sank nieder in das feuchte Gras und schüttelte auf Raimunds spaßhaften Vorschlag, daß er und Engelhart sie tragen könnten, matt lächelnd den Kopf. Gleich darauf war sie eingeschlafen. »Lassen wir sie ein wenig schlafen«, murmelte Engelhart, »jetzt ist alles eins, Prügel gibts sowieso.« Vor ihnen im Osten stieg der Vollmond auf; zur Mulde vertieft, lagen die Zirndorfer Äcker, und drüben, auf dem Kamm des langgestreckten Hügels standen drei Pappelbäume, scharf in den Himmel gezeichnet. Raimund machte sich lustig über Engelharts auffallende Schweigsamkeit, auch später, als sie schon auf dem Heimweg waren, das verschlafene Mädchen in ihrer Mitte führend. Aber er konnte nicht anders, es war ihm namenlos bang ums Herz, und er vermochte nicht Rechenschaft zu geben, warum, er fand kein Wort, keinen Gedanken dafür. Es war, als verursache die Schönheit der Nacht ihm Schmerz, er spürte eine Kraft in sich, die er nicht anzuwenden wußte, es beunruhigte ihn eine Fülle, die die Brust zu sprengen drohte.

Raimund begleitete die Geschwister bis nach Hause und machte wirklich einen so geschickten Fürsprecher, daß man

Gnade walten ließ. Das war der letzte schöne Tag mit Raimund, bald darauf verließen seine Eltern die Stadt, sein Vater war nach Bamberg versetzt worden.

Sechstes Kapitel

Im darauffolgenden Herbst zogen Ratgebers wieder um eine Gasse weiter, in den zweiten Stock jenes Hauses, in dessen Hofgebäude sich die Fabrik des Vaters befand. Engelhart hatte jetzt schon ernsthaft für die Schule zu arbeiten, wenn er vorwärtskommen wollte, doch er genügte keineswegs den Ansprüchen, die der Vater an ihn stellte, und brachte vielfach schlechte Zensuren. »Du bist nicht bei der Sache«, sagte Herr Ratgeber streng, »du träumst«. – »Er ist ein Duckmäuser«, fügte die Stiefmutter hinzu, »sieh ihn nur an, er hat keinen freien Blick.« Dieser Vorwurf traf den Knaben empfindlich; er wußte seine Augen nach innen beschäftigt; wenn ihn jemand anrief, riß er sich erst los von einem inneren Bild, aber dann fühlte er seinen Blick ohne Scheu, er fürchtete die Augen der Menschen nicht, höchstens die der fremden Frau, die er Mutter nennen sollte. Er konnte sich freilich nicht geben, sondern wollte genommen werden, doch liebte er die Menschen, und das mit jedem Tage mehr; selbst von Gleichgültigen zurückgestoßen zu werden, war ihm ärgerlich. Er suchte Zuneigung, Zustimmung, Einverständnis und gewahrte, wohin er auch sah, die Spuren halbverwischter, mühsam verdeckter Leiden und die Schatten des Hasses, alle quälten sich aneinander, einer schürfte sich am andern wund, auch im eigenen kleinen Kreis war niemals Frieden. Die Sparwut der Stiefmutter überstieg jedes Maß, bei den Bekannten in der Stadt sprach man offen davon, daß die Ratgeberschen Kinder hungern müßten. Frau Caroline Curius schrieb es dem Onkel Michael Herz nach Wien. Dieser gab nun seiner Schwester eine Summe in Verwahrung, sie solle sich der Kinder annehmen und Engelhart solle wöchentlich eine Mark Taschengeld

erhalten. Ferner beschloß er, Gerda aus dem elterlichen Haus zu nehmen; er verständigte sich mit dem Vater, und ehe Weihnachten kam, reiste das glückliche Mädchen, jetzt erst seiner Kindheit wiedergegeben, nach dem oberfränkischen Städtchen Neustadt, wo sie in einem rühmlich bekannten Pensionat Aufnahme fand.
Engelhart erschien sich mit seiner wöchentlichen Rente als gemachter Mann, doch erwuchs ihm keine rechte Freude daraus. Wenn er den Besitz genießen wollte, mußte er ihn ängstlich geheim halten, und diese Heimlichkeit bedrückte ihn. Schon allein das lichtscheue Gebaren beim Kauf jedes Stückchen Brotes, das Verstecken seiner Pfennige am Abend vor dem Schlafengehen; was eine Erleichterung hätte sein sollen, beschwerte ihn nach und nach als Schuld, er haßte sich, wenn er seinen Hunger stillte, und inbrünstiger als je suchte sich sein Geist aus der trüben Täglichkeit zu lösen. Durch Zufall kam ihm ein populäres Buch über die Sternenwelt in die Hand, und entzückt sog er das falbehafte Neue in sich auf. Welch ein Himmel, welch eine Welt! Die Gestirne ein feuerflüssiges Chaos, alles Werden ein Spiel von Jahrmillionen, die unscheinbare Milchstraße die Bahn zahl- und namenloser Sonnen, jede sich regend in grauenhafter Gesetzmäßigkeit, das ganze Universum ein Bild zielloser Eile, ein Hinrasen durch unendliche Finsternis. Des Knaben Gedanken tasteten sich schaudernd von Erscheinung zu Erscheinung, wie Schneegestöber in einen Garten mit jungen Blüten wirbelte und stürzte dies alles in seinen Kopf. Andacht mischte sich mit Traurigkeit, und es schien ihm vergeblich, ein Glück für das eigene schwanke Herz zu suchen, das wie ein Atom im Staubmeer unter einem kurzen Lichtstrahl leuchtend zuckt, um dann still in die Dunkelheit zu gleiten. Oft drohte ihm die Brust zu zerspringen, und nachdem er lange in eine entlegene Ecke vor sich hin gegrübelt, tat er wie schon als Kind, lief in entfesselter Wildheit durch

die Straßen ins freie Feld, redete laut vor sich hin, stimmte unsinnige Gesänge an, um an einem einsamen Punkt der Landschaft plötzlich stehen zu bleiben und sehnsüchtig auf Stimmen zu horchen, die seine entbrannte Phantasie in die Fernen und Tiefen zauberte.
War all das nur ein buntes, böses Träumen der ums Wachsein sich quälenden Seele? An nebelvollen Tagen verschwimmen Himmel und Erde in eins, und der Schatten an einer Mauer scheint sich in die Wolken zu recken.
In dieser Zeit kam Engelhart fast täglich ins Haus der Tante Curius. Herr Peter Salomon hatte seinen Posten im Ratgeberschen Geschäft längst aufgegeben und betrieb eine Kohlenhandlung, aber seine Einkünfte hätten ihm nicht gestattet, das Feinschmeckerleben zu führen, zu dem er sich ausersehen glaubte, wenn nicht Michael Herz in Wien regelmäßige und bedeutende Zuschüsse gewährt hätte. Peter Salomon betrachtete das als einen selbstverständlichen Tribut, und wenn kein Geld mehr da war, sagte er mit einer gravitätischen Handbewegung: »Caroline, du mußt wieder einmal nach Wien schreiben; dein Michael muß bluten, da hilft ihm kein Herrgott.« Dann tänzelte er lächelnd von einem Fuß auf den andern, trällerte ein Lied und ging ins Wirtshaus. Der Kohlenhandel ging natürlich schlecht, da Herr Curius nicht zu arbeiten liebte, er begnügte sich mit dem Bewußtsein, daß in ihm das Talent zu einem Millionär stecke. Eines Tages kaufte er für zwölftausend Mark, es war das ganze Heiratsgut seiner Frau, einen Bauplatz, der am äußersten Rande der Stadt, gegen Müggenhof zu lag, und obwohl ihm alle vernünftigen Leute die Aussichtslosigkeit des Projektes lebhaft vor Augen stellten, setzte er seinen Willen durch, und seine Hauptbeschäftigung bestand von nun an darin, erstens so oft als tunlich auf seinem eigenen Grund und Boden spazierenzugehen, zweitens zu warten, bis irgendein wunderbares Ereignis die Landpreise so in die

Höhe treibe, daß er zum reichen Mann würde.»In zehn Jahren«, behauptete er mit jener Sicherheit, die ihn in den Augen seiner Frau zu einem Genie machte, »wird man mir zweimalhunderttausend Mark anbieten, aber ich werde noch weitere zehn Jahre zusehen. Ihr sollt den Curius kennenlernen.«

Nun war beinahe seit dem ersten Tag der Ehe eine Person namens Babette Kroner im Hause, die zuerst als Köchin, dann als Wirtschafterin galt, die aber in Wirklichkeit die Geliebte Peter Salomons war. Man erzählte sich, daß alle drei, Mann, Frau und Magd, in demselben Zimmer schliefen und daß die Frau gezwungen sei, die Zärtlichkeit ihres Mannes mit der Fremden zu sehen, man entrüstete sich darüber und gab der Frau Schuld, da sie etwas beschränkten Geistes war. Aber sie liebte ihren Peter Salomon so abgöttisch, daß sie in seiner Gegenwart kaum den Blick von ihm wandte, und ihre sklavische Selbstverleugnung war so groß, daß sie die andere mitliebte, daß die andere die wahre Herrin spielen und mit demselben Allerweltshohn wie Curius selbst jede Billigkeit vergessen durfte. Sie weigerte sich schließlich, die gemeine Hausarbeit zu verrichten und drang darauf, daß ein Dienstmädchen angestellt werde. Peter Salomon benützte die Gelegenheit und wählte unter denen, die sich dazu anboten, ein höchst scharmuzierliches Frauenzimmer, wie er sich ausdrückte, eine gewisse Anna Wild aus der Gegend von Erlangen. Sie gefiel Peter Salomon so über die Maßen, daß er Frau samt Kebsweib vergaß und sich emsig hinter die Neue machte. Anna Wild war in der Tat ein schönes Weib; Kopf, Hals und Glieder waren aufs feinste gebildet, sie hatte schwarze Haare, die in Zöpfen um das Haupt geflochten waren, sie ging meist mit kokett gesenkten Augen, und wenn sie lächelte, flammten hinter den feuchten Lippen die weißesten Zähne. Die Kroner wurde von Eifersucht erfaßt, es gab fortwährend Zänkereien, einmal wollte die Wild Phosphorkappen von Zündhölzern in ihrer Suppe gefunden haben. Alledem sah Frau Curius still zu. Nicht nur, daß sie die Unbequemlichkeiten ertrug, sondern sie warb auch noch bei Anna Wild für ihren Gatten und begünstigte sie, als sie in ihr die Mehrgeliebte sah. Wenn sie litt, so verbarg sie es trefflich, nie schwand der Ausdruck einer wunderlich bedrückten, lächelnden Scham von ihrem Antlitz.

Häufig war Engelhart Zeuge häßlicher Auftritte, auch sprach man bei Ratgebers mit offener Verachtung über die Zustände. Da aber äußerlich alles seinen geregelten Gang weiterlief, Peter Salomon mit weltüberlegener Miene zum Fenster hinausschaute und Frau Caroline am Herd stand und kochte, so blieb es für ihn nur bei Ahnungen und einem unfruchtbaren Nachdenken. An einem Abend kam er hinüber und sah Anna Wild unter der Kellertür sitzen, ein Öllämpchen neben sich, und in die Tiefe starren. Der Knabe fragte, auf wen sie warte, sie blickte ihn flüchtig an, schüttelte den Kopf und rief nach einer kleinen Weile gegen die Wohnung hinauf: »Herr Curius! Herr Curius!« Es kam keine Antwort, das Mädchen wandte sich zu Engelhart und forderte ihn auf, sie in den Keller zu begleiten, sie fürchte sich alleine. Er ging mit, sie rollte ein kleines Bierfaß aus der Tiefe des Verschlages, stellte es auf die Bank, wo das Lämpchen stand, nahm den Hammer und hieb mit gewaltigen Schlägen den Keil in den Spund. Dann nahm sie den Abzugsschlauch, steckte ihn in die Öffnung und trank am andern Ende mit langen durstigen Schlücken. Plötzlich hielt sie inne und sagte: »Du könntest mir gleich einen Kuß geben, du Kleiner.« Da er nicht antwortete, zog sie ihn am Arm heran und hieß ihn aus dem Schlauch trinken, wie sie selbst getan. »Ordentlich!« befahl sie, »du wirst kein Mann, wenn du nicht trinken kannst.« Und ehe er sich dessen versah, ergriff sie ihn ganz, wie er war, drückte seine Schulter an ihre Brust, packte mit der Hand sein Kinn und küßte ihn mitten auf den Mund. Engelhart vermochte vor Zorn und Scham kaum zu atmen, er packte sie bei den Haaren und suchte ihren Kopf zurückzustemmen, ihm war, als berühre ein zuckender kühler Fisch seine Lippen, endlich riß er sich mit aller Kraft los und stolperte die finstere Treppe hinauf. Anna Wild lachte hinter ihm drein und rief: »Wirst kein Mann, wenn du nicht küssen kannst.«

Tagelang nachher vermied Engelhart den Blick der Menschen, und wenn ihn jemand anredete, erschrak er. Bisweiren rieb er mit den Fingern seine Lippen ab, als suche er das Gedächtnis an jenen fischhaften Druck fortzuwischen. Wenn er des Nachts aus dem Schlaf erwachte, blickte er mit einem Gefühl tiefer Unruhe in die Finsternis, der Wind rüttelte am Fenster, und es war ihm, als lauere draußen, den Raum zwischen Himmel und Erde füllend, ein ungeheures Raubtier. Vielleicht hätte er das ganze Erlebnis wieder vergessen, wenn sich nicht im elterlichen Hause etwas ereignet hätte, das seinem Nachdenken und seiner dumpfen Verstörtheit neue Nahrung gab. Die Magd bei Ratgebers hatte einen Liebhaber aus der Fabrik, und es kam heraus, daß dieser sich allnächtlich in ihre Kammer schlich. Eines Nachts wachte Engelhart von wildem Schreien und Schimpfen auf, das vom Flur hereinschallte. Er erhob sich und lugte durch die Türspalte. Die Magd und ihr Liebhaber standen beide im Hemd vor Herrn Ratgeber. Das Weib heulte, der Liebhaber brüllte und Herr Ratgeber schrie. Oben und unten öffneten sich Türen, verschlafene Leute erschienen, und endlich mußte das Paar, nachdem es sich angekleidet hatte, schimpflich das Haus verlassen. Darauf folgte eine angstvolle Zeit; in jeder Nacht vor Torschluß läutete die Flurglocke stürmisch, der Liebhaber und seine Kumpane standen draußen und verlangten unter unheimlichen Reden den Lohn der Magd für die nicht eingehaltene Kündigungsfrist.

Da nicht aufgemacht wurde, stießen sie das Glas an der Türe ein, und einer warf sein Messer in den Korridor. Das ging so fort, bis die Polizei dem Treiben ein Ende machte. Langsam und mit unerbittlicher Gewalt tauchte für Engelhart ein Warum nach dem andern aus der Tiefe des Nichtwissens empor. Warum, so hätte er fragen mögen, ist für mich ein Geheimnis, was euch allen selbstverständlich scheint? Ist es sündhaft, so offenbart es, damit ich es meiden lerne. Doch an wen hätte er sich wenden sollen? Der Vater war verstrickt in seinen aufreibenden Beruf; keine Mutter, die hätte erraten können, kein freundlich erfahrenes Auge weilte auf ihm. Sein ganzes Wesen dürstete nach Wahrheit und Aufklärung und mußte unerlöst hangen zwischen Lüge und Feigheit, mußte zitternd weilen wie der Blinde, der sich an einem Stein stößt und sich nicht weiter wagt, trotzdem zu beiden Seiten kein anderes Hindernis ist. Ja, er mußte in der Luft der Heuchelei zum Heuchler werden, so daß ihm bangte, wenn von den mysteriösen Dingen zu Hause oder unter Freunden geflüstert wurde und er sich anschickte, mit Befangenheit den Unbefangenen zu spielen. Was er auch von den Menschen und ihren Einrichtungen beurteilen lernte, erschien ihm widersinnig und grausam.
Es war ein Karneval, da ereignete es sich, daß unter Engelharts Mitschülern das Gerücht umlief, ein gewisser Bachmann, der dieselbe Klasse besuchte, aber zwei Jahre älter und wegen seines gewalttätigen bulldoggenhaften Wesens von allen gefürchtet und gemieden war, habe seinem Vater eine große Summe Geldes entwendet und alles im Verlauf kurzer Zeit in einem öffentlichen Haus verpraßt. Die Sache kam zu den Ohren der Lehrer und des Rektors, es fand eine große Untersuchung statt, in die auch einige Schüler der oberen Klassen verwickelt wurden, und Bachmann und seine Mitschuldigen wurden dimittiert. Am Nachmittag des Faschingsdienstags kehrte Engelhart mit einer Schar von

Kameraden von der Turnstunde zurück. Die Turnhalle war etwas außerhalb der Stadt gelegen, und ohne daß Engelhart wußte, was im Werk war, bemerkte er plötzlich ein heimliches Raunen und aufgeregtes Tuscheln unter den Knaben, und sie zogen in eine Seitengasse, wo ein paar unscheinbare Häuser standen, deren Fenster mit grünen Läden verschlossen waren. Die Schar, es waren zwanzig bis fünfundzwanzig Knaben, wurde immer stiller, einige sahen sich mit furchtsamen, ja fast irreglänzenden Augen um, andere lächelten scheu. Sie standen eine Weile unschlüssig herum, zwei oder drei rieten umzukehren, da öffnete sich im obern Stock eines Häuschens ein Fenster, und der dicke Bachmann, der Stier, wie sein Spitzname lautete, lehnte sich heraus. Er hatte eine Harlekinsmütze auf dem Kopf und sah wüst und verkommen aus. Hinter ihm erschienen zwei oder drei Mädchen, bis zur Brust entblößt; sie lachten und klapperten zugleich vor Kälte mit den Zähnen, die eine hielt eine Weinflasche in die Höhe, die andre stieß Lockrufe aus, derart, wie wenn man Hunde lockt. Auch sie hatten bunte Papiermützen, mit klingenden Schellen behangen.
Unten standen die Knaben vollständig lautlos. Von denen, die rückwärts standen, schlichen einige ängstlich davon. Bachmann forderte sie auf, ins Haus zu kommen, er habe Geld genug, doch keiner antwortete. Es dunkelte schon, und nach und nach schlichen alle davon. Engelhart trieb sich noch eine Weile in der heute mehr als sonst belebten Stadt umher; als er das Haus in der Mathildenstraße betrat, sah er unten im Packraum neben dem Schreibzimmer des Vaters den Kommis Lechner. Es drängte ihn, mit irgend jemand zu sprechen, es lag ihm wie ein Stück Blei in der Brust. Er hatte die Gesellschaft gerade dieses Menschen bis jetzt gemieden, er war einmal dabei gewesen, als Lechner im epileptischen Krampf niedergestürzt war, Tisch und Bank mit sich reißend und im grauenhaften Gebrüll mit allen Gliedern

zuckend; seitdem war ihm seine Nähe unerträglich, und doch konnte er heute nicht anders, er gesellte sich zu ihm, begann scheinbar harmlos zu plaudern und erzählte ihm die Geschichte mit Bachmann stockend und umständlich. Gewiß merkte Lechner das Bedrückte und Fragende in Engelharts Gehaben, und er benützte den Anlaß, um als Wissender den Unwissenden zu sticheln. Engelhart setzte sich auf eine Kiste und hörte zu wie einer, der Vorwürfe verdient. Da nahm Lechner einen mitleidig-lehrhaften und vertraulichen Ton an, lehnte sich flüsternd über den Tisch, und seine Augen flackerten glimmerig. Ihn juckte die Lust der Besudelung, das krampfhafte Behagen, mit den Stiefeln in einem Blumenbeet trampeln zu können. Er hatte das Bild zu Sais entschleiert und hatte nichts als einen Phallos erblickt, und das ganze Gebilde der Schöpfung, alle Sehnsucht der Kreatur war ihm nur ein betrügerischer Vorwand, den er mit lüsternem Augenblinzeln durchschaute. Von namenloser Scham wie gerädert, lauschte Engelhart den unverkleideten Worten des Menschen. Sein erster stechender Gedanke war: Und meine Mutter? Es erleichterte ihn, daß er ihr nicht mehr begegnen mußte, daß ihr Tod ihm erspart hatte, sie mit Augen voll solcher Kenntnis ansehen zu sollen. Mit einem Abscheu vor Lechner, der keines Wortes fähig war, erhob er sich und ging. Der andere, der Dankbarkeit und begieriges Eingehen erwartet hatte, war erzürnt; er haßte den Knaben von da an und verfolgte ihn bei jeder Gelegenheit mit hämischen Anspielungen. Ja, seine Tücke scheute nicht davor zurück, Herrn Ratgeber mit dem wohlgemeinten Hinweis auf Engelharts frühe und gefährliche Reife zu beunruhigen.
Engelhart schlief mit seinem Bruder Abel, der jetzt neun Jahre alt war, in einem Bette. Abel war ein ganz und gar verprügeltes Kind; die steten Gefahren, von denen er umlauert war, hatten ihn tückisch und verschlagen gemacht,

und da ihm jede wahre Zucht mangelte, bot sein Charakter dem Schlechten und Niedrigen immer weniger Hemmungen dar. Engelhart hatte ihn wegen kleiner Verrätereien, durch die er sich bei der Stiefmutter ein Stück Brot oder ein gutes Wort erkaufte, vielfach zu fürchten, doch hatte er schließlich ein Mittel gefunden, durch das er den Bruder im Zaum halten und an sich fesseln konnte, er erzählte ihm allabendlich vor dem Einschlafen Geschichten – Märchen und Abenteuer, die er gelesen hatte, und als ihm der Vorrat ausging, fing er an, selbsterfundene Geschichten zu erzählen, und zwar solche, die er nicht zu Ende erzählte, sondern in schlauer Manier stets im spannendsten Moment mit der Zeitungsphrase abbrach: Fortsetzung folgt morgen. So entstanden nicht selten sonderbare und raffinierte Verwicklungen, deren Lösung immer weiter hinausgeschoben wurde und die an Engelharts Gedächtnis große Anforderungen stellten. Abel war ein atemloser Zuhörer, es kam vor, daß er den Bruder auch bei Tag bedrängte, weil ihm die Neugier keine Ruhe ließ. Heute lag Engelhart schweigend neben Abel in der Dunkelheit, und so sehr ihn dieser auch um die Weitererzählung der Geschichte bestürmte, er konnte kein Wort über die Lippen bringen; es schien ihm häßlich, das Reden, er fürchtete die Worte, im unverfänglichsten Wort spürte er plötzlich einen Stachel, der die Seele ritzte. Als Abel sich endlich zufrieden gegeben hatte und schlief, erhob sich Engelhart aus dem Bett und setzte sich im Hemd ans Fenster. Weite, dunkle Höfe lagen vor ihm, und schwarze Dächer klebten am Gewölke, hinter dem umrißlos der gelbe Mond zerfloß. Engelhart stützte die Ellbogen auf das Sims, sein Herz badete etwas erleichtert in der wunderbaren Nachtstille, und Tränen stürzten ihm aus den Augen.

Tante Wahrmann hatte Engelhart schon im Winter eingeladen, die Osterzeit bei ihr zu verbringen, Herr Ratgeber verweigerte seine Erlaubnis, doch, besorgt über des Knaben

Fortschritte in der Schule, gab er das Versprechen, ihn zu den Sommerferien nach Gunzenhausen zu schicken, wenn er in die fünfte Klasse aufsteigen dürfe. Engelhart gehörte nicht zu den Naturen, für die eine Belohnung zum inneren Ansporn wird, im Gegenteil, er fand sich durch Erwartungen, die er erregte, entschieden gelähmt; nichts ward bei ihm durch Entschluß und klar bewußtes Handeln, alles wuchs aus einem ungeheuern Druck und Trieb hervor, und das seinem Wesen Widrige nahm oft nur durch die Fügung eines guten Sterns keinen üblen Ausgang. So hatte er geringe Hoffnungen für einen Sommer, wie ihn seine Sehnsucht wollte, jetzt, wo alle Lernfreudigkeit geschwunden war und sein tiefbetrübter Geist, der Unschuld des Betrachtens entrissen, lichtscheu an den Wurzeln des Lebens nagte. Es vergingen die Monate, und er spürte ungeduldiger als jemals die gleichmäßige Fesselung durch ehern eingeteilte Stunden, oft wurde seine Ruhelosigkeit so groß, daß ihn kein noch so geliebtes Buch zu halten vermochte, und er spürte es; wenn er diesen Sommer der Freiheit nicht bekam und das, was er, geheimnisvoll vorauserlebend, in ihm ahnte, dann mußte er den feindseligen Gewalten erliegen, denen er keinen Namen geben konnte. Einmal, auf dem Weg zur Schule, hörte er bei einem Neubau einige Leute aufschreien und ihm zuwinken; in derselben Sekunde vernahm er ein unheimliches Klirren und Knattern, rings um ihn schwirrte es, da sah er sich mitten in dem Flügel eines großen Fensterstockes stehen, der aus der zweiten Etage herabgestürzt war. Das riesige Ding war durch den erstaunlichsten Zufall gleichsam rings um ihn herumgefallen, die Scheiben waren nach außen geflogen und auf dem Pflaster zersplittert, er stand unverletzt mitten im Rahmen, als hätte er sich hineingestellt. Wie trunken blieb er eine Weile stehen und wurde von den Zuschauenden kopfschüttelnd betrachtet. Er nahm es als ein gutes Vorzeichen, er faßte wieder Vertrauen, und eine süße Lebenssicherheit ergriff wieder Besitz von ihm. Endlich kam die Entscheidung, und sie fiel günstig aus. Anfang August durfte er reisen, zu Abels Neid und großer Eifersucht. Des Abends langte er an, herzlich begrüßt, und lag bald darauf wieder im selben Bett wie vor sechs Jahren, hörte die dröhnenden, langsamen Stundenschläge der Blasturmglocke, den mahnenden Gesang des Nachtwächters und, wie auf einer Brücke durch den Weltraum rollend, die Eisenbahnzüge im Tal draußen. In der Frühe fragte ihn Frau Wahrmann über die Verhältnisse daheim aus; sie war eine gute und gerechte Frau und geriet beinahe außer sich über seine Erzählungen, in denen er zudem alles ihn selbst Demütigende stolz verschwieg. Hier im Hause hatte sich wenig geändert; Onkel Wahrmann wurde mehr und mehr zum Brummbären; es zeigte sich, daß er eine eigentümliche Abneigung gegen Engelhart gefaßt hatte; »du wirst sehen, aus dem Jungen« wird ein Taugenichts«, sagte er bei jeder Gelegenheit zu seiner Frau. Helene war nun ein heiratsfähiges Mädchen, aber sie machte sich wenig Gedanken darüber, und ihre Hauptsorge war auf ein harmloses Amüsement gerichtet, die zweite, die Gottsucherin, konstruierte sich ein Leben voll falscher und eingelernter Idealismen, und ihr Los war schon jetzt die beständig seufzende Trauer darüber, daß das Lebendig-Seiende mit dem Sehnsüchtig-Erdachten so wenig übereinstimmte. In Esmee zeigte sich die Unbefangenheit einer kräftig auf Form und Erscheinung gerichteten Natur, und sie war immer wieder die Versöhnerin zwischen der spöttisch-überlegenen Helene und der hadernd-unzufriedenen Jette; sie ließ alles Unangenehme an sich herankommen und wurde dann spielend damit fertig. Und so sehr sie noch Kind war, so hatte ihr Herz schon für immer gewählt, einen jungen Studenten, Spiel- und Schulkameraden. Dies zu wissen, war für Engelhart schmerzlich, nicht als ob seine Gedanken jemals wünschevoll um Esmees

Bild gewebt hätten, aber sie schon in Besitz genommen zu wissen, das erregte seinen Unwillen. Es war etwas Gehemmtes und Zelotisches in seinem Blick, wenn er ihre naiv-koketten Künste beobachtete, er suchte Streit mit dem Mädchen wie mit dem hübschen Gymnasiasten, der ihr Freund war. Schien es nicht, als ob Lechners Enthüllungen das Liebestreiben der Menschen für ihn zu einem epileptischen Kampf gemacht hätten? Oft geschah es, daß er sich absonderte, wenn die Mädchen und Knaben hinaus in die Wiesen wanderten, doch er ging dann nicht seine eigenen Wege, sondern folgte jenen wie ein Spion, verbarg sich hinter Gebüsch, wenn sie rasteten, beobachtete argwöhnisch und geheimnisvoll erregt ihr Treiben und wandte das Auge nicht von Esmee und ihrem Anbeter. Und wie schimpflich, wie erniedrigt erschien er sich dabei, ausgestoßen von dem Kreis fröhlicher Beziehungen, untötbaren Neid in der Brust.
Angezogen von dem Ruf der Geselligkeit und heitern Gastfreundlichkeit, kam auch ein junger Mensch namens Benedikt Knoll ins Wahrmannsche Haus, auch ein Student, der etwa siebzehn Jahre alt war, drei Jahre älter als Engelhart, und der alsbald durch wirklichen Scharfsinn und vielfaches Wissen dort eine geistige Oberherrschaft, ja eine Art Tyrannei antrat. Er war ein sehr kleiner, häßlicher Mensch von früh entwickeltem sarkastischem Witz, ein Jude und eine echte Judennatur, den frommen und gedrückten Geschlechtern entsprossen und unbewußt bemüht, diese Abkunft durch ausschweifende Freigeisterei und ein brünstiges Streben nach Unabhängigkeit zu verleugnen. Ihm näherte sich Engelhart schüchtern, bereit, eine Überlegenheit anzuerkennen, die sich so selbstherrlich gab und die keinen Widerspruch, sondern nur Bewunderung erfuhr. Benedikt Knoll ließ sich die Gelegenheit nicht entgehen, seine erzieherischen Ideen zu verwirklichen, und am lebhaftesten experimentierte er dann an Engelhart, wenn er an den Mädchen willige

und andächtige Zuhörerinnen hatte. Er hatte sehr viel Heine gelesen und verachtete, wie es damals unter jungen Leuten Brauch war, Schiller und Schillersche Begeisterung; mit einem Heineschen Witz ließ sich jede ins Traumhafte und Phantastische schweifende Wendung des Gesprächs mühelos und unter dem Dank des Publikums ersticken. An Sommerabenden, wo man unter dem klaren Sternenhimmel zwischen den Häusern und duftenden Gärten auf- und abwandelte, wurde mit wenigen ironischen Seitenhieben Gott aus der Welt gejagt, und Wissenschaft und blöder Augenschein traten an seine Stelle. Nun hatte ja Engelhart freilich schon auf seine Weise Gott verloren, nur nicht so leicht, so überhebend, so hausbacken, und immerhin lag im verlassenen, noch nicht entheiligten Tempel der schutzlose Mensch ehrfürchtig auf den Knien. Dies aber verwirrte sein Gemüt schwer, und bei all der unwiderstehlichen, prickelnden Gewalt, die Benedikt über ihn gewonnen hatte, fing er doch an, ihn im Innersten zu hassen und zu fürchten. Dann bestach ihn wieder die freiere Anschauung von den Dingen des Lebens und das kühnere Urteil des kleinen Studenten, und sie verabredeten, in Korrespondenz zu bleiben. Engelhart trat jetzt in ein Alter, wo Geist oder nur die Maske des Geistes, das scheinhafte Wort, schon als Triumph über die lastenden Schicksalsmächte gilt. Diese Andacht des Alleshinnehmens und Alleseinsaugens kam dem kritischen Knoll verdächtig vor, er ärgerte sich über die zage Verschleierung des Ausdrucks, wenn Engelhart von der Zukunft und seinem künftigen Beruf sprach. »Da dich dein Vater zum Kaufmann machen will, so tu nicht, als ob du zu was Besserem geboren wärst«, schalt er grob. »Du gehabst dich, als ob's eine Schande wäre, aber es sitzen noch ganz andere Leute wie du auf dem Drehsessel.«

Engelhart schwieg, und eine dunkle Verstimmung bemächtigte sich seiner. Was konnte es helfen, er hatte keine Lust dazu. Aber wozu sonst? Die Zukunft war ihm eine geheimnisvolle Nacht, aus deren Tiefe wie ein scharlachner Brand irgend etwas Unbekanntes strahlte. Auch wenn er in sein Inneres schaute, sah er dieses Feuer, dessen er sich vor den Menschen schämte und das ihn beunruhigte, wenn er allein war. Es schwebte ihm etwas vor, ähnlich wie atemloses Graben und Schaufeln im Innern der Erde, und daß junge Frauen aus einer jäh geöffneten Pforte traten, um ihm schweigend und ergriffen zuzuhören, wenn er von der Finsternis und seiner Einsamkeit erzählte. Oder er dachte sich in einem seit Jahrhunderten verlassenen und verfallenen Haus von Gemach zu Gemach wandernd; nur die letzte Tür war verriegelt, und als er weitergehen wollte, vernahm er aus dem Innern eine Stimme, die voll unerhörten Schmerzes ein unerhörtes Leiden berichtete. Er sah auch das Bild zahlloser über eine Heide hinstürmender wilder Pferde, und er selbst kam des Wegs, die ungestüme Schar blieb versteinert stehen, und er schritt ruhig durch die willigen Reihen. Er sehnte sich nach den Menschen im allgemeinen und fürchtete sie wieder im besondern. Er liebte es, mit halbgeschlossenen Augen dazuliegen und über etwas zu lächeln, was ungreifbar, ein süßer Hauch, über seine Seele flog. Das war es ungefähr, und es erschien ihm verwerflich und unfruchtbar, so zu sein, aber er konnte nicht anders.

An einem Regentag zeigte sich ein fremdes Gesicht im vertrauten Kreis, ein Mädchen namens Hedwig Andergast, eine Offizierstochter aus Nürnberg, die bei ihren Verwandten, den Notarsleuten, zu Besuch weilte. Sie war ein wenig älter als Engelhart; als er sie sah, hatte er ein höchst wunderliches Gefühl: ihm war, als träume er, und sie tanze luftig leicht auf seiner ausgetreckten Hand. Er wurde später gefragt, ob er sie hübsch fände, und er konnte nichts antworten, da er, kaum daß sie aus dem Zimmer gegangen, sich an keinen Zug ihres Gesichts erinnern konnte. Die Mäd-

chen bedrängten ihn, besonders Helene hätte gern gewußt, ob die Fremde den Vorrang vor ihr verdiente, da tat er eine feindselige Äußerung gegen Hedwig Andergast, ganz ohne Ursache, aus einer unklaren Wallung des Gemüts heraus. Natürlich kam Hedwig oft, sie hatte Gefallen an den Wahrmannschen Mädchen gefunden, und da hatte Esmee, boshaft gelaunt, den Einfall, Hedwig die Worte Engelharts in seinem Beisein zu wiederholen. Das Mädchen sagte nichts, sie zuckte nur die Achseln, aber der ruhige, verwunderte Blick ihrer grauen Augen traf ihn tief.
An einem Nachmittag, wo es regnete und gewitterte, wurde beschlossen, auf den großen Dachboden zu gehen und dort zu spielen. Die meisten Spiele erwiesen sich für längere Dauer als unzulänglich; Helene und Jettchen brachten Blumen herauf, steckten sie mit den Stengeln der Reihe nach in die Fugen zwischen den Dielen, und der öde Dachboden stellte einen Garten vor. Man dachte sich einen hohen Zaun ringsum, Helene war Pförtnerin und ließ nur diejenigen hinein, die einen selbstgereimten Vers aufzusagen wußten. Alle zogen sich mehr oder weniger geschickt aus der Affäre, nur Engelhart brachte in der kritischen Lage nicht ein Wort über die Lippen. Dies schmerzte ihn selbst, denn er wußte etwas und konnte es nur nicht sagen und hätte es nicht sagen können um keinen Preis der Welt. Als man ihn verspottete, nahm er eine Holzlatte, hieb den Blumen die Köpfe ab und fuchtelte derart um sich, daß die Cousinen schreiend in eine Ecke flüchteten, während Hedwig Andergast sich in den großen Schlitten setzte, der hier oben seine Sommersiesta hielt, und gleichgültig, ja sogar etwas müde vor sich hin blickte. Schließlich, sein Gebaren wurde ihm selber unheimlich, sprang Engelhart auf eine Kiste und schleuderte die Latte wie einen Speer von sich. Sie traf Hedwig seitwärts an der Stirn, ein Aufschrei folgte, Engelhart sah Blut, die Mädchen kamen bleich aus ihren Verstecken, Esmee lief um

Wasser zu holen, Helene wusch die unbedeutende Wunde und band ein Tuch um Hedwigs Stirne. Nachher gingen sie alle ins Klavierzimmer hinunter, räumten Tische und Stühle beiseite, um zu tanzen, denn Hedwig wollte zeigen, daß sie sich aus dem Unfall nichts mache. Aber Engelhart war verschwunden. Er hatte sich eine Weile im Hof herumgetrieben und war dann in die Scheune gegangen, wo er sich oben zwischen den Holzstößen verbarg. Das Gewitter hatte aufgehört, die Sonne schien in das kleine Fenster an der Mauer; er sah hinaus, über ein schmales Gäßchen hinweg bot sich der Blick auf den Garten des Kasinos und auf die leuchtenden, tropfenden Bäume. Unten ging Leutnant Siderlich vorbei, und wie gewöhnlich folgten ihm einige Knaben mit höhnenden Zurufen. Leutnant Siderlich wohnte längst nicht mehr bei Wahrmanns, auch war er aus dem Heeresdienst entlassen, lief in Zivilkleidung herum und war zur öffentlichen Spottgestalt geworden. Die Knaben machten sich über seine Trunkenheit lustig, vielleicht schien er auch nur betrunken und war in Wirklichkeit krank, jedenfalls torkelte er haltlos am Zaun entlang. Währenddem kam Hedwig Andergast aus dem Wahrmannschen Hause und betrat das Gäßchen. Sie hatte noch das weiße Tuch um die Schläfen gebunden. Der Leutnant Siderlich blieb vor ihr stehen und legte, als ob er noch Offizier wäre, die Hand salutierend an den Hut. Die Knaben johlten, Siderlich lächelte verzerrt. Hedwig sagte zu dem vordersten der Knaben: »Schämt euch doch, ihr Buben, seht ihr denn nicht, daß sich der Mann nicht wehren kann?« Einer aus der Schar entgegnete frech: »Er wirft immer in der Nacht Steine nach den Fenstern.« Der Leutnant machte eine protestierende Geste, aber die andern lachten und schrien: »Ja! Ja!« Hedwig sah noch eine Weile zu, bis sie alle fort waren, dann ging sie weiter. Engelhart hörte sie etwas murmeln, und sie schüttelte den Kopf. Ein unwillkürlicher Ausruf oder ein Räuspern von

ihm ließ sie emporschauen; sie hemmte ihren Schritt und lachte, wobei sich ein goldiger Glanz über ihre Lider breitete; Engelhart war es, als ob er durch den lachenden Mund bis in ihr Herz hinabsehen könnte.
Am Abend trat eine Gestalt an sein Bett und hieß ihn aufstehen. Er gehorchte und kleidete sich an. Die Gestalt führte ihn hinaus. Am Himmel zuckten beständig Blitze; es sah aus, als ob unter den Rändern der Erde ein großes Spiritusfeuer kochte und die Flammen schlugen beständig über. Er wurde von der Gestalt bis zum Altmühlfluß geführt. Dort lag ein Boot, und sie stiegen ein, fuhren ohne Stange noch Ruder stromaufwärts, und da erwies es sich plötzlich, daß die Gestalt Hedwig Andergast war; ihr Gesicht war wie mit einem Silberschein behangen, und als er sie schüchtern fragte, warum sie nicht spreche, legte sie stumm die Hand auf ihre Brust und seufzte.
Es war ein Wunschbild, natürlich, aber Wahrheit steckte darin. So sah er sie und sich selbst, geheimnisvoll und von Wundern umgeben. Es war nicht mehr die alte Erde, auf der er wandelte, es erschien ihm seltsam lächerlich, zu gehen, zu sprechen und zu schlafen. Er mied Hedwig Andergasts Nähe, nichts enttäuschte ihn so sehr, als ihre Stimme zu hören, und nichts beglückte ihn so, als einen Raum zu betreten und zu wissen, daß sie dagewesen war. Es stimmte ihn böse, wenn sie in seiner Gegenwart von ihrem Elternhaus erzählte, von ihren Kleidern oder von Vergnügungen und Gesellschaften, er sah sie dann so wild an, daß das Mädchen erstaunte und erschrak; dagegen suchte er am Abend den Garten und die dunkle Laube auf und saß regungslos, bis es zehn Uhr schlug und die Tante zum Schlafengehen rief. Dort wurde ihm der Tag erst Wirklichkeit und holdes Schauen, er fühlte den Leib der Bäume von sommerlichen Säften strotzen, in den Sonnenstreifen leuchtete das Blut der Blumen, alle Dinge waren doppelt entblößt und

doppelt verhüllt. Es erschien ihm wichtig, daß man gütig und anerkennend gegen ihn sei, und Hedwig Andergast wählte er vor allen andern aus, daß sie es sei. Wenn er im Freien ging, im Wald, warf er sich bisweilen zur Erde und horchte; der Wind sang, im Innern der Erde sang es mit, die ganze Natur hatte Atem, Stimme, Bewegung, Antlitz, Mark und Sehnsucht. Wenn er an Hedwigs Gestalt und Namen dachte, erzitterte sein Herz, aber wenn sie kam oder ging und ihm wie allen die Hand reichte, schaute er finster zur Seite. Er empfand es als eine Demütigung, von ihr gekannt zu sein. Schließlich wußten doch bald alle, was mit ihm vorging, er gehörte nicht zu denen, die ihre inneren Zustände verbergen können, da wurde jedes Zusammensein eine Qual, und es genügte, wenn Hedwig bei einer Anspielung errötete, daß er aufsprang, forteilte und sich den ganzen Tag über nicht mehr sehen ließ. Von allem am meisten haßte er das Wort Liebe; er wurde blaß, und seine Fäuste ballten sich, wenn er es hörte, das epileptisch verkrampfte Gesicht Lechners tauchte hinter dem Wort empor, er erschien sich besudelt und unwert seiner Träume. Damit hing es auch zusammen, daß ihm der Anblick seines nackten Körpers schmerzlich und peinvoll war und daß er nach dem Bad mit größter Hast wieder in die Kleider schlüpfte; am liebsten hätte er im Finstern gebadet. Wenn er körperlich an Hedwig Andergast dachte, geschah es mit demselben Schauder, den er damals gespürt hatte, als bei Lechners hündischen Erklärungen der Gedanke an die Mutter sein Gemüt aufgewühlt hatte. Die Bücher, die er las, brachten weder Trost noch Belehrung, sie rückten alles in dämmernde Fernen, und das Raten und Ahnen vertrug sein Geist jetzt nicht. Und was die Menschen anbelangt, da war jeder Mund versiegelt. Die Tage wurden merklich kürzer, ein herbstlicher Hauch ging durch die Landschaft. Die Kirchweih kam, die gewöhnlich das Ende des Sommers bedeutete, und auf dem Rasen

vor den Ruinen der alten Stadtmauer wurden die Buden errichtet, spielten die Dorforgeln, saßen die Bauern auf Bretterbänken im Freien und tranken Bier aus steinernen Krügen. Die Mädchen schauten vor den Fenstern der Wirtshäuser dem Tanze zu, und Engelhart, wenn er genug hatte von Lärm und Gewühl, spazierte am Schilf des Ufers hin, und wenn er sich umkehrte, sah er die Figur eines Seiltänzermädchens im himbeerroten Trikot auf hohem Seil voltigieren; es war, als ob sie durch den bergblauen Äther des Himmels schwebte.
Bevor die schönen Tage verstrichen, wollte man noch einen Ausflug auf den Hesselberg unternehmen, und an einem Abend, wo das Barometer und die Prophezeiungen der Bauern günstig waren, wurde eine frühe Morgenstunde zum Abmarsch festgesetzt. Es war herrliches Wetter. Bei dem Dorf Wurmbach verließ man die Landstraße und wanderte über die Wiesen. Knoll und Esmees Student machten die Führer, Frau Wahrmann und Helene schlossen den Zug. Die Mädchen sangen Lieder und pflückten Blumen, an den Ufern eines Waldbachs war Mittagsrast. Durch Dörfer ging's, die unberührt von der großen Welt am Bergeshang versteckt lagen wie die Perle in der Muschel. Engelhart sammelte Steine, oben im Schloß verfolgte er eine Eidechse bis ins Innere eines verfallenen Turms. Nicht mehr so belebt war der Heimmarsch, die Mädchen wurden müde, Esmee klagte über ihre wunden Füße, Engelhart gab sich, wie oft um die Dämmerungsstunde, einer selbstsüchtigen Traurigkeit hin. Der Himmel war mit Purpur begossen, die Blätter der Bäume glichen Blutstropfen, dann kam die Dunkelheit, feuchte Dünste entstiegen dem Boden, Frösche quakten, das Grillengezirp erfüllte die Luft wie ein Sausen, aus der verblassenden Glut hinter den Hügeln wanderten die Sterne herauf. Wie zufällig hatten sich Engelhart und Hedwig Andergast zueinander gesellt. »Sieh mal die Sterne«, sagte Engelhart und

deutete hinauf. Sie sah die Sterne an, aber sie hatte sie schon zu oft gesehen, es machte ihr wenig Eindruck. Sie fragte ihn, ob er wisse, daß sie übermorgen wieder nach Hause reise; er wußte es nicht; ob er wisse, wo ihre Eltern in Nürnberg wohnten; er wußte es nicht, sie erklärte es ihm. Dann schwiegen sie lange Zeit.
Dem Mädchen wurde es sonderbar zumut. Vielleicht fühlte sie das zum Springen volle Herz ihres Gefährten und daß ihm von allen Menschenworten keins zu Gebote stand, um sich zu erleichtern. Irgend etwas Namenloses riß sie plötzlich hin, sie schwankte zwischen Ungeduld und Bangigkeit, der bunte Jahrmarkt ihrer Gedanken und Wünsche bedeckte sich mit dem Mantel sanfter Schwermut. Ihr war, als müsse sie ihm helfen, aber sie wußte nicht, wie, sie war genauso hilflos wie er. Die Dunkelheit, die Stille, die Einsamkeit, die Müdigkeit, die sie empfand, der weite Weg, der noch vor ihnen lag, all das machte sie zaghaft, einem unbestimmten Mitleid zugänglich, und aus dem Kinde wurde plötzlich ein Weib – wenigstens einen Abend lang. Ihre Blicke suchten einander, konnten sich aber nicht treffen und flohen dann wieder erschreckt in die Ferne. Das mattere und vollere Schlagen der Herzen wechselte wie im Takt, das Gras bog sich williger unter ihren Füßen, und sie versanken so in ihr gegenseitiges Schweigen, daß sie wie aus dem Schlaf emporschreckten, als dicht hinter ihnen die Baßstimme des kleinen Knoll ertönte, der sich mit Helene über das Leben in der großen Stadt unterhielt. Es war spät, als sie heimkamen; vor der Tür des Wahrmannschen Hauses fand ein höchst geräuschvolles Gutenachtsagen statt. Esmee setzte sich auf die Steintreppe und nahm einen Vorschuß auf den Schlaf ihrer Nacht. Hedwig stand eine Weile bei den andern, dann kam sie wieder zu Engelhart, dann entfernte sie sich wieder und kam abermals, schlang den Arm um den Laternenpfahl und schaute mit erregt glänzenden

Augen die leere Straße hinunter. Es war ein unbewußtes Nichtvoneinanderkönnen. Wenn ein weiser Geist zwischen ihnen schwebte, so hat er vielleicht gelächelt über das kindlich bittersüße Spiel. Aber die Unsichtbaren lächeln nicht. Am übernächsten Tag reiste Hedwig, und nun war doch die Welt verödet für Engelhart. Auch seine Frist war um. Die Trennung von dem liebreichen Haus fiel ihm schwer aufs Herz. Am Ende der dritten Septemberwoche traf er im elterlichen Hause ein. Dort hatte sich nichts verändert. Der Vater lebte in seiner Arbeit und in seinen Sorgen wie in Qualm, Abel war verprügelter als vordem, ein von schlechten Einflüssen durchaus in die Enge getriebener Knabe. Er war häßlich geworden, auf seinem fahlen Gesicht kündigten sich die Laster an, nur in den Augen schimmerte noch, tief und immer tiefer schlummernd, das Weh um eine ertötete Kindheit. Engelhart wurde freudlos empfangen; Frau Ratgeber, gleichwie aufgereizt durch den Widerschein der verlebten Tage auf seiner Stirn, verfolgte ihn mit unverstelltem Haß. Er nahm es hin. Seine Fähigkeit, Widerwärtiges zu ertragen, war größer geworden.

An einem Nachmittag in jeder Woche entriß er sich allen Pflichten und marschierte heimlich, den Umweg am Kanal entlang nicht scheuend, nach Nürnberg und vor das Haus an der Rosenau, wo Hedwig Andergast wohnte. Er langte gewöhnlich an, wenn es schon dunkel wurde, stellte sich an die gegenüberliegende Straßenseite und blickte zu den erleuchteten Fenstern hinauf. Wenn sich ein Schatten an den Gardinen zeigte, krampfte sich ihm die Brust zusammen, wenn jemand aus dem Tor trat, hielt er den Atem an. Der Winter kam, er fürchtete kein Wetter, scheute nicht den langen Weg hin und zurück, in Schnee, in Stürmen stand er dort und verließ den Warteposten erst wieder, wenn die Zeit drängte und er bis in die Adern durchfroren war. Er bekam Hedwig Andergast nicht ein einziges Mal zu Gesicht, er sah sie überhaupt niemals wieder, und die Trübnis des alltäglichen Lebens schwemmte die frohen Farben der Erinnerung aus seinem Geiste hinweg. Was sind denn Erlebnisse! Wasserblasen auf dem Meer.

Siebentes Kapitel

Von Woche zu Woche nahm in Engelhart der Abscheu gegen die Schule zu. Er verachtete die Auszeichnungen, die dem stumpfen Fleiß, dem tierischen Gehorsam, der gedankenlosen Aufmerksamkeit zuteil wurden und, abgestoßen von dieser ungeschmückten Welt, der aufreibenden Wiederholung mechanischer Geschäftigkeiten, versank sein Geist in die Sphäre des Traumes so tief, daß es ihn oft Mühe kostete, die Stimme eines Menschen zu vernehmen, der vor ihm stand und mit ihm redete. Man sagte dann von ihm, er sei zerstreut, und er zog sich das Mißtrauen und die Geringschätzung fast aller Lehrer zu, die seiner Begabung das beste und seinem guten Willen das schlechteste Zeugnis ausstellten; was zur Folge hatte, daß jede seiner Handlungen und Unterlassungen als Ausgeburt einer böswilligen Gesinnung aufgenommen und durch züchtlerische Maßnahmen bestraft wurde.
Keine wohlmeinende und freundliche Gestalt trat ihm unter seinen Lehrern entgegen. Es waren Männer, die nicht einen Beruf erfüllten, sondern ein Amt innehatten. Sie kümmerten sich nicht um die Seele, sondern nur um die Kenntnisse der Knaben. Sie hatten der höheren Stelle, der sie untergeordnet waren, nur den Beweis zu erbringen, daß sie ein vorgeschriebenes Pensum erledigten, so wie die Kellner dem Wirt die Ablieferung der Zahlmarken schuldig sind. Sie näßten den Wissensdurst mit Regeln und belohnten den Fleiß durch Zensuren, das unterweisende Wort war nur eine Grimasse, der Geist der Belehrung eine Mumie, vertrocknet durch viele Jahre eines wesenlosen Treibens. Ihre Belebtheit war aufgedunsen, ihre Vertraulichkeit voll falscher Töne, ihre Strenge war lieblos und zynisch. Die mei-

sten erschienen gleichsam mit einer Maske vor dem Gesicht, hielten sie unruhig und krampfhaft fest und schäumten vor Zorn, wenn sie ihnen bei einer unerwarteten Gelegenheit entfiel. Wenn er einem Lehrer auf der Straße begegnete, war es Engelhart oft, als schäme sich der Mann seines Straßengesichts, der antwortende Gruß war dann widerwillig oder von übertriebener Gefälligkeit. Auch in den Lehrstunden spürte er mit unsicherem Staunen, wie in manchen eine Art Angst oder Scheu nicht bloß vor der Meinung und dem Urteil, sondern vor dem Menschlichen, Fleischlichen der Schüler zutage trat; da wurde ein gefürchteter Tyrann unversehens kindisch, und es sah aus, als wolle er durch eine tölpische Zärtlichkeit seinen Mangel an Herzensbeteiligung vergessen machen. Um den Mund des einen zuckte beständig ein unbegreiflicher Hohn; ein andrer fürchtete lächerlich zu werden und war wortkarg wie ein Einsiedler; der dritte, puppenhaft geziert und seine ganze Natur verhüllend unter einer starren Sachlichkeit, wählte sich einige Lieblinge, die er verhätschelte, während er allen andern kalt und hart begegnete; der vierte benahm sich wie ein Sklavenhalter; der fünfte liebte es, eine erheuchelte Gemütlichkeit und Umgänglichkeit als Falle zu benutzen, der sechste war ein unfähiger Schwächling, der siebente ein Narr. Kein echter und ganzer Mensch; was sie lehrten, blieb tot: Regeln, Formeln, Zahlen, Register. Da sie nicht Teilnahme erwecken konnten, hielten sie die Furcht in Atem, Drohung und Strafe waren ihre Büttel. Sie wußten nichts vom Geiste, und der Sache waren sie entfremdet; ihr Ziel: Dressur. Sie waren beherrscht von jenem Parade- und Uniform-Instinkt, der die Glieder des jugendlichen Reichs für immer verkrüppelt hat.
Eines wirkt ins andre; auf einem Distelstrauch wachsen nicht Rosen. Engelharts Mitschüler waren in ihrem innersten Wesen zuchtlos. Nur mit der gemeinsten Notdurft der

Dinge vertraut, waren sie jeglichen Aufschwungs bar, und seltsam war es, die angeborenen Eigenschaften, Roheit, Tücke, Heuchelei, Trägheit, feiges Kriechen von dem dünnen Schimmer unechter Bildung übertüncht zu sehen. Sie waren mit den Rätseln des Daseins fertig, ehe noch das Leben die erste Silbe zu ihnen gesprochen hatte; sie waren nur füreinander geschaffen, nicht für sich selbst; wenn so ein Knabe allein auf der Straße ging, hatte sein Gesicht den Ausdruck des Schlafs. In ihrer Brust war keine Musik, und Respekt hatten sie nur vor dem Gelde. Eines war Engelhart immer aufgefallen, nämlich, daß sie nicht sprechen konnten, daß sie nicht ruhig sitzen oder gehen konnten, um gut und natürlich zu sprechen; entweder schrien sie oder sie tuschelten. Dies letztere erregte seinen Abscheu in hohem Grad, denn er ahnte, was sie mit ihrem Munde und ihren Gedanken beschmutzten, wenn sie zu dreien oder vieren beisammenstanden und erregt grinsend einander das Wort von der Lippe rissen. Bisweilen gesellte er sich hinzu, um sich zu schützen, denn aus Absonderung erwuchs ihm Haß, aber sie nahmen sich in acht vor ihm, auch ummauerte sich sein Wesen, und ohne daß er darum wußte, ward seine Haltung feindselig. Die meisten hatten Reiz und Anmut der Jugend schon eingebüßt, ihre Gesichter waren hohl und fahl von Stubenluft und ungesunden Trieben, in seine untersten Schlünde hinabgestoßen war der edle Kindergenius, und schon thronte auf den Stirnen der brutale Zweck.
Nichtsdestoweniger fand Engelhart ein paar Kameraden, die manche seiner Neigungen teilten. Mit ihnen verabredete er sich zu weiten Spaziergängen, und daraus wurde schließlich etwas wie ein Kultus mit wunderlichen Zeremonien und Gepflogenheiten. Sie versammelten sich an einem möglichst abgelegenen Punkte der Stadt, und bevor der Marsch begann, erhielt jeder einen Spielnamen, der zugleich eine bestimmte Rolle in sich schloß. Die Mitglieder der Gesellschaft

leisteten das Gelübde des Schweigens, und die Formen des Verkehrs, feierlicher gemacht durch Worte aus einer selbsterfundenen Sprache und durch eine künstliche Rangordnung geregelt, suchten auf die Haltung und den Geist der Truppe zu wirken. Mit Anbruch des Frühlings wurden die Märsche bis gegen den Moritzberg und die Wälder an den Ufern der Zenn ausgedehnt. Wenn das einsame Schloß des befreundeten Königs erreicht war, nämlich ein Forsthaus oder eine Fuhrmannskneipe, sonderte sich Engelhart von den Genossen ab und stellte in der tiefen Wildnis dem Auerochsen und dem Bären nach, oder er ging horchend dahin, untertauchend in die Stille und die Augen zu Boden geheftet wie der traurige Prinz, dessen Herz vor Sehnsucht krank ist. Er besaß das Land, das sie durchzogen, es war in Wahrheit sein Eigentum; es war ihm herrlich zu Sinn, wenn sie alle schweigend in einer fast leidenschaftlichen Gangart dahineilten, und der Wind schüttelte die Baumkronen, und die Krähen schwirrten vor ihnen auf. Er brachte etwas Stürmisches und Atemloses in diese Wanderzüge, nicht einmal so sehr durch die Begierde nach immer neuen Eroberungen als durch die unbeschreibliche Unruhe und das Drängende, Gärende, Wollende seines ganzen Wesens. Am liebsten hätte er nirgends Rast gemacht, nur immer ziehen, ziehen, ziehen, die Welt war so groß, der Himmel so weit!

An Tagen, wo es unmöglich war, die Stadt oder gar das Haus zu verlassen, schloß er sich in die Kammer ein, rannte stundenlang auf und ab und sang dazu, indem er sich von einem unsichtbaren Orchester begleitet wähnte. Aber dann war sein Schlaf schwer und oft unterbrochen, auch war ihm das Zubettgehen mehr als je verhaßt, und er meinte durch den Schlummer eine Einbuße an Leben zu erleiden. Es geschah immer häufiger, daß er sich zur vorgerückten Abendzeit heimlich aus dem Hause stahl, und er wußte die Magd zu bereden, daß sie ihn heimlich wieder einließ. Am Pegnitzufer, dicht neben der Mauer des protestantischen Kirchhofs stand ein altes und wegen einer Senkung des feuchten Erdreichs unlängst völlig verlassenes Haus. Der Besitzer wollte es nicht abtragen lassen, da der Grund ziemlich wertlos war; so hatte man an den Steinmauern einstweilen Querbalken angebracht, und um die Wände im Innern vor weiterer Fäulnis zu bewahren, standen Trockenöfen in den Räumen, und die rote Glut strahlte aus den Fenstern weit in die Nacht. Das Tor war verriegelt, doch Engelhart stieg durch eines der erdgeschössigen Fenster ein, kauerte sich in einen Winkel und gab sich dem Abenteuerlichen und Gesuchten seiner Lage mit erwartungsvollem Trotze hin. Es war ihm eben recht, wenn es in den Dielen über ihm geisterhaft knackte oder im Keller unten die Ratten rumorten. Es war nicht nur ein Spiel mit dem Phantastisch-Ungewöhnlichen, die Nähe des Kirchhofs war es besonders, die ihn hier ergriff; durch ein seitliches Fenster konnte er die Trauerweiden und Grabsteinkreuze ungeachtet der Dunkelheit gewahren. Es steckt ein doppelgängerisches Wesen in der menschlichen Brust; sein Revier ist der Traum, es macht das Unbegreifliche zum Bild, den Willen bindet es, und wie die Spinne das Insekt umklammert es die Seele und entsaugt ihm die Kräfte einer behaglichen Freiheit. Bei manchem durchbricht es seinen Bezirk, bemächtigt sich auch des wachen Geistes, prägt die Marke der Hörigkeit selbst auf die jugendliche Stirn, will vernommen sein, und wenn es nicht gegenwärtig ist, will es beständig erharrt werden, es macht den Stetigen flüchtig und den freundlichen Charakter einsam, mit holden Versprechungen umgaukelt es das Herz, mischt das Gift der Ungeduld in jede freudig ruhende Stunde und trägt das Bewußtsein des Lebens mit bedächtiger Grausamkeit frühzeitig auf die Wege des Todes, läßt um das Ende wissen, wenn noch nicht einmal die erste Frucht des Daseins reif geworden ist.

Drei- oder viermal mochte Engelhart unbehelligt in dem leeren Haus geweilt haben, da sah er einst, während er sich erhob und zum Fenster schritt, ein verzerrt-grinsendes Gesicht von draußen hereinblicken. Er erschrak, und erst als das Gesicht verschwunden war, erkannte er seinen alten Feind, den rothaarigen Rindskopf. Seit er ihm vor Jahren den üblen Streich gespielt, hatte er nicht ein Wort mit ihm gewechselt. Engelhart begriff, daß ihm der Bursche aufgelauert haben müsse, vielleicht war er selbst auf der Straße an ihm vorbeigegangen, ohne ihn zu sehen. Er verbarg sich wieder, wartete geraume Weile, dann öffnete er vorsichtig das Fenster, schaute hinaus und da er nichts Verdächtiges wahrnahm, verließ er seinen Zufluchtsort. Kaum war er draußen, so kam von der Uferböschung eine Gestalt auf ihn zu, die den Arm drohend erhob. Es war Rindskopf. Engelhart begann zu laufen, der andere lief hinterdrein. Engelhart lief zum Dreikönigsplatz hinunter gegen den Markt, das Wasser der Pfützen spritzte unter seinen Stiefeln auf, sein Gewand war mit Kot bedeckt, die Schritte hallten von den Häusermauern zurück, das anfängliche Lustgefühl der raschen Bewegung verwandelte sich in Angst, die Angst wuchs und versperrte seine Kehle, er lief blindlings, ohne zu wissen, wohin, der andre ihm nach, endlich kamen sie in die abschüssigen Straßen der Altstadt, Wasser und Wassergeplätscher machten der Flucht ein Ende, dort unten war alles überschwemmt, weit über den Schießanger und das neue Schlachthaus hinaus, und hier, wo sie standen, bespülte die Flut schon die Torstufen der Häuser. Mondschein lag auf dem weiten Spiegel des Sees, drüben beim Wehr sprühte silbern die Gischt. Engelhart stierte hinab, keuchend vom Lauf, Rindskopfs Gesicht war schweflig fahl, und er sagte durch die verpreßten Zähne: »Ich will dich jetzt ins Wasser werfen und ersäufen. Dann sind wir quitt.« Engelhart keuchte verächtlich: »Ein schlechter Kerl, wer seine Rache so

lang aufhebt.« Mit grünlich glitzernden Augen schnellte Rindskopf auf ihn zu, da kam aus einer Seitengasse ein ungeheurer schwarzer Fleischerhund, stellte sich bösartig knurrend zwischen die beiden Knaben und fixierte einen um den andern mit offenem Maul und hängender Zunge. Sie wagten nicht, sich zu rühren, und als das Tier durch einen schrillen Pfiff zurückgerufen wurde, schien sich Rindskopf eines andern besonnen zu haben, er machte kehrt, und seine vierschrötige, plump schreitende Gestalt entfernte sich langsam gegen den Lilienplatz hinauf.
Am nächsten Tag wurde Engelhart zum Rektor berufen, Rindskopf hatte die nächtlichen Ausflüge und das Einsteigen in das fremde Haus denunziert. Engelharts Benehmen war das eines Schuldigen; feierliche Verhöre zerbrachen bei ihm jeden Widerstand und jedes Selbstgefühl, seine äußere Haltung wurde durchaus von der Haltung der andern hervorgebracht. Da der Rektor nichts Wesentliches herausbringen konnte und da das, was Engelhart berichtete, ziemlich verhalten und konfus klang, glaubte er an einen verstockten Heuchler geraten zu sein und überschüttete ihn mit Schimpf und Hohn. Auch der Ordinarius hegte den Verdacht, daß hier eine geheime Verbindung im Werk war, doch keine der üblichen Pressionen und moralischen Folterungen führte zu einem Aufschluß, der unbekannten Übeltat war nicht beizukommen, und so wurde Engelhart schließlich zu mehrstündiger Einsperrung verurteilt, und sein Vater erhielt über das Vorgefallene ausführlichen Bericht. Alles nahm einen amtlich-wichtigtuerischen Weg, jeder, der ein bißchen Macht hatte, spielte auf seine Weise Polizei, auf Subordination war jeder Geist gedrillt, und keinem kam ein menschliches Lächeln an. Auch Herr Ratgeber faßte das Geschehnis völlig als Staatshandlung auf und verbarg nicht seinen Kummer und seine Enttäuschung um den Sohn. Engelhart mußte sich zu Hause abermals einer

Reihe von Verhören unterwerfen, und Frau Ratgeber strafte ihn, wie sie eben zu strafen pflegte: durch Demütigungen berechnetster Art und dadurch, daß sie ihm verschiedentlich die Mahlzeiten vorenthielt. »Du bekommst heute nichts zu essen«, war das letzte Verdikt ihrer richterlichen Entrüstung.
In dieser Zeit wuchs für Engelhart nicht viel Trost. Er ging mit gesenktem Kopf herum, auch sein inneres Schauen war verschleiert. Oft beobachtete er Männer auf der Straße mit dem furchtbaren Hintergedanken, welcher von diesen wildfremden Leuten ihm wohl besser hätte Vater sein können als der eigene Vater. Bisweilen ruhte er am Tisch zu Hause von den anstrengenden und sinnlos weitläufigen Schularbeiten aus und blickte an der Lampe vorbei in das auf die Zeitung herabgebeugte Gesicht seines Vaters. Er faßte die Möglichkeit ins Auge, mit ihm zu sprechen, etwa wie mit einem Freund, und schon der Gedanke hatte etwas Absurdes. Vergeblich fragte er sich: warum?, er empfand einen unbesiegbaren Schmerz. In allen Büchern war die Rede von dem heiligen Band zwischen Vater und Kind, er spürte es nicht, er spürte nur das Joch unliebsamer Strenge und schablonenhafter Zucht. Die Worte, die sie hie und da wechselten, waren aus der blöden Enge des praktischen Bedarfs geboren, hatten niemals einen geistigen Hauch, von Scherz nicht zu reden. Er wußte sich's nicht zu gestehen und fühlte doch, daß ein solches Beieinanderleben, selbst wenn es dem natürlichen Gesetz der Dinge entstammte, etwas Unwahres, ja Frevelhaftes hatte, und er glaubte außerdem dessen gewiß zu sein, daß er dem Vater zur Last sei und daß das unaufhörliche Hindrängen gegen die Zukunft nichts weiter vorstelle als die Ungeduld, sich seiner zu entledigen. Seine Betrachtungen wurden grausam und bitter. Er sah, wie rücksichtsvoll sich der Vater gegen seine zweite Frau benahm und wie er alles geschehen ließ, was sie gegen ihn und den

Bruder unternahm und wie er geflissentlich schwieg oder nur schüchtern zu widerstreben wagte, wenn ein offenbares Unrecht ihm zu Ohren kam; Engelhart hörte auf zu hadern, er wähnte, irgendeine bindende Verpflichtung des Vaters liege dem zugrunde, der Vater müsse sich irgendwie an dieser Frau vergangen haben, sei in Schuld und Sühne verstrickt und finde nicht mehr zu sich selbst. Unter solchen Erwägungen wurde ihm Frau Ratgeber zu einer hassenswerten Gestalt, und den Vater gab er für sein Herz, einer unerbittlichen Logik gehorchend, verloren.
Nun befand er sich einst in dem Zimmer, wo auf einem mäßig großen Regal die Bücher des Vaters aufbewahrt wurden, und kramte nach seiner Lieblingsgewohnheit unter den alten Scharteken, die sämtlich aus Herrn Ratgebers Jugend und Jünglingsalter waren. Beim Aufschlagen eines grauen, mehr von der Zeit als vom Lesen zerstörten Bandes, einer Abhandlung über das Prinzip der Elektrizität, gewahrte er auf dem Vorsatzblatt ein Gedicht von der Hand seines Vaters. Die Verse waren überschrieben: An Agathe Herz; er las, platt auf dem Boden liegend, mit aufgestützten Armen, vor sich hin:

> Als ich dich zum ersten Mal gesehen,
> Da glichst du einer wunderbaren Rose.
> Ich wagte nicht, deiner zu begehren,
> Mußten sich meine Sinne fern von dir verzehren.
> Und als ich dich abermals erblickt,
> Da konnt ich nimmer von dir lassen,
> Mein Herz war bestürzt, mein Geist verrückt,
> Wie Feuer leuchtete dein Engelsgesicht,
> Nur allein mit dir will ich leben,
> Du kannst meinem Leben Inhalt geben,
> Eine andere aber nicht.
> Ach Agathe hör mein lindes Flehen an,
> Denn ich bin kein verwerflicher Mann.

Lange blickte Engelhart auf das Blatt, ohne es zu wagen, sich einer sanften Regung völlig zu ergeben. Die gelesenen Worte veränderten unerwartet das Bild des Vaters. Er war so verwundert, wie wenn ein Geschöpf, das er für stumm gehalten, plötzlich zu reden begonnen hätte. Ob wohl die Mutter um das Gedicht gewußt? Wenn nicht, so mußte sie zeitlebens über die Empfindungen des Gatten im unklaren geblieben sein, denn daß der Vater je mit ihr davon gesprochen haben könne, schien ihm undenkbar. Jedenfalls verbarg er seine Entdeckung sorgfältig und ließ sich nichts merken, doch schaute er bisweilen den Vater so gedankenverloren an, daß dieser, unangenehm berührt, sich das freche Anstarren, wie er es nannte, verbat.

Bald darauf ereignete sich etwas, das seine Gedanken in ganz andre Bezirke lenkte, seiner Phantasie ein unvergeßliches Bild einprägte und die schwül-erwartungsvolle Stimmung seines Innern wie durch ein Gewitter reinigte. Es war um die Osterzeit, eines Nachmittags nach Schulschluß. Das Wetter war so schön, und so viele Frühlingslockungen flüsterten in der milden Luft, daß sich Engelhart nicht entschließen konnte, nach Hause zu gehen, sondern, die Büchertasche unterm Arm, sich planlos durch die Straßen trieb. Als er am Eck der Blumen- und Julienstraße war, sah er vor einem ihm wohlbekannten Hause eine kleine Gruppe von Leuten stehen, Kinder und Erwachsene. Er hörte den Namen Hellmut nennen, und da in dem Hause die Eltern jener Sophie Hellmut wohnten, die er einst so gerne gesehen, fiel es ihm nicht weiter auf, und er wollte vorüber, da ertönten aus dem Innern des Hauses herrliche Töne eines Klaviers, er blieb stehen und lauschte. Die Leute sahen einander bedenklich an, eine alte Frau deutete mit ihrem Zeigefinger auf die Stirn und schüttelte traurig den Kopf. Indes wurde das Spiel auf dem Instrument immer schöner, Engelhart horchte verzaubert, er hatte solche Melodien nie gehört. Als

eine Pause entstand, drängte er sich durch die Leute in den Hausflur, ein kleiner Knabe und ein kleines Mädchen folgten ihm mit aufgerissenen Augen. Die Musik begann wieder, getragene Akkorde füllten das ganze Haus, unwiderstehlich hingezogen schritt Engelhart zur Treppe und ging langsam hinauf, seine beiden Trabanten blieben auf dem ersten Absatz furchtsam zurück. Er blickte durch eine offenstehende Tür in ein sehr geräumiges Zimmer, in welchem außer dem Klavier fast gar keine Möbel standen. An dem Klavier saß eine Frau, mit dem Rücken gegen ihn gekehrt, und spielte. Sie trug ein weißes, loses Gewand, und ihre schwarzen Haare hingen aufgelöst herab. Engelhart fühlte sich immer weiter getrieben, er überschritt leise die Schwelle, gewahrte eine schwarze Bahre, trat schaudernd näher und erkannte Sophie Hellmut, die in dem offenen Sarg lag.
Da er noch nie eine Leiche gesehen hatte, dachte er zuerst, sie schlafe. Das Gesicht des Mädchens war außerordentlich schön, Nase und Stirn waren wie gemeißelt, um die Lippen und die schwarze Schlußlinie der Lider lag etwas Wildentschlossenes wie nie sonst bei dieser sanften Person; erst nach und nach stellten sich die Schauder ein, ihm grauste insbesondere von einer lebennachahmenden Bewegung der rechten Hand, ferner schien es ihm, als ob die Tote eine seinen Ohren unvernehmliche Zwiesprache führe; merkwürdig genug, mußte er fortwährend daran denken, daß er sie noch während der letzten Kirchweih auf dem Pferd eines Karussells sitzen gesehen; immer wenn sie an seinem Platz vorbeikam, hatte sie lächelnd mit den Fingern geknipst; diese Bewegung des Knipsens schienen ihm die Finger noch jetzt nachzuahmen. Das Furchtbare war, daß er an dem Zustand des Totseins zweifelte; er dachte, die Leute müßten sich getäuscht haben; gleichwie in einer Gefahr, sammelte sein Hirn plötzlich mancherlei Erinnerung, die seinem Zweifel zu Hilfe kamen; er erinnerte sich unter

anderm der Uhr, von deren Zifferblatt er damals die Zeiger abgeschraubt und deren Perpendikel dennoch weitergeschwungen hatte. So drängte es ihn, sein Ohr auf die Brust der Toten zu legen, vielleicht würde von allen Menschen er allein das Herz noch in seinem tiefsten Abgrund pochen hören. Die Scheu vor der Hand hielt ihn ab, dann auch die Augen der Frau, die inzwischen aufgehört hatte, Klavier zu spielen, und die den Eindringling mit einer offenbar dem Wahnsinn entspringenden Gleichgültigkeit betrachtete. Es war die Mutter des gestorbenen Mädchens, und wirklich erfuhr er später, daß der jähe Tod des einzigen Kindes sie verrückt gemacht habe. Er war nicht lange oben, und als er Menschen kommen hörte, machte er sich aus dem Staub.
Er stand in diesen Wochen weniger als sonst unter Aufsicht. Frau Ratgeber war tagelang in Nürnberg am Krankenbett einer Schwägerin; ihre alte Mutter führte an ihrer Stelle den Haushalt, und diese war eine Person von wahrhaft lächerlicher Bosheit und Unvernunft; sie nährte sich fast ausschließlich von schlechtem ungezuckerten Kaffee, und sie warf auf Engelhart und Abel einen glühenden Haß wegen des unstillbaren Appetits, den die Knaben zeigten und den sie noch viel weniger befriedigte als ihre Tochter. Ein Ausbund von hexenhafter Lieblosigkeit, haßte sie auch das Lachen, das Lächeln und das laute Sprechen, dagegen kauerte sie den ganzen Tag über hinter dem Ofen und betete.
Den Vater sah Engelhart immer seltener zu Hause. Er arbeitete wie ein Tier, und oft schien er des Abends vor Müdigkeit zusammenzubrechen. Zu Anfang des Sommers traten die Arbeiter der Fabrik in den Ausstand, forderten höhere Löhne und Zehnstundenarbeit. In der ganzen Stadt herrschte der Streik, die Wirtschaften waren überfüllt, es wurden Reden gehalten, und junge Burschen zogen durch die Straßen und sangen aufrührerische Lieder. Als Engelhart eines Vormittags in den Hof kam, waren alle Angestellten seines

Vaters dort versammelt. Es wurden Drohreden laut gegen den Werkführer und zwei seiner Gehilfen, die sich nicht am Streik beteiligt hatten, einige drangen in den Maschinenraum und suchten Gewalt anzuwenden. Herr Ratgeber kam und wollte die Leute begütigen, doch seine Worte verhallten in dem Gejohle von draußen. Es erschien die Polizei, und ein düstres Schweigen entstand. Engelhart blickte in die ernsten und fahlen Gesichter dieser Männer, und er beobachtete seinen Vater, der hilflos und bekümmert von einer Gruppe zur andern ging und überall einem abweisenden Kopfschütteln begegnete; er hatte Mitleid mit dem Vater und konnte jenen die Achtung nicht versagen, es war etwas Feierliches und Stolzes in ihrer Haltung, und da kurz darauf die Stiefmutter von ihnen als von Lumpen und besoffenen Schweinen sprach, lehnte er sich auf, und sein Widerspruch war nicht ohne Kraft und Feuer. Freilich spürte er sogleich, daß er ebensogut ins Wasser hätte schlagen können, die Frau sah ihn mit namenloser Verachtung an, erzählte es mit der üblichen Entstellung dem Vater und schloß mit der Bemerkung: »Einen hoffnungsvollen Sohn ziehst du da auf; einen Feind im Haus.« Herr Ratgeber erwiderte nichts; seit einiger Zeit fing er an, seiner Frau in allem, was Engelhart betraf, zu mißtrauen. Vielleicht fürchtete er jetzt, wo der Knabe heranwuchs und zum Jüngling wurde, eine allzu große Entfremdung.

Herr Ratgeber durfte nicht zur Ruhe kommen. Sein Unglück erfüllte sich nicht auf einen Schlag, es nippte langsam, Schluck für Schluck, von den Kräften seiner Seele. Durch die Unvorsichtigkeit eines Lehrlings brach während einer Mittagsstunde ein Brand in der Fabrik aus. Herr Ratgeber saß gerade beim Essen und schien etwas heiterer gestimmt als sonst, da gellte von drunten der durchdringende Schrei: »Feuer!« Mit den Worten: »Um Gottes, Himmels willen« sprang Herr Ratgeber auf und raste hinunter. Weißer,

dicker Dampf quoll durch alle Fenster des Erdgeschosses, das Holz und die Sägespäne waren eine gar zu leichte Beute für die Flammen. Nach wenigen Minuten bliesen die Feuerwehrtrompeten, die großen Leiter- und Spritzenwagen konnten nicht durch den Toreingang des Vorderhauses fahren, die Leitern mußten abgeladen und die Schläuche bis auf die Straße gelegt werden, wodurch eine verhängnisvolle Verzögerung verursacht wurde. Herr Ratgeber war indessen von seinem Büro aus in das Innere der brennenden Werkstätten gedrungen; später wurde er gefragt, warum er dies getan, da er doch als einzelner auf keinen Fall etwas hätte ausrichten können, er wußte nicht zu antworten, es war nur der blinde Trieb gewesen. Es dauerte nicht lange, so war er dermaßen in Qualm gehüllt, daß er weder vor- noch rückwärts konnte, die Sinne schwanden ihm, und er fiel um. Zum Glück durchbrachen die Feuerwehrmänner in demselben Augenblick eine hier befindliche, mit Brettern verschlagene Tür, sie sahen Herrn Ratgeber liegen und schleppten ihn hinaus. Engelhart schaute vom Fenster oben zu; er rührte sich nicht, Frau Ratgeber weinte und schrie, räumte die Schränke aus, warf das Silberzeug in eine Kiste, er stand am Fenster wie versteinert. Im ersten Stock des Fabrikgebäudes war eine Gipsgießerei; auf den Simsen lagen gewöhnlich allerlei Masken und Reliefs, und Engelhart beobachtete mit einer der dumpfen Angst sich entringenden Spannung, wie die Figuren vom Rauch geschwärzt wurden und die Gesichter der Masken sich langsam verzerrten.
Die Folge des Brandes war, daß die Polizei den ferneren Betrieb der Fabrik nicht mehr gestattete, da die Lage des zwischen Hinterhäusern eingezwängten Traktes als zu gefährlich befunden wurde. Herr Ratgeber mußte also so schnell als möglich eine andere Lokalität haben, auch sann er auf Vergrößerung der ganzen Anlage, obwohl der bis-

herige Erfolg ihn keineswegs dazu ermuntern konnte. Er hatte keinen Kredit, seine Pläne begegneten dem Mißtrauen der Geldleute, und wie, um ihn zu demütigen, wies man darauf hin, daß sein Bruder, seitdem er allein das Geschäft in Händen habe, trefflich gedeihe. »Gewiß«, entgegnete Herr Ratgeber, »ich bin eben kein Krämertalent, ich bin Fabrikant.« Schließlich gewann er durch seine geduldige und überzeugende Beredsamkeit doch noch einen Kapitalisten, der zugleich sein stiller Teilhaber wurde, er mietete ein leerstehendes Haus am äußersten Ende der Schwabacher Landstraße, unweit davon stand, gleichfalls in großer Einsamkeit und Stadtferne, ein neuerrichtetes Zinshaus, dessen zweiten Stock er mit seiner Familie bezog. Nach der Rückseite breiteten sich die Wiesen aus, und ein mageres Waldstück schloß den Blick ab, vorne, gegen die Rednitz hinunter, lag das Dambacher Land, dann die tiefen Forste, die sich bis gegen Radolzburg und Erlangen dehnten. Das auf der Höhe der Chaussee gelegene Gebäude war den herbstlichen Stürmen von allen Seiten schutzlos preisgegeben und zitterte oft unter dem Anprall bis in seine Grundmauern; wenn die Sonne unterging, waren die Wände und Fensterscheiben wie mit Blut bestrichen, alle Gegenstände im Zimmer glühten von innen heraus, und im Spiegel über dem Sofa malte sich noch einmal das flammende Himmelsmeer über der auf ihre stärksten und einfachsten Linien zurückgeführten Landschaft. Die Verlassenheit hier draußen wirkte nicht wohltätig auf Engelhart; Besuche kamen höchst selten, auch für die Kameraden wohnte er zu weit, und innerhalb der Familie war doch Herz dem Herzen fremd. Einer lauerte des andern Verfehlungen und Sünden auf, und sie lebten kein Ineinander, sondern ein karges Miteinander. Furcht vereinte sie hie und da einmal, zum Beispiel als in einem nahegelegenen Wirtshaus ein durchreisender Fremdling ermordet wurde und die Regungslosigkeit der darauffolgenden Nächte

allen zehnfach fühlbar wurde. So wühlte sich Engelhart immer mehr in ein gefährliches Abgeschlossensein, dunkler färbten sich seine Träume, von Tag zu Tag ward ihm wesenloser, was alle Menschen rings um ihn herum an ihr Daheim knüpfte. Drei Elemente webten in seiner Brust, nämlich ein schwaches, ein süßes und ein diabolisches. Das erste fügte sich jedem Druck des Windes und der Trauer jedes Augenblicks, fügte sich und unterlag, es gab ihn fruchtlosen Erwartungen preis und machte ihn zum Knecht allerlei schlechter Gewohnheiten; das zweite verlieh ihm tiefen Atem, tiefes Weilen bei sich selbst und die Liebe für die kleinen Dinge, an denen andere gleichgültig vorübergehen, es schuf Dämmerung um seine Augen und breitete eine gewisse Andacht über seine zügellosen Phantasien; das dritte war schuld an der Heftigkeit seiner Begierden, es erzeugte aus jeder Bewegung des Gemüts einen leidenschaftlichen Rausch, erweckte Ansprüche an das Leben, die sich niemals erfüllen konnten, vertauschte im Nu Freude und Angst, Ungeduld und Apathie, Überheblichkeit und Demut, Starrsinn und Nachgiebigkeit. In einem alten Buche las er einmal Worte, die ihm lange Zeit rätselhaft erschienen und später plötzlich eine furchtbare Bedeutung enthüllten: »Da stehst du am Abgrund des Bösen, armseliger Mensch, und scheuest dich hinunterzublicken, aber wenn du auch deinen Pfad abkehrst, so werden dich dennoch die Geister ewig verfolgen, denen du nur ein einziges Mal freiwillig das Ohr geliehen hast.«
Er war der Stadt und ihrer Menschen müde, er sehnte sich nach Freiheit und nach der Welt; ganze Nachmittage lang lag er am Bahndamm und blickte an dem Geleise hinauf und hinab, an die unbekannte Ferne denkend. Aber die Zeit erfüllte sich. Als der Sommer kam, der letzte Sommer der Knechtschaft, wie er meinte, teilte ihm der Vater mit, daß Michael Herz sich entschlossen habe, den Neffen zu sich ins Geschäft zu nehmen. Es habe genug Schwierigkeiten ge-

kostet, meinte Herr Ratgeber, den Mann so weit zu bringen, er selbst habe sich für den guten Willen und das ehrliche Streben Engelharts gleichsam verbürgen müssen; Engelhart beruhigte seinen Vater, er versprach alles, was man wollte, er dachte gar nicht an die Dinge, zu denen er sich verpflichtete, und daß er dem Vater wie dem Onkel gegenüber eine ernsthafte Verantwortung auf sich nahm, es drängte ihn hinaus, etwas anderes überlegte er nicht. Aus den Briefen des Onkels spürte er heraus, daß dieser große Hoffnungen auf ihn setze, doch daß er nichts so sehr fürchtete, als enttäuscht zu werden. Er wollte Sicherheit und sichere Gewähr. Er war ein kinderloser Mann, hatte sich aus eigener Kraft aus dem Nichts zu Wohlhabenheit und einer angesehenen Stellung emporgearbeitet und gefiel sich in dem Gedanken, daß der Sohn seiner geliebtesten Schwester berufen sei, sein eigenes Werk und Leben fortzusetzen. Aber vielleicht sagte ihm eine Ahnung, wieviel Schmerz und Kränkung ihm aus diesem Vorhaben erwachsen könne, deshalb konnte er lange Zeit keinen sicheren Entschluß fassen. Von alldem wandte Engelhart seine Gedanken ab; den guten Willen, den spürte er, aber es war ihm zumute wie einem Hungrigen, der für ein Stück Brot alle möglichen Dinge zu leisten verspricht; er weiß, daß sein Sinn sich wenden wird, wenn er das Stück Brot gegessen hat, aber daran will er nicht denken. Es kam die Zeit der Abgangsprüfung; Engelhart war stets ein mittelmäßiger Schüler gewesen, die Seinen zitterten zu Hause um den Erfolg, auch sie waren es müde, einen sechzehnjährigen Burschen, der Geld verdienen konnte, noch länger auf dem Hals sitzen zu haben, aber Engelhart war seiner Sache sicher, ohne sie doch zu besitzen, er schrieb und arbeitete wie aus dem Schlaf heraus, und es gelang, das Widerwärtige ergab sich, es war irgend etwas Freudiges und Freude-Erregendes in ihm, man begegnete ihm zarter, wohlwollender, heiterer als sonst und durchstrich das Konto seiner

Schuld. Es war ein Aufwachen unbekannter Kräfte, und hätte sich Engelhart anstatt in einem leuchtenden Taumel ihnen wissender, frömmer, forschender hingegeben, so wären sie vielleicht in seinem Dienste verblieben und hätten ihm Wege gebahnt.

Als alles glücklich abgelaufen war, wurde seine Ausrüstung instand gesetzt, und Frau Ratgeber entdeckte auf einmal ein besorgtes Herz für den Stiefsohn. Es war zuguterletzt noch eine gute Zeit. An einem Septembertag wanderte Engelhart mit dem Vater nach Altenberg, um vom Großvater Abschied zu nehmen. Dort war es auch längst nicht mehr, wie es vordem gewesen. Der Greis hatte, da seine zweite Frau gestorben war, um seiner Einsamkeit abzuhelfen, den Schwiegersohn mit seiner Familie von einer kleinen, doch sicheren Stellung in einem badischen Dorf zu sich ins Haus gerufen. Es waren sechs Kinder da, die Frau, Herrn Ratgebers Schwester, war unheilbar krank, der Mann war ein Frömmler und verstand nicht zu arbeiten, der älteste Sohn war ein Taugenichts, zwei Kinder lagen noch in der Wiege, das ganze Wesen verwandelte sich in Elend und Sorge. Der alte Ratgeber zog sich in eine Kammer zurück und betrauerte seine Jahre. Dort sah Engelhart den sehr verfallenen Mann; er saß in einem schmutzigen Ledersessel und reichte ihm die kalte Hand. Engelhart fühlte drückend und fast beschämt seine prahlerische Jugend, die mit dem ganzen Glanz ihrer herausfordernden Hoffnungen vor diesem Ende eines Lebens stand. Nachdem beide lange geschwiegen und einander bloß angeschaut hatten, holte der Alte aus einer Schublade ein kleines, schwarzes Gebetbuch hervor und schenkte es dem Enkel. Dieser zögerte es zu nehmen, denn es war ihm wertlos, dann sagte der Greis unvermittelt: »Deine Mutter war eine feine Frau, Engelhart, eine feine Frau, hat mir arg leid getan um die Frau. Dein Vater hat kein Glück mehr, seit sie tot ist.«

Es vergingen noch zwei Wochen, dann stand Engelhart eines Abends mit seinem Vater im Regen vor der Bahnhofshalle, und sie warteten auf den Zug. Immer von neuem wiederholte Herr Ratgeber: »Sei ein braver Mensch, werde ein braver Mann.« Er ließ sich keine Rührung anmerken, und als Engelhart schon im Coupé saß und aus dem erleuchteten Fenster blickte, lächelte Herr Ratgeber sein seltsames, verlegenes, zuckendes Lächeln. Dann rollte der Zug davon, Herr Ratgeber schaute der roten Laterne des letzten Wagens so lange nach, bis die Finsternis und die Ferne das Licht verschlungen hatten, darauf seufzte er, spannte seinen Regenschirm auf und ging in tiefem Sinnen nach Hause. Er setzte sich zur Lampe, machte Auszüge und schrieb Fakturen bis gegen zwei Uhr nachts, und als er fertig war, sah er, daß es aus war mit seinen stolzen Plänen und Hoffnungen. Der Zusammenbruch war unvermeidlich. Da er das Schlafzimmer betrat, erwachte seine Frau, und er teilte ihr alles mit. Sie lag stumm da, Bitterkeit und Wut verschlossen ihr den Mund. Sie hatte einst von einem schwarzen Seidenkleid geträumt, ferner von einem Hut mit echten Straußfedern. Damit war es nichts; sie knirschte mit den Zähnen, legte sich auf die andre Seite und schlief mit bösem Gesichtsausdruck wieder ein.

Achtes Kapitel

Mit seinem kleinen Köfferchen stand Engelhart vor der hohen Türe im weißen, erleuchteten Treppenhaus und suchte ziemlich lange nach dem Glockenzug; den elektrischen Knopf übersah er. Schließlich klopfte er mit dem Finger zaghaft an, das Stubenmädchen öffnete, sah ihn lächelnd stehen und meldete seine Ankunft der Herrschaft. Onkel und Tante kamen heraus, begrüßten ihn und musterten ebenfalls lächelnd seinen Anzug und sein linkisches Wesen. Er verlor unter ihren Blicken die vertrauensvolle Ruhe des Sichselbstbesitzens.
Der erste Gang durch die Straßen; was er sah, schien ihm begehrenswert, alles war Erscheinung. Mit Gier starrte er in die Gesichter fremder Menschen, glaubte ihre Gefühle und ihre Wünsche zu erraten; das Schreien der Kutscher, der Lärm der Fuhrwerke machte ihn trunken vor Glück, das Glockenläuten von den Kirchen versetzte ihn in eine wogende, halb süße, halb bittere, atembeklemmende Erregung. Zu diesen Häusern, zur Lust, zu all dem Unbekannten in der großen Stadt knüpfte er stärkere Beziehungen als zu den beiden Menschen, mit denen er lebte und auf die er angewiesen war. Seine abgekehrte Haltung erregte Befremden. Nur bei den Mahlzeiten war er verständlich, weil er Portionen vertilgte wie ein ausgehungerter Sträfling. Er aß bis zur Erschöpfung. Mit dem Zustand seines Gemüts beschäftigte man sich nicht, es war nicht üblich; daß er sich glücklich fühlen müsse, wurde vorausgesetzt. Unter all deinen Kameraden hast du das beste Los gezogen, schrieb Herr Ratgeber. Er richtete auch einen Brief an Michael Herz, worin er ihn bat, jeden Fehltritt Engelharts mit unerbittlicher Strenge zu ahnden. Solche Worte waren nicht

im Sinn von Michael Herz; wenn er nicht ganz und gar vertrauen konnte, wollte er auch darauf verzichten, Fehltritte zu ahnden. Leider bemerkte er bei Engelhart wenig Lust und Liebe zur Sache, er schien nicht einmal die allgemeine Richtung wahrzunehmen, wohin das vielartige Treiben ziele, es war nichts Eigentätiges an ihm.

Der Packraum der Fabrik befand sich in einer Art von überdecktem Schacht, dort mußten den ganzen Tag die Gasflammen brennen. Eine gewundene Holztreppe führte zu den Werkstätten empor. Der Oberpacker glossierte den Inhalt eines Theaterstücks, das er gestern gesehen; als er fertig war, kramte ein anderer seine Erinnerungen an den Ringtheaterbrand aus. Sie redeten zumeist vom Theater und von Schauspielern. Der Vorstand dieser Abteilung war ein Mann, dessen Schönheit im ganzen Bezirk berühmt war, aber seine Dummheit war noch größer als seine Schönheit. Der Oberpacker erzählte ihm ernsthaft, daß der Dichter Friedrich von Schiller in Wien eingetroffen sei, um die Aufführung seines letzten Werkes zu sehen. Engelhart saß träge auf den Sprossen einer Leiter. Als dem Verwandten des Chefs wurden ihm gewisse Rücksichten entgegengebracht, und die bezahlten Leute, von denen niemand seine wirkliche Pflicht erfüllte, sahen seine Versäumnisse nicht ungern. Sie wußten aber nichts mit ihm anzufangen, er war und blieb ein Fremdling.

Auf der Holztreppe erschien jetzt ein großes schlankes Fabriksmädchen und richtete den lauernden Blick auf Engelhart. Er erblaßte. Das Mädchen ging absichtlich nahe und langsam an ihm vorüber, und ihr Rock streifte seine Knie. Er stand auf, schlich in den halbdunklen Nebenraum und warf sich seufzend auf eine schmale Holzkiste. Plötzlich sah er empor, Onkel Michael stand vor ihm und schaute ihn mit einem tiefen Blick des Vorwurfs schweigend an. Dieser innerliche Blick der blauen Augen erinnerte Engelhart an den Blick der Mutter. Er hatte eine unüberwindliche Scheu vor dem Oheim, er sah in ihm das Ideal eines Mannes und Menschen, auch äußerlich; Gestalt, Gesicht, Haltung und Betragen waren die eines Aristokraten aus altem Geschlecht. Er war kein Geschäftsmann im gewöhnlichen Sinn; er arbeitete mit dem bohrenden, zur Tiefe gerichteten Ernst eines Künstlers. Zu Hause war er aufgeräumt, ja übermütig und am glücklichsten dann, wenn er Gäste hatte, die sich bei ihm wohlfühlten.

Kurz vor Weihnachten kam Engelhart in die Buchhalterei, wo er mehr unter Aufsicht und Arbeitszwang stand. Um ihn anzufeuern, setzte ihm der Oheim zwanzig Gulden Gehalt aus. Sein Platz war vor einem hohen Pult am Fenster. Neben ihm saß Herr Patkul, der eine Schnapsflasche in seinem Pult hatte und alle Viertelstunden einen Schluck nahm. Am Abend, wenn andere anfingen, sich zu betrinken, war er schon so voll, daß er den Hut nicht mehr auf den Kopf brachte. Herr Hallwachs, der Korrespondent, behandelte Engelhart mit spöttischem Hochmut. Er sagte: »In Franken muß es recht merkwürdige Charaktere geben«, wenn Engelhart einen Tintenklecks auf einen Brief machte. »Sie haben diesen Posten auf Soll geschrieben anstatt auf Haben, wie ich Ihnen ausdrücklich gesagt habe, Herr Ratgeber«, rief der Buchhalter mit schmerzlichem Augenaufschlag. Er war ein würdiger, gelassener Mann, ein treuer Diener der Firma. Herr Patkul knurrte bedeutungsvoll; es hieß so viel als: Mich hätte man längst hinausgeworfen bei solcher Unfähigkeit.

Ein breiter Sonnenstreifen fiel auf die linierten Blätter des Buches vor Engelhart. Er erzitterte wie bei einer elektrischen Berührung. »Woran denken Sie denn?« fragte Herr Hallwachs mit sanftem Tadel; »an das selige Franken? Dort scheint man freilich von Soll und Haben wenig zu wissen.«

Herr Patkul rief Bravo und klatschte in die Hände, der Buchhalter ließ ein vorsichtiges Lachen hören.
Ja, woran dachte Engelhart? An einen Traum der letzten Nacht. Die Träume waren es, die ihn so schlaff machten. Hin und wieder versuchte er es, sie seinem neuen Bekannten Emil Oesterle zu erzählen, sah jedoch, daß von ihrem Duft und Grauen nichts an den Worten haften blieb. Die Tintenluft lastete bleiern auf seinem Kopf. Die Zahlenreihen, die er addieren sollte, glichen einem Haufen dünnfüßiger Käfer, sie krabbelten davon, während er sie mit der Bleistiftspitze verfolgte; unmöglich, die bewegliche, dünnbeinige Masse zum Stillstand zu bringen. Dann klang ein Leierkasten von einem nachbarlichen Hof herüber, und sein Herz krampfte sich zusammen vor Sehnsucht nach der Freiheit.
»Gib mir einen Rat, lieber Freund, ich ertrage nicht dies Dasein«, schrieb er abends, als die Verwandten im Theater waren, an den Studenten Benedikt Knoll in München. Vor ihm auf dem Tisch stand die gefüllte Teekanne, und das heiße Getränk erhitzte vollends sein Blut. Er schrieb und schrieb, zwölf, fünfzehn, zwanzig Seiten. Am Ende machte die Überschwenglichkeit seine Handschrift unleserlich. Nach langer Pause war der Briefwechsel von beiden wieder aufgenommen worden; Knoll übernahm die Rolle des Erziehers. Leider war sein Stil zu sehr von Heine beeinflußt, außerdem war er imstande, für einen Kalauer seine Seele zu verkaufen. Er blinzelte in seinen Briefen über Engelhart hinweg Herrn Michael Herz zu. Engelhart merkte es kaum. Die Person Benedikts war ihm nicht so wichtig wie die Stunde, in der er an ihn schrieb, und die Gelegenheit, sich mitzuteilen.
Um elf Uhr kam Tante Esmee unerwartet ins Zimmer. »Ich habe dir doch verboten, bis in die Nacht hinein zu schreiben«, rief sie aus. Ihr Gesicht war weiß vor Ärger. Sie drehte ihm das Licht vor der Nase ab. Sie haßte ihn, seit

sie wußte, daß ihr Mann sich des Knaben wegen sorgte und kümmerte. Sie verstand sich darauf zu hassen. In Engelharts Gegenwart war jede ihrer Bewegungen von Verachtung und Widerwillen getränkt. Seine Neigung, von Dingen außerhalb des praktischen Lebens zu reden, fertigte sie mit höhnischer Gelassenheit ab. Eine zufahrende, heftige und trockene Natur, entbehrte sie, wie die meisten kinderlosen Frauen, des Gleichgewichts. Sie liebte abgöttisch ihren Gatten, war zugleich seine Magd und seine Herrin; wenn sie allein war, war sie verdrießlich und zerquält und wußte kein Mittel, der Langeweile zu entgehen, die sie folterte.

Zwei bis drei Stunden lag Engelhart wach im Bett, und seine Sinne waren so erregt, daß ihm die Finsternis als ein purpurner Rauch erschien, der sich zu Gestalten ballte.

Am Sonntag zeigte ihm Emil Oesterle die Stadt, sie gingen im Prater spazieren, und wenn sie nach Hause kamen, tranken sie gemütlich Tee und spielten Schach. Oesterle war ein sanfter Bursche, aber es mißfiel Engelhart, daß er vor Michael Herz ein kriechendes Benehmen zur Schau trug. Er sollte Engelharts Interesse an kaufmännischen Gegenständen wecken und englische Konversation mit ihm treiben, doch Engelhart sah ihn dann so spöttisch an, daß er verstummte. Sie waren schon ziemlich vertraut und duzten einander; an einem Feiertag nach Tisch holte Engelhart den Gefährten von seiner Wohnung ab. Beiläufig fragte Oesterle, ob Engelhart des Morgens im Büro gearbeitet habe, und dieser bejahte. Am folgenden Tag erfuhr Oesterle jedoch, daß Engelhart keineswegs in der Fabrik gewesen sei, sondern sich in den Straßen herumgetrieben habe; blaß und aufgeregt kam er und stellte Engelhart, der nun als Lügner dastand, zur Rede. Warum er nicht die Wahrheit gesagt, er wußte es selbst nicht; ein Nein, ein Ja, es entflog oft den Lippen, eh er nur dachte, und manchmal wünschte er geradezu zu lügen. Oesterle gab seinen Abscheu gegen die

Lüge mit Enttäuschung kund und sagte: »Wenn du mich noch ein einziges Mal belügst, Engelhart, werde ich aufhören, dein Freund zu sein.«

Tückische Fäden spinnt das Schicksal; wenige Jahre später endete Oesterle im Zuchthaus, weil er in dem Geschäft, wo er angestellt war, große Geldunterschlagungen begangen hatte.

Als der Winter um war, wurde es klar, daß es auf diese Weise mit Engelhart nicht weiterging. Er hielt es keine Stunde lang ununterbrochen in dem Schreibzimmer aus. Wenn Michael Herz hereinkam, fragte er mit leiser Stimme, wo sein Neffe sei; der Buchhalter zuckte die Achseln, Herr Hallwachs lächelte vielsagend, Herr Patkul knurrte. Eines Tages fühlte sich der Buchhalter verpflichtet, seinem Chef die volle Wahrheit über den jungen Ratgeber zu sagen.

Um zwölf Uhr ging Engelhart mit Onkel Michael zusammen nach Hause. Es herrschte ein beklommenes Schweigen zwischen ihnen. Auch bei Tische schwieg Michael Herz; Frau Esmee bemerkte, daß er einen starken Kummer in sich hineindränge. Plötzlich schien es, als ob eine Gebärde, ein Blick Engelharts seinen offenen Zorn furchtbar entfesselte. Er schleuderte Messer und Gabel von sich, sein Gesicht wurde dunkelrot, und er stieß maßlose Drohungen und Vorwürfe gegen Engelhart aus, der wie gelähmt dasaß. Frau Esmee umhalste den erregten Mann und suchte ihm Ruhe und Fassung zurückzuschmeicheln, zugleich winkte sie Engelhart gebieterisch zu, er solle das Zimmer verlassen. Er suchte Emil Oesterle auf, um das Vorgefallene mit ihm zu besprechen. Aber der furchtsame Mensch hütete sich etwas zu sagen, was Michael Herz hätte mißbilligen können. Den größten Teil des Nachmittags verwandte Engelhart dazu, einen dringlichen Brief an Benedikt Knoll zu schreiben. Es war sein verderblicher Wahn, stets von den andern Menschen Billigung, Verständnis, Hilfe zu erwarten.

Er spürte irgendeine unfaßbare Kraft in sich, sein Blut wirbelte in den Adern, Beglücktheit und tiefste Trauer wechselten von einer Minute zur andern. Lauer Frühlingswind strich durch den Park, in dem er ging, durch die hohen Fenster des Konzertsaals fiel das Licht auf die schwarzen Bäume und schien den Giebel eines griechischen Tempels zu entflammen. Es war, als würde der Walzer drinnen von Geistern gespielt, die Menschheit lag im Todesschlaf, er allein war der Lebende, für ihn allein war die Welt entstanden. Benedikt Knoll schrieb: »Wenn Du ernsten Willen hast und notabene Geld, so komm. Ich werde Dich bald so weit haben, daß Du die Vorlesungen besuchen kannst. Es sind nicht lauter erleuchtete Geister, die sich am Busen der Alma mater mästen. Schließlich vermag Minerva ihre Mannen so gut zu ernähren wie Merkur die seinen.«

»Nun, was willst du eigentlich? was schwebt dir vor?« fragte Michael Herz. »Bist du zur Besinnung gekommen?« – Zögernd offenbarte Engelhart seinen glühenden Wunsch zu studieren. Michael Herz schwieg. Seine geröteten, hochgewölbten Lider senkten sich über die unruhig irrenden Augen. »Gut, studiere«, entgegnete er endlich schroff; »ich gebe keinen Kreuzer dafür her. Wer so wie du sein Glück mit Füßen tritt, ist nicht mehr wert, als zu verhungern. Das merke dir: und wenn ich dich an einer Straßenecke liegen sehe und du schnappst nach Brot, ich höre nichts, ich kenne dich nicht.« – »Du hast mich gefragt, was ich will, ich habe ehrlich geantwortet, Onkel«, sagte Engelhart; »natürlich, ich bin arm und kann ohne deine Zustimmung nichts tun.« Frau Esmee kam dazu, und die ungemessene Verachtung, die sie Engelhart bezeigte, machte ihn völlig verstockt. Kein Verbrecher ist imstande zu bereuen, während man ihm den Fuß auf den Nacken setzt. Jedes unbefangene Wort auf eine bestimmte Dankesschuld hin beurteilt zu sehen, das erbittert. Michael Herz sprach mit seinen Freunden über den Fall. Sie

sagten zumeist das, was er oder vielmehr was Frau Esmee hören wollte. Nur ein einziger, auf dessen Klugheit und Weltkenntnis er große Stücke hielt, es war der Hausarzt, machte sich anheischig, mit Engelhart zu reden, und stellte ihm das Unbillige, ja Vernunftlose seines Verhaltens vor. Engelhart horchte auf. Das war der erste Mann, der menschlich mit ihm redete und nicht wie von einem Turm herunter allgemein tönende Worte von sich gab. »Herr Doktor, ich kann nicht«, war alles, was Engelhart zu antworten vermochte, doch hatte seine Stimme einen flehentlichen Klang.
Am ersten Mai fuhren Onkel und Tante für einige Tage aufs Land. Engelhart blickte von seinem Zimmer aus in den Hof, auf die ungeheure fensterlose Rückenmauer des Nachbarhauses. Auf einem vorspringenden Steinabsatz saß ein Sperling. »Bleibt er sitzen, bis ich zwanzig zähle, so tue ichs noch heute«, sagte Engelhart. Mit vorgenommener Langsamkeit fing er an zu zählen. Sein Herz klopfte bang. Als er bei zwölf war, legte der Vogel das Köpfchen schräg ins Gefieder und schaute in die Richtung, wo Engelhart stand. Er konnte bis dreiundzwanzig zählen, da flog das Tierchen auf und zwitscherte ins Sonnenlicht hinein.
Engelhart überrechnete seine Barschaft und war zufrieden damit; er hatte sich ungefähr fünfzig Gulden erspart und meinte, es sei viel Geld. Dann ging er ins Museum, sah aber keine Bilder an, sondern setzte sich still in eine Ecke und beobachtete lange Zeit das Spiel eines Sonnenstrahls, der gleich einem goldenen Rinnsal sich um eine Marmorsäule wand. Eine schöne Frau, in dunklen Sammet gekleidet, schritt vorüber, ohne ihn zu sehen. Sie trug zwei gelbe Rosen in der Hand, und er hörte sie mit gedankenvoll lächelndem Mund etwas flüstern.
Nachmittags packte er seinen Koffer, die Dienstboten kümmerten sich nicht um ihn. Als es dunkel wurde, verließ er das Haus. Es war ein göttlich milder Abend, der Mond lag

zwischen scharfgeschnittenen Wolken wie in einer tiefen dunkelblauen Schüssel. Jetzt war es ihm doch gar eigen ums Herz, weder traurig noch lustig, sondern weh und verantwortungsvoll. Auf dem Bahnhof kaufte er ein Billett nach München. Er mußte über eine Stunde bis zur Abfahrt warten, dann wurde er in einem unabgeteilten Wagen mit mehr als dreißig Personen zusammengepfercht. Nach den ersten Stationen wurde es erträglicher, aber die Luft war schlecht und die Beleuchtung trübe. Engelhart drückte die Stirn an die Fensterscheibe und schaute in die mondbeschienene Wald- und Hügellandschaft. Ahnung und Unruhe preßten ihm das Herz.

Ihm gegenüber saß eine Bauernmagd, sie hatte ein rotes Tuch über die Holzlehne gebreitet, darauf hatte sie den Kopf gelegt und schlief. Ein sonderbarer Kitzel trieb ihn, an dem Tuch zu zupfen. Die Nachbarn sahen zu und lachten. Der Beifall ermunterte ihn und er wiederholte es, jetzt rutschte das Haupt der Schläferin ein Stück herunter. Die Zuschauer waren höchst belustigt, die ganze Gesellschaft wurde munter, und als die Bäuerin schließlich ein unwilliges Gebrumm hören ließ, brachen alle in dröhnendes Gelächter aus. Engelhart nahm einen Zigarettenstummel und steckte ihn der immer noch Schlummernden in den Mund. Die Leute fühlten sich wie im Theater, ein altes Weib bekam vor Lachen einen Hustenanfall. Die Schläferin schlug die Augen auf, ihr verschämtes und bestürztes Gesicht vermehrte den Jubel. Engelhart ließ es damit nicht genug sein, es kam wie eine Wut der Tollheit über ihn, er brüllte, krähte, wieherte, nannte einen dicken, triefäugigen Menschen beständig Herr Professor, stieg auf die Bank und hielt eine unsinnige Ansprache, dabei empfand er im Innern ein finsteres Staunen über sich. Der Raum war vom Tabaksqualm erfüllt, die lachenden Gesichter verzerrten sich vor seinen Augen zu unheimlichen Gebilden. Am andern Ende des Wagens saß ein Prälat; dieser wandte sich an die Zunächstsitzenden und sagte: »Der junge Mensch kommt mir verdächtig vor.« Darauf erhob sich ein anderer, offenbar ein Handlungsreisender, und rief Engelhart zu: »Sie, sagen Sie mal, sind Sie vielleicht Ihrem Herrn Vater mit dem Geld davongelaufen?« Engelhart stutzte, dann erwiderte er mit gespielter Verachtung: »Mein Vater hat gar kein Geld.« Erneutes Gelächter. Da sah Engelhart ein strenges Augenpaar auf sich gerichtet. Es war ein blasser, einfach gekleideter Mann mit einer Narbe auf der Stirn. Streng und drohend war der auf ihn geheftete Blick. Allmählich wich das berauschte Wesen einer tiefen Niedergeschlagenheit. Warum starrt er mich so düster an? grübelte Engelhart. Er wünschte mit dem Fremden zu sprechen; es lag ihm daran, jenem mitzuteilen, daß er nichts Böses im Schilde führe, daß es überflüssig sei, ihm unfreundlich entgegenzutreten, und daß er Menschen suche, von denen er geliebt sein wollte. Aber es gab keinen Weg von ihm zu dem Fremden, obwohl sie nur drei Schritte voneinander entfernt waren, es gab kein Mittel, den Unversöhnlichen milder zu stimmen.

Als der Zug sich der Grenze näherte, wurde es Tag. Zur Rechten lagen die rosig umhauchten Gipfel der Berge in der gläsernen Frühluft. Eine dumpfe Stimme rief: »Engelhart! Engelhart!« War es nicht der Mann mit der Narbe? Nein, jener war fort, der Platz, auf dem er gesessen, war leer.

»Wieviel Geld hast du mitgebracht?« fragte Benedikt Knoll. Engelhart nannte die Summe, die er noch besaß. »Und für wie lange soll das reichen?« forschte Knoll weiter. Darauf wußte Engelhart keine Antwort. Knoll war erschrocken. »Kommst du denn ohne die Einwilligung deines Onkels?« fragte er und erfuhr, daß Engelhart als Flüchtling kam. Nun hatte der kleine Student nicht mehr das geringste Wohlgefallen an der Ankunft des Freundes. Indessen schmiedeten sie noch am selben Tag einen diplomatischen Brief an

Michael Herz. Knoll teilte dem von ihm verehrten Manne mit, wie die Dinge standen und daß er sich für die anständige Führung Engelharts verbürge. Wenn er wirklich das Zeug zu einem Mann der Wissenschaft habe, dürfe man ihn doch nicht untergehen lassen; Herr Herz möge Gnade für Recht walten lassen und den Hilflosen vor Not schützen. Als Antwort kam nach acht Tagen nichts weiter als eine geschäftliche Notiz der Firma, wonach Engelhart bis auf weiteres an jedem Monatsersten fünfzig Mark ausgezahlt erhalten sollte. Benedikt Knoll rang die Hände. »Fünfzig Mark«, rief er aus, »da mußt du von jedem Fünfzehnten ab einen vierzehntägigen Schlaf tun.« Das Zimmer, das er für Engelhart gemietet, kostete allein den dritten Teil dieser Summe. Aber wenn Engelhart fünfzig Mark in der Hand hatte, hielt er es für unmöglich, daß so viel Geld jemals ganz ausgegeben werden könne. Erst wenn die letzten Groschen in der Tasche klimperten, wurde ihm unbehaglich zumut.
Knoll spürte wenig Lust, den Lehrer zu machen, und Engelhart noch weniger, Schüler zu sein. Er hatte genug gelernt, nun wollte er sehen, atmen, leben. Trotzdem verbrachten sie einen Tag damit, um auf dem Büchermarkt eine lateinische und eine griechische Grammatik einzuhandeln. Es geschah der Form wegen. Dann kamen auch Stunden, wo Engelhart sich aufraffte und seinem Gedächtnis eine Reihe von Vokabeln einprägte, die er am nächsten Tag wieder vergaß. Es ist aussichtslos, dachte Benedikt Knoll und sann darauf, wie er sich der lästigen Verantwortung entledigen könne. Inzwischen lebten sie als gute Kameraden, und da Engelhart an einem unstillbaren Hunger nach Menschen litt, machte ihn Knoll mit seinen Kommilitonen bekannt. Engelhart kam jedem einzelnen mit kindlichem Vertrauen entgegen, aber er setzte sie damit in Verlegenheit, sie wunderten sich über ihn, was er sagte, erschien sonderbar einfältig

oder unverständlich. Knoll hingegen war beliebt, und wenn er Engelhart zur Zielscheibe seines Witzes machte, sahen sie auch diesen mit günstigeren Augen an, weil sie über ihn lachen konnten.

Sie standen fest auf ihren Füßen, die Studenten und Studentlein. Jeder verübte mit dem, was er besaß, und war es noch so wenig, greulich viel Lärm und Geklapper, so daß seiner Armseligkeit nicht beizukommen war. Ungeachtet aller Liederbuchphrasen von deutschem Männerstolz und echtem Germanentum waren sie die Knechte eines jämmerlichen Formelwesens, und der ganze Freiheitsdrang hatte ausgetobt, wenn sie eine Straßenlaterne zerschlagen und einen Nachtwächter beschimpft hatten. Sie waren überzeugt, als Schirmherren für die idealen Güter der Nation bestellt zu sein, doch im Grunde betrachteten sie all das wissenschaftliche oder patriotische Getue als ein Geschäft wie jedes andre. Kräfte der Ahnung, Kräfte des Herzens wurden im Bier ersäuft.

Es war ein Juniabend, Knoll und Engelhart spazierten mit fünf andern Studenten über die Ludwigstraße. Knolls Intimus, ein gewisser Schustermann, führte seinen Hund an der Leine, eine schöne dänische Dogge. Plötzlich riß sich das Tier los, verfolgte einen andern Hund, kam aber, als sein Herr pfiff, sogleich zurück. Nun war jedoch Schustermann auch sonst ein galliger Bursche, diesmal in boshaft trunkener Laune. Er fing an, den Hund aufs grausamste zu schlagen, und schließlich blutete das Tier aus mehreren Wunden. Je mehr es mißhandelt wurde, je erbärmlicher winselte es um Gnade, Schustermanns Freunde standen lachend herum, und einer sagte: »Der Hund ist wie ein Jud.« Engelhart fuhr zusammen und erwiderte mit stockender Stimme: »Wenn man die Juden auch blutig schlägt, um Gnade pflegen sie nicht zu betteln.« Die Studenten fanden den Auftritt peinlich, und der älteste bemerkte naserümpfend: »Mir

scheint, er bildet sich was darauf ein, daß er ein Jude ist.«
Knoll war wütend und zischte Engelhart zu: »Nur nicht pathetisch sein, das gibt es hier nicht.«
Am andern Tag kam er zu Engelhart ins Zimmer und machte ihm zornige Vorhaltungen. »Was kümmert es die Leute, daß du Jude bist?« eiferte er. »Schlimm genug, daß wir es sind, wir haben nicht nötig, viel Aufhebens davon zu machen. Wir wollen endlich Ruhe haben und alles vergessen, und jene sollen gleichfalls vergessen.«
Doch Engelhart war jener überdrüssig, es verlangte ihn nicht mehr nach ihrer Gesellschaft.
»Wie willst du überhaupt vorwärtskommen mit deiner beispiellosen Anmaßung«, fuhr Knoll fort.
»Ich anmaßend?« flüsterte Engelhart erstaunt und bestürzt.
»Ebensogut könntest du sagen, Schustermanns Hund sei gestern mutig gewesen.«
Knoll beachtete die Einrede nicht. »Du arbeitest nichts, du hast kein Ziel, keinen Ehrgeiz, und ich bereue, was ich für dich getan habe«, sagte er.
Engelhart trat zum Fenster und schaute stumm in die Abendröte. Fern zwischen Häusern schwebte noch ein schmales Sonnensegment. Herz der Welt, du sollst erglühen, dachte Engelhart mit jähem Entzücken – Worte, die er nie früher gehört. Von einem gegenüberliegenden Wirtshaus drangen Harfen- und Geigenklänge herauf. Ach Musik, Musik, all sein Sinn, sein ganzer Leib lechzte nach Musik, bebte von chaotischer Musik, das Dämmern und Weben der Zeit, ihre Rufe, ihre Stimmen, alles Musik, ein Wogen unfaßbarer Akkorde.
»Komm, Benedikt«, sagte er versöhnend, »laß uns eine Partie Schach spielen.« Knoll war es zufrieden, und da er gewann, kehrte seine gute Laune zurück. Dennoch kritisierte er bald darauf in einem Brief an Frau Wahrmann in Gunzenhausen Engelharts Treiben höchst abfällig. Das

machte böses Blut, auch Herr Ratgeber, der jetzt in Würzburg wohnte und dort als Versicherungsinspektor tätig war, erhielt Nachricht, wie die Sache stand. Er schrieb sogleich an Engelhart und beschwor ihn, umzukehren, solange es noch Zeit sei. »Willst du denn das geistige Proletariat um eine hoffnungslose Existenz vermehren?« schrieb Herr Ratgeber. »Ist es denn kein Beruf, der deiner würdig ist, Kaufmann zu sein? Wer bist du denn eigentlich? Oh, alles Unglück kommt über mich, auch diese Erwartungen nun zuschanden, und wie steh ich vor meinem Schwager Herz da! Wenn deine Mutter noch lebte, das würde sie töten. Kann dich nichts andres bestimmen, von deinem Wahn zu lassen, so denke an die Leiden und Entbehrungen, die dir bevorstehen.«

So von allen Seiten in die Enge getrieben, verlor Engelhart selbst das Vertrauen zu dem gegenwärtigen Zustand. Das Schlimmste war, daß er mit dem Geld nicht auskam und gegen das Ende des Monats nicht wußte, wovon er leben sollte. Er konnte nicht einmal in der elenden Kneipe, wo er zu essen pflegte, den Mittagstisch bezahlen. Er träumte sich hinweg über die Mißlichkeiten, sein Inneres befand sich in einer beständigen Glut.

Im Juli begannen die Ferien; Knoll reiste nach Hause, auch die geringe Zahl der übrigen Bekannten verließ die Stadt. Engelhardt wanderte unter den Arkaden umher, bis das Nachmittagskonzert zu Ende war. Das Gewimmel geputzter Menschen stimmte ihn traurig. Vor der kleinen Rotunde begegnete ihm eine auffallend schöne Frau, er blieb stehen und sah ihr mit erstarrendem Gesicht nach. Dann ging er in den Englischen Garten. Bei der Mühle lagen riesige Felsen im Wasser, er kletterte von Stein zu Stein und ruhte endlich auf einem moosbewachsenen Block. Es waren nicht Gedanken, denen er nachhing, vielmehr war ein mystisches Weben in seinem Innern, das einen Zustand von Dämmerung erzeugte. Auf dem Nachhauseweg kam er an einer offenen Kirche vorbei; er trat hinein und ließ sich von der kühlen Stille wollüstig umschauern.

Es war ihm zumut wie einem Seiltänzer, dem die Balancierstange entfallen und der nun die Augen schließt und bebend in die Luft greift, um nicht zu stürzen. An einem Regentag war er zuhause geblieben. Er merkte nicht, daß es im Zimmer dunkel wurde. Um neun Uhr pochte die Hausfrau und brachte unaufgefordert die Lampe. Er erhob sich jäh und glaubte eine Erscheinung zu sehen, ein Weib mit engelhaften Zügen und einer sanften Gewalt der Augen. Doch die Wirtin war eine bejahrte Dame, die ein Seifen- und Kerzengeschäft führte.

Seine Schwester Gerda hatte jetzt das Pensionat verlassen und weilte bei den Eltern in Würzburg, von wo sie ihm einen ihrer kindlichen und unbedeutenden Briefe schickte. Ohne Verzug antwortete er ihr, schrieb wie im Weinrausch mit Fingern, die von der Aufregung schlaff waren. War es doch ein weibliches Wesen, das ihm von Bluts wegen zugehörte. Stundenlang saß er in der Nacht und betrachtete immer wieder das Bildnis der Schwester.

Mitte August verlangte Herr Ratgeber mit Strenge, daß Engelhart der Müßiggängerei ein Ende mache und einstweilen nach Würzburg reise. Engelhart war der entschiedenen Weisung froh, denn die Zeit floß fruchtlos hin. Er packte seine Siebensachen zusammen, mußte aber seine Uhrkette verkaufen, da sonst das Geld zur Fahrt nicht gereicht hätte. Er wurde nicht sehr freundlich empfangen. Der Vater sah abgearbeitet aus. Trotzdem schien Herr Ratgeber nie verdrossen, eher bekümmert, und auch dies nur, wenn er sich unbeobachtet wußte. Er litt unter seinem neuen Beruf, denn es war der jämmerlichste von allen Berufen der Welt und zwang den zurückhaltenden Mann zur Aufdringlichkeit. Da die Konkurrenz unverschämt war, durfte kein

Mittel verschmäht werden, und wer am meisten schwatzen konnte, trug den Sieg davon.

Abel war Lehrling in einem Tuchgeschäft; in der Schule hatte er nicht länger bleiben wollen, aber in seiner Stellung tat er auch nicht gut, er machte schlimme Geschichten. Kurz vor Engelharts Ankunft war beschlossen worden, ihn nach Amerika zu expedieren; Herr Ratgeber hatte sich an einen Jugendfreund gewandt, der drüben reich geworden war.

Am zehnten September ging das Schiff von Bremen ab, bis dahin mußte Abel reisefertig sein.

»Du mußt nach Wien schreiben und Abbitte leisten«, war das erste Wort morgens und das letzte abends für Engelhart. Er sträubte sich aus allen Kräften, der bloße Gedanke machte ihn sich selber zum Abscheu. Aber die Tage sind lang, und das Gnadenbrot schmeckt bitter. Mehr als die Demütigungen und Vorwürfe von seiten der Stiefmutter wirkte der stille Kummer des Vaters. Herr Ratgeber vermochte dem Sohn gegenüber nicht beredt zu werden, wie er sich's vorgenommen hatte. Er nahm in Engelharts Wesen etwas wahr, irgendeinen Funken im Auge, einen Tonfall der Sprache, was ihn an die eigene Jugend gemahnte; unvermutet fand er sein Herz milder als sein Urteil. Es war öde um ihn, unwillkürlich suchte er im Gefühl zu den Kindern einen Halt.

Es war ein wunderbar verblühender Sommer, ein stetiges Abflammen in den Herbst hinein. Engelhart trieb sich in den Weinbergen herum und schaute von oben auf die türmereiche Stadt nieder. Im Hause war er gern, wenn Gerda zugegen war. Sie war schön zu nennen, zart von Gestalt, blaß von Gesicht; ihr schüchternes Auge, ihr sanftes Hinträumen machten einen innigen Reiz aus. Engelhart brachte ihr Blumen; sie lachte; vom Bruder beschenkt zu werden, erschien ihr komisch.

Es war Nacht, und ein heftiges Gewitter tobte. Engelhart stand auf, klopfte an Gerdas Schlafzimmertüre und fragte, ob sie sich fürchte. Sie schlief und hörte nichts. Er wartete und hielt Wache, bis das Donnern in die Ferne zog. Er dachte darüber nach, ob Gerda einst glücklich sein würde. Auf der Straße bemerkte er sie von weitem und blieb in unbesieglicher Erregung stehen. Doch wenn er sie nicht sah und ihre Gegenwart nicht empfand, erschien ihm dies Betragen tadelnswert überschwenglich, und er erinnerte sich mißbilligend an die seltsame Gewohnheit, die sie hatte, Kalk von den Wänden zu schaben und zu essen.
Gefährten hatte er hier keinen. Es gab viele Studenten in der Stadt, doch er fühlte sich ihnen nicht zugehörig; es gab auch viele Kaufleute, und zu den Kaufleuten gehörte er gleichfalls nicht.
Endlich war der Schicksalsbrief an Michael Herz geschrieben und abgeschickt, vier Seiten voll von Versprechungen und ungefühlten Selbstanklagen. Vor der Stadtmauer beim Hofgarten war ein Brunnen, aus dem kein Wasser mehr lief. Dorthin eilte Engelhart, wühlte das Gesicht ins Moos, und nachdem er eine Weile geweint hatte, wurde es ruhig in ihm, er legte sich auf den Rücken und studierte die Wolken. Oben auf der Mauer war eine einsame, von Birken- und Ahornbäumen gebildete Allee. Am Tag vor Abels Abreise ging er mit dem Bruder hier spazieren. Der dumpfe Abel hatte keinen Begriff von Reise und Ferne, er freute sich nur, der unerträglichen Tyrannei der Stiefmutter entrinnen zu können. Widerwillig war er mit Engelhart gegangen und fand dessen Fragen und Ratschläge lästig. Sie setzten sich auf eine Steinbank, und Abel sagte gelangweilt: »Du könntest mir wenigstens eine Geschichte erzählen, Engelhart, wie früher, weißt du noch?« – »Schön, ich will dir etwas erzählen«, antwortete Engelhart, »die Geschichte vom kleinen Bräutigam.« Er schaute eine Weile besinnend in die Luft. »Fang

an«, drängte ungeduldig der Kleine, »aber sieh zu, daß ein Mord dabei vorkommt.«
Engelhart schüttelte den Kopf und sagte: »Merk auf. Es lebte einmal ein Knabe, dessen größtes Vergnügen war es, auf der Erde zu liegen und in die Luft zu gucken. Je nachdem die Sonne sich drehte, drehte er sich mit, daß sie ihm nicht ins Gesicht schien. Wenn man ihn fragte: Nichts zu tun, Jackele? so antwortete er: alles schon getan, und sie nannten ihn Jackele Katzenpelz, weil die Katze auch immer in der Sonne liegt und aussieht, als ob alles schon getan wäre. Einmal wurde Jackele mit den Gänsen auf eine Waldwiese geschickt, und als er hinkam, legte er sich gleich auf den Rücken und dachte: wie blau heute der Himmel ist. Die Zeit verging, und als die Sonne sank, erhob sich Jackele und wollte die Gänse zusammenrufen. Aber es war keine einzige mehr zu sehen, und soviel er auch schrie und durch die hohle Hand pfiff, es war umsonst. Da er nun kleine, runde weiße Wolken hoch am Himmel gegen die Abendsonne gleiten sah, dachte er, die Gänse hätten sich in Wolken verwandelt, gab sich damit zufrieden und trollte vergnügt heimwärts. Doch als er ohne die Gänse kam, fielen die Dorfbewohner über ihn her und prügelten ihn erbärmlich, und sein Vater wies ihn von der Tür und sagte, er solle ihm nicht mehr vor Augen kommen ohne die Gänseherde. Mitten in der Nacht mußte er aus dem Dorf wandern und sann darüber nach, wie er wieder zu den albernen Gänsen kommen könnte. Die Frösche hockten aufgeblasen in den Wiesen und quakten:

> Jackele, Jackele, wo sind denn deine Gäns?
> Sie sitzen am Weiherle und waschen ihre Schwänz.

Jackele ging zum Weiher, sah aber nichts von den Gänsen und wurde sehr traurig. Da tauchte ein silberner Strahlgeist aus dem schwarzen Wasser empor, tanzte eine Weile umher und flüsterte endlich:

> Jackele, nicht weinen,
> Sternlein soll scheinen,
> Windlein soll wehn,
> mußt durch die sieben finstern Länder gehn.

Wie soll ich den Weg durch die sieben finstern Länder finden? dachte Jackele. Aber die Sterne schienen so hell vor ihm her, daß er nicht in die Irre geraten konnte, und als er anfing, müde zu werden, kam der Wind, nahm ihn auf seine Schulter und trug ihn bis dorthin, wo wieder die Sonne am Himmel stand. Da sah er auch schon die schimmernden Mauern der königlichen Burg in einem Garten mit lauter dunkelroten Blumen. Und wie er aufhorchte, hörte er von drinnen ein wohlbekanntes Geschnatter und wußte, daß seine Gänse im Schloß des Königs seien. Er pochte schüchtern an das eiserne Tor, doch niemand hörte ihn, und es ward nicht geöffnet. Schon fing sein Mut wieder an zu schwinden, da flog ein Bienenschwarm heran, kreiste um seinen Kopf herum, und wie er mit den Händen Gesicht und Augen verdeckte, um sich vor ihren Stichen zu schützen, hörte er sie summen:

> Mußt das feige Blut bezwingen,
> Nicht nur warten, nicht nur hoffen,
> Wolle nur, so wirds gelingen,
> Riegel fällt und Tor ist offen.

Als er dies vernommen, nahm er seine ganze Kraft und alle Gedanken zusammen und schritt auf das Tor los, und wirklich, es tat sich auf. Der Soldat, der vor der Tür des Königs Wache hielt, ließ vor Schrecken das Gewehr fallen und lief zum König, um den Vorfall zu melden. Der König geriet gleichfalls in Angst und dachte, ein Zauberer sei gekommen, ihn zu vernichten. Er nahm einen Korb voll mit Gold und Edelsteinen, trat aus dem Palast und wollte dem Fremdling das kostbare Geschenk überreichen. Jackele schüttelte jedoch den Kopf, würdigte die Schätze keines Blicks und verlangte bloß seine Gänse. Darüber lächelte der König, und die Höflinge lachten. Der König ließ den Stall öffnen, die Gänse marschierten heraus, Jackele trieb sie aus dem Tor, und munter wanderten sie allesamt nach dem Dorf zurück. Als er dort ankam und triumphierend über die Straße zog, fand er in allen Gesichtern Spott und Haß. Die Kunde war ihm nämlich vorausgeeilt, daß er im königlichen Schloß so große Schätze, durch die das ganze Dorf hätte reich werden können, um der elenden Gänse willen hatte liegen lassen. Sie verwünschten seine Dummheit, nahmen ihm die Herde ab und jagten ihn mit Schimpf und Schande davon, wobei sie schrien:

> Katzenpelz-Jackele,
> Kein Geld im Sackele,
> Im Kopf kein Verstand,
> Der größte Tropf im Land.

Nach langem Herumwandern begegnete er auf der Landstraße einem dürren, verhungerten Männlein und fragte niedergeschlagen, ob jener nicht wisse, wie man Schätze erwerben könne. Zieh nur weiter bis gegen Abend, sagte das Männlein, da kommt ein Berg und da wohnt ein Schmied, der weiß, wie man Schätze erwerben kann. Jackele kam richtig vor die Schmiede und bat den Schmied, der nackt, mit rußgeschwärztem Leibe vor der Esse stand, er möge ihm helfen, Schätze zu erwerben. Der Schmied führte ihn in die Werkstatt und hieß ihn den Blasbalg treten. Das Feuer fauchte auf, und Jackele sah glühendes Gold in den Flammen liegen; seine Begehrlichkeit erwachte, ohne zu überlegen, griff er mitten in die Glut und wollte das Gold nehmen. Aber das Feuer verbrannte seine beiden Arme bis an die Ellbogen hinauf, und er warf sich auf die Erde hin und schrie vor Schmerzen. Der Schmied lachte, ergriff den großen Hammer, ließ ihn viele Male auf den Amboß heruntersausen und bei jedem Schlag rief er aus: Schaffen, Jackele! Schaffen! Schaffen und entbehren! Jackele verließ jedoch die Schmiede und kam in den dunkelsten Wald, den er je gesehen. Es wurde ihm so einsam, daß er zu sterben fürchtete, außerdem schmerzten ihn die verbrannten Arme sehr. So verflossen viele Tage in großer Drangsal. Auf einmal vernahm er wieder das vertraute Geschnatter wie vor dem Königsschloß, und da er in die Luft schaute, sah er drei Gänse aus seiner Herde, die ihm nachgeflogen waren. Jetzt flatterten sie vor ihm her, führten ihn zu einem tiefen Brunnen, setzten sich am Rand des schwarzen Loches nieder, und eine von ihnen rief:

> Herz der Welt, du sollst erglühen,
> Ich bring dir einen Bräutigam,
> Laß ihm deine Schätze blühen,
> Wehre seiner stummen Scham.

Darauf entstand ein Leuchten in der Tiefe des Brunnens, wie wenn ein Auge erwacht. Die Bäume fingen an zu rauschen wie Orgeln, die Vögel zwitscherten, daß es klang, als ob zahllose kleine Glocken tönten, und Jackele starrte hinab und hinab und sah der Welten Herz erglühen. Die zweite Gans sagte: Du bist der Bräutigam; die dritte jedoch, die schwarzgefärbte Flügel hatte, flog auf, ließ sich, als sie über der Mitte des Brunnens schwebte, langsam zur Tiefe sinken, und da sie unten war, fing sie an zu brennen, ward aber

plötzlich verwandelt und kam als herrlicher Paradiesvogel wieder empor. Sie ließ ein paar Wassertropfen aus dem Schnabel auf Jackeles Wunden fallen, daß sie sogleich heilten, und sagte: Das Herz der Welt läßt dich grüßen, du sollst hinuntersteigen in den Schacht und dich ihm anvermählen. Inzwischen war Jackele von einem Holzknecht bemerkt worden, der es den Leuten im Dorf verraten hatte. Diese eilten nun mit Dreschflegeln herbei, um den unnützen Gesellen totzuschlagen. Wie staunten sie jedoch, als sie ihn mit einem Purpurmantel angetan am Rand des Brunnens sitzen sahen, den fremden Vogel auf der Schulter. Sie wagten ihn kaum anzuschauen und gingen schließlich beängstigt und kopfschüttelnd wieder nach Hause. Nun sollte Jackele in den Brunnen steigen, doch das war ein so schweres Unternehmen, daß Tag um Tag verging und er nicht einen Schritt weiter kam. Es gab kein Seil, das lang genug gewesen wäre; er mochte graben und schaufeln und Leitern bauen, es half alles nichts, und wäre nicht der Gesang des Paradiesvogels gewesen und der beseligende Anblick des glühenden Herzens in der Tiefe, so wäre er verzweifelt und hätte von seinem Vorhaben abgelassen. Was weiter mit ihm geschehen ist, kann ich nicht sagen, weil ichs nicht weiß. Vielleicht ist es ihm am letzten Tag vor seinem Tode doch gelungen.«
Abel war unzufrieden mit dieser Geschichte. Er sagte, an Zaubereien glaube er nicht, und daß Gänse und Frösche sprechen könnten, sei nicht wahr. Sie schritten währenddem beide über die gewundenen Terrassen herab in die Lauben- und Efeugänge des Gartens und sahen die vielfach verzierte Fassade des Schlosses vom bleichen Abendlicht übergossen. Engelhart war tief in Gedanken und durch die Luft wie durch die Blumengerüche gleicherweise erregt.
In der Frühe um halb fünf nahm Abel Abschied. Engelhart und der Vater begleiteten ihn zum Bahnhof. Herrn Rat-

geber ging es nahe; auch hatten ihm einige Bekannte die Sache bedenklich gemacht, es sei doch gefährlich, einen Knaben von dreizehn Jahren bis ans andre Ende der Welt zu schicken. Als sie wieder auf dem Heimweg waren, bemerkte Engelhart, daß es um den Mund des Vaters verräterisch zuckte. Gleich darauf trafen sie am Glacis einen Rimparer Bauern, der mit einer Fuhr zum Markt kam, Herr Ratgeber rief ihn an, fragte, was in den Säcken enthalten sei, und verhandelte dann eifrig wegen eines Zentners Kartoffeln.
Wenige Tage später kam der Antwortbrief von Michael Herz. Er wolle den Gelöbnissen trauen und es noch ein einziges und letztes Mal versuchen. In sein eigenes Geschäft könne er Engelhart schon aus Gründen der Disziplin nicht zurücknehmen, er habe einen Freund, den Chef des angesehenen Exporthauses Freitag & Sohn, bewogen, Engelhart als Lehrling aufzunehmen. Es hänge alles andere davon ab, ob er dort ernsten Willen und dauernde Besserung zeige. Durch seinen Wahnsinn habe er ein ganzes Jahr vergeudet, hoffentlich hätten ihn seine Erfahrungen für immer belehrt. Darauf folgten noch Anweisungen über die Reise; er solle nach der Ankunft in einem billigen Vorstadthotel übernachten und sich vormittags gleich seinem künftigen Chef vorstellen. Ihn in seinem eignen Hause wohnen zu lassen, halte er nicht für angemessen, einer solchen Vergünstigung müsse sich Engelhart erst würdig zeigen. Er habe einen seiner Angestellten, Herrn Kapeller, beauftragt, ein Zimmer zu mieten. »Zu Mittag kannst Du bei uns sein«, schloß das polizeimäßig sachliche Schreiben, an dessen Inhalt Engelhart schluckte und würgte, »das Abendessen bekommst Du bei der Familie Kapeller.«
Herr Ratgeber war glücklich über den Verlauf. Er nahm den Sohn mit ins Caféhaus, zahlte die Zeche für ihn und erteilte ihm gute Lehren. Die aufrichtig gemeinten Worte schwirrten inhaltslos an Engelharts Ohr vorüber.

Neuntes Kapitel

Die trübselige Reise, das Übernachten in einem schmutzigen Hotel, das peinvolle Wiedersehen mit dem Oheim, es glich einem Traum von nicht unerwarteter Häßlichkeit. Im Vorzimmer der Firma Freitag & Sohn mußte er stundenlang warten. Junge Leute mit bleichen und hochmütigen Gesichtern saßen an den Pulten im Comptoir, in das er durch eine Glastüre blicken konnte. Ein schwarzbärtiger finsterer Herr führte ihn schließlich ins Privatgemach des Chefs. Dieser Raum zeigte einen weiblichen Luxus und glich mehr dem Boudoir einer Kokotte als dem Zimmer eines Geschäftsmannes. Herr Freitag, ein kleines grauhaariges Männchen, lag in einem ungeheuren Ledersessel und hielt, nach Art der Weitsichtigen lesend, in der ausgestreckten Hand ein Buch. Erst nachdem Engelhart den schüchternen Gruß wiederholt hatte, wandte Herr Freitag den Kopf und starrte, scheinbar höchst überrascht, den jungen Menschen mit herausquellenden Augen von oben bis unten an. »Bevor Sie das nächste Mal in ein anständiges Zimmer treten, lassen Sie Ihre Stiefel säubern, Verehrtester«, zeterte er mit einem umkippenden Kastratenstimmchen. »Sie scheinen wenig bei der Sache, wie? Schön, schön, wir werden ja sehen, wenn Sie nicht parieren, schmeiß ich Sie hinaus. Adieu, junger Mann.«
Ein enges, düstres Loch im Erdgeschoß eines engen, düstern Hauses war das Zimmer, das Engelhart bewohnen sollte. Es hatte keinen eignen Eingang und war nur durch die Küche und das Wohnzimmer der Partei zu erreichen. Nebenan war die Straße, wenn ein Fuhrwerk über das Pflaster donnerte, begannen die Fensterscheiben und das Geschirr auf dem Waschtisch zu klappern. Engelhart dachte, es sei nicht möglich, hier zu schlafen, es sei nicht möglich, hier zu

leben. Er setzte sich auf einen Stuhl mit zerrissenem Rohrgeflecht, und erst nach einer Stunde regungslosen Hinbrütens ging er daran, seinen Koffer auszupacken. Er hatte das Gefühl, als ob sein Blut bitter geworden sei.

Kapellers wohnten ein Stockwerk höher. Es waren vier Brüder, die bei der Mutter lebten, lauter junge Männer, denen das bloße Auf-der-Welt-Sein schon gewaltigen Spaß machte; wenn sie außerdem noch tanzen und ins Theater gehen konnten, waren ihre Ansprüche an das Leben erfüllt. Die Frau besaß ein kleines Geschäft auf der Hauptstraße und brachte sich knapp durch, aber sie ließ sich nichts abgehen und war die Lustigste von allen. Zuerst begegneten sie Engelhart mit der Achtung, die sie dem Neffen eines reichen Mannes schuldig zu sein glaubten, bald jedoch stimmte sie sein in sich gekehrtes Wesen und sein Nichtmithalten feindselig. Es kam auch vor, daß er aus sich herausging und zu plaudern begann; es durfte nur ein sympathischer Hauch an ihn heranwehen, dann strahlten seine Augen auf, er fand Worte, die ihnen fremdartig klangen, sie wurden von Mißtrauen gegen diese Worte erfaßt, waren überhaupt beunruhigt, sträubten sich gegen den ganzen Menschen und waren erleichtert, wenn er endlich gute Nacht sagte. War er dann gegangen, so brach Streit aus. Die Jüngeren schimpften auf den Gast, Franz Kapeller, der bei Michael Herz angestellt war und Engelhart schon von früher kannte, nahm sich seiner an, suchte die Natur des Knaben nach irgendeiner geläufigen Schablone zu erläutern, auch die Mutter war nicht abgeneigt, den fremden Menschen in Schutz zu nehmen, betrachtete ihn aber doch wie einen Schauspieler, der einem für ein bestimmtes Eintrittsgeld etwas vorspielt; endlich fand der dritte Sohn, der ein passionierter Hochtourist war, das Wort, das fernere Erörterungen abschnitt und sagte: »Er ist halt ein Jud.« Am nächsten Tag gab ihnen Engelhart wieder neuen Stoff zu Redereien.

Nach dem Essen setzte sich der jüngste Kapeller ans Klavier und spielte in roh klappernder Manier und mit wahren Bärentatzen ein paar Märsche und Walzer herunter. Während er eine Pause machte, sagte Engelhart ernsthaft: »Ich kann auch Klavier spielen«, und unter dem neugierigen Schweigen der Familie setzte er sich vor das Instrument, schaute eine Weile in die Luft, und viele Monate lang vergaß er die drangvolle Sehnsucht nicht, die ihn in diesen kurzen Augenblicken erfüllte. Es war wie ein Wahn, er hatte gedacht, er müsse spielen können, die Tasten und Saiten könnten nicht anders, als seinem vollen Innern gehorchen. Endlich mußte er unter dem hämischen Gelächter der am Tische Sitzenden abziehen, und obwohl tief beschämt, lachte er mit ihnen.

Im Freitagschen Geschäft kümmerte man sich weniger um ihn, als er erwartet hatte. Im Anfang hatte er guten Willen gezeigt, aber da niemand von seinen Bemühungen Notiz nahm und es gleichgültig schien, ob er viel oder wenig tat, erlahmte er schnell. Was soll ich denn hier? war die Frage, die ihm beständig durch den Kopf ging. Und wirklich, was sollte er hier vor sich bringen, wodurch seiner Zukunft nützen? Nach Gelderwerb stand ihm nicht der Sinn, und die Dinge, die sein Herz aufregten, wenn er sie nur dachte, lagen weltenweit. Er wurde hierhin und dorthin geschoben, keiner scherte sich um den andern, es wurde nur gerade das Notwendige geleistet, und das mit viel Lärm und Wichtigtuerei. Herr Freitag selbst war Spekulant und hatte an der Börse ein großes Vermögen gewonnen. Er betrachtete das Warengeschäft als eine Spielerei und hielt es nur mit Rücksicht auf seine Söhne in Gang, von denen sich aber niemals einer blicken ließ. Wenn sich Herr Freitag vorn in den Schreibstuben befand, wurden in der sogenannten Auslieferung, wo Engelhart beschäftigt war, zwei Lehrlinge als Wachtposten aufgestellt, damit er seine Leute nicht über-

rumple. Schon von weitem hörte man ihn fauchen, spucken und kreischen, er schien wie eine alte Henne mit Flügeln um sich zu schlagen, wenn er durch die drei Säle zappelte, steckte seine Nase in jedes Stück Papier und behauptete unablässig, er sehe alles, er höre alles, ihm entgehe nichts. Gefürchtet wurde bloß Herr Gallus, der finstre Schwarzbärtige, der Prokurist der Firma, und dessen Vertrauensperson war die Expedientin, Fräulein Ernestine Kirchner. Sie mochte nicht mehr ganz jung sein, vielleicht achtundzwanzig Jahre alt, hatte eine hübsche Gestalt, einen langsamen und anmutigen Gang und blasse, starke Lippen. Sie wurde von allen, auch von Herrn Freitag, mit Respekt behandelt, nur der finstre Gallus nannte sie kurzweg beim Vornamen. Durch ein gleichmäßig heitres Naturell wirkte sie besänftigend auf die verschiedenartigen Elemente, und sie beobachtete Engelharts unruhvolles Nichtstun mit schweigender Teilnahme. Hatte sie ihm des Morgens eine Arbeit auferlegt, und sie war am Nachmittag noch ungetan, so ließ sie keinen Vorwurf hören, sondern ging in aller Stille selbst daran. Da erschrak Engelhart vor der Dankverpflichtung, die sie ihm auferlegte, und nahm sich das nächste Mal zusammen.
»Woran denken Sie eigentlich?« fragte sie ihn einmal und sah ihn mit ihren dunkelblauen Augen erstaunt an, »wie kann man unaufhörlich denken!« – »Ich denke gar nichts«, erwiderte er, »ich bin nur traurig.« »Ach du himmlische Güte!« rief sie aus und schlug gutmütig spottend die Hände zusammen. Sie fuhr aber fort, ihn zu betrachten, in ihrem Blick war ein Aufglänzen, es schien ihr, als habe sie diesen dunklen Kopf mit den gesammelten Zügen vor vielen Jahren schon gesehen, es überrieselte sie eine freudige Erinnerung.
In demselben Raum arbeitete ein häßlicher, einäugiger und fast zahnloser Mensch namens Zeis; er war tüchtig und der einzige, der kaufmännischen Ehrgeiz besaß, aber aus Furcht

vor der Aufsässigkeit der lediglich taglöhnernden Genossen versteckte er sich hinter einem schlappen und schläfrigen Wesen. Mit Mißvergnügen war er Zeuge des guten Einvernehmens zwischen Ernestine und dem Knaben. Da er mit Franz Kapeller bekannt war, erfuhr er einiges über Engelharts früheres Schicksal und benutzte dann seine Wissenschaft zu bösartigen Entstellungen. Außerdem hetzte er die andern Lehrlinge gegen ihn auf, alles in der Stille und mit einer wirkungsvollen Gleichgültigkeit. Einmal mußte Engelhart mit dem ältesten Lehrling, dessen Name Porkowsky war, Geld zur Bank tragen; es war Abend, als sie zurückkehrten, Porkowsky blieb auf der belebten Straße bei einer Dirne stehen und führte ein freches Gespräch, nur um sich vor Engelhart als Lebemann aufzuspielen. Engelhart hörte eine Weile wie versteinert zu, dann machte er sich davon und kam lange vor dem andern ins Geschäft. Dies mußte auffallen; wenn Geld zur Bank gebracht wurde, war es streng untersagt, daß die Boten sich trennten, selbst auf dem Heimweg. Engelhart trug Scheu, den wahren Grund anzugeben, der andre machte sich diesen Umstand zunutze und brachte bei Herrn Gallus eine Lüge vor, durch die Engelhart schuldig schien. Herr Gallus war ohnedies nicht gut zu sprechen auf Engelhart; er schimpfte nicht, dazu war er zu vornehm, er begnügte sich mit einem geringschätzigen Lächeln, das sich müde durch seinen kohlschwarzen Bart stahl. Zu Neujahr nun erhielten alle Angestellten ein Geldgeschenk, von den Lehrlingen bekam jeder zwei oder drei Dukaten, Engelhart allein ging leer aus. Es hieß, der Chef sei unzufrieden mit seinen Leistungen. Er hatte sehr auf das Geld gerechnet, weil er einige Bücher davon hatte kaufen wollen, nach denen er längst Begierde empfand, und er war verzweifelt. Bei Kapellers fragten sie ihn, wieviel er bekommen habe und er erzählte, er habe zwanzig Gulden bekommen. Sie erfuhren bald die Wahrheit, es war auch eine gar zu unvorsichtige Lüge, doch stellten sie ihn nicht offen zur Rede, sondern suchten ihn durch täglich versteckte Bosheiten zu beschämen. Sie glaubten jetzt seinen Charakter durchschaut zu haben.

Vor dem Oheim ließ sich natürlich nichts verheimlichen. Aber er nahm es nicht so schwer, wie Engelhart gefürchtet, es war, als ob er sich zur Nachsicht entschlossen hätte. Es ging Michael Herz eigen mit Engelhart. Etwas widerstrebte ihm an dem jungen Menschen aufs äußerste, die ganze Art der Lebensführung, das unbestimmte Hin und Her, die Unsicherheit des Auftretens, etwas feige Beklommenes, worunter es seltsam zuckte und wühlte wie bei jemand, der nicht schlafen kann, weil er sich vor dem Ausbruch eines Feuers fürchtet. Andrerseits sprach das Blut mit deutlicher Stimme für den Neffen; wenn er mit Engelhart allein war, bestach ihn oft ein Wort, das so lebendig und neu klang, wie er es sonst von keinem Mund noch gehört, und er konnte sich dem flehentlichen Werben eines Blickes so wenig entziehen, daß er ihn aufs gütigste und doch so scheu, als beginge er ein Verbrechen, nach irgendeinem Wunsch befragte. Dies rührte Engelhart stets, und er hätte sich der Käuflichkeit des Gefühls schuldig gefunden, wenn er bei solchem Anlaß ein Verlangen geäußert hätte. So wurde nichts besser, dort blieb das Mißtrauen und hier ein unfruchtbares Sichverschließen. Michael Herz vergaß rasch; er vergaß das Üble, was man ihm zugefügt, und er vergaß den günstigen Eindruck, den er erhalten; alle Kräfte des Willens und der Energie verbrauchte er in seinem Beruf, sonst lebte er nur dämmernd hin und war jeder fremden Einflüsterung zugänglich, insonderheit von seiten der Frau, die er in seiner stillen Weise unendlich vergötterte. Es machte Engelhart Kummer, daß er die Abneigung dieser Frau nicht zu besiegen vermochte. Als er eines Mittags bei Schneegestöber das Geschäft verließ, bot eine Blumenhändlerin ihm wie allen Vorübergehenden

Veilchen zum Kauf an. Er überlegte im Weitergehen, kehrte um und nahm drei Sträußchen, die er zusammenband. In allem Ernst dachte er, daß er Tante Esmee durch die Blumen milder stimmen könne. Es kam Farbe in seine Wangen, er verdoppelte seine Schritte und beglückwünschte sich zu dem Einfall. Frau Esmee nahm den Strauß mit unbewegter Miene entgegen, nicht gerade verdrossen, aber doch gelangweilt oder als ob er einen Gegenstand vom Teppich aufgehoben hätte, den sie fallen gelassen. Während des Essens war sein Gesicht weiß wie der Teller, und der Oheim äußerte sich besorgt über seinen Mangel an Appetit. Später mußte er bei einigen Handwerkern in der Vorstadt Bestellungen abliefern; er sah da immer viel Elend, kranke Weiber, betrunkene Männer, rachitische Kinder, armselige Stuben, in denen alles bis auf einen Strohsack versetzt war. In tiefer Betrübnis kam er gegen Anbruch der Dämmerung ins Geschäft zurück. Von den Herren im Magazin war keiner zu sehen, auch die Lehrlinge waren fort. Ernestine Kirchner saß allein an ihrem Schreibpult, und als er eintrat, schob sie einen angefangenen Brief beiseite, stützte den Kopf in die Hand und schaute in den immer dichter fallenden Schnee hinaus, der die Gasse mit bläulichem Licht füllte. Endlich sagte sie, sie habe heute Vorwürfe darüber hören müssen, daß sie seine Lässigkeit nicht nur dulde, sondern geradewegs unterstütze. Er seufzte, und ohne sie anzuschauen, griff er zur Feder. Sie lehnte sich mit gekreuzten Armen neben ihn hin, ihre Schulter streifte die seine, und sie blickte auf seine Finger, die langsam und maschinenmäßig Zahlen und Buchstaben aufs Papier schrieben.

Ernestine dachte, daß vielleicht ein Geheimnis auf ihm laste. Sie wünschte, daß der leidenschaftlich verpreßte Mund sich öffnen solle. Freilich wußte sie schon, daß er die Dinge zu schwer nahm und alles zu nahe an sich herantreten ließ, daß er zu bedürftig um die Herzen der Menschen warb und sich

wehrlos der umklammernden Verstimmung preisgab, wenn er sich fortgestoßen fühlte. Plötzlich warf er den Kopf etwas zurück und sagte: »Ich bin nicht dafür geboren, damit Sie es nur wissen.« Sie lächelte, und ihr verwunderter Blick schien fragen zu wollen: Und wofür bist du denn geboren? »Aber Kind«, sagte sie sanft, nahm seinen Kopf zwischen beide Hände und drehte ihn wie den einer Puppe, bis sie seine Augen den ihren gegenüber hatte. »Ich weiß alles«, sagte sie mit einem gespannten und heitern Ausdruck in den Mienen, »alles, alles, alles.« Damit küßte sie ihn dreimal auf die Lippen. Engelhart lehnte die Stirn an ihre Wange; er spürte einen leichten Schrecken, als befinde er sich nun in Schuld. Gleich hernach hörten sie Schritte; Herr Gallus kam und fragte grob, warum noch kein Licht brenne. Er schritt ein paarmal schweigend auf und ab, reichte Ernestine ein kleines verschnürtes Paket und ging wieder.
Jetzt hatte Engelhart doch einen Menschen zur Seite. Zum erstenmal im Leben durfte er sich aussprechen, mit seinen eigenen Worten sprechen, ohne Rückhalt und Bedenken sagen, wie ihm zumute war. Noch nie hatte Ernestine dergleichen gehört; sie war erstaunt. Welcher Trotz, welche Glut! Im Nu entstanden Hoffnungen, im Nu waren sie schon verwirklicht, ein Funkentanz von großen Worten prasselte, berauscht vom offenbar Unmöglichen, begann er zu tanzen, aber die einfache Frage: Was willst du? Wohinaus, Jüngling?, die auf Ernestinens Lippen brannte, vermochte er nicht zu beantworten. Ein neugieriger Blick des Mädchens verletzte ihn, und er fiel in dumpfes Schweigen. Niemand war wie er verurteilt, durch Worte, durch Blicke, durch das Beargwöhnen fremder Gedanken zu leiden. Sie war zärtlicher als eine Mutter gegen ihn, und wenn sie seine Leidenschaft erweckt hatte, bekam sie Angst und suchte zu dämpfen. Mein Liebling, sagte sie zu ihm. Immer trug sie sein trunkenes Gesicht im Innern, das geistige Auge, aber

das liebste war ihr sein Träumerlächeln, wenn er vor ihr saß mit verschleiertem Blick, still und aufrecht wie eine Pflanze.
Es kam der Frühling und mit ihm eine bange Zeit für Engelhart. An einem der ersten schönen Tage begleitete er Ernestine vom Geschäft aus in ein entferntes Stadtviertel, wo sie eine Freundin besuchen wollte. Sie plauderten ruhig, Engelhart erzählte von seinen Eltern; es umfing ihn stets ein tiefes Wohlbehagen, wenn er Seite an Seite mit Ernestine ging und wenn sie mit einem wunderbaren Ernst ihm zuhörte. Dann trennten sie sich, und er kehrte allein zurück. Die Sonne war schon untergegangen, rosiger Staub erfüllte die Straße, die Luft roch wie Wein. Engelhart spürte eine schreckliche Erregung, er spürte sie wie kleine Kugeln durch die Adern rollen. Bei jeder Ecke blieb er stehen und atmete schwer. Menschen und Dinge erschienen ihm wie Wahngebilde. Von den jungen Frauen und Mädchen, die er sah, fielen plötzlich die Gewänder ab, und sie schritten nackt dahin; er sah, wie ihre Knie sich bogen und die Haut über den Hüften schimmerte wie Schnee. Er blickte durch die Mauern der Häuser hindurch und gewahrte überall das, was ihm Grauen und Lust erregte. In seiner Kammer angekommen, ließ er die Rolläden herab, verstopfte mit Baumwolle die Ohren und brütete vor sich hin. In der Nacht konnte er nicht schlafen. Er wälzte sich wie ein Vergifteter auf dem Lager. Die leichte Decke lag wie Blei auf ihm, die Kissen wurden ihm heiß, er schleuderte sie fort. Um zwei Uhr zündete er die Kerze an und versuchte zu lesen. Das Herz schlug so laut, wie wenn man mit dem Finger an ein Brett pocht. Darauf kehrte er von neuem den Kopf gegen die Wand, aber die Stille hatte tausend Zungen und führte Bilder herauf, die vor Scham seine Glieder zittern machte. Mit aller Anstrengung sammelte er die Gedanken und dachte an Ernestine. Da trat sie schon an das Lager, und er küßte sie wie

nie zuvor. Sie verlor das Leben in seinen Armen, er warf sich schluchzend über sie hin und ließ Blut von seinem Blute in ihre Pulse strömen. Doch seltsam, als er am nächsten Tag mit ihr allein war, da schwieg der entsetzliche Aufruhr, und die Erinnerung an die Wünsche der Nacht ließ ihn vor Scham erbleichen. Und kaum war er allein, so kam es wieder; am Abend floh er aus seinem Zimmer auf die Straße und marschierte weit, bis er zu dem Haus kam, wo Ernestine wohnte. Es beruhigte ihn, zu ihren Fenstern emporzublicken, und das tolle Fieber wich vollends, als er müde war vom Stehen.
Wohl bemerkte Ernestine die Veränderung in seinem Wesen, und sie ahnte den Grund. Ihre Unbefangenheit und die seelenvolle Freiheit ihm gegenüber schwanden langsam hin, und das schmerzte sie. Sie hatte kein leichtes Leben; vielerlei Entbehrungen lagen hinter ihr; durch gewisse Verpflichtungen war sie nach oben und unten mannigfach verstrickt, und dies kann den Geist mehr umdüstern als unmittelbare Leiden. Demungeachtet war ihr eine süße Heiterkeit des Herzens verblieben, und ihr Gemüt war das jener Frauen, die immer vergeben, immer verzeihen und für alle Bitterkeiten, welche sie erfahren müssen, in ihrer Brust eine ganz besondere, ehern verschlossene Kammer besitzen. Sie hatte nicht beabsichtigt, in Engelharts Dasein eine Rolle zu spielen, es war nur so gekommen; jetzt fühlte sie sich auf einmal wunderlich verkettet, und das machte sie schwermütig. Er glaubte, sie wisse nichts von seinen verborgenen Drangsalen, aber sie wußte alles, da sie schon ein erfahrenes Weib war und das Leben kennengelernt hatte. Freilich hatte sie gedacht, ihn führen, ihm helfen zu können, etwas in ihm erhob sie über sich selbst; nun fühlte sie sich hingerissen, und sie wehrte sich. In einer Stunde, wo sie allein waren, sagte sie ihm, es wäre besser, wenn sie nun weiter einander fremd würden. Aber als sie ihn dann ansah, bereute sie ihre Worte;

in ein Gesicht zu sehen, bedeutet eben viel; selbst die ungern durchlebte Vergangenheit schwindet im Leuchten eines geliebten Auges hin. Sie drückte die Lippen auf seine Haare, während er in sich versank; seine Glieder nahmen eine eigentümliche Schlaffheit an, halb sitzend, halb hingelehnt blieb er, regungslos wie eine Zielscheibe für die Geschosse des Schicksals. Er konnte ihr nicht widersprechen, denn er liebte ja Ernestine nicht; was ihm Liebe war, das lag in mystischer Ferne, schien fast unerreichbar und hatte kaum Gestalt; es schwamm hoch im Bereich des Traumes gleich einer Wolke über Schneegipfeln.
Inzwischen war die vertrauliche Beziehung der beiden nicht unbemerkt geblieben. Der einäugige Zeis erging sich in erbitterten Anspielungen und konnte seine Wut nicht mehr bemeistern. Er wagte es, Ernestine zur Rede zu stellen; sie fertigte ihn nach Gebühr ab. Darauf machte er sich an den Prokuristen. Herr Gallus war zu hochmütig, um Notiz davon zu nehmen, wenigstens blieb er äußerlich kalt und gleichgültig. Doch war er an diesem Tag finsterer denn je, und als der Korrespondent ihm einen Brief zur Unterschrift reichte, riß er das beschriebene Blatt ohne Anlaß mitten durch und knirschte mit den Zähnen. Man sagte allgemein, daß er Ernestine Kirchner heiraten wolle, und daß sie sich ihm versprochen habe. Sie verließen auch oft zusammen das Geschäft, und einmal bei Regenwetter waren sie Arm in Arm gegangen. Wenn Engelhart darüber etwas erfahren wollte, schüttelte Ernestine bedächtig den Kopf, und es schien, als ob sie nicht gern davon sprechen höre. Im übrigen zeigte sie sich jenen Umtrieben gegenüber sorglos wie jemand, der seiner Macht sicher ist. Herr Zeis wußte immer mehr die Lehrlinge aufzuhetzen, von denen Porkowsky schon längst Engelharts geschworener Feind war; sie schnüffelten unaufhörlich um ihn herum, kontrollierten seine Arbeit, wußten es anzustellen, daß er möglichst viel in der

Stadt herumlaufen mußte, streuten bösartige Verleumdungen aus, und wenn man den Urheber fassen wollte, zerfloß alles in Luft und Gelächter. Engelhart glaubte es oft kaum ertragen zu können, er atmete wie in Gewitterschwüle, er wurde mutlos und krankhaft erregt, dazu kamen nun die heißen Tage des Sommers und jenes andere, das ihm die Ruhe des Geistes raubte und das unbefangene Gefühl seines Leibes, so daß ihm zumute war wie einem Menschen, der vor dem Spiegel steht und sein eigenes Bild nicht gewahrt. Eines Nachmittags, es war Ende Juli, ließ der Buchhalter Herrn Zeis eine Faktura abfordern, die er ihm den Tag vorher gegeben haben wollte. Herr Zeis behauptete, er habe die Faktura nicht bekommen, erinnerte sich aber, sie auf Fräulein Kirchners Tisch gesehen zu haben. Es wurde gesucht, alle Schubladen wurden aufgerissen, alle Mappen durchstöbert, schließlich wurde die Vermutung laut, Engelhart habe das Schriftstück zur Eintragung ins Lagerbuch bekommen, der Lehrling Porkowsky versicherte sogar, Zeuge gewesen zu sein. Engelhart protestierte, es kam Herr Gallus hinzu, öffnete selbst die Lade seines Schreibplatzes und murmelte etwas Verächtliches über die Unordnung darin. Engelhart bemerkte schüchtern, Porkowsky habe schon in der Lade gesucht, Herr Gallus zuckte die Achseln, und auf einmal wurde er stutzig und streifte Engelhart mit einem Blick maßloser Geringschätzung. Er hatte die Schreibmappe Engelharts aufgeschlagen und zwischen zwei Löschblättern ein Bild hervorgezogen, eine Photographie, welche in ekelhafter Roheit einen ekelhaften Vorgang darstellte. Die Lehrlinge hatten sich neugierig hinzugedrängt und kicherten. Herr Gallus faltete das Blatt schweigend zusammen; er stand mit gespreizten Beinen und wippte langsam auf den Fußspitzen. Dann wandte er sich zu Ernestine, die außerordentlich blaß geworden war, und sagte: »Das scheint ja ein hoffnungsvoller Jüngling zu sein.«

Engelhart zitterte am ganzen Körper. Er spürte Nadelstiche im Kopf und griff unwillkürlich an seine Stirn. Er hatte beide Lippen gleichsam zwischen die Zähne geschlürft, und seine Züge zeigten einen beängstigenden Ausdruck. Da fiel sein irrer Blick auf Porkowsky, und nicht sobald hatte er das höhnisch feindselige und dumpf verlegene Lächeln auf dessen vollwangigem und fahlem Gesicht bemerkt, als ihm alles klar wurde. Ohne Besinnung stürzte er auf den Burschen zu, packte ihn mit der einen Faust an der Kehle, mit der andern bei der Schulter und riß ihn mit einem einzigen Ruck zu Boden. Ernestine schrie auf, der Prokurist und Herr Zeis fielen dem Rasenden in die Arme und drängten ihn gegen das Fenster, wo er noch immer zitternd und fieberhaft atmend stehen blieb. Porkowsky stöhnte und lag dann still da; doch war er nicht verletzt. Herr Gallus ging zu der Glastüre, die von diesem Raum aus auf die Straße führte, öffnete sie, streckte die Hand aus und rief Engelhart zu: »Marsch!« Engelhart nahm seinen Hut und ging, ohne den Blick zu erheben.

In demselben Schritt und derselben geduckten Haltung, wie er jene verlassen, schlich er weiter und wurde noch in entfernten Straßen von ihren haßerfüllten Blicken verfolgt. Er hatte Durst und trat in ein Caféhaus, das ganz leer war, hielt sich jedoch nicht lange auf, sondern ging nach Hause, warf sich auf das Bett und schlief ein. Er träumte, daß er sich in einer herrlichen Sommerlandschaft befinde, über der sich jedoch statt des Himmels eine seltsam grüne, moosartige Decke wölbte. Freudig wollte er in das Gefilde hinausschreiten, da sah er sich durch eine gläserne Wand gehemmt, die er vorher nicht bemerkt. Er versuchte es nach einer andern Seite, und es erging ihm nicht besser, ringsum waren gläserne Wände, und allmählich wurde ihm der Anblick der Schönheit zur Qual, in der er dann aufwachte.

Kapellers ließen ihn wissen, daß sie den Abend auf dem

Kahlenberg zubringen wollten, wenn er mitzutun Lust habe, sei er willkommen, wenn nicht, finde er kaltes Nachtessen bereit. Er schlug das Anerbieten aus; um acht Uhr aß er oben alleine, und als er wieder herunterkam, fand er einen Brief von Ernestine, den ein Bote gebracht hatte. »Mein Liebling«, schrieb sie, »ich weiß, daß Du unschuldig bist. Du sollst nicht verzweifeln, ich will alles wieder für Dich richten. Vertraue nur auf mich, mein Liebling, mehr kann ich Dir für heute nicht sagen.« Da hatte er Sehnsucht nach ihr und beschloß, in ihre Wohnung zu gehen. Nach einer halben Stunde war er dort und läutete. Es wurde erst nach geraumer Weile geöffnet. Ernestine schien befangen, als sie ihn sah. Sie bat ihn zu warten, darauf ging sie ins Zimmer zurück, flüsterte dort mit jemand, und als er später eintrat, war sie allein, doch hinter der verschlossenen Tür des Nebenzimmers hörte er ungeniertes Lachen und Scherzen. Ernestine erzählte ihm, daß sie die Wohnung mit einer Freundin teile, einer Ladnerin aus der innern Stadt, und das Mädchen habe ihren Verlobten bei sich. Allmählich wurde es drinnen sonderbar still, auch das Gespräch zwischen Engelhart und Ernestine geriet ins Stocken. Er hatte geglaubt, freier mit ihr reden zu können, doch sie war bedrückt und nachdenklich, auch küßte sie ihn nicht. Es war ein schwüler Abend, beide Fenster waren offen, das Zimmer lag hoch, man blickte über Dächer in den purpurnen Abendhimmel, auf der andern Seite des Horizonts grollte leiser Donner. Engelhart erhob sich und trat zum Fenster, Ernestine folgte ihm und legte den Arm um seine Schultern; so starrten sie ziemlich lange gegen die Straße hinunter, hörten ihr Blut rauschen und ihr Herz pochen, und beides klang fremd und beängstigend. Ernestine wußte nun um das Unabänderliche, das kommen mußte, und hätte es gerne nicht geschehen lassen, aber es gibt Stunden, wo der Wille wie ein abgeschlagenes Tier müde wird. Beim Lampenlicht bückte sie sich

noch einmal über Engelhart und blickte ihm tief in die Augen. »Ach«, seufzte sie und deckte die Hand über seine Lider, »du weißt noch nichts von der Welt.« Er glich einem Kind, als er stundenlang schweigend an ihrer Brust lag. Er dachte, mehr von der Welt zu wissen, sei überflüssig. Dünkte ihm dies doch schon zu viel.
In den nächsten Tagen trieb er sich müßig umher. Jeden Morgen erhielt er ein Briefchen von Ernestine, worin sie ihn benachrichtigte, wie die Dinge standen. Sie hatte es durchgesetzt, daß Herrn Freitag von dem Vorfall keine Mitteilung gemacht werde, doch Herr Zeis hatte den Lehrling Prokowsky, der eine Verletzung am Kopf erlitten zu haben behauptete, zur Forderung eines Schadenersatzes aufgehetzt. Prokowsky verlangte fünfzig Gulden und drohte, wenn er diese nicht erhalte, sich an Herrn Freitag und Herrn Michael Herz zu wenden. Ernestine stellte ihm vor, daß er den Denkzettel wohl verdient habe und daß Engelhart Ratgeber selbst ein armer Mensch sei, aber da die Geschichte Geld zu tragen versprach, blieb der Bursche starrsinnig und beteuerte außerdem seine Unschuld. Engelhart wußte nicht, wie er eine so große Summe auftreiben solle, und doch durfte der Oheim um keinen Preis das Geschehene erfahren, ein unauslöschlicher Schimpf wäre haften geblieben; er vermochte sich gegen solche Dinge mit Worten nicht zu verteidigen. Nun war aber Michael Herz seit drei Wochen verreist und hatte Engelhart, um ihm einen Beweis des Vertrauens und der wieder erwachten guten Gesinnung zu geben, bis zu einem gewissen Grad freien Kredit an der Kasse der Firma eröffnet. Engelhart hatte sogleich begriffen, daß dies nichts andres bedeutete als eine Probe für sein Anstandsgefühl, selbst wenn es kein berechneter Plan des Oheims war, und er hatte bis jetzt nicht den geringsten Gebrauch von der Vergünstigung gemacht. Prokowskys Verhalten wurde drohender, Ernestine meinte schüchtern, sie

wolle Engelhart einen Teil des Geldes leihen, so viel sie eben entbehren könne. Er schlug es aus, ging am andern Tag zum Kassier der Firma Herz, ließ sich fünfzig Gulden auszahlen und schickte sie an Ernestine mit der Bitte, den Elenden zu befriedigen.

Der Oheim kam zurück und war erstaunt, daß Engelhart einen verhältnismäßig so bedeutenden Betrag auf einmal erhoben hatte; sein Erstaunen verwandelte sich in Unwillen, als der junge Mensch über die Verwendung des Geldes keine Auskunft geben konnte oder wollte, und er vermutete natürlich das Schlimmste. Eines kam zum andern, Michael Herz erkundigte sich bei seinem Geschäftsfreund Freitag; dieser, von Herrn Gallus beraten, wußte nichts Gutes über Engelhart zu berichten und litt außerdem zu der kritischen Stunde an Podagra, was ihn boshaft und menschenfeindlich machte. Noch am selben Tag ließ Frau Esmee Engelhart zu sich rufen; sie lag im Bette, da sie an schmerzhafter Migräne litt, und sah verweint aus. Engelhart mußte bittere Worte schlucken, der ganze Kummer des Oheims sprach aus dem Munde der Frau. Der Onkel wolle ihn nicht mehr sehen, wurde ihm gesagt, er möge nach Hause reisen und sich auf eigne Faust durchs Leben schlagen. Der Wille des Oheims sei, daß er jetzt sein Militärjahr abdiene, vielleicht könne strenge Zucht ihn noch vor dem moralischen Untergang retten. Da er zweitausend Mark mütterliches Vermögen habe, werde ihm ein Teil dieses Geldes zur Bestreitung seiner Bedürfnisse ausgesetzt werden. In solchem Sinn hatte Michael Herz bereits an Herrn Ratgeber geschrieben, hatte aber aus Rücksicht für den vielfach enttäuschten Mann Engelharts Vergehungen nur flüchtig und in verschleierter Form erwähnt.

An einem schönen Abend war Engelhart noch einmal mit Ernestine beisammen. Sie waren weit draußen an der Westbahn, und nachdem sie lange über die Wiesen spazieren gegangen waren und nun die lieblichen Hügel von blauer Dunkelheit umsponnen wurden, kehrten sie in einem Wirtsgarten ein, wo eine Musikkapelle spielte. Über ihnen dehnte sich das schwere Laubgewölbe uralter Kastanienbäume, und wenn die Musik schwieg, hörten sie hin und wieder eine Frucht dumpf zur Erde fallen. Engelhart hatte dem Mädchen noch nicht gesagt, daß er reisen müsse und schon morgen reisen müsse, aber sie merkte an seiner bedrückten Schweigsamkeit, was im Werke war. Sie summte ein sentimentales Liedchen mit, das der Hornist in die Nacht hinausschmetterte, Engelhart trank von dem roten Landwein, lehnte den Kopf etwas zurück und blickte mit aufleuchtenden Augen gegen den Sternenhimmel. Er wußte eigentlich nicht, wie ihm geschah, er lebte und lebte doch nicht, er spürte die Erde und liebte die Erde und war ihr wieder fremd, sie schoben ihn, ohne seinen Willen ging es hierhin und dorthin, und doch fühlte er sich, wenn er deutlich die Bewegung erkundete, von einer geheimnisvollen Strömung sicher getragen. Mochten sie ihm alles rauben, die vergängliche Lust des Tages, ja, auch das Brot zur Stillung des Hungers, so besaß er sich doch selbst, und wenn er ärmer schien als der Ärmste, so war er in Wirklichkeit noch reicher als die Reichsten, und er dachte: mir gehören doch die Sterne. Auf der Heimfahrt sagte er dann zu Ernestine, daß er heute Abschied von ihr nehme. Sie erwiderte nichts. Er ging noch mit ihr in die Wohnung, und als er aufbrach, war es schon spät. Ernestine suchte aus einem Kästchen einen schmalen Goldring mit einem Türkis hervor und steckte ihn an Engelharts Finger. »Lebwohl, Liebling«, sagte sie mit erstickter Stimme, »und Gott segne dich.«

Der Duft von ihrem Körper blieb an seinen Kleidern haften und war ihm noch länger in die Erinnerung gegraben als das Bild ihrer leicht schreitenden Gestalt oder als ihr lächelnder Blick.

Bei Regenwetter war er damals von Würzburg abgefahren, bei Regenwetter kam er dahin zurück.
Gerda weilte nicht mehr beim Vater, sie war bei den Verwandten in Gunzenhausen und sollte mit Helene Wahrmann im Oktober nach Wien reisen.
Herr Ratgeber ahnte den wahren Grund von Engelharts Wiederkehr, wenngleich man ihn von den Einzelheiten nicht unterrichtet hatte. Im übrigen war er derselben Ansicht wie Michael Herz, nämlich daß der Militärdienst auf den undisziplinierten Geist des Jünglings als eine wohltuende Zucht wirken werde. Herr Ratgeber sah schon einen halb Verlorenen in ihm, und die Stiefmutter sagte: »Er ist ein echter Ratgeber, er liebt nur sich selbst.« Für seine Bedürfnisse sorgte sie schlecht und recht; es war nicht Herzensgebot, sondern eine durch die Außenwelt vorgeschriebene Pflicht, alles geschah mit Rücksicht auf die Augen der Leute, und wenn einem was vergönnt wurde, hieß es gleichsam: na, seht mal her, Leute, ob das nicht wohlgetan ist! Herr Ratgeber hatte in seinem neuen Beruf Ärger und Zurücksetzung genug erfahren müssen. Beim Antritt seiner Stellung hatte die Direktion der Gesellschaft versprochen, daß kein zweiter Inspektor neben ihm arbeiten solle, kaum aber hatte er sich bekannt gemacht und durch seinen unermüdlichen Eifer die Anstalt, der er diente, wahrhaft gefördert, als sie alle Abmachungen vergaß und doch einen zweiten anstellte, einen sehr windigen Herrn namens Dingelfeld, der sich darauf verlegte, Herrn Ratgeber die Kunden wegzuschnappen, und durch ein anmaßendes Wesen jeden Einspruch vergeblich machte. Dazu war dieser Dingelfeld für alles, was er war und hatte, Herrn Ratgeber zu Dank verpflichtet, Herr Ratgeber hatte ihn einst vor völligem Untergang bewahrt, ja sogar seinen guten Namen gerettet. Aber niedrige Seelen werden durch den Druck solcher Verpflichtungen zur Rachsucht gestimmt, nicht zur Erkenntlichkeit,

und Herr Ratgeber konnte das nicht verwinden. Er würgte seinen Gram in sich hinein, sein lebhaftes und stolzes Auge begann unsicherer zu werden; oft wenn er mit Engelhart allein war, machte er pessimistische Bemerkungen über die Menschen, und das war bei ihm der Ausdruck einer tiefen Verdüsterung. Mehr als das unsolide Gebaren seines Nebenbuhlers schmerzte ihn die Wortbrüchigkeit des Vorgesetzten. Sein Blut geriet in Wallung, wenn er der Unbill gedachte, die er erfahren, und in jedem Brief wies er auf seine Leistungen hin und forderte Gerechtigkeit. Jene ließen sich jedoch auf persönliche Dinge nicht ein, sie suchten den unzufriedenen Mann durch Schmeicheleien und große Versprechungen kirre zu machen oder schnitten jede Erörterung mit einer amtlichen Phrase ab, die das unwillkürliche Eingeständnis enthielt: wir dürfen Verträge brechen, denn wir sind die Mächtigen, wir sitzen auf dem Geldsack.

Engelhart hatte sich zum Dienst gemeldet, war untersucht und trotz seiner Jugend angenommen worden. Am ersten Oktober stand er mit vielen andern auf dem Kasernenhof, sie wurden den verschiedenen Kompanien zugeteilt, dann führte ein Unteroffizier ihn und sieben oder acht Gefährten in das Bataillonsgebäude, die Monturen wurden ausgeteilt, die Räume angewiesen, und man war Soldat. Alles lief schweigend ab, hatte beinahe etwas Drohendes, der Ton absoluten Befehls berührte Engelhart zunächst erstaunlich, er konnte den Ernst des Vorgangs kaum fassen, und als der Feldwebel die Namen der Neulinge in eine Liste eintrug, fehlte nicht viel, und er hätte über die Berserkerstimme des Mannes gelacht. Aber das Lachen verging ihm bald.

Ihm schien, als ob er nur spiele, als ob er, fern von sich selbst, etwas seinem Wesen ungeheuer Fremdes vollbringe, und er mußte sich bisweilen besinnen, wo er war und was er davon denken sollte. Die Kaserne durfte er in den nächsten Wochen nur zu den Mahlzeiten verlassen. Der Anblick der

kahlen, langen, weißgetünchten Wände verursachte Frösteln. Wenn er am Fenster stand, sah er die Bauern auf dem Feld und beneidete sie um ihre Freiheit.
Die Kameraden, die mit ihm zu gleicher Zeit den Dienst angetreten hatten, behandelten ihn mit Kälte; einerseits war er ihnen zu jung, andrerseits erregte er ihr Mißtrauen, ohne daß sie den Grund hätten bezeichnen können; das alte Mißtrauen, das Engelhart nun so oft und in so vielen Augen wahrgenommen. Um neben ihnen, die lauter vollwüchsige und robuste Burschen waren, nicht zurückzustehen, spannte er bei den körperlichen Übungen seine Willenskraft aufs äußerste an, so daß er nach dem stundenlangen Exerzieren nicht mehr die Stiege hinaufgehen konnte, sondern sich am Geländer mühsam emporwinden mußte. Eines Tages befahl der Feldwebel den Einjährigen, eine kurzgefaßte Beschreibung ihres bisherigen Lebens zu verfassen und die Handschrift nach gemessener Zeit in der Kanzlei abzuliefern. Jeder verstand die Sache so, wie sie eben zu verstehen war, nur Engelhart beging die sonderbare Torheit, nicht allein seine bisherige Laufbahn mit durchaus nicht erforderlicher Breite, sondern auch seine Gefühle zu schildern, seine Verfehlungen sich anzuklagen und machte im unglückseligen Drang zu einer Beichte, was nichts als ein bürokratisches Dokument sein sollte. Und als er fertig war, setzte er folgende Zeilen an den Schluß, die ihm wie die Erinnerung an ein altes Lied durch den Sinn schossen:

> Die Seele, die berührst du nicht,
> die ist im Leib vergraben,
> sie weiß nicht, was die Lippe spricht,
> wills auch nicht Kunde haben.
> Im stillen träumt und blüht sie hin,
> läßt Leid und Glück verfluten,
> und ziehet ewigen Gewinn
> vom Bösen und vom Guten.

Am andern Morgen wurde er zum Hauptmann gerufen, einem dicken, asthmatischen Herrn, der völlig unter dem Einfluß des Feldwebels stand und außerdem in beständiger Höllenangst vor allen Vorgesetzten lebte. Der Mann stellte sich ganz rabiat wie über eine angetane Schmach, warf Engelhart die beschriebenen Bögen zerrissen vor die Füße und forderte den Feldwebel auf, ein scharfes Auge auf den jungen Menschen zu haben. Die Sache wurde auch weiterhin ruchbar und erregte den Hohn der Mannschaft und die Entrüstung der andern Einjährigen. Gefühle zu äußern war ein schimpflicher Verstoß gegen den allgemeinen Geist der Truppe, jedes andre Vergehen wäre ihm leichter verziehen worden; Engelhart sah es zu spät ein. Er lernte die Zähne zusammenbeißen. Es ging nicht an, sich von jedem Tropf über die Achsel ansehen zu lassen. So sehr es ihm an äußerer Sicherheit gebrach, so wenig fehlte ihm das Gefühl seines Wertes. Wie lang es auch dauerte, bis er sich an die Roheit des herrschenden Tons und an die ausgesuchte Perfidie und Lust zu quälen gewöhnt hatte, die alle diese Leute wie eine Krankheit oder ein unstillbarer Rachetrieb beseelte, so nahm er doch alle Kräfte zusammen, um sich nichts merken zu lassen. Immerhin blieb sein Gesicht verdächtig und sein still beobachtender Blick unbequem.
Er erhielt einen Burschen zugewiesen, der für ein bestimmtes Wochengeld seine Kleider und Ausrüstungsstücke instand zu halten hatte. Es war ein Soldat im dritten Jahr namens Söhnlein, ein unansehnlicher Mensch mit krebsrotem, immer fettglänzendem Gesicht und einem halb blöden, halb furchtsamen Lächeln. War es Zufall oder Übelwollen und berechnete Bosheit, jedenfalls war dieser Söhnlein der verachtetste Mensch in der Kompanie, ja im ganzen Regiment. Er konnte nicht unangefochten durch ein Zimmer gehn, er brauchte nur den Mund aufzutun, gleich flog ihm eine grobe Beleidigung an den Kopf; wenn irgendwo etwas schiefging, hieß

es: der Söhnlein, wenn die Kompanie schlecht exerziert hatte, mußte es zumeist der Unglückliche büßen, und er war schon zweimal in der Nacht aus dem Schlaf gerissen und entsetzlich mißhandelt worden. Einmal sah Engelhart den Schrank des Soldaten offen und an der Innenfläche der Türe eine zahllose Menge von Kreidestrichen; er fragte, was dies bedeuten sollte, und Söhnlein verriet ihm schüchtern und mit aufleuchtendem Blick, daß er noch so viel Tage zu dienen habe, als sich Striche auf dem Brett befanden. An jedem Morgen war sein erstes Geschäft, wieder einen Kreidestrich auszuwischen. Offenbar hatte mit diesem Burschen noch niemand so geredet, wie man mit einem Menschen spricht, denn er bezeigte Engelhart, den er als seinen Herrn betrachtete, eine so leidenschaftliche Dankbarkeit und Anhänglichkeit, daß dieser sich kaum erwehren konnte, und um häßlichen Sticheleien zu entgehen, schwach genug war, auch seinerseits einen Stein auf den Gepeinigten zu werfen, wenn alle andern Steine warfen. Und als ob Söhnlein in seinem dumpfen Gemüt solch äußeren Zwang zu ahnen vermochte, wurde seine Zuneigung für Engelhart nicht geringer, und er stellte sich wie taub, wenn dieser gleichfalls anfing, ihn zu verfolgen.
Einst im November wurden sämtliche Mannschaften des Regiments des Morgens um vier Uhr aus dem Schlaf geweckt. Die Strohsäcke wurden in den Hof geschafft, um frische Füllung zu erhalten. Es war eine eiskalte, aber klare Nacht; als Engelhart ins Freie trat, verschwand seine betäubende Schlafsucht, und er blickte überrascht zum Himmel empor; so hatte er die Sterne noch nie gesehen, so diamanten, so funkelnd rein und dicht gesät. Er wusch beim Brunnen das Gesicht, und wie er zum Tor zurückgehen wollte, sah er einige Leute um einen schon halbgeleerten Sack versammelt, auf dem ein Mensch wie schlafend lag. Er erkannte Söhnlein, der sehr müde war. Er war am Vormittag auf der

Schießstätte gewesen und hatte bis zum Abend beim Kammersergeanten gearbeitet, überdies versicherte er, daß er sich krank fühle und kaum zu gehn vermöchte. Die Soldaten lachten, und der Zimmerälteste befahl ihm aufzustehen. Er versuchte es und fiel wieder zurück. Da nahmen einige Leute den Sack, zwei an jeder Ecke, hoben ihn samt dem Daraufliegenden empor und schleuderten ihn fünf- oder sechsmal in die Luft, wobei sie das ängstliche Schreien des Mannes nicht achteten.

Engelhart wandte sich gewaltsam ab und starrte über den weiten dämmerigen Raum des Hofes, der sich wie eine Sandwüste vor ihm dehnte, bevölkert von schwärzlichen Gestalten. Es war ihm, als ob er mit unruhigen wilden Tieren zusammengekettet wäre. Alle verzehrten sich in der Sehnsucht nach Freiheit, alle waren von Haß erglüht gegen den Bändiger, aber wenn der Bändiger erschien und nur mit der Wimper zuckte, so hielten sie den Atem an. Es war ein ungeheures Gebäude gegenseitiger Verantwortung, begründet auf Furcht und Heuchelei, und Brüder verleugneten einander, wenn der eine fürchtete, für den andern verantwortlich zu werden. Es ward Engelhart unheimlich in dieser Welt, es ward ihm unheimlich unter den Menschen.

Die Soldaten hatten den Söhnlein inzwischen losgelassen, weil ein Unteroffizier hinzugetreten war. Söhnlein taumelte diesem über die Strohbüschel entgegen und stieß ein paar unartikulierte Laute hervor. »Er stellt sich krank«, sagte einer von der Schneiderwerkstätte. Dem Korporal kam dies sehr ungelegen, denn er war für die Gesundheit seiner Abteilung in gewissem Sinn verantwortlich. Er fing an, in der unflätigsten Weise auf den Mann einzuschimpfen, und hob schließlich, rasend und berauscht von dem Zustand des Zorns, den er genoß wie jeden andern Rausch, die Arme zum Schlag. Söhnlein muckste nicht, denn er wußte, wenn er nur die Miene der Widersetzlichkeit annahm,

würde er so bald keinen Kreidestrich mehr von seiner Schranktür löschen können. So lächelte er eben in seiner albernen und bestürzten Weise vor sich hin.
Beim Anblick all der infamen Willkür drehte sich Engelhart das Herz im Leibe um. Nie hatte er sich so völlig in eines andern Seele versetzt, und als Söhnleins Augenlider krampfhaft zu blinzeln begannen, spürte er dies unmittelbar und empfand die ratlose Verzweiflung, die jenen erfüllen mußte. Aber warum hilfst du ihm nicht? rief eine Stimme in seinem Innern, warum schweigst du, Feigling?, warum nimmt sogar dein Gesicht einen wohlgefälligen Ausdruck an, wenn der Blick des Bändigers dich trifft?
Die Vernunft ist eine beredte Kupplerin im Dienst des gemeinen Nutzens, wenn es sich darum handelt, Vorwürfe höherer Art zu ersticken. Aber es kam doch mehr und mehr so, daß Engelhart sich verhärtete, und daß er das Schlimmste tat, was ein Mensch an seiner Seele begehen kann, daß er sich verachten lernte, daß er böse ward wie die andern und gleichgültig wie die andern und daß eine innere Welt des Traumes, der Sehnsucht, der Ideale sich deutlich trennte von der äußern Welt des Essens, des Schlafens, des Gelderwerbs und der simplen Nüchternheit. Eines ist der Himmel, ein zweites die Erde, und wenn so sich Licht von Finsternis geschieden hat, dann waltet die kupplerische Vernunft ihres Trösteramts und meint, nun seiest du reif geworden. Aber dieses Reifwerden ist kein Süßwerden und kein Fruchtbarwerden, davon überzeugte sich Engelhart bald, es ist ein Bitterwerden und Leerwerden. Da ist ein Damm aufgebaut zwischen der Menschheit und dem Menschen; die Menschheit ist das Äußere und der Mensch das Innere, und die inneren Wasser stauen sich, bohren Abgründe und unheilvolle Löcher, kein Aus- und Einströmen mehr, kein gesegnetes Gleichmaß; allgemeines Unheil wird zum Spiel, zum bemalten Vorhang, der sich verschiebt und,

sobald es dem Geiste beliebt, einem weniger eindringlichen Gegenstand Platz macht. Engelhart fühlte, daß er sich verstockte, aber die fortwährende Erschöpfung des Körpers, der er ausgesetzt war, ließ ihn nicht mehr zum Nachdenken gelangen. Wenn ihn das Schicksal zur Ruhe und zum Glück kommen ließ, war er verloren. Die Seele, die berührt man nicht, das ist wahr, und sie braucht auch nicht zu erfahren, was die Lippe spricht, aber sie muß unschuldig bleiben, und sie bleibt es eher, wenn die Hand einen Mord begeht, als wenn die Zunge schweigt, wenn ein höchstes Gebot sie zu reden auffordert.

Zehntes Kapitel

Kurz vor Weihnachten mußte Engelhart vor der alten Kaserne am Mainufer das erste Mal Wache stehen. Es war eigen, in der tiefen Finsternis zwischen zwei festen Grenzpunkten stundenlang auf- und abzuwandeln. Das Verrinnen der Zeit glich dem Abtropfen der Flüssigkeit aus einem Gefäße. Von sieben Uhren der Stadt hörte er die Viertelstundenschläge. Auf dem Strom bis gegen die Steinbrücke hin waren Holzkähne verankert, und das Wasser schlickerte unter ihnen. Oben auf der Festung brannte ein rotes Signallicht. Das Gewehr lag Engelhart wie ein Baum auf der Schulter, und die fallenden Schneeflocken erzählten vom Schlaf, sie waren wie sichtbarer Schlaf, sie machten die Glieder trunken vor Schlaf.
Mit dem Frühjahr begannen auf dem Galgenberg die Kompanie- und Bataillonsübungen. Da zuckte jedes Glied des Truppenkörpers von Verantwortlichkeitsangst, jeder Soldat zitterte vor seinem Korporal, der Leutnant vor dem Hauptmann, der Hauptmann vor dem Major, der Major vor dem Oberst, der Oberst vor dem General. Ein schlecht geputzter Knopf, ein schief hängendes Seitengewehr raubte ganzen Kategorien von Vorgesetzten die Besinnung, hundert Leute mußten das kleinste Versehen eines einzelnen büßen, ein Strauchelnder entfesselte die Wut des ganzen Haufens, und dies gegenseitige viehische Entsetzen war es, was man Disziplin nannte. Was bedeutete daneben der eingebildete »Feind«? Der Feind steht da und dort, hieß es, gegen den Feind mußte vorgegangen, auf den Feind gefeuert werden, alle sprachen von ihm mit Respekt und wie von etwas Furchtbarem, er war Anfang und Antrieb zu dem waffenstarrenden Spiel, Gründer und Erhalter des Systems,

der unbewegliche Götze, dessen Name jeden Schrecken heiligte und doch, er war nirgends zu sehen, er war Luft, ein Wort, ein Nichts.
Im Innern stak der Feind, aber das wußten sie nicht.
Unter den engeren Kameraden Engelharts war ein Student der Pharmazie, ein Schwabe von phlegmatischem und selbstgefälligem Wesen, der so ziemlich der einzige war, dem der Soldatenstand Vergnügen bereitete. Er hatte gewisse festliche Redensarten, so zum Beispiel trug er nicht etwa eine Uniform aus blauem Tuch, sondern er trug den Rock des Königs, und wenn er betrunken war, hatte er nicht einfach ein paar Liter Wein in den Magen geschüttet, sondern er hatte dem Bacchus seinen Tribut gezollt. Als Engelhart bei einem gemeinschaftlichen Mittagessen, untreu seiner sonstigen Zurückhaltung, eine Bemerkung über die Sinnlosigkeit, ja Unmenschlichkeit des militärischen Prinzips fallen ließ, blieben die meisten vorsichtig still, denn so weit wagten sie sich trotz ihrer Unlust und Verdrossenheit nicht. Nur der Pharmazeut hielt Widerpart und sagte mit strengem Gesicht: »Ja um Himmels willen, lieben Sie denn Ihr Vaterland nicht?« Worauf Engelhart schwieg. Das Vaterland? Er konnte nicht annehmen, daß es eine menschliche Pflicht sei, gerade dasjenige Stück des Erdbodens besonders zu lieben, das auf den Geographiekarten durch eine Linie von roter Farbe eingeschlossen ist. Und die Menschen? Die Menschen waren gut oder böse, je nachdem, man konnte sie lieben oder auch nicht. Der König?, er kannte ihn nicht. Was er liebte, war seine Heimat, und an ihr liebte er die Erinnerung an einen Sonnenuntergang, an die brodelnde Luft über einem reifen Kornfeld, an die Stille eines Tannenwaldes im Frühling, an einen traurig fließenden Fluß in der unermeßlichen Ebene. Und was ihm am teuersten war, war die Sprache, in der er redete und träumte und die bisweilen in ihm zu singen anfing wie eingeborene Musik.

Mit dem Vorschreiten der Jahreszeit nahmen die Anstrengungen des Dienstes zu. Zwölf- bis vierzehnhundert lautlose Sklaven, schwerbepackt, noch müde vom vergangenen Tag, noch schlaff von unvollendeter Ruhe, marschierten täglich durch das noch schlummernde Land.

Der kraftvolle Gleichschritt der Kolonnen gibt der Bewegung den düstern Rhythmus, verleiht ihr etwas von dem Erstaunlichen einer ungeheuren Maschine, ihr tiefes Schweigen rührt ans Herz. Die Sonne kommt, die graublaue Frühluft erglüht. Engelhart liebt den Morgen, es ist die einzige Stunde, wo seine Hoffnungen wieder frisch werden. Es geht über die Brücke, an den sanften Biegungen der Weinberge entlang, hügelauf, hügelab, die Straße schlägt sich durch den Wald. Hier allein sein dürfen, denkt Engelhart, nur eine Stunde auf dem Moos liegen dürfen. Eine uralt-verwitterte Eiche steht inmitten einer grünen Lichtung; es ist etwas fürstlich Einsames um sie, erst in weitem Abstand wagen andere Bäume zu wachsen, Engelhart gräbt ihr Bild in sein Gedächtnis, hier will er weilen, wenn er frei sein wird.

Der Tag wird heiß. Schwer lastet der Tornister auf den Schultern, der Kasten des Gewehrs schneidet ins Fleisch, der Helmrand beginnt auf Stirn und Augen unheimlich zu drücken. Es ist ein Spaßmacher in Engelharts Abteilung, der immerfort Geschichten erzählt und die Mannschaft oft die Mühsal vergessen läßt; er ist deshalb wohlgelitten bei den Offizieren und erlaubt sich Freiheiten, die den andern ein lügnerisches Gefühl von Freiheit geben.

Endlich naht der Feind. Das Verfolgungs- und Versteckenspiel beginnt. Ein Bataillon stürmt zum Angriff vor und stößt ein Geschrei aus, wodurch es seine Bereitwilligkeit zu sterben kundgibt. Dies Hurraschreien klingt durchaus nicht begeistert, sondern gequält und voll Hohn. Die Säumigen werden von zähneknirschenden Unteroffizieren zu größerer Eile angetrieben. Eine Kompanie verirrt sich, der Regimentsadjutant des Oberst rast auf schäumendem Gaul zu dem Hauptmann, der sich die Haare rauft. Die Trompeter blasen Halt; kurze Rast; Heimkehr.

Der Anblick der endlosen Landstraße flößt Grauen ein. Die Soldaten können nicht mehr vorwärtsblicken, jeder stiert auf die Stiefel des Vordermanns. Wer aus dem Schritt gerät, wird mit Lästerungen überhäuft. Der heiße, weiße, blendende Staub umhüllt den Zug wie Nebel; Wimpern, Lippen und Zähne sind voll Staub. Widerliche Gerüche steigen auf. Engelhart, müde und durstgequält, richtet die Gedanken mit schlaffer Beharrlichkeit auf das Mittagessen. Manchmal empfindet er den trotzigen Antrieb stehen zu bleiben, es reizt ihn, die Grausamkeit der Nachfolgenden herauszufordern. Die Gespräche der Leute verstummen, schweißtriefend, mit wunden Füßen und wunden Schenkeln schwanken viele daher, Zerrbilder des lebendigen Menschen. Es wird befohlen zu singen, niemand rührt sich, der Befehl wird wiederholt, da erhebt sich zuerst die dünne Stimme des Spaßmachers, andere fallen ein, der Rhythmus rüttelt sie auf. Es scheint ein lustiges Lied von volksmäßiger Einfachheit, doch hinter den Worten murrt der Zorn, einige Wendungen werden von den Sängern der Harmlosigkeit beraubt und klingen wie Stichworte des Aufruhrs. Engelhart vermag nicht zu singen, der Sergeant ruft drohend seinen Namen, er öffnet mechanisch den Mund. Und nun sieht man talabwärts die roten Backsteinbaracken der Kaserne, in der prallen Mittagssonne gleichen sie ungeheuren Giftblasen, aber alle schauen sehnsüchtig hinab wie nach einem Paradies der Ruhe. Welche Qual, wenn der Hauptmann sich zuletzt noch zu einer Ansprache bemüßigt findet. Er liebt es, in väterlichem Ton zu reden, er hält auf Popularität. Wüßte er um die Gedanken der tückisch lächelnden Soldaten, er zöge vor zu schweigen. Es ist der Wahn, den ihn seine Kaste gelehrt hat und der sein Hirn in einem

Taumel erhält, daß er sich geliebt und bewundert glaubt. Eine Viertelstunde von der Kaserne entfernt lag ein altes Minoritenkloster am Mainufer. Hohe Mauern und ein Ring gleichmäßig gesetzter Pappelbäume umgaben die zahlreichen Gebäude, von denen Frieden über die ganze liebliche Landschaft auszuströmen schien. Engelhart zog es bei Spaziergängen oftmals hierher, auch von der Landstraße aus ließ er sich mit einer Fähre übersetzen und wanderte langsam dem efeubehangenen Tor zu. Seitab vom Fußweg stand ein Christuskreuz, und vor diesem verweilte Engelhart bisweilen in tiefem Nachdenken, wobei uralt-feindseliges Mißtrauen und bange Lust der Annäherung sich mischten. Nicht, als ob er einen Gott hier gesucht hätte, mehr noch einen Menschen. Was ihn zu dem Erlöserbildnis trieb, war die Idee des Opfers, der betäubte Wille rang nach Erlösung, er suchte für seinen Schmerz das höchste Symbol. Das war es; er war Opfer und suchte die Wollust des Opfers. Es ergriff ihn jener schwärmerische Fatalismus, der eine Trunksucht der Seele ist, der zur Unverantwortlichkeit strebt und alles Bewußtsein in Traum und Wahn auflöst.
Es war in den Hundstagen. An einem Morgen war Bataillonsexerzieren gewesen, zurückgekehrt, mußte die Kompanie zur Schießstätte, die in einem anderthalb Stunden entfernten Wald lag. Erst um halb drei Uhr nachmittags waren die Leute, aufs höchste erschöpft, wieder in der Kaserne. Engelhart erbat und erhielt Urlaub vom Appell und ging nach Hause, nichts wünschend als Schlaf. Er schlang die Mahlzeit hinunter und legte sich entkleidet aufs Bett. Um sechs Uhr wurde heftig an der Wohnungsglocke geläutet. Es war Söhnlein. Er hob Engelhart beinahe aus den Kissen und trieb ihn zur äußersten Eile. Beim Appell war Nachtübung angesagt worden, um sieben Uhr sollte das Regiment bereit sein. Engelhart flog in die Kleider, sie stürmten auf die Straße, und da die Kaserne fast eine halbe Stunde

Wegs entfernt war, wollten sie einen Wagen auftreiben, fanden aber keinen. So mußten sie im Laufschritt unter dem Aufsehen der Passanten über die Glacis rennen; als sie auf dem Domplatz waren, schlug es schon dreiviertel. Sie kamen an, als die Kompanien schon im Hof zusammentraten, oben mußten sie sich in rasender Hast feldmarschmäßig rüsten, doch es lief glimpflich ab, und die Offiziere begannen eben die Musterung, als Engelhart an seinen leergelassenen Platz trat.
Söhnlein war zufrieden, daß es ihm gelungen war, seinen Herrn vor Strafe zu bewahren, und achtete nicht der bissigen Reden seiner Nebenmänner. Er war überhaupt in der letzten Zeit immer heitrer geworden, denn auf seiner Schranktüre befanden sich nur noch vierundvierzig Kreidestriche.
Der Marsch ging über das Dorf Randersacker nach dem Hügelland in der Gegend von Eibelstadt. Die Luft war zuerst dunstig, wurde jedoch am Abend rein und kühl. Engelharts wie der andern Leute von der Kompanie bemächtigte sich nach und nach eine solche Müdigkeit, daß sie sich nur noch hinzuschleppen vermochten. Der Hauptmann, besorgt, daß ihm seine Abteilung Schande machen werde, ritt auf seinem alten, dicken Gaul unaufhörlich an den Reihen hin und her, wobei er die Leute in seiner halb keifenden, halb gönnerhaften Weise zu ermuntern suchte. Trotzdem traten fünf oder sechs Rekruten aus und blieben am Straßengraben liegen. Bei der ersten Raststelle fielen die meisten um wie die Stöcke. Der Feind befand sich hinter einem zwei Kilometer entfernten Weiler, und die Kompanie erhielt den Befehl, Vorposten zu stellen. Der Oberleutnant wählte fünf Soldaten aus, unter ihnen Engelhart und Söhnlein. Sie marschierten über einen langgezogenen Hang bis an den Rand eines tiefen Forstes. Söhnlein wurde als erster Posten ausgestellt, und an dem schwankenden Schritt, mit dem er

sich entfernte, sah man seine außerordentliche Erschöpfung. Die andern standen schweigend gegen den mattleuchtenden Himmel gekehrt, aus dessen östlicher Tiefe sich langsam schwebend der Mond erhob und eine scharlachne Röte auf das Gelände warf. Der Leutnant schritt im taufeuchten Wiesenrain auf und ab, nach einer Weile dünkte es ihm notwendig, einen zweiten Posten über den ersten hinauszuschieben, und er bezeichnete Engelhart einen Punkt auf dem Kamm des Hügels bei einer einzelnen Pappel. Engelhart schulterte das Gewehr und marschierte ab. Der Weg führte ihn dort vorüber, wo Söhnlein stehen sollte, doch als er hinkam, gewahrte er jenen nicht, sah sich um und erblickte ihn endlich schlafend gegen das Mooskissen eines Baumes gelehnt.
Der Anblick überraschte und rührte ihn. Anstatt den Pflichtvergessenen ohne Zögern zu wecken, stellte er sich hin, stützte das Kinn auf die Gewehrmündung und starrte verloren in das Kindergesicht des Schläfers, das wie ein rosiges Abbild des Mondes aussah. Es war eine heilige Stille rings. Gelbliche Lichtflecke zitterten auf dem Boden, das dürre Blätterwerk, das dem Schlafenden zum Lager diente, strahlte wie geläutertes Gold. Plötzlich vernahm Engelhart dicht hinter sich Pferdeschritte. Erschrocken beugte er sich nieder, um Söhnlein aufzuwecken, aber es war zu spät, der Reiter, es war der Adjutant des Majors, der die Posten inspizieren sollte, hatte den Unglücklichen schon bemerkt. Söhnlein schaute eine Weile benommen um sich, und als ihm das Bewußtsein wiederkehrte, wurde er weiß wie Kalk an der Wand. Engelhart war es, als müsse er sich vor dem Offizier niederwerfen und um Gnade für den Menschen flehen, er ahnte den entsetzlichen Jammer, der in Söhnleins Brust tobte, und fühlte sich mitschuldig. Der Adjutant fragte mit eiserner Sachlichkeit, ob er schon länger hier sei oder soeben dazugekommen sei, und er antwortete, er sei soeben dazugekommen, war daher für seinen Teil in Sicherheit.

Es wurde Meldung an die Kompanie und an das Regiment erstattet. Der Hauptmann wurde zum Oberst befohlen und kam außer sich vor Wut zurück. Söhnleins Gesicht behielt sein fahles Aussehen, seine Augen waren trüb und irr. Die Kameraden betrachteten ihn scheu und ohne Mitleid. Auf dem Heimmarsch sangen sie begeisterter, gleichsam dienstwilliger ihre Lieder. Vor dem Schafengehen beobachtete der Zimmerälteste, wie Söhnlein eine Weile unbeweglich vor seinem Schrank stand, und er sagte: »Na, Söhnlein, das kostet ein paar Monate. Aber mach dir nichts draus, da brauchst du wenigstens nicht zu schuften.«
Am andern Morgen fand der Küchen-Unteroffizier, als er in die Kantine ging, Söhnlein am Fensterkreuz hängen. Er war schon tot. Die Stiefel hatte er vorher ausgezogen, sie standen auf dem Schanktisch.
Der Fall verursachte viel Gerede in der Stadt, aber bis zu den Manövern war alles vergessen. An einem Sonntag, Engelhart stand gerade zu der Zeit wegen einer geringen Verfehlung in Kasern-Arrest, kam der Vater des Söhnlein aus seinem Dorf. Es war ein echter fränkischer Bauer, lang, mager und schweigsam mit einem verlederten Gesicht, das keinerlei Gemütsbewegungen widerspiegelte. Er wollte das Eigentum seines Sohnes holen und verhielt sich ziemlich barsch und feindselig gegen den Feldwebel, mit dem er zu unterhandeln hatte. Als er den Alten gewahrte, hatte Engelhart Mühe, einen gewaltig aufwachsenden Schmerz zu verbergen, und er entfloh, schuldvoll und gewissensbang. Auch die aufreibenden Wochen der großen Herbstübungen gingen vorüber, und dann war er frei. Langentbehrte Wonne, den Tag, die Stunde wieder zu besitzen, den frühsten Morgen verschlafen zu dürfen, der eigenen Entschlüsse Herr zu sein, Zeit zu haben, viel Zeit.... Am ersten Tag suchte er den alten Park des Veitshöchheimer Schlosses auf und schlenderte in musikalischer Entzückung durch die be-

schnittenen Alleen und künstlichen Laubengänge. Vor einer der verwitterten Statuen, die um das große Wasserbassin aufgestellt waren, blieb er lange stehen, und es schien, als ob die Figur zu ihm spreche, ja, er hörte deutlich ihre Worte:

Des Sommers verdorrte Blätter rollen
um meinen Fuß.
Unaufhörliches Spiel der Jahre!
Laß über meine kühlen Glieder, Zeit,
den weitgesäumten Mantel streifen
und achte nicht, was mir die Brust füllt,
den bitteren Gleichmut.
Du, Wanderer, eile dem Bilde vorbei,
das über stolzen Geschlechtern trauert,
Unlebendig,
Zerrbild alles Gewesenen.
Wenn der Abend kommt und die Finsternis aufschwillt,
Wird die Vergangenheit Traum
und die Gegenwart fühlbarer Tod.

Das glückliche Schwärmen durfte nicht lange dauern. Es wurde von Anfang an verdüstert durch die Frage, was nun werden solle. Was nun? was anfangen? womit das Leben verdienen? Es galt, einen Beruf zu ergreifen oder vielmehr ein Geschäft zu betreiben und von niemandes Gnade abhängig zu sein. Herr Ratgeber meinte bekümmert, er sei jetzt alt genug, um die Torheiten zu lassen und an eine geordnete Existenz zu denken. Nach mancherlei Erwägungen wandte sich Herr Ratgeber an seinen unmittelbaren Vorgesetzten, den Generalagenten in Nürnberg, und fragte an, ob Engelhart in dessen Büro einen Posten finden könne, und die Antwort war bejahend; es sei gerade eine Korrespondentenstelle frei, wenn der junge Ratgeber einige stilistische Gewandtheit und außerdem guten Willen besitze, stehe seiner Anstellung nichts im Wege, das vorläufige Gehalt sei sechzig Mark für den Monat. Das war jämmerlich wenig, doch Engelhart durfte sich nicht besinnen, er mußte den ersten besten Strick erfassen, den man ihm zuwarf, und Herr Ratgeber war froh, der bedrängendsten Sorge los zu sein. Auch für ihn selbst war des Bleibens in Würzburg ein Ende; zwischen ihm und Inspektor Dingelfeld war offene Feindschaft ausgebrochen, der Elende suchte Streit, wo er konnte, und sein eingestandener Zweck war, den älteren Rivalen zu verdrängen. Herr Ratgeber hatte schließlich von der Gesellschaft seinen Abschied verlangt, aber diese wollte einen so tüchtigen Arbeiter durchaus nicht verlieren und erklärte sich bereit, ihn unter Gehaltserhöhung nach München zu versetzen. Der Wettstreit zwischen den beiden Nebenbuhlern war den Herren nicht unangenehm gewesen, er förderte entschieden das Geschäft, nur zum Äußersten durfte es nicht kommen, Herr Ratgeber war denn auch zufrieden und fand seine Ehre wiederhergestellt; die Aufbesserung seines kümmerlichen Lohns machte ihm mehr Freude als ein Lotteriegewinn, es war doch irgendeine Anerkennung für all die Mühe, und er brauchte Anerkennung.

Engelhart mietete sich in Nürnberg auf dem Jakobsplatz ein, der Kirche gegenüber. Es war die billigste Wohnungsgelegenheit, die er hatte auftreiben können, er zahlte nur acht Mark monatlich. Es war ein liliputanisches Zimmer, und das höchst baufällige Häuschen, in dem es sich befand, gehörte dem Ehepaar Hadebusch, wunderlichen Leuten, die jene Mischung von Bosheit und Gemütlichkeit besaßen, wie sie im untern Bürgerstand häufig ist. Der Mann, schon ein Siebziger, war Bürstenmacher; es roch im Haus beständig nach Borsten, Leim und Laugenwasser. Während Engelhart in der düstern Wohnstube das Frühstück verzehrte, politisierte der Alte, das heißt, er pries die vergangenen Zeiten. Frau Hadebusch war ein dickes, habgieriges Weib, wenn sie

Geld sah, konnte sie sich kaum beherrschen und lachte übers ganze Gesicht. Mit überlegter Schlauheit und scheinbar unverfänglichen Fragen suchte sie sich über Engelharts Vermögensverhältnisse Klarheit zu verschaffen, und wenn sie merkte, daß er es übelnahm, suchte sie ihn mit scheinheiligem Gejammer und den ungereimtesten Geschichten von ihrer eignen Armut zu versöhnen. Sie hatte einen Sohn, der ein Idiot war und nur zum Holzhacken und Stubenauskehren zu gebrauchen war.
Frau Hadebusch hatte eine unüberwindliche Abneigung gegen Steinkohlen. Sie beschwor, daß seit Menschengedenken kein solch schwarzes Teufelszeug in ihr Haus gekommen sei, beutete aber diesen Umstand aus und berechnete das Holz zum Heizen mit unverschämten Preisen. Engelhart wagte bei seinem dürftigen Einkommen nicht, das eiserne Öflein in seiner Kammer so lange zu speisen, daß es für den Abend ausreichende Wärme gab, und so saß er oft frierend bei seinen Büchern oder er legte sich ins Bett und las weiter bis Mitternacht. Die morschen Dachsparren über ihm krachten manchmal so laut, daß er aus dem Schlaf erwachte, und durch die Fugen der schlecht schließenden, winzigen Fenster surrte der Wind. Außerdem störte ihn die Nähe des Kirchturms und seiner dröhnenden Glocke nicht wenig.
Sein ordnungsloses Bücherlesen entsprang nicht der Lernbegierde und hatte keinen rein geistigen Antrieb. Nichts beruhigte, befriedigte ihn dabei, alles stachelte ihn auf. Er suchte die Welt, er suchte das, was die Jünglinge mit feierlicher Deutung »das Leben« zu nennen pflegen. Er konnte sich nicht zu der Annahme entschließen, daß das, was er bisher gelebt, schon »das Leben« sei, und erschien sich wie ein Wesen, das wohl Flügel besitzt, sie aber nicht gebrauchen darf. Tag für Tag vom Morgen bis zum Abend befand er sich in einer innerlich verzitternden Erregung, und seine Seele glich dem glühenden Draht über einer Flamme, der

nicht nachgeben, sich nicht biegen kann, weil er an den Enden festgenietet ist. Die während der Fronjahre eingeschlummerten Kräfte und versiegten Quellen sprudelten jetzt um so gewaltiger hervor, und Engelhart war sich seines Zustands als einer unaufhörlichen Gefahr wohl bewußt; er wünschte sich selber zu entfliehen, und wie nie zuvor trieb es ihn zu den Menschen. Er wollte mit Worten vernehmen, wie es um sie und wie es um ihn stand. Er glaubte an einen, irgendeinen, der den Schlüssel zu dem großen Mysterium besaß, und es dürstete ihn nach lebendigem Wissen, lebendigem Wort, lebendiger Freundschaft.

Es ist oft, als erachte das Schicksal unsern tiefsten Wunsch einem unwiderstehlichen Befehl gleich, verschmähe aber aus Scham vor der dienenden Rolle oder aus Trotz den geraden Weg zur Erfüllung und wähle den, der durch abscheuliches Ungemach und durch Demütigungen aller Art selbst großes Glück als zu teuer erkauft scheinen läßt.

Das Zimmer, das unter dem Engelharts lag, war seit Jahr und Tag von zwei Handlungsgehilfen gemeinschaftlich bewohnt. Eines Nachmittags im Dezember mußte der ältere der beiden für seine Firma Gelder einkassieren. Es wurde darüber spät, und er beschloß, die Summe, die er in Scheinen bei sich trug, es waren dreihundert Mark, erst am nächsten Morgen abzuliefern. Während er nach Hause ging, begegnete er seinem Stubengenossen, und dieser verführte ihn, mit ins Wirtshaus zu gehen. Es blieb nicht bei dem einen Wirtshaus, sie gingen in zwei, tranken über den Durst und zogen erst nach zehn Uhr in übermütiger Laune heimwärts. Vor dem Einschlafen erinnerte sich der eine des Geldes, stand noch einmal auf und legte die Brieftasche unter sein Kopfkissen, derweil der andre schon zu schlafen schien. Am Morgen war das Geld verschwunden. Der zu Tod erschrockene Mensch durchwühlte das Bett, durchstöberte das Zimmer, sein Gefährte schien nicht weniger bestürzt und lieferte, um

jeden Verdacht von sich abzulenken, seine Kleidungsstücke aus. Frau Hadebusch wurde gerufen, sie war außer sich und schickte ihren Idioten zur Polizei, ein Kommissär und ein Detektiv erschienen. Sie fragten, ob das Zimmer während der Nacht versperrt gewesen sei, und als dies verneint wurde, hieß es: wer wohnt noch im Hause? Frau Hadebusch sprach mit vorsichtigen Wendungen von ihrem dritten Mieter, und da sie in der Tat wenig von ihm wußte, nahm sie ein tückisch-geheimnisvolles Wesen an, und der Verdacht entstand wie von selbst. Aber wie hätte er von dem Gelde wissen können? Vielleicht sei er, ohne daß sie ihn bemerkt, im selben Wirtshaus gesessen, ließ sich der Genosse des Bestohlenen vernehmen. Sie haben also dort von dem Geld gesprochen? fragte der Kommissär den andern. Der unglückliche Mensch, der seine ganze Zukunft zerstört sah und sich wie wahnsinnig gebärdete, erinnerte sich nicht, konnte es jedenfalls nicht in Abrede stellen.
Engelhart war am Abend später als gewöhnlich nach Hause gegangen. Die Straßen waren schon verödet, und als er nur noch wenige Schritte vom Haus entfernt war, wähnte er plötzlich ein Gesicht zu sehen, das sich hinter dem Eckstein blitzschnell hervorschob und blitzschnell wieder verschwand. Unheimlich berührt, blieb er einige Minuten stehen; als sich die Erscheinung nicht wiederholte, faßte er Mut, schritt hin, überzeugte sich, daß niemand dort verborgen war und daß er sich getäuscht haben müsse. Immerhin gab ihm der Vorfall zu denken, er konnte nicht mehr lesen und lange nicht einschlafen. Barsches Pochen an der Türe weckte ihn am Morgen auf. Da er nicht sogleich zum Wachsein gesammelt war und eine Weile zögerte, sich zu erheben, wurde noch ungestümer geklopft, und eine drohende Stimme befahl, im Namen des Gesetzes zu öffnen. Er zündete die Kerze an, denn es war noch dunkel, sprang auf und schob, ohne sich anzukleiden, den Riegel zurück. »Ich bin Polizeibeamter«,

sagte einer der rasch eindringenden Männer, und sie machten sich an eine gründliche Durchsuchung des Zimmers. Frau Hadebusch blieb auf der Schwelle stehen und sagte in einem fort: »Ach, ein so junger Mensch, ach, du lieber Gott, so jung!«

Engelhart war sprachlos. Mit schlotternden Knien setzte er sich hin und starrte von einem Gesicht ins andre. Er war nicht imstande, nach dem Grund des Überfalls zu fragen, und konnte nur aus Andeutungen erraten. Er dachte an seinen Vater, und es fiel ihm schwer aufs Gewissen, daß er ihm seit langen Wochen einen Brief schuldig war. Er schrieb jetzt in Gedanken diesen Brief, den er mit der Phrase schloß: Wer arm ist, wohnt mit dem Verbrechen Tür an Tür. Nun kam der jüngere der beiden Kommis herauf, sonntäglich stutzerhaft gekleidet. Mit zur Schau getragenem Mitleid blickte er auf den noch immer im Hemd sitzenden Engelhart und schien sehr beteiligt, denn er machte die Beamten auf mögliche Verstecke aufmerksam. Engelharts Schweigen hatte den Argwohn des Kommissärs anfänglich bestärkt, nachdem aber die Habseligkeiten des jungen Mannes, jedes Schubfach, das Bett, das Innere des eisernen Öfchens durchsucht, auch die anstoßenden Dachräume, das Balken- und Ziegelwerk nicht vergessen worden waren, wandte er sich an Engelhart und fragte mit auffallender Höflichkeit, ob er während der Nacht nichts Verdächtiges wahrgenommen. Engelhart schüttelte den Kopf, entsann sich jedoch des Gesichts an der Mauerecke und machte zögernd, weil er noch immer an einen Unfug seiner Phantasie glaubte, davon Mitteilung. Währenddem wandte sich der jüngere Kommis ab und eilte hastig die Treppe hinunter. Engelhart war so verstört, daß er bis zum Mittag fiebernd im Bette lag. Als er dann aufstand, sagte er zu Frau Hadebusch, er wolle sogleich ausziehen, er könne in einem solchen Haus keine Nacht mehr verbringen. Sie entgegnete

ihm, er könne ausziehen, falls er willens sei, den ganzen Monat zu bezahlen. Darauf war er still, er durfte nicht leichtsinnig mit dem Geld verfahren, er hatte dem Vater in die Hand versprochen, sich zusammenzunehmen.
Der Zimmerkamerad des Bestohlenen wurde, wie nicht anders zu erwarten, als der Dieb entlarvt. Engelhart war darum nicht weniger durch die erduldete Schmach bedrückt. Das Selbstgefühl macht ein junges Herz stark und tätig; wo es beleidigt wurde, fand sich Engelhart um all seine Erwartungen von der Menschheit betrogen. Er wurde schuldig durch die Blicke und Mienen der andern, ihr Argwohn befleckte ihn. Wären ihm die Umstände nicht hilfreich gewesen, so hätte er seine Unschuld nicht einmal glaubwürdig zu beteuern gewußt.
Die elende Kammer war und blieb ihm zuwider. So kam es, daß er an den Abenden andern Aufenthalt suchte und, kein Unwetter scheuend, sich die Beine müd lief, um schließlich in einer abgelegenen Kneipe zu landen und bei einer Tasse Kaffee trübselig vor sich hinzustarren. Einst zu später Stunde kam er in ein enges Seitengäßchen und blieb lauschend stehen. Eine dunkle, in leidenschaftlichen Worten einsam redende Stimme drang wie aus dem Innern der Erde zu ihm. »Da trat hervor einer, anzusehen wie die Sternen-Nacht, der hatte in seiner Hand einen eisernen Siegelring, den hielt er zwischen Aufgang und Niedergang und sprach: ewig, heilig, gerecht, unverfälschbar! Es ist nur *eine* Wahrheit, es ist nur *eine* Tugend! Wehe, wehe dem zweifelnden Wurme! ...« Engelhart ging zu einem Fensterloch dicht über dem Boden und blickte wie in einen Trichter hinunter. Er sah einen matterleuchteten Raum mit Wirtshaustischen und -bänken. Auf einer Bank an der Mauer saß eine kleine Gesellschaft junger Leute, ein einzelner kauerte vor ihnen auf den Steinfliesen, und die Worte, die er sprach, hatten sein Gesicht zerwühlt, seine Lippen förmlich zerrissen und

seine Augen in Wahnsinn gebadet. »Gnade, Gnade jedem Sünder der Erde und des Abgrunds!« schrie er jetzt und schlug die Hände an die Wangen. Engelhart schauderte. Bald darauf war es zu Ende, und die Zuhörer klatschten. »Diesen Franz macht dir kein Schauspieler der Welt nach, Klewein!« ließ sich jetzt die heitere Stimme eines langen, hageren Menschen vernehmen, und mit verächtlichem Lachen, beide Hände in den Hosentaschen, fuhr er fort: »Im übrigen war dieser Schiller doch ein Mordsstümper. Es ist nur eine Wahrheit, es ist nur eine Tugend! Lächerlich. Hunderttausend Wahrheiten, Millionen Tugenden und schließlich wieder keine; keine Wahrheit, das ist's, Kinder, denn wenn es eine Wahrheit gäbe, warum sollten wir sie nicht erkannt haben?«
Wehmütig an seine abgesonderte Existenz gemahnt, die ihn wie durch ein fortwirkendes Gesetz von jeder wahrhaft geselligen Vereinigung ausschloß, lauschte Engelhart durstigen Ohrs den Gesprächen, die von einem Geist großartiger Weltverachtung durchweht schienen. Nach einer Weile schritt er zum Eingang, überlegte hin und her, zählte in Gedanken seine Barschaft nach und stieg endlich die steinerne Treppe zu dem Weinkeller hinab.
Sein schüchterner Gruß blieb unbemerkt. Er setzte sich abseits und bestellte ein kleines Fläschchen italienischen Landwein. Sein Betragen erregte die Aufmerksamkeit des langen Hagern, den seine Kumpane Peter Palm nannten. Engelhart errötete, als er dem stumpfflohenden Blick der schwarzen Augen begegnete. Es war der Blick eines Jägers, eines Wilddiebs, bevor er die Flinte anlegt. Jener Klewein, der den Monolog gesprochen, brütete schweigend vor sich hin; über seinem hart markierten Schauspielergesicht bebte die Haut wie Wasser, das leichter Wind zu Falten bläst. Niemals hatte Engelhart den Ausdruck des schlechten Gewissens so deutlich und wild auf einem Antlitz gesehen. Die drei an-

dern waren ein wenig betrunken oder stellten sich so. Einer, den sie Baron nannten, hatte ein verblasenes Lächeln auf dem bübchenhaften Gesicht; diesem flüsterte der Lange etwas zu, er kam an Engelharts Tisch und forderte ihn mit gezierter Höflichkeit auf, sich zu der Gesellschaft zu setzen. Engelhart dankte; Spannung und Entzücken benahmen ihm fast die Sinne.

So glaubte er endlich das Tor betreten zu haben, das ins Leben führt, in das berühmte »Leben«. Von nun an wurde die Nacht sein Tag wie für den Schmuggler, und schmugglerhaft war dies Herumziehen an den Grenzen der bürgerlichen Bezirke, auf den Lippen Hohn und in der Brust die Furcht vor ihren Zollwächtern. Oft kam er erst um vier Uhr des Morgens nach Hause, schlief dann über die Zeit, kam verspätet, dumpf und müde ins Büro und wurde unverläßlich bei der Arbeit. Diese Arbeit bestand im Briefeschreiben an säumige Zahler, an unschlüssige Versicherungskandidaten, in Beantwortung von Beschwerdeschriften, in juridischen und ökonomischen Aufklärungen, Agenten-Instruktionen, im Ausstellen von Prämien-Quittungen, Berichten an die Direktion und vielem andern. Er hatte sich geschickt und willig gezeigt, der Bürochef schätzte den denkenden Kopf in ihm, wie er sagte, und zeichnete ihn dadurch aus, daß er ein täglich wachsendes Pensum erledigt haben wollte. Der Bürochef war ein kleines, zartes wachsbleiches, schweigsames Männchen namens Zittel, eine Schreibernatur durch und durch, geschmeidig, flink und boshaft. Als Engelhart jählings zu erlahmen begann wie eine Maschine, an der ein Rädchen zerbrochen ist, heftete er bisweilen seine kalten Reptilaugen, die hinter dicken Brillengläsern glitzerten, forschend und streng auf ihn und sagte mit berechneter Sanftmut: »Schade, Herr Ratgeber, wirklich schade.« Doch Engelhart empfand Ekel; nie wurde er das Gefühl einer ungeheuern Versäumnis los, und besaß er dann die Zeit, nach der er sich gesehnt, so rann sie ihm aus den Fingern, wie Sand durch ein Sieb läuft. Manchen Tag vermochte er zu Herrn Zittels Bekümmernis nicht drei Sätze aufs Papier zu bringen, plötzlich packte ihn die Angst vor der Brotlosigkeit, er arbeitete in zehn Stunden ab, was sich in zehn Tagen angehäuft hatte, und Herr Zittel konnte dann nicht umhin, eine solche Leistung kopfschüttelnd zu bewundern. Schlimm war es, daß er mit dem Geld in verzweifelte Unordnung kam. Schon am Fünften, am Siebenten des Monats mußte er um Vorschuß bitten, für viele Wochen hinaus konnte er nicht mehr auf sein volles Gehalt rechnen, an notwendige Anschaffungen für Kleidungsstücke oder gar an Bücherkaufen war nicht zu denken, und wenn er die Miete und das Mittagessen gezahlt hatte, so lief das übrige rasch bei den nächtlichen Gelagen davon. Und weil unter dem Einfluß Peter Palms niemand sich anders führte, jeder aus dem Leeren wirtschaftete und dies trübselige Wesen zum Heldentum emporgelogen wurde, so dachte Engelhart, alles müsse so sein, wie es war, und es sei ein Schimpf, anders aufzutreten als mit prahlerischen Ansprüchen an eine blind-undankbare Welt.

Peter Palm stammte aus den niedrigsten Verhältnissen. Seine Mutter war eine Waschfrau in Plobenhof, den Vater hatte er nie gekannt. Er hatte studiert, Stipendien hatten ihm anfangs fortgeholfen, jetzt war er im siebzehnten oder achtzehnten Semester und brachte es nicht weiter. Er hatte viel erlebt und viel gelesen; in seinem Charakter herrschte das Böse vor. Sein Gemüt war verbittert, ja gleichsam mit Schwären bedeckt, nicht nur durch Armut und Entbehrungen war es dahin gekommen, sondern auch durch angeborene Zügellosigkeit des Herzens. Er hielt sich für eine Art modernen Sokrates, doch mißhandelte er seine Mutter, um ein paar Pfennnige von ihr zu erpressen. Von allen, die um ihn waren, hatte er Franz Klewein am unbedingtesten in seiner Gewalt. Auch dieser war arm, hatte abenteuerliche Fahrten hinter sich, war Matrose gewesen und in einem indischen Hafen desertiert, in einem Reisfeld von Hindus aufgefunden und verpflegt worden; dann, nach seiner Rückkehr nach Europa, hatte es ihn zur Schauspielerei getrieben, aber er fand damit nur ein kümmerliches Auskommen. Er war der leidenschaftlichste Mensch, den Engelhart je gesehen. Er hatte etwas von einem edlen Tier; äußerlich trat er wortkarg und mit gemessener Ruhe auf, nur in den kleinen, unter vorspringenden Stirnknochen versteckten Augen flakkerten unheimliche Feuer. Sein Scharfsinn war groß, er beobachtete mit Lust und mit Haß, und seine Bemerkungen reizten förmlich die Haut durch ihre ätzende Bosheit. Er war noch jung, kaum sechsundzwanzig, ehedem war er sicherlich eine zum Positiven geneigte Natur gewesen, aber das Schicksal hatte ihn müde gejagt. Dazu kam noch Palm über ihn; er hatte ihn in einer Berliner Lasterhöhle kennengelernt, gerade, als er mit dem Entschluß kämpfte, seinem Leben ein Ende zu machen. Durch Palm wurde er aus der dämmernden Bahn gerissen, die Helligkeit der Zweifel machte ihn sich selber doppelt verachtenswert. Er hatte kein Engagement mehr, kaum ein Unterkommen, und niemand wußte, wie er sein Leben fristete. Den größten Teil seiner Zeit verbrachte er, grüblerisch erstarrt, im Paradieschen.

Das Paradieschen war ein winziges Gebäude, dicht am Stadtgraben erbaut; jenseits erhob sich der kolossale Turm des Ludwigstores. Zur Nachtzeit blinkten die erleuchteten Fensterchen einladend über den stillen Platz, und rückwärts fiel der Lichtschein in das Pflanzengewinde über der uralten Festungsmauer. Im Paradieschen war alles winzig: der Wirt, die Kellnerin, der Spiegel im Goldrahmen, Tische, Stühle, Tassen, Löffel und das Stehklavier an der Wand. Palms treuester Trabant, ein einfältiger Sachse namens Jensch, führte auf dem gebrechlichen Instrument seine wesenlosen Phantasien aus. Er machte die Stimmung. Stimmung, das war das große Wort. Keiner wußte, was im Kern darunter zu verstehen sei, sie wollten vergessen, es war ein Aufprasseln letzter Gemütskräfte. Es war zum Beispiel ein Mann dabei, der für einen Erfinder galt, ein bejahrter Herr; er hatte ein Vermögen für seine Hirngespinste verschwendet und war jetzt im Elend; dieser zog immer sein Taschentuch und wischte die Tränen ab, wenn Jensch spielte; »nur zu, nur zu«, murmelte er bei jeder Pause, »das tut wohl, lieber Jensch, das tut mir wohl«. Doch dieser stellte sich selten ein und wurde nie recht ernst genommen, denn es fehlte ihm der flagellantische Geist, der alle Schläge des Geschicks dadurch mildert, daß er eine Selbstpeinigung daraus macht und jede Schuld mit der Krone des Martyriums schmückt.

Einer aus der Gesellschaft hatte das Wort aufgebracht: wir sind die Totengräber der Ideale. Engelhart suchte hinter den totengräberischen Worten die neuen Ideale. Mit beklemmter Brust saß er da und lauschte und wurde trunken von Worten. Gefühl und Wort waren ihm noch untrennbar eins. Die große Gebärde riß ihn hin. Alles ward geleugnet; ein Spiel seiner selbst, rollte der Erdball gesetzlos durch den verödeten Raum. Engelhart spürte Angst um seine Existenz und bewunderte den Mut der Leugner. Peter Palm durchschaute seine Jünger; wenn er ihre Schwäche erkannt hatte, durfte er alles wagen. Die Vergeblichkeit menschlichen Mühens wurde in seinem Munde ein Argument des Triumphes. Er nannte sich in einer geistreichen Stunde den Beichtvater der Todgeweihten; er versah die sinkenden Seelen mit den Sakramenten. Wenn er redete, schwiegen alle. In seinem bräunlichen, langgezogenen Fanatikergesicht zitterte Wut gegen jeden Besitz, gegen jede Hoffnung, ja gegen jeden Kampf. »Du bist ein Moslem«, sagte Klewein verächtlich,

und mit dem Schmerz, den er um sein gestrandetes Leben empfand, »deine Ausbrüche sind Konvulsionen des Quietismus.« Klewein glich dem im Käfig eingesperrten Wolf; dasselbe ruhelose Auf und Ab, dasselbe sinnlos-verstockte Starren auf das eiserne Gitter. Einmal blieb er in der Nacht vor der Frauenkirche stehen und hob die geballten Fäuste. Dann drehte er sich um und schrie: »Ein Weib, ein Weib, ein Königreich für ein Weib.« Peter Palm lachte und suchte nachzuweisen, daß das wahrhaft moderne Weib in der Dirne kristallisiert sei. Engelhart widersprach. Die treuherzige Unschuld seiner Rede erbitterte Palm, und er riet ihm, mit einem Kindertrompetchen vor eine Mädchenschule zu ziehen und Reveille zu blasen. »Sie sind auch einer von denen, die Helena in jedem Weibe sehn«, sagte er und prophezeite ihm ein Leben der Schmach und der Enttäuschungen. Darauf wußte Engelhart nichts mehr zu entgegnen. Alles, was gesagt wurde, nahm er genau so, wie es gesagt wurde, das amüsierte Peter Palm im stillen. Doch ärgerte er sich über ein Unbezeichenbares in den Augen des jungen Menschen, er ärgerte sich sogar, wenn Engelhart seinen, Palms, Worten allzuviel Gewicht beilegte, und eines Tages bemerkte er gegen Klewein, daß da noch nicht Blut von seinem Blut sei; fremde Rasse; solche Burschen müßten von Rechts wegen reich sein, dann könne man sie mit gutem Gewissen verachten. »Ich bin überzeugt, er wird einmal das große Los gewinnen«, schloß er hämisch.
Doch im Grunde wußte er besser Bescheid um Engelhart, als er sich zugestehen mochte, er wußte besser Bescheid als Engelhart selbst. Er nannte ihn Seelenspürhund, Gefühlsparasit. Doch hier war ein Etwas, das er nicht zerreißen noch zerbrechen konnte, gleichsam aus der eignen Hand des Schöpfers hervorgegangenes Gespinst, das man nicht anrühren darf, ohne vom Blitz getroffen zu werden. Sein Hin- und Herzittern über den Gebilden des Lebens gemahnte Palm an die Kom-

paßnadel, die bei allem Zittern stetig zum Pole zeigt. Sein zerrütteter Organismus spürte die Gesundheit des Gesunden traumhaft scharf, bald war er sich auch klar, wohin das unbewußte Wesen heimlich ziele, von dem Engelhart so qualvoll beunruhigt wurde, und ein gelegentlicher Fund bestätigte seine Mutmaßung.

An einem Sonntagnachmittag lag Engelhart, von Kopfschmerzen gequält, auf dem Sofa (er wohnte jetzt im zweiten Stock eines Hauses in Steinbühl), als Palm und Klewein erschienen. Sie machten sich's nach ihrer Art bequem, schwadronierten von diesem und jenem, Klewein entwickelte nicht zum erstenmal seinen Plan, nach Amerika auszuwandern. Palm hatte indessen die Tischlade aufgezogen und stöberte ungeniert unter den Briefen und Papieren Engelharts. Es fiel ihm ein dichtbekritzelter Bogen in die Hand, auf dem die Geschichte vom kleinen Bräutigam aufgeschrieben war, die Engelhart seinem Bruder erzählt hatte; einzelne Merkworte waren ihm nicht aus dem Sinn gegangen, und er hatte, vor Monaten schon, sich ihrer durch Niederschreiben entledigt. Palm las und las, begann spöttisch zu lächeln, dann laut zu kreischen. Engelhart merkte zu spät, was vorging, Palm ließ sich den Raub nicht mehr entreißen, auch Kleweins Einspruch half nichts, Palm bestand darauf, das Elaborat müsse im Paradieschen verlesen werden, auch Herr Barbeck habe heute zu kommen versprochen, das treffe sich ausgezeichnet, der sei der rechte Mann für so was. Welche Verachtung lag in seinen Worten! Engelhart glaubte, seine Unfähigkeit werde an den Pranger gestellt, und wollte vor Scham vergehen. Die Vorlesung fand zu einer Stunde statt, wo noch keine fremden Gäste im Paradieschen waren; die simple Geschichte wurde mit blutigem Hohn aufgenommen und vollständig niederkritisiert. Zuhörer waren Palm, Klewein, Jensch, der Baron, dann ein halbnärrischer Maler, der den Spitznamen Krapotkin hatte, da er unaufhörlich Stellen aus den Schriften dieses Anarchistenführers deklamierte, und ferner Herr Barbeck. Dieser gab sich den Anschein, als nehme er die Geschichte ernst, und fragte Engelhart am Schlusse, was das Ganze zu bedeuten habe und von wo die Verse abgeschrieben seien. Engelhart schwieg. »Was haben Sie denn vor, was wollen Sie werden?« fuhr Barbeck mit geheimnisvollem Grinsen zu fragen fort. Und als Engelhart verlegen die Achseln zuckte, lachten alle. Barbeck aber sagte: »Na, Jüngling, mich werden Sie nicht hinters Licht führen, ich kenne das, bin selber dort gewesen, hinterm Licht nämlich, hab selber Äpfel gestohlen.« Krapotkin fand, daß die Erzählung zu zahm geraten wäre, dergleichen mache diejenigen nicht erbeben, die auf Gummirädern zur Oper rollen.

Barbeck kam von da an allabendlich ins Paradieschen. Mit seinem tückischen vielsagenden Lächeln versicherte er, daß ihm der kleine Bräutigam, auf diesen Spitznamen nagelte er Engelhart fest, Interesse eingeflößt habe. Es hatte eine eigene Bewandtnis mit Herrn Barbeck, und Engelhart fürchtete den Mann, mehr noch, als er mit der Zeit Peter Palm fürchten gelernt hatte. Peter Palm gab sich wenigstens, wie er war, eher noch schlechter als besser, es war etwas Ehrliches in seiner dürren Dämonenhaftigkeit, aber dieser wechselte beständig sein Wesen und war ungreifbar wie die schillernde Qualle. Er war Privatgelehrter, das heißt, er betitelte sich so. Er behauptete, Astrologie und Alchimie zu studieren, und meinte, wenn die Rede darauf kam, die alten Burschen in Babylon seien gar nicht so dumm gewesen. Dabei ließ er die frivol glänzenden Äuglein forschend von Gesicht zu Gesicht wandern, denn er war ungemein eitel, so eitel, daß er nicht vertrug, wenn jemand in der Gesellschaft einen guten Witz machte, gerade, als ob es nur ein bestimmtes Quantum Gelächter in der Welt gebe und er um seinen Anteil zu kommen fürchte. Er besaß lange, glatte

blonde Haare, die am Hinterkopf kunstvoll beschnitten waren und den mädchenhaft zarten Nacken frei ließen; häufig strich er mit der Hand über den Kopf, wobei er zärtlich sinnend oder boshaft triumphierend in die Luft schaute. Wenn jemand seinen Worten widersprach, so fing er an, irgendeine Melodie vor sich hinzusummen und drehte den Kopf wie eine Soubrette mit schmachtendem Blick zur Seite. Er war wohlhabend, aber geizig; einmal war es Peter Palm gelungen, ihn anzupumpen, darauf hatte sich Barbeck monatelang nicht mehr blicken lassen. Bei Tag war er ein Bürger, nie hätte er sich bei Tag etwas gegen die bürgerliche Ordnung zuschulden kommen lassen; bei Nacht dagegen setzte er Ehre darein, für einen erfahrenen Glücks- und Lebemann zu gelten, sprach mit pfiffig-verschlagener Miene von seinen Abenteuern und von gewissen Häusern der Liebe an der Stadtmauer drüben. Alle andern verachteten immer nur die Menschen im allgemeinen mit Ausnahme der Anwesenden, jeder Anwesende war eine Persönlichkeit von Bedeutung; Barbeck verachtete alle und zeigte jedem, daß er ihn verachte, ihm konnte man nichts vormachen, der älteste Ruhm zerstob vor seinen Augen in Dunst, und er pflegte nur hin und wieder mit feinschmeckerischem Zungenschnalzen Dinge zu loben, über die sich niemand eines Lobes versah oder die zu tadeln albern gewesen wäre.
Eine solche Erscheinung beunruhigte Engelhart bis ins tiefste Herz. Dies gefühllose Fertigsein; dies unbedingte Sichersitzen auf felsenfesten Urteilen; diese hohnlachende Philosophie, die ohne Skrupel das Erhabene von seinem Thron zerrte. Oft saß er wie im Fieber, und jeder Abend endete mit Stunden des Lebensüberdrusses. Denn wozu leben, wenn das, was er so göttlich in seinem Innern walten fühlte, nur ein aberwitziges Spiel war, ein Traumgesicht, das, zur Grimasse erstarrt, er täglich gewärtig sein mußte? Mit Angst hielt er sich fest, um nicht zu fallen. Die überfließende Emp-

findung suchte er zu verbergen, es war freilich umsonst, sie wußten es alle, sie machten sich zu Meistern seiner Unsicherheit und zerhämmerten sein Herz. Wie das Weltkind unter Pfaffen gezwungen wird, sein natürliches Betragen für eine Sünde anzusehen, so bequemte er sich, um doch wenigstens für ebenbürtig genommen zu werden, mit ihren Gebärden zu reden und ihren Anschauungen beizupflichten. Er war der erste und der letzte bei allen Gelagen, genoß unzureichenden Schlaf und nährte sich schlecht. Seine Lebensführung war unsinnig, er mußte Schulden machen, und anständige Leute, die ihm bisher wohlgewollt, wurden feindselig gegen ihn gestimmt. Es war alles umsonst, Peter Palm glaubte ihm nicht. »Geben Sie sich keine Mühe«, sagte er, »Sie sind ja doch nur ein verkappter Philister, der zähneklappernd einen Ausflug ins feindliche Land macht.« O dieser Dämon im Schlafrock!

Eines Nachts kam Barbeck aufgeregt ins Paradieschen und verkündete, Amöna Siebert sei in der Stadt und tanze in den Reichshallen. Daraufhin wurde der Beschluß gefaßt, aufzubrechen, um die Siebert zu sehen, die nach Peter Palms Beteuerung das genialste Weib unter der Sonne war. Amöna Siebert war vor acht oder zehn Jahren Kellnerin im Wirtshaus zum Mondschein gewesen, und das siebzehnjährige Mädchen, ohne durch Schönheit aufzufallen, fand wegen ihrer Heiterkeit viele Anbeter. Eines Morgens nach einem Ball hatte sie den kleinen Saal aufzuräumen, und plötzlich fiel ihr bei, eine Menge Stühle in zwei Reihen zu setzen, diese für Tänzer und Tänzerinnen anzusehen und zwischen ihnen hindurch die Touren einer Anglaise zu tanzen, ein Vergnügen, das sie leidenschaftlich liebte, weil sie dabei die Leichtigkeit und Anmut ihrer Bewegungen spüren konnte. Ein durchreisender Fremder belauschte und überraschte sie, er machte ihr das Anerbieten, sie ausbilden zu lassen, einige Monate darauf hörte man von ihren großen Triumphen, plötzlich war sie verschollen, und es hieß, ein italienischer Graf habe sie entführt. Viel später war sie noch einmal in der Stadt gewesen und hatte getanzt, darauf hieß es wieder, ein Liebhaber habe sich ihre Gutmütigkeit zunutze gemacht und sie zugrunde gerichtet. Jedenfalls ging es ihr jetzt schlecht, sonst wäre sie nicht in den Reichshallen aufgetreten, einem Lokal letzten Ranges. An diesem Abend tanzte sie nicht, am nächsten Abend sah sie Engelhart zum erstenmal, hatte aber keinen guten Eindruck von ihr; ihre Bewegungen erschienen ihm frech und gewaltsam, nur die traurigen, starr in die rauchige Luft des eklen Raums gerichteten Augen berührten sympathisch. Barbeck machte sich hinter einen von Amöna Sieberts Bekannten, und dieser versprach, ihn und seine Freunde mit der Tänzerin zusammenzubringen, die gegenwärtig ohne Anhang sei. Barbeck hatte Bedenken, die Sache drohte Geld zu kosten, er war der einzige Zahlungsfähige bei der Partie, indessen gab er sich der Hoffnung hin, auf die Kosten zu kommen, und gegen Mitternacht zog die ganze Gesellschaft mit Amöna in einen Weinkeller. Amöna Siebert trug sich wie eine vornehme Dame. Ihr oberflächlich lustiger Ton zeugte von der steten Gewohnheit des Verkehrs mit fremden Leuten. Mehrmals hatte es dennoch den Anschein, als fühle sie sich unbehaglich, und aus dem verschleierten Blick sprühte Widerwillen. Barbeck benahm sich wie ein Faun, er trank mehr, als er vertragen konnte, und wurde nach und nach zudringlich. Klewein, bebend vor Wut, ließ ihn barsch an, es entstand Streit, Peter Palm mußte sich ins Mittel legen, am Ende stritten auch Klewein und Palm und warfen einander Wahrheiten an den Kopf. Der Baron suchte Amöna mit aristokratischen Manieren zu bestechen, während Jensch und Krapotkin die Gelegenheit des Freitisches benutzten, um sich gütlich zu tun. Engelhart litt. Eine mahnende Stimme ertönte in seinem Innern, und wie unter einer Bergeslast

stützte er den Kopf in die Hände. Aufwachen! rief die Stimme, was machst du aus deinem Leben!
Es blieb nicht verborgen, daß Klewein für die Siebert leidenschaftlich entbrannt war. Er opferte das letzte, was er hatte, um sich einen tadellosen Anzug zu verschaffen. Ob er erhört wurde, war nicht zu erfahren, man wußte nur, daß er mitsamt seinem feinen Anzug obdachlos war, denn Palm, bei dem er oft genächtigt, wollte nichts mehr von ihm wissen. Es beleidigte ihn, sich um eines Frauenzimmers willen beiseite geschoben zu sehen. Jensch und der Erfinder gingen einmal spät nachts am Güterbahnhof spazieren, da überraschten sie Klewein, wie er sich auf einem Frachtfuhrwerk das Lager zum Schlafen richtete. Er machte humoristische Glossen darüber, die beiden dummen Menschen ließen sich täuschen und lachten mit ihm. Barbeck war die ganze Zeit über voll Gift und Galle, tröstete sich aber immer wieder mit Peter Palms Versicherung, daß die Siebert unmöglich einem Klewein ihre Gunst schenken könne. Eine Woche später hieß es, Amöna Siebert sei krank und die Direktion der Reichshallen mache Schwierigkeiten mit dem Kontrakt, das Mädchen habe ihre Wohnung aufgeben müssen und sei zu einer armen Verwandten gezogen.
Eines Abends trafen sich Engelhart und Klewein am Laufertor, schlenderten eine Weile planlos um den Graben, und Klewein wurde von Minute zu Minute düsterer und zerstreuter. Engelhart dachte, es seien die Geldsorgen schuld, und da Monatsanfang war und er gerade ein paar Taler in der Tasche hatte, fragte er Klewein, ob er ihm aushelfen könne. Das Anerbieten wurde dankbar angenommen, aber Kleweins Betragen veränderte sich deshalb nicht. Engelhart war nicht fähig, jemand auszuforschen, er liebte gar nicht Geständnisse eines andern, er war zu sehr mit sich selbst beschäftigt. Klewein schlug ihm vor, mit in die Reichshallen zu gehen, und auf dem Weg dorthin erzählte er, offenbar

in dem qualvollen Drang, sich irgendwem zu eröffnen, wie ihn Amöna Siebert an der Nase herumführe, wie sie ihn leiden lasse durch seine Leidenschaft, und daß er darüber des Lebens satt und übersatt geworden sei. Wie aus Fieberphantasien stieg Amönas Bild empor als das einer Vergifterin, eines Molochs.
Stumm saßen sie während der Vorstellung in den Reichshallen, gehässig aufgeregt durch den Lärm, die widerliche Musik und den Anblick der verwüsteten Männer- und Weibergesichter. Später gingen sie mit Amöna in ein nahegelegenes Café. Klewein redete beständig. Amöna unterbrach ihn mit einer spöttisch-stachelnden Bemerkung, sie sah matt und blaß aus, oft schien es, als werde ihre Brust ausgeglüht von einer verborgenen, rasenden Ungeduld. Engelhart schwieg zumeist. Ihn erbarmte des Weibes, er wußte nicht, wie und warum. Die Gegenwart einer Frau stimmte ihn überhaupt stets milder und süßer. Auf dem Heimweg entstand plötzlich ein Wortwechsel zwischen Klewein und Amöna, eigentlich um nichts, der Zwiespalt lag mehr in den beiden Menschen selber als in ihrer Wirkung aufeinander. Als Klewein sie aufs äußerste gereizt hatte, blieb Amöna stehen, sagte kalt: »Jetzt habe ich genug von Ihnen« und streckte dabei befehlend den Arm aus. Klewein starrte sie an, dann verbeugte er sich sarkastisch und ging hinweg. Seine heftigen Schritte verklangen in der Finsternis. Amöna wendete sich mit einem drohenden Blick zu Engelhart und fragte: »Sind Sie auch so einer?« Und da er schwieg, nahm sie seinen Arm, und da er ihr nicht werbend entgegenkam, schien sie zu erstaunen. Unter einer Gaslaterne nahm sie ihm den Hut ab, legte die Hand auf seine Schulter, sah ihn prüfend an und sagte wie Frau Hadebusch, aber halb lächelnd, halb traurig: »So jung, so jung!« Sie blieben eine Weile stehen, dann sagte sie: »Jetzt gehen Sie nach Hause und schlafen sich mal aus, und morgen abend um neun Uhr

kommen Sie zu mir, ich tanze morgen nicht, ich fühle mich wieder unwohl, kommen Sie zu mir in die Wohnung.« Sie nannte ihm die Straße und das Haus, nickte kokett und schritt langsam davon. Engelhart kam taumelnd heim, entschlief erst, als der Tag anbrach, und wurde durch einen Abgesandten des Büros aufgeweckt, der ihm ein Schreiben von Herrn Zittel übergab. Herr Zittel schrieb, seine Geduld sei nun zu Ende, nur der Rücksicht, die man auf seinen Vater nahm, habe es Engelhart zu verdanken, daß man ihn noch nicht davongejagt. Er schrieb zur Antwort, er sei krank, versprach morgen zu kommen, versprach sich zu bessern. Als er um sieben Uhr nachmittags ins Paradieschen kam, war Barbeck zugegen, es wurde natürlich über Klewein und Amöna geredet, durch ein unvorsichtiges Wort machte er den immer lauernden und mißtrauischen Barbeck stutzig, und sein Erröten setzte ihn noch mehr in Verdacht. Es erschienen auf einmal viele Leute, meist unbekannte Gesichter, einer von ihnen trat zum Tisch und begrüßte Barbeck, es war ein schlanker Mensch mit außerordentlich schönen, bleichen Zügen, hinter dem Zwicker funkelten feurigschwarze Augen. Engelhart war es längst müde, immer wieder Menschen zu sehen, ihm bangte vor jedem neuen Namen, auch dieser Fremde machte ihn ungeduldig, indessen ward er sehr bestürzt durch den ernsten, tiefen mitleidigen Blick, der ihn aus jenen Augen traf. Er begann zornig zu werden und schaute mit Absicht in eine andere Richtung, endlich zahlte er und brach auf. Barbeck bat ihn, zu warten, er wolle ihn begleiten, Engelhart zögerte und erwog, wie er sich des Mannes entledigen könne, es war schon halb neun. Draußen fragte er nach dem schwarzbärtigen Herrn, der ihm so ärgerlich gewesen war, und Barbeck sagte, das sei ein toller Kauz, ein ganz toller Kauz. Das war alles. »Was ist er denn? wie heißt er?« fragte Engelhart mit beständig wachsendem Groll. Er heiße Justin Eckardt und sei ... eben ein toller Kauz. Barbeck lachte wieder einmal geheimnisvoll in sich hinein.

In Wirklichkeit verhielt sich die Sache so. Barbeck hatte sich einst ohne Vorwissen Engelharts eine stenographische Abschrift von der Geschichte des kleinen Bräutigam gemacht. Vor kurzem war er mit Justin Schildknecht, einem seiner bürgerlichen Tages-Bekannten, zusammengesessen, und um zur Erlustigung beizutragen, hatte er das Geschichtchen vorgelesen, gespickt mit eigenen witzigen Einschiebseln. Der Zuhörer hatte sich aber in andrer Weise dafür erwärmt und den Wunsch geäußert, Engelhart kennenzulernen. Nichts leichter als das, meinte Barbeck, kommen Sie um die und die Stunde da und da hin.

Es war schwül. Bleifarbene Wolken umsäumten den Himmel, die den vergehenden Tag wie Tiere in unsichtbaren Klauen noch zu halten schienen. Während Engelhart überlegte, wie er von Barbeck loskommen könne, war ihm der Zufall bei seinem Vorhaben behilflich. Von der Hallerwiese her zog ein großer Trupp Menschen, lauter Arbeiter. Es war eine Kundgebung, die Leute von den Spiegelglasfabriken hatten einen Streik veranstaltet. Aus dem Tor marschierten Polizeileute. Junge Burschen pfiffen und johlten, ein Herr im Zylinder rannte in größter Eile inmitten der Fahrstraße. Engelhart entschlüpfte in das Gedränge.

Als er vor dem Haus anlagte, wo Amöna wohnte, es war ein altes Gebäude nahe der Insel Schütt, fing es zu regnen an. Sein Blut war so aufgeregt, daß der Arm zitterte, als er an der Glocke zog, und ungeduldigstes Verlangen machte sein Auge feucht. Ein altes, buckliges Weib, wie einer Hexengeschichte entlaufen, öffnete und führte ihn über einen modrig riechenden Gang in ein kellerartiges Gemach. Ein riesiger Alt-Nürnberger Schrank und eine Ampel mit rotem Glas konnten nicht den Eindruck der Armseligkeit mildern. An einigen Nägeln an der Wand hingen die bunten Gewänder der Tänzerin, und sie selbst saß auf dem Sofa und nähte eine blaue Schleife auf ihren Hut. Sie schwatzte wie ein kleines Mädchen, fragte ihn, ob er reich sei, ob er reich werden wolle, schimpfte auf die reichen Leute, auf das Geld, auf die Männer, auf die ganze Welt. »Früher ist man wenigstens in die Kirche gegangen«, sagte sie, »jetzt fehlt auch das.« Dann blickte sie plötzlich auf und fragte mit seltsamer Heftigkeit, ob er sie schön finde; und da er betreten schwieg, ob er sie hübsch finde, ob sie schon verblüht sei. »Die Spiegel lügen«, rief sie aus, »nur die Weiber sind ehrlich, wenn sie aufhören, neidisch zu sein.« Sie stand auf, ging zur Türe, riegelte zu, trat dann zu Engelhart und sah wartend, lächelnd, nicht ganz ohne Befangenheit in sein Gesicht. Alles an ihr war ein wenig gelblich, das Haar, die Haut, ja sogar die Augen.

Engelhart vermochte weder zu reden noch sich zu bewegen, er saß wie angeschmiedet und erstaunte selbst über seinen unbegreiflichen Zustand. Nicht als ob ihm Amöna auf einmal reizlos erschienen wäre, er fühlte noch dasselbe dumpfe Verlangen nach ihr wie vordem. Aber zuerst war es dies gewesen: er glaubte sie durch eine Miene oder Gebärde der Annäherung zu beleidigen, sie, die er doch kaum kannte; dann fürchtete er etwas anderes, das Leben hinter ihr, die Bitterkeit in ihrer Brust, und außerdem war es ihm unmöglich, ihr auch nur ein einziges zärtliches Wort zu sagen, weil er keine Zärtlichkeit empfand und weil er sie nicht niedrig genug schätzte, um skrupellos zu nehmen, was vielleicht mit Mut und Selbstverleugnung gegeben wurde. Es war zugleich Stolz und Feigheit, Achtung vor dem Weibe und Angst vor einer Verantwortung, Trotz und Scham, doch hauptsächlich wohl Scham und schließlich auch eine nagende, beklemmende Traurigkeit. Alles das war es, nur kein Zugreifen und unbekümmertes Wagen. Zuviel enthielt jeder Augenblick für ihn, zu eifrig schaute er vorwärts und rückwärts und seitwärts und nach innen hinein in die Tiefe. Ein Mensch war ihm etwas unergründlich Vielfaches, Schwieriges, Gewundenes, Rätselhaftes, und ein Weib, das war nun ganz und gar ein Geheimnis.

Amöna hatte ihn zu liebkosen versucht; sie ließ nun ab und setzte sich bleich und stumm auf den Rand ihres Bettes. Sie warf einen schnellen Blick in den Spiegel, der nebenan an der Wand hing, und ihr Gesicht hatte einen herausfordernden, wildverächtlichen Ausdruck. Dann ging eine ganze Kette von Veränderungen in ihrem Gesicht vor; die Züge erschlafften, unter den schlaff gesenkten Lidern hervor sickerte eine hohle Müdigkeit über Wangen und Mund, auch die Züge erschlafften, über den Leib flog ein Schauder, sie warf sich quer über das Bett und seufzte aus furchtbar bedrängter Brust. Engelhart war sehr bestürzt darüber, was er da angerichtet, er hätte es gern wieder ungeschehen gemacht, aber das war nun vorbei. So stand er auf, ging zur Türe und sagte schüchtern gute Nacht.

Draußen regnete es noch in Strömen, wie Peitschenschläge klatschte es aufs Pflaster. Indes er unter dem Toreingang wartete und den Hutrand herunterstülpte, weil das Wasser vom Pfosten ab und ihm ins Gesicht spritzte, löste sich aus der Dunkelheit der gegenüberliegenden Mauer eine Gestalt und kam rasch auf ihn zu. Es war Franz Klewein. Engelhart erschrak. Klewein trat dicht vor ihn hin, ergriff mit beiden Händen seine Rechte, und mit schlotternden Kinnladen murmelte er: »Mensch! Mensch!« Es war nichts Tobendes in seiner Stimme, nur Schmerz und leidenschaftliche Bewegtheit. Engelhart befand sich jedoch in wunderlicher Lage; er konnte jenem nicht sagen: Das, was du fürchtest, ist nicht geschehen, denn es gibt eine Männereitelkeit, die stärker ist als jedes Gefühl von Sünde.

Klewein schien es auch als ein Fatum zu nehmen. Ja, er behandelte Engelhart herzlicher als vorher und suchte im

übrigen wieder Peter Palms Gesellschaft, die ihm immer unentbehrlicher wurde; sie beschäftigten sich nach alter Gewohnheit damit, Höhlen zu bauen und andrer Leute Vorratskammern zu plündern.
Es begann damals ein neuer Wind durch die Zeiten zu wehen; vieles zerbarst, was bislang in unantastbarer Scheinherrlichkeit bestanden, ein Frühling der Gedanken war es, ein März der Hoffnungen, mit Fug durfte man Gewohnheiten mißtrauen, es brachen Blüten auf, so fremdartig, daß müde Augen sie für Traumgebilde nahmen, es war wieder einmal freier zu atmen, und mancherlei stand im Wachsen. Engelhart spürte es in allen Fasern und wußte nicht, wohinaus damit; ein heftiges blindes Wollen machte ihn unfähig, dem Augenblick, der gegenwärtigen Stunde genug zu tun, seine Sehnsucht schien ihm doch nicht die rechte zu sein, da sie ihn nicht an die rechte Stelle führte. Jene aber, an die er sich drangvoll anschloß, taten, als wüßten sie von nichts. Wenn der Sturm brauste, sagten sie: Ach was, das Fenster schließt wieder einmal nicht, und statt die Richtung zu deuten, machten sie sich über die Wetterfahne lustig. Sie verwühlten sich, und um nichts zu sehen, wenn es am wetterträchtigen Himmel leuchtete, schlossen sie krampfhaft die Augen und schrien: es ist finster. Engelhart, in jeder Weise allzu intensiv auf Menschen angewiesen, ward um sein Lauschen betrogen, und etwas Arges, Schmähliches kam über ihn.
Mit dem trotzigen Entschluß zur Verworfenheit, gleichsam mit verhängtem Gesicht und aufgerissener Brust, hatte sich Klewein in ein lasterhaft ausschweifendes Treiben gestürzt. Der Baron, ebenfalls ein Mensch, der das Leben dort suchte, wo andere es wegwarfen, unterstützte ihn dabei, und wenn sie mit Peter Palm zu den Dirnen gingen, folgte ihnen Barbeck lüstern und neugierig. Peter Palm sprach von solchen Nächten als von sozialwissenschaftlichen Forschungsreisen,

und so hatte die Sache einstweilen ein Mäntelchen. »Kommen Sie nur, Freundchen«, sagte er zu Engelhart, wenn dieser schmerzlich zögerte, »uns verlorenen Söhnen Gottes bleibt nichts andres übrig, als zu den verlorenen Töchtern zu gehen.« Und das erste Haus, in das sie kamen, zeigte auf der Steinschwelle einen großen Fleck von geronnenem Blut. Nie trat Engelhart ohne einen Schauder in diese Welt, nie verließ er sie, ohne daß die innere Stimme ihn feierlich schuldig sprach, denn er wußte, was er beging. Wie der Geldborger den besten Freund hassen und fürchten lernt, wenn er ihm verschuldet wird, so geht es auch dem, der sein eignes Herz zum Gläubiger macht; er findet einen unerbittlich stumm-mahnenden Feind in ihm. Je mehr Engelhart sich mit Schuld bedeckte, je mehr betörte er sich mit dem Traum einer großen Erlösung. Er sah das Weib in seiner schmachvollsten Niedrigkeit und baute innerlich ein Gebilde von unnennbarer Keuschheit, eine Gespielin der Engel. Er machte einen Riß durch sein Wesen und entfernte seine Träume von seinen Handlungen, und das war böse, hier mußte sich immer wieder Schuld auf Schuld häufen. Je tiefer der Mensch fällt, je ferner steht ihm der Himmel, jeder Stein wird ein Brandmal seiner Schwäche. Daß Engelhart, so für die Liebe geschaffen wie keiner, gerade an ihr zum Frevler werden mußte, und zum immer wissenden Frevler, zum Sühne erwartenden!, seine Jugend hinweisen mußte, das verirrte Gefühl nicht bewahren konnte!, im Wahnwitz der Ungeduld um ein Ziel und eine Bestimmung alles von sich werfen mußte, was ihn stark und rein erhalten konnte!

Es war in einer Septembernacht, der Morgen ließ schon die Giebel der Häuser erblassen, da ging Engelhart mit wunderlicher Langsamkeit, die Hände vor das Gesicht gedrückt, Schritt für Schritt seiner Wohnung zu. Er mochte nicht emporblicken, die schwarzen Fenster der Häuser wurden ihm zu Augen, wie die Augen von Dirnen traurig und leer. In dieser Stunde der Verzweiflung begegnete ihm jener Justin Schildknecht, den er durch Barbeck kennengelernt und den er seitdem nicht wieder gesehen hatte. Er hatte die Hände vom Gesicht genommen, als der Halb-Unbekannte vorüberging, und sah ihm unwillkürlich nach. Plötzlich drehte sich Schildknecht um, kam wieder zurück, sie wechselten ein paar Worte, auf einmal fühlte Engelhart wie durch einen Zauberschlüssel sein Inneres aufgeschlossen, sie gingen miteinander weiter, redeten, redeten, Verwicklungen lösten sich, Nebel entschwebten, der Himmel wurde licht, Engelhart fand sich so herrlich verstanden, zärtlich beruhigt, endlich ein hörendes Ohr, ein sehendes Auge, ihm war, als steige er aus Bergwerksschächten empor, und als sie sich trennten, besaß er einen Freund.

Elftes Kapitel

Justin Schildknecht trat als Prediger und Reformator in den Lebenskreis Engelharts. Dies und dies ist ganz verkehrt, und jetzt werden wir die Sache so und so anfassen, sagte er; Engelhart wußte, wie verkehrt alles war und wo das Rechte lag, und war doch entzückt, es mit Worten zu vernehmen. Bisher hatte niemand sich die Mühe genommen, ihm einen Weg zu weisen, als ob es gleichgültig sei, wohin er ging, da er nicht stille hielt vor der Krippe, wo sie ihn haben wollten. Schildknecht aber sagte: Du gehörst ja gar nicht vor die Krippe in den Stall, du gehörst hinaus in die Welt, du gehörst der Welt und gehörst dir selbst. Das machte Engelhart sicher wie einen, der lange Zeit ein von der Behörde nicht konzessioniertes Geschäft betrieben hat und nun den Erlaubnisschein vom Minister selbst erhält.
Zunächst heißt es sich von Peter Palm und seiner Sippe losmachen, erklärte Schildknecht. Nichts schien leichter; Engelhart dachte: ich meide die Gesellschaft, und alles ist in Ordnung. Aber wenn die Stunde kam, trieb es ihn an die gewohnte Stätte, als wäre sein Blut vergiftet von der Luft dort, von den Blicken, Worten und Zeichen, von all dem Nichts und fände erst ihre Ruhe, wenn es wieder Gift genossen. Auch lag in seiner Natur eine gewisse sinnliche Treue gegen Menschen, denen er einmal nur den geringsten Teil seines Herzens geschenkt, und er verstand es nicht, irgendein Band, das ihn fesselte, wenn auch verderblich fesselte, unbekümmert zu zerschneiden. Er schleppte immer sämtliche Überbleibsel aller Beziehungen zu Menschen schwerfällig hinter sich her.
Dazu kam, daß Peter Palm plötzlich Besitzrechte an Engelhart geltend machte wie an einem Sklaven, der die Freiheit

will. Engelhart nahm das sehr ernst. Er erachtete sich für gebunden, ihm schien, als ob ein Vertrag ihn feßle. Daß Schildknecht um dessentwillen nicht an ihm irre ward und hinter der schwächlichen Handlung das verzagte Gemüt spürte, das war ein schöner Zug an ihm. Er folgte Engelhart; er ließ sich zum Schein selbst von den Fäden umgarnen, aus denen er ihn lösen wollte, zog nächtelang mit umher, und wenn sie dann allein waren, redete er ihm gütig zu und riß den Flitterschleier von dem genialischen Unwesen. Schildknecht wohnte mit seiner Mutter in einem uralten Hause am Egydienplatz. Über dem Tor war der Körper eines aufhorchenden, im Lauf stille stehenden Windspiels in Stein gemeißelt. Schildknechts Wesen und Erscheinung erinnerten sehr an dies Sinnbild nervöser Wachsamkeit. Er war reizbar und scheu wie ein eingesperrtes Tier. Einmal führte er Engelhart in ein leeres Zimmer des Hauses, wo das Bildnis seines Vaters hing. Engelhart empfand beinahe Furcht vor dem schwarzbärtigen Gesicht mit den durchdringenden Augen und beneidete dennoch den Freund, über dessen Leben eine so verehrungswürdige und gewaltige Erscheinung thronte. In seiner behaglich-breiten und schnörkelhaft-abschweifenden Manier erzählte Schildknecht, wie sein Vater im Revolutionsjahr in die Bürgerversammlung gekommen war und wie der Anblick seiner majestätischen Person genügt hatte, um die Zwieträchtigen eines Sinnes zu machen. Aber die Erinnerung an diesen Mann, die Rückwirkung einer tyrannischen und klösterlichen Erziehung beirrte Justins bis zur Schmerzhaftigkeit empfänglichen Geist mehr, als sie ihn festigte.

Er war Entwurfzeichner für eine chromolithographische Anstalt und verdiente, ziemlich karg, sein Brot. Der Kopf war ihm voll von Plänen und Ideen. Sie peitschten ihn in seinem engen Lebenskreis umher, und er fand nicht den Weg in die große Welt, deren er sich würdig schien. Viel-

faches Mißlingen hatte ihn argwöhnisch gemacht, und die Kleinlichkeit seiner Umgebung benahm ihm den Atem. Er war verlobt mit einem schönen Mädchen aus wohlhabender Familie, die Eltern der Braut wollten von einer Heirat nichts wissen, solange Schildknecht ohne sichere Stellung war. Zwei Schwestern, giftige Schlangen, nur im Neid vegetierend, trugen schmutzigen Klatsch ins Haus, machten die Braut zum Aschenbrödel, häuften die Erbitterung. Schildknechts Vergangenheit wurde böswillig durchforscht, anonyme Briefe tauchten auf, das Verhältnis mit der Geliebten wurde zur Qual. Schildknecht war zu stolz, sich zu rechtfertigen, aber die Unbill verzehrte ihn. Wochenlang durfte er dem Mädchen nicht nahen, dann hielt er sich geflissentlich fern. Engelhart sah einmal das junge Ding, verschüchtert ging sie daher, doch gleich Beatrice »macht' ihr Anblick jedes Ding bescheiden«, und in ihrem Gesicht lag ein holdes Ertragen. Schildknecht sprach selten von ihr und nur in Andeutungen, denn in allem, was Frauen und Liebe betraf, war er scheu und keusch.
Justin Schildknecht liebte die Kunst. Doch was irgend mit Werktätigkeit zusammenhing, schob er in weite Ferne; aus Ehrfurcht, um nicht mit unfertiger Hand zu freveln. Er meinte, es müsse wie Sturmflut über ihn kommen und es sei nichts vonnöten, als der gemeinen Misere enthoben zu sein. Einstweilen biß er sich die Lippen blutig an der Kette, die ihn hielt. Seltsam war es für Engelhart, mit Schildknecht vor dem Sebaldusgrab zu stehen, das er als Knabe in der dumpfen Lust an Gestaltlichkeit betrachtet hatte und doch ahnend, wie Schönheit aus dem innersten Kern der Welt sprießt. Schildknecht vergötterte die alten Meister, in ihnen sah er alles verkörpert, was ihm die Heimat war und geben konnte. Engelharts stille Bewunderung war ihm nicht genug, er stachelte ihn zu lautem Bekennen, und das war zu viel, das ermüdete Engelhart, unter solchem Zwang hätte er

auch im Paradies trotzig die Augen geschlossen. So entwand ihm Schildknechts Herrischkeit manches, manches Werk, manchen Menschen, manches freie Staunen. Um sich und den Freund baute Schildknecht eine Mauer des Hasses, und Engelhart öffnete sein Ohr für Schildknechts böses Hadern gegen die Zeit; mit der Gabe des Wohlwollens ohnehin spärlich bedacht wie alle, deren wunde Brust ruhelos der Menschheit entgegendrängt, entfernte sich Engelhart, selber noch Ringender, hoffärtig und besserwissend von den Ringenden, als ob er darum schon des Irrtums enthoben wäre, weil er angefangen, fremdes Irren zu durchschauen. Der eine, einzige, der ihm, zum erstenmal, das Gefühl eigenen Wertes gab, genügte, um einer Welt den Rücken zu kehren. Und als Schildknecht den Freund so weit hatte, als er nur schüchtern glimmende Hoffnungen zu stärkerer Glut angefacht hatte, dem unaufhörlich fragenden Herzen in seiner ganzen Person ein verkörpertes, lebendiges trotziges Ja geworden war, da fiel es ihm nicht mehr schwer, ihn aus Peter Palms Zauberkreis zu befreien, und Engelhart war verwundert und beschämt, als es ihn plötzlich nicht mehr zurückzog in die dunkle Sphäre.

Schildknecht erlaubte nicht, daß Engelhart das armselige Loch in der Arbeitervorstadt weiterbewohnte. Sie fanden ein wohlfeiles Zimmer in Sankt Johannis vor dem Tiergärtner Tor, in einem stillen Gartenhaus, und bald spürte Engelhart das Wohltuende von Ruhe, Luft und Licht. Bis in die späte Nacht, auch wenn Schildknecht schon längst gegangen war, konnte Engelhart nicht schlafen und lag oft noch mit offenen Augen, wenn die Morgendämmerung durch die Gardinen blinzelte. Gestalten, denen er nie begegnet, regten sich wie Schattenbilder an der Wand, lösten sich von der Wand und schauten ihn an: ganz Blick, ganz Schicksal. In ihrem Schreiten war Musik. Der Wille, sie festzuhalten, erschütterte jeden Nerv. Sie waren Stücke seiner selbst, gleichwohl waren sie ihm fremd; ihr Antlitz war fremd, aber mit ihrem Innern war er vertraut. Sie sprachen nicht, sie tönten, und nicht die Freude, sondern das Leiden machte sie tönend. Die Wonne des geisterhaften Seins umgab ihre dunklen Körper mit rosiger Kontur. Sie folgten keineswegs einem Rufe, sie erschienen nach echter Gespensterart, wann es ihnen beliebte.

Engelharts Blut wurde trunken und matt und wieder trunken durch die verführerische Gaukelei. Feindselig empfing ihn der gemeine Werktag. Er irrte im Bodenlosen und nährte den Geist mit den Verlockungen der Phantome. In den letzten Tagen des Spätherbstes wurde es so schlimm, daß er die Erfüllung der notwendigen Pflichten hintansetzte. Eine Woche lang verließ er das Zimmer nur zur Nachtzeit, um mit Schildknecht umherzustreifen. Ohne eigentlich krank zu sein, war sein Körper von unbeschreiblicher Schlaffheit umfangen. Es quälte ihn ein seltsamer Durst, der vor jeder Labung in Ekel überging. Im Schlummer empfand er wie im Sturmgebrause die Lebensangst, und alle Zweifel sah er in der geöffneten Brust als gelbe Würmer sich winden. Eines Abends hockte er jämmerlich beklommen vor dem Ofen und starrte durch das offene Türchen in die Glut. Da barst eine Kohle knisternd auseinander, und eines von den Gespenstern stieg daraus empor; es war wie ein Knabe anzusehen, winzig klein, und es setzte sich Engelhart auf den Schoß. Der ganze Raum war plötzlich von einer bisweilen stockenden Melodie erfüllt.

> Es war ein Bild im Bilde,
> als ich den Tod erdacht,
> sein trunkenboldig Jauchzen
> durchgeisterte die Nacht.

Der Mantel wie von Flammen,
das Auge wie von Stahl,
der Busen *eine* Wunde, –
so flog er kalt und fahl.

Er schüttelt seine Taschen,
die Seelchen flattern aus,
das wispert, wimmert, kichert,
und jedes sucht sein Haus.

Nur eins voll seligem Grauen,
betäubt von Schein und Schall,
verliert sich ohne Heimat
im bodenlosen All.

Bald danach warf sich Engelhart aufs Bett und schlief in seinen Kleidern still und gesundend bis zum Morgen. Da erst kam das Staunen. Durch bloße Worte kannst du also entzaubert werden, durchfuhr es ihn.
Er wurde nachdenklich. Die Worte allein waren es nicht. Sie waren nur die Entschleirer, die Ausgräber des geheimnisvoll in Brunnentiefe ruhenden Bildes, die listig-vielgesichtigen Diener eines Wesens, das Brücken baut von Traum zu Traum.
Er hatte sein Ausbleiben vom Büro brieflich entschuldigt; als er hinkam, machte ihm Herr Zittel die Mitteilung, daß er entlassen sei. Er erhielt noch einen Restbetrag von sieben Mark und zwanzig Pfennigen ausbezahlt und außerdem, gnadenhalber, ein präsentables Zeugnis, damit seine Existenz nicht völlig ruiniert sei. Einer der Schreiber am Pult drehte sein Gesicht Engelhart zu; es war dies eine Art Methodist, der seine freien Stunden, hauptsächlich von sieben bis neun Uhr abends, auf christliche Nächstenliebe gestellt hatte. Er wollte ein mitleidiges Gesicht machen, grinste aber

schadenfroh. Herr Zittel richtete den blauen Blick seiner Fischaugen vorwurfsvoll auf Engelhart, dann ging er ins Privatzimmer des Generalagenten, um das Zeugnis unterschreiben zu lassen. Der Methodist rückte ein Weilchen auf seinem Sessel, schließlich sprang er herab, brachte ein kleines Paketchen aus seiner Tasche zum Vorschein, hinkte auf Engelhart zu und bot ihm mit salbungsvoll-flötender Stimme ein Stück zerbröckelten Lebkuchens an. Engelhart lachte gutmütig und dankte.

Traurig stand er gegen Mittag an der Karlsbrücke, sah ins Wasser und überlegte, was er jetzt beginnen sollte. Alle Posten waren sicher schon besetzt; das war immer seine feste Überzeugung im voraus, daß alle Posten schon besetzt seien. Er kam sich vor wie jemand, der bei einem Fest ungeladen und zu spät kommt, über viele Köpfe hinweg grade noch einen Fahnenfetzen winken sieht, während die Musik nur durch verschlossene Türen zu ihm dringt.

Da legte sich eine Hand auf seine Schulter. Es war Schildknecht. »Warum so tiefsinnig, alter Schwede?« fragte er in jenem gemütlich-heitern Ton, der ihm stets Engelharts ganzes Herz zuwandte. Engelhart erzählte, und Schildknechts Gesicht verfinsterte sich. »Wie steht es mit den Finanzen?« fragte er. »Schulden? Wo und wieviel? Gut; jetzt lassen Sie mich mal gewähren. Wir werden ein schönes Brieflein an den Herrn Oheim nach Wien schicken, verstanden? Wir werden ihm klarmachen, daß der Herrgott ein paar Individuen erschaffen hat, deren Hinterteil sich für den Drehsessel nun einmal nicht eignet. Wir werden ihm sagen, daß es einige Pflanzen gibt, die rasch ins Blühen kommen und rasch ins Welken, und wieder andere, bei denen die Sache langsam geht, je langsamer, je süßer die Früchte werden. Wir werden ihm zu verstehen geben, daß der satte Magen ein guter Moralist und der hungrige ein Behälter von Sünden ist. Und nun Kopf hoch, lieber Sohn.«

»Was ist aber dabei gewonnen, selbst wenn er ein paar Taler schickt?« entgegnete Engelhart; »was dann, wenn das Geld verzehrt ist?«

»Zuerst müssen Sie aus der verdammten Klemme kommen«, sagte Schildknecht. »Erst atmen und dann denken. Was später sein wird, dafür lassen Sie nur mich sorgen und meinen Freund, den Zufall.«

Der Brief wurde geschrieben, und in ihm versprach Engelhart, die Geldsumme, um die er den Oheim bat, am Tage seiner Mündigwerdung zurückzuerstatten; er hatte von seinem mütterlichen Vermögen noch einen Rest von etwa achthundert Mark zu erwarten. Michael Herz schickte den erbetenen Betrag mit einigen wohlwollenden, aber kühlen Zeilen. »Ich hoffe, daß Du Deine bedrückte Lage, in welche Du durch eigene Schuld und eigenen Entschluß geraten bist, nun etwas erleichtern kannst.« Von Zurückzahlung keine Silbe. Aber hätte Engelhart hinter den Zeilen zu lesen verstanden, hätte er nicht immer nur bei solchen Menschen Feinheit und Adel vorausgesetzt, um die er sich geistig mühen mußte und die ihn geistig nahmen, so hätte er sein Gelöbnis wohl bewahrt. Es war ihm dort nicht mehr um Treu und Glauben zu tun, er meinte, dort habe er ohnehin ausgespielt, und ein Vorteil sei ein Vorteil.

Wenige Tage später erhielt Engelhart auch einen Brief seines Vaters. Herr Ratgeber wußte noch nicht, daß Engelhart ohne Posten sei, deshalb empfand dieser keine Freude, als ihm der Vater mitteilte, er werde sich in den kommenden Wochen in Nürnberg aufhalten, wo er geschäftlich zu tun habe. Herr Ratgeber schrieb, daß er über Engelharts Treiben nur Ungünstiges vernehme, er beklagte sich bitter über die Nachlässigkeit des Sohnes, der ihn monatelang ohne Brief lasse und sich nur an ihn wende, wenn er etwas brauche. »Deine Stiefmutter hat recht, wenn sie Dich einen kalten Selbstsüchtling nennt«, hieß es weiter, »schon lange

bereitet mir Deine Undankbarkeit Kummer. Und was ist mit Deinem Fortkommen? Wahrlich, ich verstehe Dich nicht. Nun wirst Du einundzwanzig Jahre alt, in zwei Monaten bist Du großjährig, alle Deine früheren Kameraden haben schon glänzende Stellungen, und Du mußt Schreiberdienste leisten für einen Hundelohn. Wozu habe ich Dich eine teure Schule besuchen lassen, wozu sind alle Deine Gaben? Für nichts zeigst Du Lust und Liebe, wie ein kleines Kind stehst Du im praktischen Leben, und wenn ich bedenke, daß Du mir schon behilflich sein könntest, mein schweres Los zu erleichtern, dann frißt es mir ins Herz, Dich so mißraten zu sehen. Sieh doch zu, daß Du bei einer Bank unterkommst, suche meinen Bruder oder Deinen Vormund auf, vielleicht geben sie Dir Empfehlungen, so wie bis jetzt kann und darf es nicht weitergehn.«
Zum Schluß kamen noch einige versöhnliche Sätze, als fühle Herr Ratgeber, daß er die Kluft zwischen sich und dem Sohn nicht erweitern dürfe, aber Engelhart blieb ungerührt. Er las das Schreiben seines Vaters Schildknecht vor, und bei dem Wort »Undankbarkeit« zuckte dieser zusammen.
»Wenn nur die Herren Väter einsehen wollten, daß das weitaus größere Vergnügen auf ihrer Seite war«, knurrte er. »Immer soll das Kinderkriegen auch zugleich ein Zinsengeschäft sein.«
Solche Worte von den Lippen des Freundes erkälteten Engelharts Gemüt noch mehr gegen den Vater. Er antwortete nicht auf den wohlgemeinten Brief. »Ich habe niemals zu Hause Entgegenkommen oder Verständnis gefunden«, sagte er zu Schildknecht, wie um sich vor sich selbst zu rechtfertigen. Er war Tor genug zu glauben, vom Verständnis sei alles Glück abhängig; er selbst wollte verstanden werden, aber er bequemte sich nicht dazu, auch seinerseits zu verstehen, wenigstens dort, wo es sich um jenes nach seiner Ansicht niedrige Vegetieren handelte, das sogenannte prak-

tische Leben. Als sein Vater in die Stadt kam und er durch eine Postkarte davon Nachricht erhielt, versteckte er sich. Nur zum Schlafen kam er spät am Abend heim, zweimal fand er einen Zettel seines Vaters auf dem Tisch liegen, das erste Mal standen fragende und befremdete, das zweite Mal abgerissene, empörte Worte darauf. Engelhart hörte nicht und fühlte nicht. Den ganzen Tag über hielt er sich in Schildknechts Hause auf.

Frau Schildknecht hatte ihn zuerst kühl, beinahe feindselig behandelt, denn sein Umgang mit Justin schien diesen noch mehr aus der Bahn zu reißen als alle früheren Eskapaden und Freundschaften. Als sie Engelharts Appetit bei den Mahlzeiten sah, versöhnte sie sich mit ihm. »Sie sind auch ein wacker verprügeltes Männlein«, sagte sie und schaute ihm tief, beinahe finster in die Augen. Das Haus war die reinste Katzenmenagerie. Um die Dämmerungsstunde öffnete Frau Schildknecht die Türe, und zwei schwarze Katzen und ein gelber Kater marschierten lautlos herein. Justin Schildknecht sah in jeder Katze etwas wie ein mystisches Wesen und schrieb ihr dämonische Klugheit zu. Er erzählte von einem Kater, der, merkwürdig begabt, ihm auf Schritt und Tritt durch die Gassen gefolgt war, dem leisesten Lockruf gehorchend; als er auf die Akademie gezogen, sei das Tier verschwunden und nie wieder zum Vorschein gekommen. Eines Nachts war Engelhart Zeuge, wie Schildknecht mit mehreren betrunkenen Burschen anband, weil diese nach einer Katze mit Steinen warfen. Er war wie außer sich und schlug mit der Kraft von dreien die ganze Gesellschaft in die Flucht. Dann legte er das halbtote Tier in seinen Arm, sprach ihm zärtlichen Trost zu und trug es nach Hause.

Tag um Tag wurde Engelharts Zusammenleben mit Schildknecht inniger, alle andern Menschen erschienen ihm fremd und fern, und wo immer er auch sonst Anschluß und Annäherung gesucht hatte, nichts blieb von diesen Beziehungen übrig, er zerbrach jede Fessel, vergaß jede Rücksicht außer dieser einen, die nun sein innerstes Leben ausmachte. Da er sich überdies von Justin Schildknecht eifersüchtig bewacht sah, bis auf Blicke, bis auf Gedanken, fand er sich doppelt verpflichtet und doppelt ergeben. Höher flogen ja seine kühnsten Wünsche nicht, als sich mit der ganzen Person einzusetzen für ein wahres Gefühl der Freundschaft, nur so erschien er sich geborgen, nur darin erblickte er Möglichkeiten des Gedeihens. Er erschloß mit Inbrunst sein Herz. Keine Hoffnung, keine Furcht blieb geheim, über jede fern von dem Freund verbrachte Stunde legte er Rechenschaft ab. Nichts hatte Gewicht, was nicht Schildknecht billigen konnte, nichts wurde Erlebnis, was er nicht mit ihm erlebte. Was auch in der Welt geschah, große und kleine Dinge, schließlich kam es nur darauf an, wie es ihnen beiden dienen konnte. Ihm schien, man könne nicht zugrunde gehn, wenn man durch ein gleichgestimmtes Herz gehalten würde. Auch kannte er nicht mehr das Gefühl der Einsamkeit, das ihn vordem so oft gequält. Ein Tag voll Bangigkeit zählte nicht, denn er verhieß doch ein beseligendes Gespräch mit dem Freund, und über all das Drohende und Bedrängende sprechen zu können, das bedeutete so viel als es beseitigen. Sie wanderten in mondhellen Nächten durch die winkligen Gassen, über die Brücken und auf die Burg oder saßen bei schlechtem Wetter in einer Kneipe; Schildknecht erzählte von seiner Vergangenheit, und dabei wurde ihm alles zum Märchen, ebenso wie Engelhart alles zum Märchen wurde, wenn er von der Zukunft sprach. Leider besaß keiner von ihnen die rechte Geduld, dem andern zuzuhören, es ging ihnen wie zwei Hungrigen, die aus derselben Schüssel essen, und bei allem Wohlwollen füreinander doch nach den größten Bissen schnappen. Wie einfach wurde das Getriebe der Welt in solchen Stunden! Auf dieser Seite der Haß, auf der andern die Liebe, hier der Untergang und dort das Gelingen, Gut und Böse geteilt wie Licht von Finsternis, es kam gar nicht zum Exempel, denn alle Größen standen ausgerechnet da, und die Zauberformel hieß: Zugreifen! Solange er mit Engelhart allein war, fühlte sich Justin Schildknecht ruhig und frei gestimmt. Er war, wie auch Engelhart, ein sehr mäßiger Mensch, trank nie, nur im Tabakrauchen waren sie beide ausschweifend. Wenn sich nun ein Dritter zu ihnen gesellte, was hie und da vorkam, denn Schildknecht hatte zahlreiche Bekannte in der Stadt, dann machte er den Eindruck eines Betrunkenen, und Engelhart selbst erschrak über sein scheues, zerflattertes, aufgepeitschtes, geschwätziges und gefährliches Wesen. Schildknecht traute keinem, er hatte an jedem seine Erfahrungen gemacht, er wollte niemand in sein Inneres blicken lassen, darum verkleidete, verstellte, versteckte er sich. Er hielt es für notwendig, er war immer ein klein wenig Komödiant, nicht völlig aufgelöst in sein Schicksal oder seine Stimmung, stets ein bißchen von außen nach sich selber schielend. Nach und nach zogen sich alle von ihm zurück, auch Leute, die ihm wohlwollten. Er hatte ganz aufgehört zu arbeiten, und seine Verhältnisse wurden drückend. Der Mutter gegenüber hatte er ein schlechtes Gewissen und mied tagelang das Haus, nächtigte in Engelharts Wohnung. »Es wird ein schlechtes Ende nehmen«, sagte Frau Schildknecht. Ihr sybillenhaftes Wesen wühlte Justin tief auf. Mutter und Sohn konnten nicht eine Viertelstunde nebeneinander weilen, ohne daß es zu heftigem Wortwechsel kam, und je maßloser sich Justin benahm, je stiller und eisiger wurde die Frau, gleichsam leuchtend von furchtbarer Voraussicht. Bei alledem wunderte sich Justin, daß sie sich Engelhart gegenüber sanft und freundlich zeigte, und hielt es ihr sehr zugute. Er liebte und verehrte sie, aber eigentlich nur in Gedanken, er sah in ihr eine wunderliche und geheimnisvolle Person, den dunklen Kräften der Natur verwandt, denen der Sterbliche unbewußt widerstrebt.

Indessen hatten die Eltern seiner Verlobten von dem Lotterleben Kunde erlangt und sich unter Aufgebot von allerlei Spionen Gewißheit verschafft. Sie untersagten der Tochter jeden Verkehr mit dem pflichtvergessenen Mann. In atemloser Erbitterung verbrachte Schildknecht die darauf folgende Zeit. Zudem gab es andre Schwierigkeiten materieller Art, die ihn ruhelos machten. Seine letzte Betäubung waren die Pläne, die er mit Engelhart schmiedete. Er selbst glaubte eigentlich nicht mehr an sich, aber Engelhart glaubte an sich, fest, naiv und froh; das war tröstlich, das war der Grund, weshalb Schildknecht oft wie in Bewunderung zu dem jüngeren Genossen emporsah.

Eines Nachmittags um die Dämmerungsstunde kamen sie beide vor Schildknechts Haus und mußten dreimal läuten, ehe geöffnet ward. Oben im Wohnzimmer gewahrten sie die Umrisse einer Gestalt, die sich aus kniender Stellung erhob, und ehe Justin noch ein Streichholz in Brand gesteckt, trat seine Mutter zu ihm und sagte: »Mach dich gefaßt, es gibt ein Gewitter.« Schildknecht zündete die Lampe an, das Zylinderglas zitterte in seiner Hand, als er seine Braut im Zimmer sah, und er fragte rauh: »Was habt ihr denn miteinander?« Frau Schildknecht nahm eine offene Kassette, die mit Schmucksachen gefüllt war, vom Tisch, klappte sie zu und trug sie in den Nebenraum. Die unschuldvollen Augen des jungen Mädchens leuchteten vor Angst. Justin schlug seine Faust mit solcher Gewalt auf die Lehne eines Stuhls, daß der Knöchel des Mittelfingers zu bluten begann. Dabei schrie er: »Ich will wissen, ich will wissen!« Wieder trat Frau Schildknecht auf ihn zu und flüsterte. Er zuckte zusammen, packte sie an der Schulter, und mit einem heiseren Aufbrüllen riß er sie herum. Sie strauchelte und stürzte mit der Stirn gegen die Ofenkante. Das junge Mäd-

chen hielt die Arme flehend ausgestreckt, dann wurde ihr Antlitz flammend rot, sie griff nach ihrem Mantel und ging. Justin ließ sich auf das Sofa fallen und begrub das Gesicht zwischen den Armen. Frau Schildknecht warf Engelhart einen sonderbaren triumphierenden Blick zu, dann seufzte sie und zog die Vorhänge über dem Fenster zusammen. Engelhart empfand plötzlich Grauen vor Schildknecht, er spürte etwas Fremdes und Unüberwindliches zwischen sich und ihm; es war, als ob eine Hand sein Haupt umspannte, den Kopf in eine bestimmte Richtung drehte und ihn so zwang, beständig auf den beleuchteten Fleck des Raumes zu starren.
Nach diesem Vorfall entstand in Schildknecht der Entschluß, die Stadt zu verlassen und sein Leben zu ändern. Er setzte sich mit mehreren ausländischen Firmen in Verbindung, sein Name war nicht unbekannt, seine Arbeiten empfahlen sich von selbst, schließlich konnte er unter den Angeboten wählen und entschied sich für eine Stellung in der Schweiz. Am dritten Januar sollte er reisen. Er gab Engelhart das feste Versprechen, auch für ihn dort zu wirken, er wollte einen erträglichen Posten für ihn suchen und so, auf gesünderer Grundlage als bis jetzt, an der großen, geistigen Zukunft gemeinsam weiter bauen; ohne Sicherheit des Brotes gebe es keine Entfaltung der Idee, meinte Schildknecht. Als die Eltern der Braut von Schildknechts Vorhaben vernahmen und sahen, daß es damit ernst war, lenkten sie ein, und am Silvesterabend fand eine Art Versöhnung statt mit darauffolgendem Familienessen, von welchem sich nur Justins Mutter fernhielt. Sie ließ sich von dem Schmerz nichts merken, den ihr Justins Entschluß verursachte.
Denselben Silvesterabend verbrachte Engelhart bei entfernt Verwandten, einer Tochter von Iduna Hopf, die an einen Kaufmann in der Stadt verheiratet und die ihm sehr freundlich gesinnt war. Er trank ein paar Glas Punsch über

die Besinnung, und als er gegen zwei Uhr morgens die Gesellschaft verließ, tanzten die Häuser auf der Straße. Er war noch nicht ganz betrunken, aber es war ihm ungeheuer selig zumut, so daß er an jeder Ecke stehen blieb und eine Weile in sich hineinkicherte, bevor er weiterging. In solcher Verfassung nach Hause zu wandeln und sich ins Bett zu legen, erschien untunlich, daher schlug er die Richtung nach dem Egydienplatz ein und stand alsbald vor Schildknechts Haus. Der Platz lag verödet. Es fiel Schnee, der im Laternenlicht aufblitzte wie Silberstickerei. In der Mitte des Platzes stand die Kirche gleich einer riesigen schwarzen Faust mit erhobenem Daumen. Aus den umliegenden Straßen drang das Geschrei der Neujahrsrufer in die Stille. Engelhart stand eine Weile glücklich lächelnd, dann stimmte er ein Liedchen an. Das Familienfest mußte schon zu Ende sein, denn aus Schildknechts Kammer funkelte Licht, und nun wurde auch das Fenster geöffnet, Schildknechts lachendes Gesicht erschien, und es entspann sich ein kleines metaphysisches Zwiegespräch, in dessen Verlauf der schon Schlafensbereite droben die Ansicht vertrat, daß es gut sei, noch ein wenig das neue Jahr im Freien zu genießen, da es wahrscheinlich nur in frischem Zustand genießbar und morgen schon der Tag der Trennung sei. Sie gingen über den Markt zum Hallertor. In der Nähe des Henkerstegs sahen sie plötzlich eine gegen die Schwerkraft kämpfende Gestalt und erkannten Barbeck: zerrauft, beschneit, beschmutzt, ohne Hut und ohne die ironisch-gemessene Miene, die ihn sonst auszeichnete und ihm ein so weltüberlegenes Ansehen gab. Hinter ihm her schwankte ein höchst verwahrlostes Frauenzimmer, die ihm abwechselnd Schimpfnamen und Koseworte zurief; bisweilen packte sie ihn beim Rockschoß, diese Berührung elektrisierte den Mann und erweckte wieder sein bürgerliches Gefühl; er kehrte sich gegen die Verfolgerin und drohte würdevoll und betrübt mit der Polizei. Da gewahrte er Schild-

knecht und Engelhart, und beide beobachteten, wie er sich mit aller Kraft zusammennahm, sich gegen einen Baum lehnte, seine Börse zog, in der Halbfinsternis nach einem Geldstück fischte und dieses der Frauensperson mit den mild hingeseufzten Worten reichte: »Sie hungert, die Arme.« Dann ging er, ernüchtert, eine Strecke Wegs mit den Freunden, und zwischen Glucksen, Lachen und Schläfrigkeit schimpfte er auf die zunehmende Unzucht und im Anschluß daran auf das moderne Geisteswesen, und indem er Engelhart mit höhnischem Lächeln auf die Schulter klopfte und ihn gewohntermaßen mit »Jüngling« anredete, empfahl er ihm Kritik und warnte ihn vor schlechter Gesellschaft. Schließlich fiel ihm ein, daß er die Abwesenheit seines Hutes erklären müsse und, sich verabschiedend, behauptete er, er gehe jetzt des Nachts ohne Hut, weil er das für der Gesundheit förderlicher halte.
Schildknecht war nach und nach ernst geworden. Dem wunderlichen Manne nachblickend und Engelhart unter den Arm fassend, sagte er: »Das ist der Feind, der wahre Erbfeind; an ihm verblutet die Kraft des Volkes. Ihm werden Sie noch oft im Leben begegnen, alter Freund, er wird Ihnen, was Sie auch leisten, immer wieder erklären, daß Sie es anders machen müssen und daß irgendwer es schon längst besser gemacht hat, und er wird Sie nicht immer so gleichgültig lassen wie jetzt, er wird Ihnen manchmal die Blutadern öffnen und sich freuen, wenn der rote Saft zu Boden fließt. Es gibt Geschicktere wie den, die sich besser verstecken und von denen keiner erfährt, wo sie ihre schmutzigen Stunden zubringen, und die sich hüten, ihre Kopfbedeckung dabei zu verlieren. Geben Sie wohl acht und gewöhnen Sie sich beizeiten an die Physiognomie des Mannes; er ist der heimliche Dieb, der jedem Herzen das Teuerste entwendet.«
Am zweiten Januar reiste Schildknecht. Als Engelhart nun allein war, wurde ihm doch bang vor seiner Lage. Das Geld

des Oheims war schon verbraucht, er machte nun Schulden, die am Termin seiner Volljährigkeit bezahlt werden mußten. Außerdem entwöhnte er sich von aller Arbeit, durchwachte nach wie vor die Nächte, schlief bis in den Mittag und müßiggängerte dann herum, ohne Ziel und oft auch ohne Lust. Bei den gesitteten und ordentlichen Menschen seiner Bekanntschaft machte er sich dadurch vollends zum Gegenstand der Verachtung, was ihn keineswegs gleichgültig ließ, denn er bewahrte in seinem Innern eine versteckte Liebe für das Bürgerliche, eine gewisse Zärtlichkeit für die behaglichen Häuser und Stuben und friedlich umgrenzten Gemüter. So schwankte er einsam unter den Menschen umher, die Brust angefüllt mit nebelhaft verschwommenen Idealen. Sein Nichtstun war noch ohne innere Furcht und stachelte ihn daher nicht selten zu lächerlichem Zeitvertreib, zu Billard- und Kartenspiel mit irgendeinem Erstbesten. Der Abscheu vor sich selbst trieb ihn dann wieder hinab in eine dunkle Traumestiefe, und indem er sich zu vergessen suchte, wurde die gestaltlose Sehnsucht in seiner Seele chaotischer und qualvoller. Was er las, das las er allzu beziehentlich, er litt an allem, am Schönen wie am Häßlichen, die Wurzeln seines Wesens waren vergiftet von einem Ehrgeiz, der nicht aus noch ein wußte, er besaß keinen Maßstab, weder für die Dinge noch für sich selbst, sein Geist anerkannte kein übernommenes Gebot und wußte eigenpersönliche nicht zu formen oder zu befolgen. Ihm blieb nicht einmal ein Gott, von dem er sich lösen oder mit dem er hadern konnte, nicht einmal an seinen Zweifeln hatte er einen Anhalt, wär's auch nur der, den ein Kampfspiel und seine Erschöpfungen gibt, denn alles, kaum gefaßt, zerfloß wieder, hatte nicht Hang und Bestand, jedes Wort, jeder Begriff löste sich in ungreifbare Teilchen auf, ihm ward nur *eines* in seltenen Stunden geschenkt, ein Bild, das aus der Dunkelheit emporschwamm, fester umrissen und tiefer ge-

gründet als alle Wirklichkeit und deutlicher, als die Sprache zu sein vermag, feurig aus Leiden geboren und zur Freude strebend, und dem gegenüber wurden allerdings höchste Pflichten kategorisch, dies knüpfte ihn an die Zeit und an die Menschheit, hielt seine Sinne in Bereitschaft, sein Gefühl in Bewegung und behütete ihn vor innerer Verlotterung.
Es waren schlimme Wochen. Schildknecht schrieb nicht hoffnungsvoll. Seine Briefe sprachen an durch Geist und einen Ton freier Paradoxie, aber der Grimm über die Gebundenheit eines Lohnarbeiterdaseins knirschte aus jeder Zeile. Engelhart, der die Gesellschaft Schildknechts hart entbehrte, sah ein, daß er sich in diesem Fall nicht auf den Freund verlassen dürfe, und er nahm sich einstweilen vor, bald einen Entschluß zu fassen. Als er zufällig auf der Straße Herrn Zittel traf, fragte ihn dieser nach seinen Lebensumständen aus. Er antwortete zuerst mit prahlerischer Sorglosigkeit, als sei er im Begriff, eine Millionenerbschaft anzutreten, gab aber schließlich zu, daß er zwar nicht gerade einen neuen Posten suche, jedoch nicht abgeneigt wäre, ihn bei günstigen Bedingungen zu akzeptieren. Herr Zittel durchschaute das kindische Spiel und sagte, er könne Engelhart vielleicht dienlich sein, er solle ihm seine Photographie und eine Abschrift des Zeugnisses senden. Immerhin kann ich mich ja photographieren lassen, dachte Engelhart gnädig, und eines Morgens scheitelte er säuberlich sein Haar, steckte ein Veilchensträußchen ins Knopfloch und ging, zum ersten Mal in seinem Leben, mit klopfendem Herzen zum Photographen. Sein Gesicht im Spiegel kannte er zur Genüge, es auf dem Papier zu sehen, reizte ihn plötzlich über die Maßen.
Mittlerweile hatte er nach mancherlei Formalitäten die Reste seines Vermögens erhalten, und obwohl er beinahe die Hälfte zur Begleichung der Schulden sofort aufbrauchte, erschien er sich doch als ein Krösus. Frau Schildknecht, die er oft besuchte und der er von seiner veränderten Lage in

seligem Übermut erzählte, tippte mit der Fingerspitze auf seine Stirn und meinte, da drinnen sei anscheinend wenig Verstand, doch sei er der reichste arme Mann, der ihr je untergekommen. Zu seinem Schrecken nahm er wahr, daß das Geld schneller verschwand als Wasser aus einem zerlöcherten Tiegel. Bisweilen suchte ihn einer von den Kumpanen Peter Palms auf – Geld hat einen durchdringenden Geruch – und redete ihm so lange um den Bart, bis er gutmütig ein Geldstück gab. An einem stürmischen Frühlingstag begegnete er vor der Stadtmauer Amöna Siebert. Sie sah fahl, zerfallen, vernachlässigt aus, gleichsam gewürgt vom Unglück, von früherer Schönheit waren nur noch traurige Spuren in ihrem Antlitz. Engelhart, entsetzt über die Geschwindigkeit eines solchen Verfalls, ging ein Stück Wegs mit ihr; es rührte ihn die mühsame Schelmerei ihres Lächelns und ihre fiebrig kalte Hand. Zuerst wagte er nicht, ihr Hilfe anzubieten, als sie dann wie zufällig vor einem Wurstladen stehen blieb und geistesabwesend auf die appetitlich ausgelegten Fleischwaren starrte, fragte er leise und schüchtern, ob sie Geld wolle, und steckte ihr hastig ein Papierchen in die Hand, worauf er wie ein Verbrecher davonlief.

Er verstand nicht das Geld; er war töricht genug, es zu mißachten; er wußte nicht, daß Geld auch edel sein kann; er hatte nur einfache Bedürfnisse, aber die befriedigte er unbedenklich, ohne zu überlegen; manchmal gelüstete es ihn, den vornehmen Herrn zu spielen, dann machte er eine sinnlose Ausgabe, die einem vornehmen Herrn nie eingefallen wäre; unter anderm kaufte er ganze Stöße vom teuersten Schreibpapier, als ob er ein Papiergeschäft einrichten wolle. Als endlich sein enormer Reichtum bis auf etwa hundert Mark zusammengeschmolzen war, kam er zur Besinnung. Schon eine Woche zuvor hatte ihm Herr Zittel mitgeteilt, daß im Büro der Gesellschaft »Minerva« im breisgauischen

Freiburg ein Posten offen sei, mit neunzig Mark im Monat dotiert, er möge sich ohne Verzug dorthin wenden, und zwar solle er an den Generalagenten, Herrn Lutterott, persönlich schreiben. Er solle den Brief sorgfältig stilisieren, denn Herr Lutterott sei ein Mann von feinsten Umgangsformen, Reserveoffizier, und halte viel von Äußerlichkeiten. In der Angst, daß es schon zu spät sein könnte, setzte sich Engelhart, trotzdem schon Mitternacht vorüber war, gleich hin und verfaßte eine meisterliche Epistel, der es weder an Amtsschnörkeln noch an einer gewissen fachmännischen Eleganz gebrach; sein Konterfei legte er ohne besondern Hinweis bei. Der Erfolg blieb nicht aus. Herr Lutterott antwortete, die Stelle sei zwar schon vergeben, aber an einen Unwürdigen, dem er die Türe zu weisen genötigt sei. Er nehme die Offerte an, Engelhart solle sich am fünfzehnten April in seinem Büro einfinden, die Reisekosten würden nach dreimonatiger zufriedenstellender Dienstleistung zur Hälfte ersetzt. Aus diesem Schreiben spürte Engelhart ahnungsvoll eine widerwärtige Geschraubtheit heraus, doch er war froh, dem gefährlichen Herumtreiben entrissen zu sein, und außerdem ging die Fahrt gen Süden, wenn auch nicht zu Schildknecht selbst, so doch in seine größere Nähe.
Am Tag vor seiner Reise spazierte Engelhart am Kanal entlang nach Fürth hinunter. Dort machte er seinem Vormund einen Abschiedsbesuch und hörte bei dieser Gelegenheit, daß Tante Lina Curius wahnsinnig und in eine Irrenanstalt verbracht worden sei, während Peter Salomon im Verein mit der Kroner das Haus behüte, noch immer darauf warte, daß sein Baumplatz ihn zum Millionär mache und sich inzwischen von Michael Herz ernähren lasse. Auch zu Iduna Hopf ging er, die noch immer in dem alten Haus mit den knarrenden Stiegen wohnte, jetzt einsam, da ihr Mann gestorben war; sie sah verfallen und müde aus. Überhaupt waren so viele gestorben und hingegangen in den

wenigen Jahren, alte und junge: der Vetter Zederholz, das Fräulein Holländer, der alte Herschkamm, der Doktor Federlein, der epileptische Lechner. Auf der Königsstraße gewahrte Engelhart plötzlich ein Gesicht, das ihm bekannt, ja vertraut erschien: es war Philipp Raimund, sein erster Gespiele und Kamerad. Auch er erkannte Engelhart und sprach ihn freudig an; er war Chemiker geworden und war in der großen Anilinfabrik draußen bei Doos angestellt. Seltsam dies Wiedererkennen, wie sich die Züge des Kindes bewahrt, doch nur in der allgemeinen Linie des Antlitzes, während alle Flächen sich gedehnt hatten, die eine zur Leblosigkeit erstarrt, die andre von verborgenen Leidenschaften und unedlen Trieben verwüstet war. Erst erschien er Engelhart noch ganz der Alte, noch ebenso heiter und graziös, doch bald bemerkte er eine Art gnädige Herablassung an Raimund wie bei einem Vornehmen, der dem Geringeren gegenüber seine Vornehmheit taktvoll verbirgt, auch eine gewisse ängstliche Unsicherheit wie bei einem, der angepumpt zu werden fürchtet und sich innerlich eine Ausrede zurechtlegt. Sie sprachen über dies und jenes, Raimund hatte lauter fertige Urteile, die meisten Fragen waren für ihn endgültig erledigt und wenn noch irgendwo ein Zweifel in ihm steckte, so zuckte er die Achseln, als wolle er sagen: Was mich betrifft, ich habe ein festes Einkommen, das andre geht mich nichts an. Schließlich gingen sie in eine Bierstube, wo noch fünf oder sechs frühere Schulkameraden saßen und Karten spielten. Es waren lauter wohlbestallte Leute, die ihre Sorglosigkeit wie ein Plakat an der Stirn trugen; ihre Gesichter waren aufgeschwemmt, frühverlebt, sie witzelten, sie spöttelten, und in ihrem Gebaren lag gleichfalls das schamlose Geständnis, daß sie nichts andres schätzten als das feste Einkommen. Wenn Engelhart etwas sagte, blinzelten sie mißtrauisch und verlegen mit den Lidern, dann musterten sie heimlich schielend seinen Anzug und seine schlecht sitzende Krawatte. Am herzlichsten benahmen sie sich, als er sich verabschiedete.

Er ging gegen die Altstadt und befand sich auf einmal in stiller Gasse vor dem Tor des Friedhofs, in welchem seiner Mutter Grab war. Er öffnete die Pforte, schritt hinein und wanderte eine Weile sinnend zwischen den uralten Steinen umher. In welchem Teil des Friedhofs das Grab lag, wußte er nicht mehr, und er hätte leicht vergeblich suchen mögen, wäre nicht ein eigentümliches Hinziehen gewesen, das er nie in solcher Stärke an sich beobachtet hatte. Endlich stand er vor dem rötlichen Sandstein, auf dem in halbverwaschenen Goldlettern der Name von Frau Agathe Ratgeber leuchtete. Das Grab war vernachlässigt, der Hügel ganz glatt, keine Blume wuchs, nur Gras. Ringsum in solcher Nähe, daß es wie das Gedränge auf einem Jahrmarkt wirkte, standen andre verwitterte Steine, zudem herrschte nicht einmal Frieden, denn draußen vor der Mauer erschallte das lebhafte Gehämmer der Goldschläger, und auf der andern Seite, hügelabwärts in der Ebene, keuchte und klapperte eine Dampfmühle. Doch war es eigen, daß ihn diese Geräusche mit besonderer Macht in seine Jugend zurückzogen. Traurige Jugend. Wie furchtbar die Stunde, als er drüben im Leichenhaus gesessen, und schwarze Gestalten wisperten um ihn herum. Damals hatte er noch keine Empfindung dafür haben können, daß sie mit kaum zweiunddreißig davonging, die Mutter ist für ein Kind alterslos. Freilich, das Leben hätte ihr noch bitterböse Geschenke gemacht, und doch! leben, nur leben! was gäbe es sonst. Irgendeine äußere Stimme rief: bete! Er begriff nicht, wie man in solchen Augenblicken beten könne, alles, was an Wort und Ausdruck streifte, war erstickt, er spürte nur ein warmes Aufkochen des Blutes vom Herzen aus durch den Körper, und er konnte den Begriff des Todes nur umfassen, indem er das Leben doppelt inbrünstig fühlte. Wozu beten? sich selbst ausweichen? die wahre Andacht abweisen? Bevor er ging, riß er einen Grashalm ab und bewahrte ihn auf mit dem Gedanken: vielleicht ist er aus dem Saft ihres Auges gebaut.

Seines Vaters dachte er nicht; dieser lebte ja noch.

An einem Mittwochabend kam er in Freiburg an. Seine Brust wurde von Traurigkeit umschnürt, als er durch die Straßen der unbekannten Stadt ging. Es regnete, und er besaß keinen Schirm; für hundert Überflüssigkeiten hatte er Geld ausgegeben, aber das Notwendige anzuschaffen, hatte er sich nie entschließen können. Er trat also unter ein Tor und ließ die fremden Menschen an sich vorüber.

Die Generalagentur der »Minerva« lag im ersten Stock eines villenartigen Hauses vor der Stadt; im Erdgeschoß befand sich eine kleine Weinwirtschaft. Dunkelblauer Himmel strahlte über den Häusern, als Engelhart am Morgen hinauswanderte, dunkelbewaldete Berge schienen auf allen Seiten die Flucht der Straße zu begrenzen. Der Flieder stand schon blühend, seine Düfte flossen in Wellen durch die Gitter der zahlreichen Gärten. Hoffnungsvoll gestimmt, voll Lust und Ernst zur Arbeit, trat Engelhart vor Herrn Lutterott und war nicht unzufrieden, als er erfuhr, daß er der einzige Beamte des Büros sein würde.

Herr Lutterott war ein Vierziger, klein, feist, geschniegelt und gebügelt, mit einem Leutnantsschnurrbart und leutnantsmäßig schnarrender Stimme. Er empfing den neuen Untergebenen mit korrekter, jedoch etwas düsterer Höflichkeit und würdigte ihn einer längeren Ansprache, die den Eindruck des Auswendiggelernten machte. Die erste Hälfte jedes Satzes klang militärisch schroff und abgerissen, dann machte er eine Pause, in der er andächtig seine rosigen Fingernägel betrachtete, um mit pathetischen Wendungen und salbungsvoll ausladenden Gesten fortzufahren. Er verbreitete sich über die Pflichten eines Beamten; er verlange Pflichttreue und Sittlichkeit, sagte er. Bei dem Worte Sittlichkeit schloß er die Augen wie zum Schlafe zu. Er sagte, Engelharts Photographie habe ihm gefallen, es habe ihn erfreut, ein ehrliches Gesicht zu sehen, was ihm aber mißfallen habe und was er dringendst abzustellen bitte, das seien die Haare, die seit mindestens zwei Monaten nicht kurzgeschnitten sein konnten; das erinnere ja beinahe an einen Schauspieler oder Maler ohne ähnliches Gelichter. Zum Schluß gab er Engelhart eine Wohnungsadresse, bestellte ihn für den Nachmittag und entließ ihn mit hoheitsvoller Kühle.

An diesem Tag, am Freitag und Samstag, gingen die Dinge nicht uneben. Herr Lutterott zeigte zwar stets das Benehmen eines regierenden Fürsten, und manchmal kribbelte es Engelhart in den Fingern, wenn der Mann mit müd-verachtungsvollen Blicken seine Befehle gab, aber vor dem Fenster, an dem er arbeitete, war ein Garten, und weiter draußen sah er Wiesen und darüber den hochwipfligen Wald. Leider mußte er Herrn Lutterott gleich um Vorschuß bitten, da alles Geld für die Reise aufgegangen war, und dies machte die übelste Wirkung; Herr Lutterott fuhr mit dem Zeigefinger zwischen Kragen und Hals umher und sagte mit leise wimmernder Stimme: »Es ist nicht korrekt, es ist nicht korrekt.« Am Sonntagmorgen nun kam er aus Eifer ins Büro, obwohl dies nicht zu den »Pflichten« gehörte; um zehn Uhr erschien Herr Lutterott aufs feinste herausgeputzt, im Salonrock und mit gestreifter Hose, eine Diamantnadel in der Krawatte, das Haar pomadisiert und bis zum Nacken gescheitelt. In seinem Privatzimmer empfing er einen alten Herrn im Zylinder, und Engelhart hörte ihn untertänig räuspern und säuseln, um halb elf kam er heraus, wieder ganz Fürst, und sagte kurz angebunden zu Engelhart: »Sie können jetzt in die Kirche gehn.«

Verwundert blickte Engelhart empor und antwortete: »Ich danke; ich gehe nicht in die Kirche, ich bin Jude.«

Herr Lutterott schnellte herum wie gestochen. Sein Gesicht

war käseweiß. »Was – Jude?« stammelte er. Aufgeregt, mit kleinen Schrittchen, trippelte er vor seinem Schreibtisch hin und her, hierauf verließ er das Zimmer. Engelhart legte die Feder weg und schaute, nichts Böses vermutend, doch überaus peinlich berührt, auf das halbbeschriebene Blatt, das vor ihm lag. Nach einer Weile kam Herr Lutterott zurück. Er wischte sich mit dem blendend weißen Taschentuch die Stirn, pflanzte sich neben Engelhart auf und ließ folgende kleine Rede vom Stapel: »Ich habe selbstverständlich nicht das Geringste dagegen einzuwenden, daß Sie Jude sind. Nur, verzeihen Sie, kommt mir die Sache insofern überraschend, als ich nie die Absicht gehabt hatte, mich nicht dessen versehen hatte – um es kurz zu sagen, meine religiösen und menschlichen Überzeugungen wurzeln in ganz andrem Boden, und gewisse Erfahrungen, die das Leben lehrt, haben mir rechtgegeben. Immerhin, ich gebe ja zu, daß man sich irren kann, es steht zu wünschen, daß Sie die löbliche Ausnahme bilden, sprechen wir also nicht mehr davon.«

Engelhart schwieg. Ihn ekelte.

Am andern Morgen brachte Herr Lutterott eine eiserne Geldkassette zum Vorschein, in deren einzelnen Fächern sich Silber- und Nickelmünzen befanden, ungefähr an hundert Mark. Herr Lutterott sagte, dies sei die kleine Spesenkasse, und damit Engelhart sehe, daß sein Vertrauen unerschüttert sei, überlasse er sie ihm zur Verwaltung. Bei diesen Worten erbleichte Engelhart, und es wurde ihm ein wenig schwindlig. In Herrn Lutterotts Gesicht lag ein seltsamer, arglistiger Triumph, den zu verbergen er sich keine Mühe gab. Seine Augen sagten: Wagst du es, dich an diesem Schatz zu vergreifen, und deine Armut, deine Herkunft, lassen solches vermuten, dann wehe! Denselben Ausdruck des Triumphes hatten seine Augen von Stund an, wenn er Engelhart ein Versehen nachweisen konnte, einen Schreib-

oder Rechenfehler, wenn er ihn auf einer Vergeßlichkeit ertappte, wenn die Akten auf einem falschen Platz lagen. Er pflegte seine Befehle lispelnden Tons zu erteilen, und wenn ihn Engelhart nicht verstanden hatte und um Wiederholung eines Wortes bat, wurde Herr Lutterott scharlachfarben im Gesicht, sprang von seinem Stuhl auf und sagte alles, Silbe für Silbe, noch einmal mit scharfer, bissiger, feindseliger Stimme, wobei sein Blick grünlich funkelte. War ein einziger Satz eines langen Briefes nicht zu seiner Zufriedenheit stilisiert, so zerriß er den ganzen Bogen, schimpfte aber nicht, sondern machte nur eine vornehm abwehrende Handbewegung und verließ das Zimmer mit einem leichten Hüsteln oder Kichern. Kamen Unteragenten oder jemand aus der reichen Klientel oder sonstige Leute, so beliebte es Herrn Lutterott, Engelhart mit einer niederträchtigen Zumutung zu demütigen, etwa, er solle dem Herrn den Rockärmel abbürsten oder er solle die Tür vor ihm öffnen, oder er schrie ihn an, wenn seine Feder kratzte, oder dergleichen mehr.
Engelhart erkannte wohl, daß dies Ranküne war, aber er trug es, weil er es tragen wollte. Er biß die Zähne zusammen und dachte stärker zu sein als der Schmerz, den er über die unendlichen Beleidigungen empfand. Einst saß er während der Mittagsstunde drunten in der Weinwirtschaft, als Herr Lutterott eintrat und am Honoratiorentischchen bei einigen älteren Herren Platz nahm. Engelhart blickte nachdenklich hinüber, in seinen Gedanken stellte er sich vor, daß dieser Lutterott doch schließlich ein Mensch sei und daß es vielleicht nur der rechten Worte bedürfe, um ihn auf den Weg der Billigkeit zu verweisen. Plötzlich nahm Lutterott ein Kärtchen aus seiner Brieftasche, schrieb etwas auf, rief die Kellnerin, und diese trat zu Engelhart und reichte ihm das Geschriebene. Er las: »Es ziemt sich nicht für den Untergebenen, seinem Chef frech ins Gesicht zu stieren.« Da stand

er auf, wieder schwindelte ihn, diesmal vor Zorn, aber er beherrschte sich und ging.

Alles das dauerte an vierzehn Tage. Nun besaß Engelhart kein Geld mehr zum Notwendigsten des Lebens. Er wagte nicht, Herrn Lutterott um Vorschuß zu ersuchen, endlich aber trieb ihn die leibliche Not dazu. Er hatte es bis zur letzten Stunde des Nachmittags aufgespart. Kurz vor sieben Uhr brachte er sein Anliegen vor. Herr Lutterott stutzte, betrachtete die Spitze seines Stiefels und sagte, er habe den Geldschrank schon geschlossen, Engelhart müsse sich bis zum andern Morgen gedulden. Damit entfernte er sich rasch und überließ dem jungen Mann wie alltäglich das Schließen der Räume. Engelhart, der Hunger hatte und nicht wußte, wie er ihn stillen sollte, entschloß sich in seiner Hilflosigkeit, bis zum andern Morgen ein Darlehen bei der kleinen Spesenkasse aufzunehmen, die in seiner eigenen Verwaltung stand, steckte ein Zweimarkstück zu sich, ging hin und aß sich satt. Gleich in der Frühe erinnerte er Herrn Lutterott an den erbetenen Vorschuß, da er vor allem den entnommenen Betrag wieder zurücklegen wollte. Doch Herr Lutterott erwiderte, während seine Züge sich verkniffen wie bei jemand, der in die Sonne blickt: »Gern, aber vorher möchte ich die Kasse revidieren.« Engelhart wurde es kalt und heiß, denn er durchschaute nun die Infamie völlig. In einem Ton, dessen Ruhe ihm selber auffiel, sagte er, daß er zwei Mark aus der Kasse genommen. Herr Lutterott lächelte unendlich vornehm und runzelte die Stirn. Er entgegnete, er wundre sich, daß ein so aufgeweckter Kopf sich nicht klar gewesen sei über die Folgen einer Handlung, die mit dem juridischen Begriff zu bezeichnen ihm Engelhart wohl erlasse. Daß nach einem solchen Vergehen von einem weiteren Verbleiben im Dienste der »Minerva« keine Rede sein könne, verstehe sich von selbst. »Sie haben zwanzig Mark Vorschuß, hier haben Sie noch zehn Mark, mehr war Ihre

Arbeit ohnehin nicht wert«, schloß Herr Lutterott seine Rede, »und somit sind Sie ein freier Mann.«
Engelhart nahm seinen Hut, starrte noch eine halbe Minute die Türklinke an und ging. Jeder andre hätte gesprochen, wäre aufgebraust, hätte versucht, seine Würde zurückzuerkämpfen, ihm waren die Lippen versiegelt; im Grunde war er mehr erstaunt als erbittert.
Jetzt sollte er die für seine Verhältnisse ziemlich hohe Miete seines Zimmers bezahlen, er sollte essen, trinken, leben, aber womit? Er schrieb an Schildknecht und berichtete ihm das Vorgefallene, freilich nur andeutend, denn all die Niedertracht, die er so geduldig geschluckt, beichten zu müssen, hätte seinen Stolz verletzt. Sonderbarerweise verspürte er auch jetzt nicht den geringsten Zorn gegen den schändlichen Mann, eine naive Wehmut umdämmerte seine Sinne, und er war neugierig, wie all dies enden würde. Stundenlang wanderte er durch die schönen Villenstraßen dieser reichen und glänzenden Stadt, las die Namenschilder an den Pforten und beschäftigte sich mit den Träumen von Wohlhabenheit, Glück und Ehre. Es erschien ihm wahrscheinlich, daß unter diesen ruhig Besitzenden einer sich befand, der ihm Beistand und liebende Hilfe gewährt hätte, nur kannte er ihn eben nicht, jedenfalls sah er sich jedes der schmuckvollen Häuser mit Bezug auf diese Vorstellung aufmerksam an.
Schildknecht antwortete in einem langen bestürzten, heißatmigen Brief; auch seine eigne Existenz sei dort in der löblichen Schweiz, kaum neu aufgerichtet, wieder zertrümmert worden. Durch welche Schuld, sei ihm unbekannt, doch seien die Erinnyen fühlbar hinter ihm her. Er sagte, daß er nach Engelharts Gesellschaft Begierde trage, wie wenn er seit Jahrzehnten unter Hottentotten lebte, gleichwohl dürfe er ihn nicht ermuntern zu kommen, denn der Boden sei ihm selber heiß unter den Füßen. Wie stets kam er in verhüllten

Wendungen auf die Pläne zu sprechen, die in seinem Hirn qualmten, und auf die Zukunft, die er als goldne Verheißung hinter den Gittern erblickte. Engelhart war erwärmt und getröstet durch dieses Schreiben voll tiefer Herzlichkeit, aber geholfen war ihm damit natürlich nicht. Schon lebte er in Schulden, schon betrachteten ihn die Leute scheu und finster, schon stieg das Wasser bis zum Halse. Von einer Stunde zur andern gebieterischer bedrängt, eilte er aufs Postamt und depeschierte mit den letzten Pfennigen an die Adresse seines Vaters; er sei am Äußersten, Unerhörtes sei vorgefallen, der Vater möge ihm fünfzig Mark senden. Diese absichtlich aufgepeitschte Sprache tat ihre Wirkung, das Geld kam, es war fast, wie wenn ein von Räubern angefallener mechanisch die Börse zieht. Doch ein paar Stunden später erhielt Engelhart auch einen Brief des Vaters.
»Du weißt, daß ich selbst mit mir zu kämpfen habe«, schrieb Herr Ratgeber, »und daß ich mich ehrlich und rechtschaffen durchbringe. Es ist ein himmelschreiendes Unrecht von Dir, mich auf diese Weise mit Geldforderungen zu belästigen. Ein junger Mann in Deinem Alter muß verdienen, was er braucht, und wenn nicht, muß er sich nach der Decke strekken. Was ist denn vorgefallen, oder wolltest Du mich nur durch Schrecken zwingen, Dir zu helfen? Wo hast Du die achthundert Mark Deines Erbteils hingebracht? Ich schinde mich wie ein Tagelöhner, nein, ein Tagelöhner hat Ruhe, wenn er gearbeitet hat, ich aber nicht, meine Frau gönnt sich keinen guten Bissen, wir gönnen uns keinerlei Vergnügen, und Du kommst, um die sauer ersparten Pfennige zu holen. Dabei nagt noch der Wurm in mir über Dein monatelanges Schweigen, Dein liebloses Wesen, wahrlich, Du zeigst mir zu brutal, daß Du nur einen Vater kennst, wenn Du etwas von ihm haben willst. Aber alles will ich ertragen, wenn Du nur in ordentliche Bahnen lenkst; laß doch endlich die Ideale und werde ein praktischer, brauchbarer Mensch.«

Zum Schluß hieß es: »Es grüßt Dich Dein Dich liebender Vater«; aber dies erschien Engelhart als bloße Floskel. Er antwortete dankend, besänftigend, ausführlich, doch ohne Herzlichkeit. Er hielt den Vater für geizig und nahm das Opfer des Spargroschens als etwas Selbstverständliches hin. Eines Morgens packte er seine Siebensachen, zahlte die rückständige Miete, verließ das Zimmer, deponierte seinen Koffer auf dem Bahnhof, und nur mit einem winzigen Bündel belastet, marschierte er aus der Stadt und in den Wald. Er wollte wandern, gleichviel wohin, er wußte auch nicht, wohin, er war der Menschen satt. Er lief an diesem Tag die Kreuz und die Quer und kam, da er keines suchte, auch zu keinem Ziel. In einer Waldwirtschaft nahm er Milch und Brot zu sich und erstieg hierauf die Höhe. Er strebte zu einer vom Sonnenuntergang beleuchteten Wolke und erblickte sie dann gegenüber, gleichsam auf der andern Seite der Straße. Am Rand einer Lichtung warf er sich müde hin, wartete noch, bis die Sterne entflammt waren, dann schlief er ein und erwachte erst wieder, als die Wipfel glühten und das Firmament von karmesinfarbenen Zickzackstreifen bedeckt war. Seine Kleider waren feucht, rasch lief er den Hang herab, bis die Nässe verdunstet war. Er trank von einer Quelle und lauschte dem langsamen Gebimmel der Kuhglocken. Unweit davon war ein Holzplatz, auf dem noch niemand arbeitete; er fand eine Hacke am Schuppen, nahm ein Scheit und drosch darauf los: es stellte Herrn Lutterott vor. Zuerst hieb er ihm die Beine ab, dann die Arme, dann den Kopf, dann zerschmetterte er das Rückgrat. So verfuhr er auch mit andern Feinden und mit den Feinden Justin Schildknechts. Es war ein erfrischendes Geschäft.
Mittags begann es zu regnen, doch Engelhart ging ruhig weiter, halbbeschützt vom Laubdach der Bäume. Die Schnittfläche von den Stümpfen abgesägter Bäume leuchtete wie gelbes Feuer durch die Nebelschwaden. Bisweilen blieb

er an den Stümpfen stehn, zählte die Jahresringe und dachte, wieviel vollendete Schicksale hier verhaftet seien in dem schmalen Raum zwischen Ring und Ring. An der Waldöffnung gegen einen See kam er zu dem einsamen Haus eines Schwarzwaldbauern, da fand er Aufnahme und freundliche Bewirtung. Nach Name, Zweck und Herkunft wurde nicht viel gefragt, er teilte ihre Mahlzeit am riesigen Tisch und schlief im Heu. Am nächsten Tag fuhr er auf den See hinaus, landete an einem veröddeten Teil des Ufers, erkletterte die Hänge, lag stundenlang regungslos auf einer Felsplatte und kehrte am Abend zum Haus des Bauern zurück. Für das Essen zahlte er ein paar Pfennige, das Nachtlager zu berechnen, weigerte sich der Bauer.

Von einem höher gelegenen Weiler kam täglich zu früher Stunde eine kleine Schar von Knaben und Mädchen herab, welche die Schule im Tal besuchten. Gegen Abend kehrten sie wieder zurück. Vom Sehen, Grüßen und kurzen Zwiegespräch an war allmählich eine Art Vertraulichkeit zwischen ihnen und Engelhart entstanden. Er sah sie morgens von fern, wenn sie den Weg herabtrippelten, schritt ihnen entgegen, wenn sie vom Dorf heraufkamen, und begleitete sie heimwärts. Wenn er sich ins Moos setzte, rasteten sie auch und lagerten sich um ihn herum. Einmal kam die Rede auf Geschichten, und er begann Geschichten zu erzählen. Die bloße neugierige Verwunderung der Kinder verwandelte sich in Zuneigung. Die drei Mädchen pflückten ihm Blumen, die Buben sagten die einfältigen Verse auf, die sie gelernt hatten. Sie hielten ihn vielleicht für einen gutmütigen Schulmeister auf Urlaub, da sie vor ihm zu glänzen suchten. Aber sein Herz lag in tiefer Ruhe bis zu der Stunde, wo eine Gesellschaft von städtischen Ausflüglern am Weg vorüberwanderte. Ihr Lachen und ihre Gespräche scheuchten ihn auf, Ehrgeiz wurde wach, der seltsame Trieb, ihnen, diesen Fremdesten etwas zu bedeuten, vor sie hinzu-

treten mit den Worten: Ich bin Engelhart Ratgeber, worauf sie schweigend die Augen senken und antworten mußten: Sprich zu uns, verehrter Mann.
Da fing also die Unrast an; und drei Tage später kam er an einen hochumgitterten Garten im Tal. Es war Sonnenuntergangszeit. Nahe dem Eingangstor saß ein junges Mädchen auf einer Steinbank. Sie trug ein schimmernd weißes Gewand, lose gegürtet, und hielt ein Buch auf den Knien, in dem sie blätterte. Von dem Pfirsichbaum über ihr tropften hie und da weiße Blütenblätter ab, und einige blieben in ihrem dunklen Haar hängen. Es war ein Bild, das Reichtum, Glück und Schönheit in sich schloß. Engelhart, von den Gebüschen halb verborgen, blieb schweigend. Das, was er liebte und begehrte, hüllte sich ihm gern in schwermutvolle Schleier, und was andre zum Kampf ermunterte, weckte ihm nur das schamhafte Gefühl der Armut. Er fürchtete dies Los, zu dem er sich geboren sah: draußen zu stehen vor der Mauer, nein, vor dem Gitter, das den Augen alles gab und der Hand nichts.
In dieser Stunde liebte er das junge Mädchen, das er gewiß kaum beachtet hätte, wenn es ihm auf der Straße begegnet wäre, mit leidenschaftlichem Schmerz; ganz in sich versunken, floh er in den Wald zurück, ging und ging, immer dem schwachen Purpurschein nach, der zwischen den Stämmen glühte, durch all die bewegten Träume hindurch dem feinen Ruf eines Kuckucks lauschend, bis er zu spät inne ward, daß er sich verirrt hatte. Die Wege wurden von hastig aufschwellender Dunkelheit verschlungen, Engelhart fing an zu laufen, bis er mit der Stirn an einen Baumstamm rannte. Er tastete mit den Armen umher, er suchte mit den Augen den Himmel, vergebens; ihm war, als könne er die Finsternis befühlen wie einen schwarzen, kühlen Körper. Er blieb stehen und horchte und vernahm nichts als das Rauschen des Blutes in seinen Ohren. Nun hatte er Angst vor jedem

Schritt nach vorwärts, ihm schien, als werde er langsam in einem Trichter zur Tiefe gezogen, er umklammerte einen Baum und schrie auf, da dieser sich im Kreis um ihn bewegte. Die Finsternis zerteilte sich gleichsam in Wolken, in rotumränderte, zuckende schwarze Fetzen, die sich zu wüsten Visionen ballten und, wie von einem Orkan gepeitscht, wieder auseinanderflossen. Engelhart spürte die Blässe seines Gesichts, und plötzlich erstarrten seine Glieder, als er in weiter Ferne, durch Zweige flammend, ein unheimlich gelbes Licht gewahrte. Er brauchte Minuten, um sich zu sammeln und um zu erkennen, daß es der Mond war. Vorsichtig schreitend ging er dem Schein entgegen bis zu einer Lichtung, die mit gefällten Bäumen besät war. Erschöpft sank er hin, konnte aber die Augen nicht schließen, sondern blickte lange Zeit unaufhörlich in den milchig bestrahlten Himmel. Ihn erschreckte alles, der Gedanke an die Tiefen und Höhen, an die Nacht und an die Sterne. Es blieb zu wenig übrig für das selbstsüchtige, sich selbst suchende Herz.

Als der Tag graute, fand er nicht ohne Schwierigkeit seine Bauernhütte. Er schlief lange, und nach Tisch verkündete er seinen Entschluß, weiterzuwandern. Da man ihn fragte wohin, entgegnete er lächelnd: nach Süden. Der Bauer und sein Knecht begleiteten ihn bis zur Landstraße hinab, eine Stunde später war er auf dem Bahnhof und nahm ein Billet nach Basel. Von dort wollte er zu Fuß weiter, um seine Börse zu schonen. Weil er jedoch am Abend in Basel ankam und nicht in die Nacht hineinmarschieren konnte, war er töricht genug, in einem nahegelegenen Hotel Quartier zu nehmen, was ihn mehr Geld kostete als viele Stunden Eisenbahnfahrt. Noch dazu mußte er sich ob seines Aussehens und des fehlenden Reisegepäcks halber – den Koffer hatte er an die Adresse des Vaters geschickt – eine wegwerfende Behandlung gefallen lassen, und es nützte ihm nicht, daß

er sich bei einer gelegentlichen Zwiesprache mit dem Portier als Philosoph von Beruf bezeichnete.
Dann kam ein schöner Wandertag durch sommerlich blühendes Land unter wolkenlosem Himmel. Er nächtigte in einer Fuhrmannsschenke, und am zweiten Tag fuhr er auf dem Wagen einer Seiltänzerfamilie bis nach Baden mit. Es waren abgerackerte Leute, selbst die Kinder schienen sterbensmüde, nur der Clown war ein aufgeweckter Mensch, der sich nicht ohne Geist über die Eigentümlichkeiten verschiedener Stationen lustig machte. Am Nachmittag des dritten Tages sah Engelhart von fern den silberglänzenden Zürcher See, und er setzte sich in den Kopf, noch ans Gestade zu gelangen, bevor das Unwetter ausbrach, das schon seit Stunden am Himmel sich zusammenzog. Bald begann der schwere Regen zu fallen, die Bäume der Allee schienen sich in den schwefelgelben Blitzen wie Fackeln zu entzünden, und den Flammen oben schien der Donner aus der Tiefe der Erde heraus zu antworten. Weit und breit war kein Haus, der Regen strömte wie aus Fässern, im Nu war der einsame Wandersmann schlottrig naß, auch merkte er, daß seine Stiefel zerrissen waren und Wasser fingen. Er lief über einen Wiesenweg und schloß die Augen vor den Blitzen. Nun glänzte der See nicht mehr, einem erblindeten Auge gleich dämmerte er durch den Nebel herauf. Endlich ein Garten, endlich ein Haus, und ein Wirtshaus zum Glück. Als er in den Flur stürmte, stoben zwei Mädchen kreischend auseinander. Die Wirtin kam, eine junge Frau mit braunen, schmachtenden Augen. Sie blickte zuerst unwillig auf den heruntergekommen aussehenden Gast, als sie aber sah, wie er unter den triefenden Kleidern zitterte, bot sie ihm von selbst ein Zimmer an und führte ihn in den oberen Stock. Von rascher Sympathie ergriffen, erzählte ihr Engelhart von seiner Wanderschaft, und während ihm die fremde Frau wie eine Mutter beim Auskleiden behilflich war, öffnete er zutraulich

sein Herz und führte die durch lange Einsamkeit wohlgenährten Hoffnungen vor. Die Frau lächelte; sie sah, daß sie es mit keinem gewöhnlichen Landstreicher zu tun hatte; als er im Bette lag, setzte sie sich zu ihm und plauderte unbefangen über ihr Leben; sie war Witwe, und ihr um vieles älterer Mann war während eines Herbststurms im See ertrunken. Die Wirtschaft ginge schlecht, fuhr sie fort. Neider und Verleumder brächten ihr üble Nachrede in der Stadt, und sie wolle nun den Kram verkaufen und in die neue Welt fahren. Sie berichtete alles in einem einzigen kunterbunten Satz, und ihr Gesicht sah auch bei den bekümmertsten Worten froh und freundlich aus. Später brachte sie Essen und Wein, und dann küßte sie ihren jungen Gast und blieb bis in die späte Nacht bei ihm. In der Frühe war Engelhart entzückt, als er, die Fensterläden öffnend, den See vor sich liegen sah und dahinter die Gebirge, von grünen Kuppen an aufwärtssteigend bis zu rosigen und silbernen Schneegipfeln. An der Mauer unter dem Fenster hingen die reifen Kirschen, und der betaute Garten glich einem Diamantfeld. Seine Kleider waren getrocknet, er rüstete zum Aufbruch und ließ sich durch das Bitten der Frau nicht halten. Sie weigerte sich, Bezahlung von ihm zu nehmen, und ließ ihn noch mit dem Boot zur Stadt hinüberfahren.
Zwei Stunden später war er in Oberstraß, in Schildknechts Wohnung. Schildknecht war nicht zu Hause. Engelhart wartete im Garten und malte sich still träumend das Gesicht des Freundes beim Wiedersehen aus. Es wurde Mittag, schließlich sagte die Vermieterin, er möge doch einmal bei Herrn Heilemann nachfragen, das sei ein Freund von Herrn Schildknecht, bei dem er alle Tage zu Besuch sei, und wohne in der Geßner-Allee. Ein Freund? dachte Engelhart überlegen, meine liebe Frau, Schildknecht hat nur einen einzigen Freund, und das bin ich. Die Frau beschrieb ihm den Weg, er ging hin und erfuhr, daß die Herren in dem großen Café-

haus an der Bahnhofstraße seien. Als er dort eintrat, sah er Schildknecht an einem Tisch in Gesellschaft mehrerer stutzerhaft gekleideter Männer, schweigsam und finster vor sich hinbrütend. Engelhart trat von rückwärts näher und legte lächelnd beide Hände auf seine Schultern. Schildknecht zuckte zusammen, drehte sich um, sprang empor, und sein jubelnder Aufschrei, sein echtes, wildes, beinahe kindisches Lachen rührten und erschütterten Engelhart; in der Freude darüber, daß ihn der ersehnte Augenblick nicht enttäuscht hatte, vergaß er alle Sorgen. Dies eifervolle, heiter-belebte Gespräch, er genoß es als die Erfüllung eines Traumes; die Gegenwart war verdrängt, auch das Letzterlebte schien belanglos im Vergleich zu den gemeinsamen Erinnerungen. Aber die Fragen: Wie stehts? wie bist du gerüstet? was hast du in der Tasche? was solls überhaupt? waren doch, klar oder umschrieben geformt, unvermeidlich. Schildknecht sah, daß er das ganze Geschick des zärtlichst vertrauenden Menschen halten und lenken sollte, das war zu viel, dem fühlte er sich nicht gewachsen. In einer schlaflosen Stunde zündete er die Kerze an, leuchtete hinab auf die Matratze, auf der Engelhart lag, und Schildknecht suchte etwas in diesem vom Schlummer gleichsam trunkenen Gesicht. Seine eigne Miene trug den Ausdruck des Zweifels. Da die Lippen des Schläfers sich zu bewegen begannen, beugte er sich noch tiefer und lauschte ängstlich, wie wenn er das Geständnis eines Verrats erwarte. Plötzlich schlug Engelhart die Augen auf und erschrak, als er den im Kerzenlicht flammenden Blick des Freundes lauernd auf sich ruhen sah. Schildknecht schüttelte besorgt den Kopf und sagte mild: »Etwas haben Sie mir verborgen, lieber Ratgeber; nun sprechen Sie mal von der Leber weg.«
Engelhart antwortete nicht. Er starrte in den Lichtkreis an der Decke. Wie gewöhnlich war sein Erstaunen größer als der Trieb zu fragen. Ja, er hatte von dieser Minute an ein Geheimnis.

Zwölftes Kapitel

Nur mit Mühe ließ sich Schildknecht davon abbringen, dem famosen Herrn Lutterott einen Zorn- und Schmähbrief zu schreiben. »Solche Kerle sind jetzt das Bürger-Ideal«, knirschte er; »so sehen sie aus, die oben wohlgelitten und unten gefürchtet sind. O herrliches Deutschland!«
Engelhart hatte längst aufgehört, des Mannes im Groll zu gedenken. Nur daß Lutterott es gewagt hatte, ihm aus seinem Judentum eine Schuld zu machen, erfüllte ihn mit nachhaltiger Verwunderung. »Haben Sie denn nie an persönliche Gefahren aus solcher Quelle gedacht?« fragte Schildknecht. Engelhart verneinte; er habe sich des Judentums nie geschämt und habe auch nie Anlaß gehabt, sonderlich stolz darauf zu sein. »Ist es nicht gleichgültig, welcher Provinz der großen Menschheit der einzelne seine Herkunft zuschreibt?« fragte er.
»Gewiß«, antwortete Schildknecht. »Aber ist Ihnen denn nicht bekannt, daß Millionen von Ihren Stammes- und Herkunftsgenossen in tiefstem Jammer vegetieren, nur eben deshalb, weil sie Juden sind?«
»Ich weiß es«, sagte Engelhart; »aber der größte Teil der Menschen lebt im Jammer, und die Tatsache berührt mich mehr als der Grund.«
»Und wissen Sie nicht, daß das ganze Mittelalter vom Blut des Juden gedüngt ist?«
»Ich weiß es, aber ich sage mir, Blut ist ein guter Dünger; aus Blut wächst Leben. Mit Blut wird die Freiheit bezahlt, mit Blut wird die Erde erobert.«
»Und erinnern Sie sich nicht aus Ihren Kindertagen, daß der Christ in Ihren Augen ein Fremdling war?«
Engelhart nickte lebhaft. »Ich erinnere mich auch an Blicke, Worte und Gebärden, die mich verletzen sollten und zu-

rückweisen wollten«, entgegnete er. »Aber es war mir nicht gegeben, daraus einen Schmerz zu machen; ich fühlte, daß es kein Problem für mich war. Ich bin vielleicht zu stolz dazu. Wenn ich im Verkehr vom Menschen zum Menschen dies als wichtig nehmen müßte, dann wären eben alle meine Wurzeln der Nahrung beraubt. Den such ich nicht, der deshalb an mir vorübergeht. Ich bin ein Jude, aber ich bin es nicht mehr, als wie Sie ein Christ sind. Unsere Vergangenheit liegt in den Worten, nicht unsere Zukunft.«
Schildknecht dachte eine Zeitlang nach. Dann fing er wieder an und sagte: »Es ist ein großes Kapitel. Ich für meinen Teil, ich liebe ja die Juden. Dennoch, es ist eine Verstandesliebe, mein Blut sträubt sich dagegen.«
»Auch gegen mich?« fragte Engelhart lächelnd und besorgt.
»Man soll nicht ein Gefühl zergliedern, sonst hört es auf, ganz zu sein«, antwortete Schildknecht mit niedergeschlagenen Augen. »Aber es kommt mir oft vor, als ob in unserem Verhältnis noch eine andere Macht gebiete als die, die Menschen sonst einander begegnen und sich finden läßt. Es kommt mir vor, als ob dabei eine Art höhere Vergeltung im Spiel wäre. Meine Vorfahren sind altsässige Nürnberger Patrizier gewesen. Es wird Ihnen ja bekannt sein, daß vor ziemlich genau vierhundert Jahren die Juden aus unserer Stadt vertrieben wurden, und zwar unter den üblichen Greueln; Erpressung, Raub und Mord. Nun ist es in unsrer Familie eine alte Tradition, und ich habe es auch einmal in einem alten Schriftstück bestätigt gefunden, daß ein gewisser Schildknecht von Schildknechtstein, der den Juden tief verschuldet war, mit großer Leidenschaft und Tücke das Volk aufgehetzt, dann die Brunnen in seinem Haus habe vergiften lassen und schließlich mit eigner Hand an die hundert Juden erschlagen habe. Vielleicht, lieber Ratgeber, war einer oder der andre Ihrer Ältervordern unter den Erschlagenen, aber sehen Sie mich nicht so beklommen

an, ich fühle mich nicht verantwortlich für den Schweinehund von damals, wenn ich auch zum Beispiel von meinem Vater weiß, daß er den Juden zwar günstig gesinnt war, jedoch nie einem die Hand reichte und es überhaupt vermied, mit Juden zu reden. Dem sei, wie ihm mag, es kommt mir immer vor, als ob der Sturm des Schicksals uns, mich und Sie, auf einem Gebirgshang zueinander getrieben habe, mich beim Heruntersteigen und Sie beim Hinaufsteigen. Als ich Sie damals im Paradieschen zum erstenmal sah, da zogs mich zu Ihnen mit einer Mischung von Haß, Neid und Schuld. Möglicherweise, dachte ich mir, geht es doch wieder aufwärts, und ich suchte die Oberhand über Sie zu gewinnen –.«

»Aber damit haben Sie mich gerettet, Liebster«, warf Engelhart ein, voll seltsamer Angst vor dem bekenntnishaften Ton Schildknechts. Dieser ließ sich nicht irre machen und fuhr mit bleicher werdendem Gesicht fort: »Mag sein. Aber ich habe keine Sicherheit, daß Sie mir nicht, ein paar hundert Meter weiter auf dem Berg angelangt, einen Stein auf den Kopf werfen werden. Sie sind keiner von den Dankbaren. Was ist denn Freundschaft? Ein Kampf um Macht wie alles, was zwischen Menschen vorgeht; und was wahre Freundschaft ist, erkennt man erst an den Wunden, die man davongetragen hat. Doch was ich eigentlich sagen wollte, ist das: Solche Menschen, die wie Sie aus der Dunkelheit eines Stammes emporgetrieben werden und in denen die stummgewesenen Geschlechter, wie soll ich mich ausdrücken, einen Mund erhalten, die haben viel Chaos, viel flüssiges Schicksal in sich. Das Judentum sind Sie ja los, aber der Jude, der in Ihnen steckt, wird Ihnen noch viel zu schaffen machen, er wird Ihnen immer wieder Finsternis ins Gemüt pressen, auch die Lust zur Finsternis und die Lust, sich selber zu entfliehen, und die Lust zu erlösen und all diesen Quark, an dem unsre Besten verbluten.«

Auf Engelhart machte dies alles tiefen Eindruck, nicht weil es ihm so neu war, sondern weil er plötzlich seine Art und sein Blut, das Persönliche und Kreatürliche, gesetzmäßiger empfand. Dem lebendigen Geist tut es wohl, das Leben seiner niedrigen Zufälligkeiten entkleiden zu dürfen; je inniger er sich in das Auf und Ab des Menschentums verwoben sieht, je mehr muß seine Zuversicht und Ruhe wachsen. Justin Schildknecht war diese Wirkung nicht ganz willkommen, und es war, als bereue er das Gespräch. Er wünschte nicht, daß Engelhart auf sich allein gestellt sei, und vermied von nun an, über Gegenstände zu sprechen, aus denen das Selbstbewußtsein des Freundes Nahrung ziehen konnte. Sein Wohlwollen verdunkelte sich mit seinem Schicksal; furchtbar spürte er, wie man zu lieben und zu hassen vermag in einem Atemzug.

Schildknecht hatte seine Anstellung schon verloren; aus welchem Grunde, erfuhr Engelhart nicht, vermutete jedoch, daß er sich von jenem Heilemann, in dessen Gesellschaft er bis zu Engelharts Ankunft den größten Teil seiner Zeit verbracht hatte, von regelmäßiger Arbeit hatte abziehen lassen. Auch über die Person Heilemanns vermochte Engelhart nicht Klarheit zu gewinnen. Er war Vertreter einer großen deutschen Maschinenfabrik und verdiente viel Geld, lebte aber auf dem Kavaliersfuß und zog mit einem Hofstaat von armen und halbarmen Teufeln in der Stadt und in den Ausflugsorten am See herum. Schildknecht und er waren Schulkameraden; jetzt schien es, als ob Schildknecht in sonderbarer Abhängigkeit von ihm stehe. Vielleicht, daß er Schulden bei ihm hatte machen müssen; jedenfalls benahm er sich in Heilemanns Gegenwart gedrückt und zweideutig ergeben, ein Anblick, bei dem es Engelhart jämmerlich zumute wurde, um so mehr als er hintennach immer die Launen und das Aufschäumen des verletzten Stolzes ansehen und ertragen mußte. Es war ein nicht zu durchschauendes

Spiel unterirdischer Feindseligkeit. Mit Schmerz sah Engelhart den Freund in den trüben Fluten kämpfen, aus denen er selbst durch Schildknechts Hilfe kaum gerettet war. Und diesmal bestand keine Wahrheit zwischen ihnen; Schildknecht tat alles, um die Ursachen seiner Lage zu verwischen, und gab sich den Anschein dessen, der die Gesellschaft studieren, ein Stück Leben ergründen will.
An einem der ersten Abende fand in Heilemanns Wohnung ein Gelage statt, und um die Lustbarkeit zu vermehren, beschlossen alle Teilnehmer, bei Heilemann zu nächtigen. Neun Personen schliefen in zwei kleinen Zimmern. Engelhart lag auf einem Teppich und konnte kein Auge zutun. Als er alle andern schnarchen hörte, erhob er sich und floh aus dem Wein- und Atemdunst hinaus auf einen kleinen Balkon, an dessen Gitter blühende Glyzinien hingen. Nach kurzer Weile sah er Schildknecht hinter sich stehen, der, wie er selbst, im Hemde war. Engelhart freute sich und dachte, nun könnten sie wieder einmal ein bißchen reden, aber Schildknecht machte ihm Vorwürfe über sein schweigsames und unfrohes Wesen, das in einer Gesellschaft von so harmloser Art übel vermerkt werden müsse. Engelhart nickte zu allem und gab dem Freunde recht. Doch hatte er in keiner Stunde des Lebens seine Armut tiefer bedauert als jetzt. Ähnliche Nächte wiederholten sich nicht, aber es wurden Ausflüge zu Schiff unternommen, bei denen Heilemann die Zeche zahlte. Bei einer solchen Gelegenheit wandte sich Heilemann an Schildknecht und machte ihn unwillig auf Engelharts schäbige Kopfbedeckung aufmerksam. »Ihr Freund soll sich einen Hut kaufen«, sagte er und warf ein Zehnfrankenstück über den Tisch. Dies war nun allerdings zu viel für Schildknecht; er erblaßte und entfernte sich schweigend mit Engelhart. Gleichwohl merkte dieser, daß Schildknecht ihm wegen dieses Vorfalls insgeheim grolle.
Mitte Juli mußte Heilemann eine Geschäftsreise antreten,

und kaum war er fort, so stob auch seine Schmarotzergarde auseinander. Nun sah sich Schildknecht gezwungen, Engelhart von seiner trostlosen Vermögenslage zu unterrichten. Sobald er offen und wahr sein durfte, kam seine gütige Natur wieder zum Vorschein. Er sagte, es sei wesentlich, daß sie jetzt aneinander festhielten und nicht der ordinären Notdurft wegen das Freundschaftsgärtlein verdorren ließen. Er bemühte sich bei seinen Bekannten, um für Engelhart eine Stelle zu erhalten, und lief tagelang mit ihm von Geschäft zu Geschäft, aber die erhaltenen Empfehlungen waren mager, wohlwollendes Entgegenkommen trafen sie selten bei diesem herben und selbstzufriedenen Menschenschlag, die Vergeblichkeit der Mühe spiegelte sich in ihren Gesichtern wieder, und der trotzige Unmut machte auch Bereitwilligere stutzig. »Sie müssen sprechen«, sagte Schildknecht zu Engelhart. »Sie müssen sich ins Licht setzen, die Leute merken ja, daß Sie keine zehn Rappen im Sack tragen, dem Bettler wirft man höchstens ein Stück Brot hin, nur wer fordert, wird angehört.«
In den ersten Tagen hatte das vorhandene Geld noch zu einem Mittagessen in einer Gastwirtschaft ausgereicht, dann kam die Stunde, wo man sich aufs Hungern einrichten mußte. Schildknecht hatte keinen Menschen in der Stadt, den er, ohne seine Empfindlichkeit aufs tiefste zu verwunden, um ein Darlehen ansprechen konnte. Und eh er sich nach Hause wandte, wollte er das Schlimmste über sich ergehen lassen. Die Augen zu und hinein ins Wasser, war seine tägliche Redensart. Engelhart hatte sich noch einmal mit einer schüchternen Bitte an den Vater gewandt, natürlich umsonst, Herrn Ratgebers Antwort war ein einziges Händeringen, worüber sich Schildknecht weidlich lustig machte. Sie richteten nun ihr Leben so ein, daß sie bis über den Mittag hinaus im Bette lagen, sich dann mit der Umständlichkeit von Modedamen ankleideten und ins Café-

haus marschierten, wo sie den Nachmittag über sitzen blieben. Nur hier hatten sie, hauptsächlich durch das Ansehen, welches Heilemann genoß, ein wenig Kredit; sie tranken Tee und verzehrten zur Stillung des Appetits eine große Anzahl von Semmeln, lasen Zeitungen und Wochenschriften aus aller Welt, beobachteten und kritisierten die vor den Fenstern vorüberwandelnden Menschen, wobei diejenigen, die sattgegessen aussahen, am übelsten wegkamen. Niemals und nicht mit einem Blick ließ Schildknecht in all der Zeit Engelhart merken, daß er ihm zur Last falle, ihn fessle und das eigene Fortkommen erschwere. Eher noch schien er selbst den Freund zu halten und tat so, als wäre die ganze Pein nur ein Examen, das ihnen das Schicksal bereitet. Aber schließlich, *er* war in seinem Hause, er war es, der gab, und Geben macht müde und tyrannisch. Am Abend wurden tiefsinnige Gespräche ausgesponnen, und Schildknecht verstand es, zwischen zwei gesprochene Worte eine unsagbare Bitternis zu legen wie jemand, der eine Nadel auf ein Butterbrot streicht. Gegen Mitternacht gerieten die Fäden dünner, weil der Magen, wie ein Hund gegen Diebe, sein Knurren gegen das Wortgeklapper erhob, dann nahm der eine in seinem Bett, der andere auf der Matratze zu den Träumen Zuflucht. Schildknecht träumte schwer, oft erwachte Engelhart von seinem Stöhnen und sah ihn beim Morgengrauen totenbleich liegen, mit feuchten Angstperlen auf der Stirn. Er liebte nicht das schlafende Gesicht Schildknechts, ja er fürchtete es. Einmal nun hatte Schildknecht einen angenehmen Traum und erzählte ihn; er sei am Meer gestanden, und drei Schiffe, voll mit Gold beladen, seien auf ihn zugeschwommen, seien wie Vögel geradewegs in seine Arme geflogen, und dann sei in zahllosen kleinen Fässern das Gold um ihn aufgestapelt worden, aber immer, wenn er zugreifen wollte, habe sich eine Hand auf seine Schulter gelegt, und eine Stimme sprach: Warten, es kommt noch mehr.

Das war der ganze Traum, und Engelhart bedauerte, daß es zu Ende war, denn er hätte gar zu gern gewußt, was Schildknecht mit seinen Reichtümern angefangen. Allmählich wurde dieser Gedanke zu einer sorgenvollen und krampfhaften Vorstellung, es war etwas dabei, was ihn bezüglich seiner eigenen Person beunruhigte, und da er es über Tag und Nacht nicht los werden konnte und mit sich zu Rate ging, wie er dem Freund von seinem zweifelsvollen Zustand Kunde geben sollte, entsann er sich einer alten Geschichte, und mitten in einem Gespräch bat er Schildknecht ziemlich unvermittelt, ihm zuzuhören.
Zwei edle Ritter in der Bretagne, so begann er, liebten einander sehr. Beide waren arm, nur besaß der eine von ihnen einen schönen Zelter. Und der andre fing eines Tages an nachzudenken und sprach bei sich: Mein Freund hat einen schönen Zelter; wenn ich ihn darum bäte, würde er ihn mir wohl geben? Eine Zeitlang schwankte er zwischen ja und nein, endlich aber kam er zu dem Schluß, der Freund würde ihm den Zelter nicht geben. Darüber wurde der Gram des Ritters immer größer, er hörte auf, mit dem Freund zu sprechen, und wandte das Auge ab, wenn jener vorüberging. Der andre, der den Zelter besaß, konnte dies nicht länger ertragen und stellte ihn zur Rede, fragte, weshalb er ihn meide, weshalb er erzürnt sei. Da antwortete er: Weil ich dich um deinen Zelter gebeten habe und du ihn mir abgeschlagen hast und weil ich nun sehe, daß wir zu Unrecht Freunde heißen.
Schildknecht war ziemlich erstaunt über die Geschichte, und als er darüber nachzudenken begann, geriet er in eine gereizte Stimmung. Eben das hatte Engelhart gefürchtet und hatte deswegen auch die Erzählung nicht zu Ende gebracht. Natürlich hatte der Ritter, der den Zelter besaß, voll Rührung den andern umarmt und gesprochen: Alles, was mir gehört, gehört auch dir. Es war ihm zu banal erschienen,

dies hinzuzufügen, vielleicht kam es der Wahrheit näher, wenn die beiden Ritter von nun an Feinde wurden.

Als Heilemann zurückkehrte, waren die zwei Hungergenossen so ausgemergelt, daß selbst der kühle Genüßling erschrak und sich ernstlich bemühte, für Schildknecht einen anständigen Posten aufzutreiben. Doch sagte er ihm: »Das mit deinem Freund Ratgeber ist nichts, das taugt nicht, den mußt du loswerden«, und nach einer kurzen Beratung wurde beschlossen, daß Engelhart zu seinem Vater reisen müsse, der habe die nächste Pflicht, für ihn zu sorgen. »Hier sind zwanzig Franken«, sagte Heilemann, »damit kann er bis München durchkommen, und er soll sich nur schleunigst trollen, ist überhaupt ein unleidlicher Kumpan.«

Engelhart ahnte nichts von diesen Beschlüssen, als er am Nachmittag desselben Tages an einer Partie teilnahm, welche von Heilemann, Schildknecht und einigen andern, Damen und Herren, veranstaltet wurde. Sie fuhren mit dem Dampfer bis Meilen, wanderten noch eine Stunde am Ufer entlang und kamen gegen Abend in ein Gartenwirtshaus, wo eine Musikkapelle spielte. Inzwischen hatte sich der Himmel schwarz umzogen, die meisten Leute flüchteten auf das eben abgehende Schiff, und so blieb die kleine Gesellschaft, in der Engelhart sich befand, mit den Musikanten fast allein zurück. Heilemann ließ im Saal oben den Tisch decken und mietete die Musikanten, da nach dem Essen ein Tanzvergnügen geplant war. Während der Mahlzeit war Schildknecht sehr aufgeräumt, erzählte ein halb Dutzend seiner lustigen Geschichten und hielt dabei geflissentlich seine Augen von Engelhart fern, dem er gegenübersaß. Engelhart glaubte, es sei darum, weil er all diese Geschichten schon kannte und Schildknecht sich deshalb vor ihm geniere. Es lachten alle, nur er lachte nicht, und dies kränkte Schildknecht; am Schluß stand er hastig auf, warf die Serviette auf den Stuhl und verließ den Saal. Engelhart war ein wenig erkältet durch dies auffällige Benehmen, indessen folgte er alsbald dem Freund und traf ihn nach einigem Suchen unten an der Uferböschung, wo er auf einem Felsstück hockte und in die blitzezuckende Ferne starrte. Engelhart setzte sich zwei Schritte von ihm weg, noch dichter an das Wasser.

Das Schweigen, das zwischen ihnen herrschte, schien die Dunkelheit des Abends rascher zu beschwören, und nach einer Weile gewahrte Engelhart den Freund nur noch als formlose Silhouette, kaum von dem Laubwerk eines tiefhängenden Weidenbaums abgehoben, in welchem ein Vogel klagenden Gesang anstimmte. Mit jeder Minute mehr spürte Engelhart das Schweigen als etwas Feindseliges, und es war, als ob sein Ohr Zuflucht nehme zum Glucksen des Wassers und zum leisen Geroll des Donners. Endlich fing Schildknecht an zu sagen, was er sagen mußte; seine Stimme klang tief, ruhig und verschleiert. Hätte er sich darauf beschränkt zu sagen: So und so liegen die Dinge, es geht nicht mehr weiter, wir halbieren uns bloß die Möglichkeiten und Hoffnungen des Lebens, statt sie zu verstärken, und es ist ein Ausweg gefunden worden, der in der Natur der Dinge liegt, so wäre alles gut gewesen; aber das tat er nicht, er ging der Sache vom sittlichen Standpunkt aus zu Leibe und suchte es so hinzustellen, als hätten die Fehler und schlechten Eigenschaften Engelharts von Anfang an alles zum Schlimmen gewandt. Er redete sich eine Fülle aufgespeicherter Bitterkeit von der Brust und meinte, er sei immer der Gaul, der den fremden Wagen aus dem Dreck zerren müsse, von ihm verlange man Haltung, Verantwortung, Verständnis, von ihm den Zelter, aber andere wollten nicht geben, andere säßen düster und stumm da, wenn er für eine ganze Affenkompanie den Extrahanswursten mache.

Als er seine Rede beendigt hatte, fiel die dumpfe Streichmusik vom Saale oben ein, und Engelhart beobachtete weit draußen in der Schwärze, die über dem See brütete, ein langsam gleitendes Laternenlicht, aber allmählich verschwamm es in seinen Augen, und mit dem Gedanken: alles verschwendet, das ganze Herz verschwendet, schoß ihm das Wasser unter den Lidern hervor, und er weinte lange still vor sich hin.

Zwölf Stunden später saß er schon auf der Eisenbahn und fuhr mit dem geringsten Gepäck, das je ein Reisender besessen, gegen den Norden. Sein jämmerliches Ausgehungertsein war schuld, daß er auf jeder Station etwas zu essen kaufte und während der Überfahrt auf dem Bodenseedampfer unbedenklich an der teuren Mahlzeit teilnahm. So kam es denn, daß er, auf dem Bahnhof in Lindau stehend, von seinen paar Franken nichts mehr übrig hatte. Es war fünf Uhr nachmittags, in einer Viertelstunde ging der Schnellzug, dieser hatte keine dritte Klasse, und Engelhart sah sich außerstande, den Zuschlagpreis zu entrichten. Der nächste Zug ging erst in der Nacht und fuhr elf Stunden statt sechs. Und wo Unterkunft suchen bis dahin, wovon leben; außerdem drängte es ihn vorwärts, als ob am neuen Ziel das Heil bereit sei. Wie er nun in den letzten zehn Minuten, während der Zug schon dastand und die Lokomotive gleichsam einladend schnaubte, ratlos und verzweifelt auf dem Bahnsteig hin- und herrannte, trat ein graubärtiger Schaffner auf ihn zu und fragte, was ihm denn sei, ob er jemand erwarte oder ob er sich krank fühle. Engelhart wollte kurz ausweichend antworten, aber das ehrlich-gute Gesicht des Mannes flößte ihm Vertrauen ein, und er gestand zögernd seine Verlegenheit. Da sagte der Alte, er wolle ihm gern helfen, er möge sich nur einen Platz suchen, die Überzahlung betrage etwas über sechs Mark, die wolle er für ihn auslegen. »Ich werd es Ihnen morgen zurückbringen, bei meiner Seligkeit!« rief Engelhart mit heiligem Eifer: »Nun, nun, ich glaub Ihnen schon«, beschwichtigte ihn der Alte und klopfte ihm

auf die Schulter. Als er während der Fahrt das Billett brachte, schrieb er ihm seine Adresse auf einen Zettel und wies alle Danksagungen schmunzelnd ab.
Es wurde Mitternacht, ehe Engelhart, weit in der nördlichen Vorstadt irrend, die Straße und das Haus fand, wo sein Vater wohnte. Dann mußte er lange läuten, bis Frau Ratgeber herunterkam. Sie war sehr überrascht und schien des Ankömmlings nicht eben froh zu sein; bedrückten Herzens schlich er hinter ihr die vier Stockwerke empor, und seine scherzhafte Anspielung über die Nähe des Himmels hier oben beantwortete sie mit einem Seufzer über das harte Leben. Sie brachte willig herbei, was sie noch zu essen im Haus hatte, setzte sich ihm sodann gegenüber, blickte mit ihren scheuen Augen ängstlich musternd in sein Gesicht und meinte vorwurfsvoll, er sehe gut aus. Ihr Antlitz war förmlich zusammengeschrumpft von den Sorgen, und die dünnen schwarzen Haarsträhnen gaben den Zügen einen zigeunerhaften Ausdruck. Der Vater sei verreist, berichtete sie, und werde erst über den andern Tag zurückkommen; und nun suchte sie ihn auszuforschen, voll Angst, daß sie da einen müßigen Kostgänger zu füttern haben werde, aber es verdroß Engelhart, daß sie keine gerade Frage stellte, sondern nur so um den Brei herumging. Daher schwadronierte er eine Weile von seinen Hoffnungen und Aussichten, und es wurde ihm selber gläubig zumut, bis ihm einfiel, daß er doch am Morgen seinem guten Schaffner das geliehene Geld zurückbringen müsse. Er schluckte und würgte an den Worten, endlich kam es heraus, halb Bitte, halb Forderung. Frau Ratgeber erklärte mit Entschiedenheit, daß sie keinen überflüssigen Pfennig besitze und nichts geben könne. »Es muß sein«, sagte Engelhart erbleichend. »Wenn es sein muß, so verschaff dir's eben«, entgegnete sie höhnisch, »von mir bekommst du's nicht, von deinem Vater auch nicht. Wir haben genug Trübsal mit dir gehabt, und jetzt kommst du wieder

als Bettler.« Alle seine Sünden und seine ganze Schmach hielt sie ihm vor und blieb bei ihrer Weigerung, auch als er sich aufs Flehen verlegte. »Und jetzt ist es spät«, schnitt sie endlich ab, »ich habe gearbeitet, ich will schlafen.«
Für Engelhart war an Schlaf nicht zu denken. Endlose Stunden hindurch schritt er im Zimmer auf und ab. Pläne zu schmieden, war er nicht der Mann, ihn peitschte es bloß von Impuls zu Impuls. Als er am Morgen die Stiefmutter zur Kirche gehen hörte, eilte er hinaus und vertrat ihr den Weg. »Ich verpfände mich dir mit meinem ganzen Leben, mit meiner ganzen Zukunft«, flüsterte er, »nur gib mir diese paar Mark, sonst bin ich ehrlos.« Frau Ratgeber zuckte die Achseln und machte ein böses Gesicht, aber es war etwas in seinem Blick, wovon sie niedergezwungen wurde. Ungefähr eine Minute lang besann sie sich, dann kehrte sie ins Wohnzimmer zurück. Engelhart ließ sie nicht aus den Augen, als fürchte er, den gewonnenen Vorteil sonst wieder einzubüßen, er begleitete sie und sah zu, wie sie die Kommode aufschloß. Stumm reichte sie ihm ein schweres silbernes Armband, in der Mitte war ein alter Reichstaler eingelötet, der ein Städtebild mit vielen Türmen zeigte. »Geh damit ins Leihamt«, sagte Frau Ratgeber, »du bist mir schon genug schuldig, jetzt auch noch das.« Engelhart erkannte das Schmuckstück, es hatte einst seiner Mutter gehört, und er betrachtete es mit düsterer Miene, hinter der er seine Wehmut versteckte. Doch ging er hin, löste Geld dafür und bezahlte seine Schuld.
Nachträglich bereute Frau Ratgeber ihre Schwäche, und Engelhart mußte ihren erbitterten Hader dulden. Es war ihm keine ruhige Stunde gegönnt. Sein erster Entschluß, sich um einen Verdienst umzutun, geriet einigermaßen ins Wanken, weil ihn davor ekelte, fremden Menschen unter die Augen zu treten und ihre Gleichgültigkeit ertragen zu sollen. Indessen kam sein Vater zurück, müde von der Arbeit

und erschöpft von der Hundstagshitze. Der Mann war sichtlich gealtert, an Körper und Gesicht trat eine fette Aufgeschwommenheit hervor, doch sein Anzug war höchst adrett, und den ergrauenden Schnurrbart hatte er schwarz gefärbt und nach der neuesten Mode gebürstet. Die Begrüßung zwischen Vater und Sohn war beeinflußt durch das finstere Schweigen der dabeistehenden Frau, und dieses Schweigen enthielt für Herrn Ratgeber die Aufforderung zu Vorwürfen und Abrechnungen. Während Engelhart auf dem Sofa saß, ging Herr Ratgeber mit seinen kurzen Schritten im Zimmer herum, rang ein paarmal die Hände und redete sich in Zorn und Schmerz. Doch beständig war auch ein Ausdruck der Verlegenheit in seinem Gesicht, und wenn Engelhart antwortete, zuckte das seltsame Schmunzeln um seine Lippen, durch das er seiner Aufregung Herr zu werden suchte.

Engelhart fragte, wie es Abel ergehe; Herr Ratgeber antwortete stolz, der bringe sich durch, der sei tüchtig und werde offenbar ein großer Mann. Doch wenige Tage darauf kam über Abel furchtbare Nachricht aus Amerika. Er hatte wieder einmal Dummheiten gemacht und war entlassen worden; dann war er irgendwohin ins Innere des Landes gefahren, hatte Schweinfurter Grün genommen und sich zum Überfluß ins Wasser gestürzt. Ein Farmer hatte ihn aufgefischt, und jetzt lag er in einem Hospital in Ohio und mußte außerdem, wie dort üblich, wegen des versuchten Selbstmords Strafe gewärtigen. Herr Ratgeber war gerade beschäftigt, sich zu rasieren, als der Unglücksbrief kam. Die Frau las ihn weinend vor, Herr Ratgeber legte zitternd das Messer beiseite und stieß, immer jenes entsetzliche Schmunzeln um den Mund, dumpf klagende Töne aus. Mit der halb barbierten Wange setzte er sich an den Tisch und schrieb sogleich einen langen Brief. Fast feindselig beobachtete Engelhart die flink über das Papier sich bewegende

Hand. Wenn er nur seine hochtrabenden Worte setzen kann, dachte er; wahrscheinlich jammert er wieder über das Schicksal und die Undankbarkeit der Kinder, und nie scheint er zu ahnen, daß er bloß erntet, was er selber gesät. Es half nichts, Herr Ratgeber mußte Geld nach Amerika schicken, aber von diesem Tag an war seine beste Hoffnung dahin, und er wurde ein wenig stiller und schweigsamer als bisher. Zu vielem Nachdenken ließ ihm sein Beruf keine Zeit. Er war beständig auf den Beinen, gönnte sich kaum die Ausgabe für die Pferdebahn und kam oft so abgeschlagen heim, daß er sich gleich nach der Mahlzeit zum Schlafen hinlegte. Die Gesellschaft, für die er arbeitete, wußte ihm wenig Dank und glaubte wie die schlechten Erzieher durch Aufmunterung ihren Vorteil zu versäumen. Es war nur ein beständiges Hetzen und Stacheln, um jede gerechte Entschädigung mußte er feilschen, und in seinem Ärger über solche Unbill konnte sein Auge einen irren und hilflosen Ausdruck annehmen. Seine Sprache gegenüber Engelhart war bitter und gereizt; er schämte sich vor seinen Bekannten, daß er einen erwachsenen Sohn zu Hause sitzen hatte, der nichts war, kein Amt bekleidete und es darauf anzulegen schien, den Seinen zur Last zu fallen. Vergeblich suchte er ein Unterkommen für ihn, und so oft er Engelhart antrieb, daß er selber etwas tun solle, setzte ihm dieser eine unbegreifliche Verstocktheit entgegen. »Ich kann dich nicht ernähren«, sagte Herr Ratgeber dann, und dunkler Zorn machte sein Auge wild; Engelhart aber hörte nur: Ich will dir nicht helfen. Ein Wort gab das andere, und schließlich forderte der Vater mit leidenschaftlicher Heftigkeit jene fünfzig Mark zurück, die er damals nach Freiburg geschickt. Er forderte sie in einem Ton zurück, als wolle er sagen: Gib mir die Träume wieder, die Erwartungen, die ich einst von dir gehegt. Engelhart war erstaunt und entgegnete verzweifelt, ob man ihm denn das Fleisch aus dem Leibe zu schneiden gedenke. Er redete mit wunderlicher Glut von der Zukunft, so wie Leute sprechen, die mit den eignen Worten ihre Zweifel ersticken wollen, aber Herr Ratgeber antwortete mit einem höhnischen Lachen. »Du bist nur da, um Herzen zu zertreten«, sagte er zitternd. »Ein Prahler warst du von je; was soll dies Nichtstun bedeuten? Glaubst du denn, wenn du in der Nacht vor deinem Schreibpapier sitzest und sinnloses Zeug malst, glaubst du denn, daß du damit je einen Bissen Brot erwirbst? Es ist ein Betrug an dir und an uns.« Und Engelhart erwiderte unbesonnen: »Ja, Vater, warum hast du mich denn auf die Welt gesetzt?« Da schwieg Herr Ratgeber und war, ohne daß er es zeigte, im Tiefsten beleidigt und verwundert; ein Kind, das seinen Vater schlägt, dachte er. Doch immer fing der böse Streit über jene fünfzig Mark von neuem an, so daß Engelhart keine größere Sehnsucht kannte, als dies Geld zu besitzen, es ihnen vor die Füße zu werfen und ihnen Liebe und Achtung zu kündigen für immer. Eine stille und unaufhörlich wachsende Erregung ergriff wie eine geheimnisvolle Krankheit Geist und Leib. Nun kam es aber bisweilen vor, daß Herr Ratgeber von dem Verlangen gepeinigt wurde, den Grund dieses zerstückten und schwälenden Wesens zu erforschen; nicht selten stand er des Nachts an der Kammertür und lauschte, was Engelhart wohl drinnen treiben mochte; offen zu fragen getraute er sich nicht, glaubte auch seinen Stolz und seine Autorität dadurch zu gefährden; bei Tisch geschah es, daß er einen schüchtern fragenden Blick auf den Sohn warf, wenn er annahm, daß seine Frau es nicht bemerken konnte. Oder er begann von den Männern des Geistes zu reden, welchen er noch immer einen ungeschmälerten, beinahe abergläubischen Respekt entgegenbrachte; von denen, die im öffentlichen Leben standen, von denen, die es so weit gebracht hatten, daß eine Zeitung ihre Feder in Dienste nahm. Er erzählte, wie schon so oft, daß er im Jahre Siebzig

an der Wirtstafel eines thüringischen Städtchens neben dem großen Karl Gutzkow gesessen sei, und fügte hinzu: »Ja, das waren eben lauter hochstudierte Männer.« Engelhart schwieg. Sein Sinn war verhärtet und voll Hohn. Wähnte er doch weit über den Götzen zu stehen, die seines Vaters Ehrfurcht genossen. Und er haßte die Schrift, die schamlose Entblößung der Seele durch die Schrift, fürchtete jenes Siegel zu brechen, mit dem der Schöpfer das Mysterium des Schaffens versiegelt hat. Es war ihm noch alles Leben, bloßes, einfaches Leben, angefüllt mit unentweihten Gesichtern, grenzenlosen Möglichkeiten. Scham hätte seine Lippen verbrannt, wenn sie davon gesprochen hätten. So mag es Adam in der ersten Paradiesnacht zumut gewesen sein; der Baum, der Fels, die Wolke, die Dunkelheit selbst, nichts war ihm Wirklichkeit, alles Symbole seiner Angst, seines Zagens und seiner Hoffnung, und mehr als Weib und Schlange brachte ihn der Tag zu Fall.
Indessen verging die Zeit, und Engelhart mußte allgemach auf irgendeine Verbesserung seiner Lage sinnen. Es schmeckte ihm der Bissen nicht mehr, mit dem sie seinen Hunger stillten. Zwischen ihm und der Stiefmutter wuchs die Erbitterung bis ins Maßlose. Kaum daß er ihr des Morgens unter die Augen getreten war, begann sie sein Ohr mit Anklagen und Vorwürfen zu füllen, und sie verstand es, mit vergifteten Pfeilen die empfindlichsten Stellen zu treffen. Von je warst du ein Taugenichts, hieß es, schon in der Schule hast du nicht lernen wollen; geh nur mit deinen Luftschlössern, es sind lauter Lügen, du bist ja ein geborner Lügner, natürlich, davon willst du nichts wissen, aber seit ich dich kenne, lügst und betrügst du: damals mit den Äpfeln, was war das doch für eine Niedertracht, und später hast du mich beim Vater verleumdet. Du wirst's noch weit bringen, du wirst deinen Vater ins Grab bringen; in solchem Ton steigerte sich die Rede, und Engelharts Blut floß schwer und bren-

nend durch die Adern. Die endlosen Beleidigungen verursachten ihm körperliche Übelkeit und Ermattung, er verlor den Schlaf und sann in seinem Bett mit beklommenem Herzen vor sich hin. An einem heißen Mittag im August kam er, nach mancherlei fruchtlosen Gängen aufs tiefste entmutigt, aus der Stadt zurück und setzte sich in Erwartung des Mittagessens an den schmalen Tisch in der Küche. Der Vater war in Geschäften nach Landshut gefahren und sollte drei Tage fortbleiben. Nachdem er eine Weile gesessen und in den düsteren und schwülen Lichthof gestarrt hatte, sagte Frau Ratgeber: »Heute habe ich nichts gekocht« und damit warf sie ihm ein Stück Brot hin. »Wie, ist's dir wirklich nicht recht?« fuhr sie auf, als er die Lippen verzog. Sein Schweigen reizte sie, wie jede Antwort sie gereizt hätte. »So ein Lump«, grollte sie vor sich hin, »will nicht arbeiten, stiehlt dem Herrgott die Tage und seinem Vater die letzten Groschen.« Engelhart stand auf und wiederholte mit zitternden Lippen: »Lump?« Die Frau stellte sich ihm gegenüber, und ihre glanzlosen Brombeeraugen drehten sich konvulsivisch: »Ja«, fauchte sie, »Lump, Lump, Lump! Glaubst du, wir wissen nicht, was du für schlechte Streiche in Freiburg gemacht hast? Steh nur da wie ein Herr, glaubst du, man weiß nicht, daß du ins Zuchthaus gehörst?« Engelhart schrie auf; der ganze Raum verschwand, und nichts blieb übrig als ein großes blankes Küchenmesser, das am Herdrande lag. Dorthin griff er, schwang die Klinge in die Luft, schrie abermals, die Frau stürzte mit vors Gesicht geschlagenen Händen zurück, er folgte ihr, aber dann kam die Hemmung, jenes unbegreifliche Etwas, das die Menschen solcher Art zu keiner sich selbst vollendenden Handlung gelangen läßt, das in die dunkelste Nacht ihrer Leidenschaft wie ein Funke fällt oder wie eine unüberhörbare Stimme tönt. Er verlor das Bewußtsein und fiel nieder. Als er erwachte, wusch ihm Frau

Ratgeber das Gesicht mit Essig. Sie weinte, war aufgelöst in Tränen. Nach einigen Minuten hatte er sich so weit erholt, daß er aufstehen und sich zum Fortgehen anschicken konnte. Die Frau erbot sich, einen Kaffee zu bereiten, er schüttelte den Kopf und verließ die Wohnung.
In einer nahegelegenen Straße wanderte er von einem Eck zum andern bis gegen Abend beständig hin und zurück. Dann war er einigermaßen gesammelt, las die Vermietezettel vor den Haustoren, stieg in einem weitläufigen Gebäude bis unter das Dach, mietete die ausgeschriebene Mansarde und schickte sich gleich an, die Nacht hier zu verbringen. Am andern Morgen überlegte er lange hin und her, wie er zu seinen Habseligkeiten kommen könne, endlich entschloß er sich aber, doch selbst in die väterliche Wohnung zu gehen. Glücklicherweise war Frau Ratgeber auf dem Markt, und eine Zuspringerin, welche die Böden fegte, behütete das Haus. Er packte eilig seine Sachen in den Koffer und stellte Betrachtungen darüber an, was er von all dem verkaufen könne, um sich ein wenig Geld zu verschaffen. Es war nichts, er besaß lauter ärmliches Zeug, das ihm noch dazu unentbehrlich war. Da fiel sein Blick auf das Bücherregal des Vaters; die Bände standen noch immer in derselben Reihenfolge wie vor vielen Jahren, als ob keine Hand inzwischen sie berührt hätte. Er suchte drei oder vier Bände heraus, von deren Erlös er sich etwas versprechen konnte, schrieb einen Zettel an den Vater, worin er die Tat bekannte, fügte seine Adresse bei und legte den Zettel an eine Stelle, wo ihn der Vater, und nur er allein, finden mußte, nämlich in die Schublade, wo sich das Rasiergerät befand. Die Bücher verkaufte er am selben Tag und erhielt zwei Mark dafür.
Das war an einem Donnerstag. Am Samstag in der Frühe erhielt er einen Brief vom Vater. »Lieber Engelhart«, begann das Schreiben, »zwischen uns ist von heute ab jedes

Band zerschnitten. Über den Vorfall mit der Mutter will ich kein Wort verlieren, darüber zu sprechen verbietet sich von selbst, Gott verzeihe mir, daß ich Dich nicht zu einem besseren Sohn und brauchbaren Menschen herangebildet habe. Außerdem hast Du, um es ganz frei herauszusagen, ordinär gegen mich gehandelt, indem Du hinter meinem Rücken die Bücher verkauft hast, für die Du doch nur ein paar elende Pfennige erhalten konntest. Es fehlt mir mein französisches Wörterbuch, dann das Werk ›Kraft und Stoff‹ und Freytags ›Verlorene Handschrift‹. Ich hatte diese Bücher lieb, sie waren mir wie Freunde, sie haben mich über den größten Teil meines Lebensweges treulich begleitet, und ich misse sie mit schwerem Herzen. Handelt man so gegen den Vater, der es doch stets gut mit Dir gemeint hat? Das hätte ich nie und nimmer von Dir gedacht, und zur Erklärung kann ich nur annehmen, daß Dein sittliches Gefühl getrübt ist. Doch genug, ich habe mich über die Geschichten so alteriert, daß ich es nicht in Worte bringen kann, und deshalb lege ich auch die Angelegenheit ad veta.«

Soweit der Brief. Aber es war auch eine kleine Nachschrift dabei, ein unerwartetes und rührendes Anhängsel: »Hiebei schicke ich Dir, obwohl ich es hart entbehre, fünf Mark in Briefmarken, damit Du nicht hungern mußt.« Und wie ein buntkariertes Fähnchen hingen die angeklebten Marken vom Rand des Briefblattes herab. Er will sich einschmeicheln, dachte Engelhart, und sein Sinn blieb starr wie bisher. Von seiner Mansarde aus konnte er über die meisten Häuser der Umgebung hinwegblicken, und bei Nacht hatte er ein großes Stück Sternenhimmel vor sich, während aus den Höfen die beleuchteten Fenster herausglühten und mit dem Vorrücken der Stunde nach und nach erloschen. In den ersten Tagen war der Morgen eine goldene Zeit, denn die Sonne schien geradewegs in das Fenster, keine unwirsche Hand drohte an der Tür zu klopfen und zur Tätigkeit zu mahnen, und die Gewißheit, daß die bösen Träume der Nacht etwas Bestandloses und Unwirkliches waren, genoß sich wie eine herrliche Speise. Der jähe Frieden inmitten einer bewegten Stadt hatte etwas Betäubendes. Zunächst galt es, das winzige Kapital möglichst praktisch auszunutzen, es gleichsam dünn und breit zu schlagen. Von der Vermieterin verschaffte er sich einen Kochtopf und einen Spiritusapparat, dann kaufte er einen kleinen Sack Äpfel, ferner einen Vorrat von Käse, Kaffee und Zucker. Die Äpfel schälte er und kochte sie zu Mus, und das gab eine Mittagsmahlzeit, morgens und abends nahm er den eigengebrauten Kaffee zu sich und hatte bald die Kunst entdeckt, wie man ihn auf die einfachste Weise schwarz und stark werden läßt. Aber die wenigen Taler waren bald dahin, und die Vorräte im Schrank dauerten auch nicht gar lange. Was war zu tun, um dem schmerzhaften Hunger zu entgehen? Engelhart studierte die Stellenangebote in den Zeitungen, und da er das teure Geld nicht für Briefmarken ausgeben konnte, lief er selber überall hin und stand oft in der Frühe mit vielen hundert andern vor dem Ausgabeort der Zeitungen. Dann fing das Marschieren an, straßauf, straßunter, immer mit einem Keimchen von Hoffnung in der Brust; schüchtern trat man vor irgendeinen Herrn hin, der in einem muffigen Schreibzimmer saß wie eine Spinne im sichern Mauerwinkel, aber jedesmal war schon ein anderer dagewesen, der es wahrscheinlich noch billiger machte und auch einschmeichelnde Manieren gezeigt hatte. Mit heiß und kaltem Körper schlich dann der Bittsteller demütig wieder heimwärts und kaufte für das letzte Restchen Mammon ein paar Gramm Tabak. Es war ein Glück, daß sich der Herbst mit schönem Wetter anließ, da brauchte man wenigstens keinen Regenschirm, und die defekt gewordenen Stiefel schluckten statt Wasser bloß Staub. Einmal nun hatte Engelhart einen wunderbaren Einfall. In einer Stadt, sagte er sich, wo so viel hunderttausend Menschen leben und unter ihnen so viel reiche Menschen, zugereiste Fremde, ja sogar Fürstlichkeiten und der königliche Hof, in einer solchen Stadt muß doch notwendigerweise auch einiges Geld auf der Straße verloren werden; wenn also einer es unternimmt, zu suchen, geschickt zu suchen, und besitzt Instinkt für dergleichen, so kann es am Erfolg nicht mangeln; angenommen, ich entdecke auf solche Manier einen Brillantschmuck im Werte von soundsoviel tausend Mark, so steht mir als Finderlohn der zehnte Teil zu, und ich bin aus der Patsche. Die Logik dieser Überlegungen entzückte ihn in so hohem Maß, daß er sich ungesäumt ans Werk begab. Mit gesenktem Kopf und aufmerksam auf das Pflaster gerichtetem Blick strich er langsam durch die Hauptstraßen und die vornehmen Quartiere. Vor den Gasthöfen, wo die Fremden abstiegen, stand er wie ein Wachtposten, blickte in kein Gesicht, sondern starr und begehrlich zu Boden. Sah er von ferne etwas schimmern, so eilte er mit klopfender Brust darauf zu und erblaßte, wenn es nur ein Fetzen Stanniolpapier oder ein Messingknopf war. Stundenlang ging er in der Bahnhofshalle umher, dachte sehnsüchtig an das viele Geld, das dort an den Schaltern ausgewechselt wurde, und wünschte sich nur ein Tröpfchen von dem Überfluß. Er wurde zornig, wenn seine Gedanken abschweifen wollten von der Erde, wenn sie in der Luft suchten, was doch zweifellos unten im Schmutze lag, aber es half alles nichts, er fand nie auch bloß eine Kupfermünze, viel weniger den besagten Brillantschmuck.

Es nahte die Zeit, wo die Miete fällig war, es mußte etwas geschehen, auch der Magen ertrug es nicht länger. Die Frau, bei der er wohnte, war eine gutmütige Person, sie drängte nicht und schien Mitleid zu haben, obwohl er nie mit ihr über seine Lage sprach, sondern im Gegenteil unbekümmert drauflos prahlte von steinreichen Verwandten, hochgestellten Freunden und illustren Beziehungen jeder Art. Aber er war doch froh, wenn die Alte am Abend eine Schüssel mit Salat, ein paar Kartoffeln oder eine halbe Wurst auf seinen Tisch gebracht hatte, und kam zu dem wehmütigen Schluß: Ohne Menschen geht's eben nicht. Eines Tages fragte er in einem Warenbazar um eine Stellung an, und sie nahmen ihn, ohne viel nach seinen Kenntnissen zu fragen. Kenntnisse waren auch nicht erforderlich, er mußte des Morgens die Fußböden ausspritzen und kehren und den ganzen übrigen Tag, mit einer Schildmütze versehen, durch die Stadt rennen und Lieferungszettel austragen. Dafür bekam er fünfzig Pfennige jeden Abend. Vielleicht hätte er dies noch erduldet, aber mit dem groben und perfiden Wesen, das da herrschte, konnte er sich nicht befreunden, und er beschloß, lieber elend zugrunde zu gehen, als jeden Stolz zu vergessen und der getretene Knecht von Knechten zu sein. Sieben Tage hatte die Herrlichkeit gedauert, dann kroch er wieder in sein einsames Loch. Darauf fand er Arbeit bei einem sonderbaren Mann, dem Redakteur eines patriotischen Winkelblättchens. Der Mann hieß Saffran und hatte eine bläuliche Nase. Er verfaßte Lobesartikel über den Regenten und die Häupter des Adels, Engelhart mußte nach dem Diktat stenographieren und zu Hause das Schriftstück ins Reine bringen. Für die Großquartseite war der Preis von zehn Pfennigen vereinbart worden, und Engelhart schrieb ganze Nächte hindurch, um eine lumpige Mark herauszuschinden. Nun war es aber des Teufels mit Herrn Saffran; erstens stellte er sich taub, wenn man Geld haben wollte, gebrauchte Ausflüchte, tat, als habe er schon Vorschuß gegeben, oder schoß plötzlich davon mit den Worten: »Ach Gott, ach Gott, Seine Königliche Hoheit haben mich ja zur Audienz befohlen«; zweitens aber zählte er die Silben, untersuchte, ob auf jeder Seite gleich viel Worte standen, und wenn die Sache nicht in Ordnung war, schlug er die Hände zusammen und jammerte laut über die Niedertracht der Welt. Er

besaß den Orden für Wissenschaft und Kunst, und als Engelhart einmal mit düsterer Entschlossenheit seinen Lohn begehrte, nahm er das Ehrenzeichen und steckte es vor die Brust wie einer, der einen Stern vom Himmel gepflückt hat, dann gab er noch allerlei sublime Redensarten von sich, bevor er endlich den Geldbeutel öffnete.
Auch diese Erwerbsquelle versiegte mit der dritten Woche. Um das Unheil voll zu machen, wurde die Mietsfrau schwer krank; sie wurde ins Spital geschafft, und Engelhart mußte ein andres Asyl suchen. Er fand ein Zimmer in der Heßgasse, über eine Stiege, größer und freundlicher, aber auch teurer als das bisherige. Es war ihm selbst unerklärlich, weshalb er dies tat; aber er hatte das Gefühl, als müßten die Umstände sich bessern, weil er ein besseres Bett gefunden. Die Not, die er litt, machte ihn entschieden traurig und ratlos, aber es war, als könne sie nicht ganz in die Tiefe seines Herzens dringen, wie auch der Sturm nicht bis auf den Grund des Meeres dringen kann. Doch rückte ihm das Ungemach bitter zu Leibe. Alles, was er nur im geringsten entbehren konnte, trug er zum Trödler, sogar den alten Reisekoffer, der ihn seit dem ersten Verlassen der Heimat begleitet. Schließlich entäußerte er sich auch des Ringes, den er einst beim Abschied von Ernestine erhalten. Der Herbst stellte sich ein, schon in den ersten Oktobertagen wurde es kalt. In seinem Tagebuch gab Engelhart der Sehnsucht nach einem Ofenfeuer Ausdruck, indem er züngelnde Flammen um ein nacktes Männlein zeichnete. Alles Papier und die alten Zeitungen, deren er habhaft werden konnte, warf er ins Ofenloch und freute sich, wenn es prasselte, an der bloßen Illusion von Wärme. Seine Einsamkeit erweckte seltsame Gelüste und Gewohnheiten in ihm. Etwa eine Viertelstunde vom Haus entfernt lag ein Kirchhof. Dorthin war bald sein täglicher Spaziergang gerichtet, und täglich stand er um dieselbe Nachmittagszeit vor dem Fenster des Lei-

chenhauses, um die drinnen aufgebahrten Toten zu betrachten. Die Särge lagen offen nebeneinander, schräg gegen die Erde gestellt, so daß es aussah, als ob sich die starren Körper, wenn noch ein Fünkchen Wille in ihnen brannte, mühelos erheben könnten, oder als ob sie auch von selbst diesen Ort aufsuchten und verließen, um über Nacht wieder andern den Platz zu räumen. Engelhart war jedesmal neugierig, welche Gesichter er heute sehen würde, und er studierte in den des Lebens beraubten Zügen alle Merkmale des Leidens. Die niedrigen Begierden hatte der Tod nicht auszulöschen vermocht, manche faltenvolle Stirne war von Habsucht und Bosheit zerpflügt, mancher Mund schien von Wut zusammengepreßt, daß er verstummen gemußt, ehe das Ziel eines gemeinen Ehrgeizes erreicht war. Engelhart konnte sich oft kaum trennen von dem Anblick der Leichengesichter, er erschien sich wie ein Wächter, hingestellt auf die Brücke zwischen Lebenden und Toten, mit heimlichem Triumph und befriedigter Rache Zeugnisse der Vergänglichkeit sammelnd. War ein Antlitz unter den Toten, das in besonderer Weise auf ein Leben der Tücke, Trägheit und Lüge hinwies, so forschte er nach dem Namen und der Stunde der Beerdigung, folgte als letzter Gast dem Leichenzug und lauschte mit wunderlich glänzenden Augen den Lobpreisungen des Geistlichen und der Freunde. An den Fenstern des Leichenhauses schärfte er seinen Blick für die Eigenschaften des menschlichen Herzens, und es ging so weit, daß er auf den Gesichtern der Lebenden, die an ihm vorüberwandelten, die Züge seiner Toten wiederzuerkennen suchte und mit grausamer Lust alles erstickte, was von Liebeswünschen in seiner Seele wohnte. Dies Treiben setzte er so lange fort, bis er eines Tages ein junges Mädchen aufgebahrt sah, deren Anblick ihm Tränen in die Augen trieb. Es war ein herrlich schönes Kind von gleichsam nur hingeträumter Gestalt, und die Wangen waren wie aus Abend-

röte geformt; die Haare schienen noch lebendig, plötzlich erwachte eine stürmische Begierde nach Musik und trieb ihn am Abend in das Odeonsgebäude, aber sein Ohr fing nur ein paar matt verschwebende Harmonien auf.
In den Nächten war es nun so, daß er vor Hunger nicht schlafen konnte und in das Kissen biß; daß er aufstand und das Fenster öffnete, um den Frost zu spüren, um durch die heftige neue Empfindung die alte schleichende zu betäuben. Zwar dachte er jeden Morgen: Jetzt bist du der Wandlung um einen Tag näher, schlimmer darf es nicht werden, und zugrunde gehen wirst du nicht, doch es war, als verdopple sich seine Verlassenheit, und es kam vor, daß er, in seinem Zimmer sitzend, die Türe nicht zuschloß, damit ein zufällig Vorbeigehender hereinschauen konnte. Plötzlich setzte er sich hin und schrieb an Schildknecht nach Zürich, zerriß den Brief, schrieb wieder, versteckte fast gauklerisch seine Not hinter den Zeilen, und während die Feder über das Papier lief, sammelte sich unter dem Gaumen Bitterkeit. Es war hauptsächlich von den Tränen am See die Rede und von dem, was damit zusammenhing und was nun ein melancholisches Bildchen wurde mit Blitzen, die über den Nachthimmel zuckten, und einer Walzermusik vom Hause her.
Den Brief warf er unfrankiert in den Kasten, und er wußte jetzt, daß er seine einzige und letzte Hoffnung trug. Zwei Tage später kam Schildknechts eilige Antwort und zugleich eine Summe von fünfundzwanzig Franken bar. Der gute Mensch hatte alles begriffen, und der Schreck war ihm in die Glieder gefahren. Es war auch höchste Zeit; Engelhart lief nach Brot, der Krämer borgte schon seit einer halben Woche nicht mehr. Erst als er sich gesättigt hatte, las er Schildknechts Brief, ohne eigentliche Dankgefühle, eher staunend, daß noch eine Hand in der Welt sich für ihn regte. Schildknecht schrieb, daß er nun wieder eine auskömmliche Stellung gefunden habe, auch in der Heimat stünden seine An-

gelegenheiten gut, und er werde wohl demnächst heiraten. Den Vorwurf bösen Trotzes könne er Engelhart nicht ersparen, denn daß er keinen bessern Freund auf Erden habe als ihn, Justin Schildknecht, hätte er wissen und nie vergessen dürfen, auch wenn er ihn in desparater Laune einmal den Kopf gewaschen habe. Und was die Tränen am See anlange, so hoffe er dafür noch etwas recht Großes für Engelhart zu tun, er möge daher nicht danken für die erbärmlichen paar Goldstücke, sondern seinerseits sich weiterhin als Gläubiger betrachten. »Ich habe kein Talent zum Judas«, schloß der herzliche und ehrliche Brief, »und wenn ich auch nicht leugne, daß einer, der den Gott in sich spürt, einmal beim Satan gewesen sein muß, so möchte ich doch lieber selbst im Fegefeuer braten, als nur ein einziges Scheit Holz für einen Freund dazu herschleppen. Ihnen, lieber Ratgeber, wird sich eines Tages jählings dieselbe Welt zu Diensten geben, die sich jetzt so grausam verschließt. Dann werden Ihre jetzigen Leiden die bunten Gläser sein, durch welche Sie zurückblicken auf die Zeit, in der Sie sich noch ganz und gar besaßen, vielleicht sehnsüchtig werden Sie zurückblicken und werden ein wenig Dämmerung begehren, wenn überall das grelle Licht Ihrem Innern nicht mehr mühelos zu träumen erlaubt. Sie werden gezwungen sein, aus dem Blut Ihrer Wunden Bilder zu malen, die man auf den Markt schickt, und das wird wehe tun, und schließlich werden Sie das eigne Herz zu einem Marktplatz machen, wo Freundschaft und Liebe feilgeboten werden und auch das wird weh tun, nicht Ihnen, sondern uns, mir, dem Freund.«

Engelhart ließ einige Tage verstreichen, in denen er angelegentlich über Schildknechts Worte nachdachte. Dann antwortete er folgendes: »Im Augenblick der größten Bedrängnis haben Sie Ihre Hand nach mir ausgestreckt, lieber Freund, ich konnte Ihre Hand ergreifen und war gerettet. Die Tat soll Ihnen unvergessen bleiben, denn sie ist vielleicht die Brücke, die mich wieder zu den Menschen führt. Wahrhaftig, ich habe schon verlernt, wie man mit Menschen spricht und wie man ihnen in die Augen sehen soll. Sie geben mir Hoffnung, daß alles, was ich jetzt erlebe, einst eine köstliche Speise für meine Erinnerung sein und daß dieses nun so Bittre dann süß schmecken wird. Aber was hilft es dem zum Krüppel geschlagenen Soldaten, wenn ihm später die Aufregungen der Schlacht herrlich dünken? Und daß ich zum Krüppel gemacht werde, zum Krüppel an Herz und Seele, das fürchte ich. Wir wollen uns doch nicht mit Redensarten trösten und jede Not zur Notwendigkeit stempeln. Eine Bestimmung zu leben, ist ja schön, aber wo ist meine Bestimmung? Ich sehe sie nicht, ich fühle sie nicht. Jeder Straßenkehrer scheint mir mehr Bestimmung in sich zu tragen als ich, der ich ein von allen andern gemiedenes, und wahrscheinlich mit Recht gemiedenes, Zufallsgeschöpf bin. Was mich oft in seltnen Stunden beseligt, scheint mir widersinnig und haltlos, als ob man Nebeldunst an eine Spindel heften wollte, um Faden daraus zu drehen. Es ist ein treuloses Spuk- und Phantasietreiben, mit dem man sich selber um den besten Teil der Menschlichkeit betrügt. Doch ich kann nicht anders! Jetzt bin ich schon so weit verschlagen, daß ich nicht mehr weiß, wo es nach vorwärts und wo es nach rückwärts geht. Es ist ja auch gleich, denn die Welt ist rund. Wie dem aber sei, Sie haben redlich an mir gehandelt, teurer Schildknecht, als ein wirklicher Schildknecht haben Sie sich gezeigt, und von den bewußten Tränen am See soll nun nicht mehr die Rede sein. Ich war zu angespannt damals und zu sehr auf Ihr Wohlwollen angewiesen, ich hatte die übertriebensten und ungesundesten Vorstellungen von Freundschaft. Das ist nun vorüber. Was soll es auch heißen, sich an einen einzelnen zu binden, den man doch verlieren muß? Freundeswege müssen sich immer dort trennen, wo Herz dem Herzen gar zu nahe kommt, viel-

leicht Menschenwege überhaupt. Gleichgestimmte Geister finden sich doch immer wieder und werden aus eigenstem Interesse gegeneinander und gegen die Welt wirken, das übrige scheint mir auf schwächliche Empfindsamkeit hinauszulaufen. Man kann ja nicht einander um den Hals fallen, und so wird der Freund allmählich zur Surrogatfigur und muß enttäuschen, weil er ein Geschöpf der Sehnsucht aus ganz andren Bezirken ist. Nicht so ist es mit den Frauen, aber darüber habe ich nie mit Ihnen zu sprechen gewagt und will es auch jetzt nicht. Immerhin sollen Sie wissen, daß sich oft mein Inneres in einer ungeheuern Erwartung preßt und weitet und daß es Stunden gibt, wo ich wie in einem feurigen Fieber meine ganze bisherige Existenz als ein dunkles Hinströmen gegen eine noch unsichtbare Gestalt empfinde, die zu mir gehört wie der Morgen zur Dämmerung. Das mag eine ebensolche Illusion sein wie die von der Freundschaft, und sicher wird man eines Tages auch aus diesem Lügengarn sich wickeln, um eben kurzweg und einfach seinen Mann zu stellen, aber eine gewisse Summe von Leben und Erleben, von Umfassen und Sichlösen ist wohl nötig, damit man zu sich selbst erwachen kann. Mit meinem Vater bin ich nun vollends auseinander, und ich bin froh, daß dies beschwerende Verhältnis aus meinem Dasein hinausoperiert ist. Ich bin sein Fleisch und Blut, aber nicht sein Geist und Herz, und das hab ich stets grausam zu büßen gehabt. Nun leben Sie wohl, Freund, und bleiben Sie mir gut.«
In dieser Zeit begann Engelhart sehr unter nächtlichem Traumwesen zu leiden. Zumeist träumte er Landschaften, doch in so unheimlicher Beleuchtung und Farbe, daß ihm angst und bang dabei ward. Oder er träumte, daß er sich in einer großen Gesellschaft von Leuten befand, die er gut kannte, von denen ihn aber keiner beachtete; sie mieden ihn, und wenn er dicht vor jemand hintrat, so schlug dieser die Augen nieder. Schmerzlich schloß er die Demütigungen

in sich ein, nahm sich aber vor, bei Tisch eine Rede zu halten und, in das Gewand einer Parabel gekleidet, den Leuten ihre Niedertracht zu bedenken zu geben. Während er noch an den Worten herumzupfte, die er wählen wollte, erhob sich ein andrer und sprach solch sinnlos-witzelndes Zeug, daß alle lachten und zugleich schadenfroh auf Engelhart starrten. Oder er träumte, sein Zimmer befinde sich über dem Hof eines gewaltigen Hammerwerks. Er sieht, hört, spürt den Hammer, während er schläft. Plötzlich erschallen furchtbare Rufe: Zu Hilfe! Zu Hilfe! Man trägt ein Mädchen mit zerschmetterten Gliedern herein. Eine seltsame Leidenschaft zu der Toten durchdringt ihn bis zu den Fingerspitzen. Auf einmal wird sie lebendig, zu gleicher Zeit wird aus dem Zimmer ein riesengroßer Saal. Er will mit dem Mädchen, das sehnsüchtig begehrend nach ihm blickt, allein sein und die Türen schließen. Aber während er eine Türe zumacht, springen immer fünf, sechs andre auf, und fremde Menschen huschen schattenhaft vorüber. Sein Zorn, sein Gram, seine Ungeduld werden ins Unerträgliche gesteigert, schließlich will er jenes Frauenzimmer liebkosen, da verschwindet es hämisch lächelnd durch ein Loch in der Mauer.

Seine Tage, in halber Untätigkeit verbracht, füllten ihn mit der unbestimmten und brennenden Empfindung einer Schuld. Die andauernde Absonderung von den Menschen gewährte keinerlei Befriedigung, sie gab nur Unruhe und einen dünkelhaften Schmerz. Die Träume des Schlafs wucherten gleichsam nach außen, und er sah Erscheinungen am hellichten Tage, hörte Stimmen, die ihn ermunterten, und hatte Augenblicke einer sonderbaren tiefen Verlorenheit, wo Angst und Freude beinahe gleichzeitig sein Herz zusammendrückten. Er fand ein Vergnügen daran, vor dem Spiegel sein eigenes Gesicht so lange zu betrachten, bis er in eine Art von Verliebtheit geriet. Wie ein aus dem Erdreich ge-

rissener Baum, samt Wurzeln und Blattwerk, schwamm er auf einer trüben Flut ins Ungewisse hinaus, und an den Ufern standen viele Zuschauer feindselig schweigend. Häufiger als jemals, auch in dem Traumtreiben, tauchte die Gestalt des Vaters auf, niemals wohlwollend, sondern ärgerlich, mürrisch, schimpfend, unzufrieden und hart; Engelhart aber nahm eine vorwurfsvolle, ja fast frohlockende Haltung an, als wolle er sagen: so weit hast du es kommen lassen. Ferner sah er den Vater, wie er gierig beim Mittagstisch die Suppe hinablöffelte, und dies erweckte seinen Widerwillen, oder wie er vor sich hinschmunzelte, wenn ihm endlich einmal ein Geschäft geglückt war. Engelhart erinnerte sich, wie der Vater einst mit nervös zuckendem Gesicht von dem Verlust einiger Groschen gesprochen hatte; irgendeine Spesenrechnung war von der Direktion nicht anerkannt worden, und Engelhart sah, wie der Vater dastand, den Hut etwas schief auf dem Kopf und den einen Arm auf den Regenschirm gestützt, und während er beleidigt und empört den Hergang erzählte, rieb er den Zeigefinger unablässig und mit krankhafter Schnelligkeit an dem silbernen Ring des Schirmstocks. Dies hatte Engelhart damals unangenehm und peinlich berührt, es war ihm niedrig erschienen, sich einiger Pfennige wegen so zu erhitzen, auch jetzt dachte er ohne Wohlwollen daran, dennoch lag in dem Vorgang etwas Schweres und Bedeutungsvolles, ja Rätselhaftes.
Eines Abends verließ der Einsame, Ruhelose kurz vor Mitternacht seine Behausung, in welcher ihn mit der vorrückenden Stunde eine immer größere Bangigkeit gequält hatte. Nach mancherlei Herumirren geriet er in ein verödetes Café, und während er mit dem Eifer, den Leerheit und Rastlosigkeit erzeugen, die Zeitungen las, setzte sich ein Mann an denselben Tisch, wo er saß, trotzdem die meisten Tische rings frei waren. Der Mann hatte ein ziemlich gewöhnliches

Gesicht; er hatte einen rötlich-braunen Vollbart und trug eine goldne Brille. In seiner Scheu vor Menschen vermied es Engelhart, sein Gegenüber anzuschauen, plötzlich spürte er jedoch, daß der andre mit unverschämter Beharrlichkeit seine Blicke auf ihn geheftet hielt. Dies wurde lästig, er stand auf, holte eine andre Zeitung und setzte sich an einen andern Tisch. Es dauerte nicht lange, so stand der Fremde gleichfalls auf und setzte sich Engelhart neuerdings gegenüber. Dieser hob erblassend den Kopf und erschrak vor dem verschwommenen, flüchtigen und zugleich klammernden Blick des Mannes. Der Unbekannte hatte den Hut aufbehalten und er löffelte mit tückischem Lächeln in einem Wasserglas, in das er Zucker geworfen hatte. Es ist ein Detektiv, ein Spion, fuhr es Engelhart durch den Sinn; es war ihm nicht anders, als habe er ein großes Verbrechen begangen und man sei ihm auf der Spur. Er fühlte sein Blut eiskalt werden und überlegte, wie er sich aus der entsetzlichen Lage befreien könne; das Beste schien, mit dem unheimlichen Menschen, ohne Befangenheit zu zeigen, anzuknüpfen, er äußerte also irgendeine Redensart über das Wetter. Der Mann antwortete nicht, sondern zog statt dessen ein kleines Notizbuch aus der Tasche und blätterte darin, wobei ein kaltes, spitzes Lächeln seinen Mund bewegte. Tief erregt im Innern, doch in sein Gesicht einen heuchlerisch-interessierten Ausdruck zwingend, beobachtete Engelhart dies und ließ keine Bewegung des Menschen außer acht, als müsse er einem Überfall zuvorkommen. Um seinen Aufbruch vorzubereiten und den andern über den Grund zu täuschen, stellte er sich müde und verschlafen und guckte gähnend nach der Wanduhr, aber das Antlitz seines Gegenüber wurde immer feierlicher und haßerfüllter, plötzlich warf Engelhart seine Zeche auf den Tisch, packte seinen Mantel und verließ beinahe laufend den Raum. Ohne den Mantel zuzuknöpfen, rannte er auf der dunklen Hälfte der mondbeschienenen Straße hin. Da hörte er Schritte hinter sich, er duckte den Kopf und verdoppelte seine Eile. Um den Verfolger irrezuführen, schlug er eine falsche Richtung ein und beschrieb einen ungeheuren Kreis, bevor er es wagte, dem Haus, in welchem er wohnte, zu nahen. Schweißnaß und atemlos kam er heim, und erst als der Morgen graute, verlöschte er die Lampe und schlief ein. Diesmal hatte er keinen Traum von bestimmtem Umriß; es sickerte nur durch seinen Schlaf das Bewußtsein von der Lächerlichkeit seines Tuns und der Unmännlichkeit seiner Haltung. Dann wuchs eine graue Wand aus einem Abgrund empor, und es rief eine Stimme:

> ... und an die Wand und an die Wand,
> da malt des Schicksals Schattenhand
> die Zeichen des Verderbens hin.

Darauf erblickte er sich selbst, über einen Brief gebeugt, der an Michael Herz gerichtet war, und er sah die Worte: Ich bin kein Kaufmann, ich bin Bergmann, ich bin Arzt, und diese Begriffe: Bergmann, Arzt schienen ihm bedeutend und beweiskräftig. Mit brennendem Durst erwachte er jählings und richtete sich auf. Trotzdem es Tag war, war das Zimmer düster vom Nebel, der draußen lag. Das Verlangen nach Licht mischte sich in seinem Gehirn seltsam mit der Begierde nach Wasser: er nahm Sturz und Zylinder von der Lampe, schraubte die Krone ab, ergriff nun aber das ölgefüllte Gefäß und setzte es an die Lippen, um zu trinken. Der Petroleumgeruch brachte ihn zur Besinnung, er schlug die Hände zusammen, warf sich wieder aufs Bett und fing an zu weinen.

So war es nun mit seinem Leben beschaffen.

Da geschah es um die Dämmerungsstunde dieses Tages, daß ihn ein Ungefähr in die Nähe der väterlichen Wohnung

brachte. Eine Weile schlich er scheu und verdrossen vor dem Tor im nassen Nebel herum, endlich nahm er sich zusammen und stieg die Treppe empor. Er glaubte seinen Vater zu riechen, jene merkwürdige Mischung von Zigarren- und Schreibstubengeruch, die ihm seit der Kindheit vertraut war. Weil auf sein wiederholtes Läuten niemand erschien, ging er erleichtert wieder davon und glaubte, eine Pflicht erfüllt zu haben. Doch am folgenden Tag trieb es ihn abermals hin. Diesmal war Frau Ratgeber zu Hause; sie empfing ihn nicht freundlich, nicht unfreundlich, lud ihn ins Wohnzimmer und erzählte ihm, daß der Vater sich auf einem Erholungsurlaub im Gebirge befinde; der Arzt habe ihn hingeschickt, denn er leide an einer frühzeitigen Verkalkung der Gefäße. Frau Ratgeber war redseliger als sonst, offenbar suchte sie sich über ihre Besorgnisse hinwegzuplaudern. Sie setzte ihrem Gast sogar ein Gläschen Likör vor und nahm das Glas von dem feinen Service, das seit Jahrzehnten unberührt im Schranke stand. Engelhart, ziemlich betroffen über die Ehre, die ihm widerfuhr, fragte, wie lange der Vater schon abwesend sei. Nicht länger als eine Woche, war die Antwort, aber er befinde sich so wohl dort, daß er ganz überschwengliche Briefe schreibe. Das hat er immer gekonnt, dachte Engelhart, und sein Gesicht verdüsterte sich, überschwengliche und hochtrabende Briefe, das war seine Stärke.
Er kam öfter. Das Eigentümliche war nun, daß ihm die Frau nach dem Mund redete, und da er den Zweck, den sie verfolgte, nicht sehen konnte, wurde ihm bisweilen unheimlich. Sie beklagte ihr Leben und das des Vaters, aber sich stellte sie dabei doch ins Licht und den Mann in den Schatten: er habe sich nie etwas versagt, er sei doch immer mit allem fertig geworden, er selbst war doch immer die Hauptperson. »Ich, ich, das ist das Ratgebersche Wort«, zischte sie mit schlechtverborgenem Haß. Engelhart graute es bei dem Gedanken, daß der Vater in einer solchen Luft von Lieb-

losigkeit atmete, doch dachte er: sie muß ihn am besten kennen, da sie dreizehn Jahre mit ihm gelebt. Eines Tages erschien während seiner Anwesenheit ein Fremder, ein netter junger Mann, der in dem Alpenkurort mit Herrn Ratgeber beisammen gewesen war und einige Aufträge von ihm überbrachte, aus bloßer Sympathie und Gefälligkeit. Dünkte es Engelhart schon verwunderlich, daß irgendein Mensch in selbstloser Zuneigung etwas für seinen Vater unternahm, für diesen Mann der Geldsucht und der scheuen Abkehr von allen freien menschlichen Beziehungen, so erstaunte er noch weit mehr über die Erzählungen des Besuchers. Mit liebenswürdigem Pathos berichtete der junge Mann, daß Herr Ratgeber ganz benommen sei von der Schönheit der Landschaft und daß er mit einem Gesicht durch die Wälder streife, als hätte er Bäume nie zuvor erblickt; daß er stillvergnügt an seinem Plätzlein sitze, wenn die Kurkapelle ihre Stücke aufspiele, und daß er sogar eines Abends im Hotel eine ältere Dame zum Tanz aufgefordert habe. Alles erschien ihm schön, mit allem sei er zufrieden und über alles Ungewohnte sei er erstaunt wie ein Kind.
Frau Ratgeber hörte mit sauersüßem Lächeln zu und sagte: »Ich glaub's, ich glaub's, so eine Erholung täte mir auch gut.« Kaum war der Fremde fort, so kam ein Brief vom Vater, in dem er seine morgige Ankunft meldete; die Direktion habe die Verlängerung des Urlaubs nicht gestattet; außerdem sei ihm nicht ganz wohl, und er fürchte den Gedanken, sich vielleicht fern vom Hause krank hinlegen zu müssen. Dann kam ein wehmütig-zurückschauendes Lob der Gegend, der Ruhe, der Sonne.
Den nächsten und den übernächsten Tag ging Engelhart wieder seine einsamen Wege; war es Trotz oder Scham oder Stolz, er brachte es nicht zu dem Entschluß, sich dem Vater zu zeigen. Am Morgen des dritten Tages, während er noch im Bette lag, ward an seine Tür gepocht, er schlüpfte rasch

in die Kleider, öffnete, das verzerrte Gesicht eines Weibes streckte sich ihm entgegen, kreischte: »Ihr Vater! Ihr Vater!« und verschwand wieder. Eine Viertelstunde später war er dort im Haus, schritt mit bleiernen Füßen durch den Korridor und die Küche in das erste Zimmer, wo, aschfahl anzusehen, Frau Ratgeber stand und mit starrer Bewegung auf das Bett wies. Engelhart erblickte ein großes blutbeflecktes Leintuch, welches eine menschliche Gestalt bedeckte. Er hob das Tuch an einem Ende auf und zog es weg, und es lag ein aufgeschwemmter Körper da, ein Mann mit nahezu unkenntlichem Gesicht, den Mund, der nie hatte sprechen können, verdeckt unter eisgrauem Schnurrbart und unabgewischtem Todesschaum, die Stirn gleichsam zerschmettert, die Fäuste geballt, die Füße krampfhaft an das untere Brett der Lagerstatt gedrängt, gepreßt – nie vergaß Engelhart das furchtbare Bild einer letzten Energie, eines letzten verzweifelten Schrittfassenwollens.
Während Engelhart dastand und sich wunderte, während ihm graute und während er im Innern weinte, ohne sich zu verhehlen, daß sein Anrecht auf edle Tränen noch verwirkt war, sah er plötzlich den Vater in der stillen Alpenlandschaft wandeln, so wie es jener zugereiste Mensch geschildert hatte. Er sah ihn mit all seinen Gebärden, etwas bedrückt von ungewohntem Alleinsein, doch befremdet und feierlich gestimmt durch den Anblick der Natur und durch das Gefühl der ruhenden Stunden. War es denn nicht seine erste Rast im Leben? War ihm denn nicht jeder grünende Zweig etwas Niegesehenes? Mußte er nicht mit dem Erstaunen eines Kindes Zeuge sein von dem Verschwinden der Sonne hinter Schneegipfeln und dem Aufbrennen der Sterne? Sicherlich hatte sich der Vater bei alledem ein bißchen geschämt und hatte seine Freude für sich behalten aus lauter Angst, daß man Zweifel in seine Bildung setzen möchte. Engelhart begriff dies auf einmal mit einer unerwarteten

Schärfe. Immer wieder sah er die untersetzte, tripplig gehende Gestalt über eine Wiese gehen und mit eigentümlicher Verlegenheit und wachsam verschlossenem Staunen vor sich hin blicken. Dadurch wurde seine Rührung erweckt, und seine Tränen konnten fließen. Er erinnerte sich nach und nach an zahlreiche sympathische Züge im Wesen des Vaters, an Dinge, denen er nie zuvor Bedeutung zugemessen hatte, die sich aber jetzt zum eindringlichen Bilde formten und die Ursache waren, daß der Schmerz wie in sichtbaren Flammen um ihn schlug. Er erinnerte sich zum Beispiel, daß er vor Jahren in Würzburg mit dem Vater spazierengegangen war, daß sie von der Höhe eines Hügels aus den Tönen eines Posthorns gelauscht hatten und daß des Vaters Gesicht plötzlich einen unendlich traurigen Ausdruck gezeigt hatte und daß er rasch die Augen niederschlug, als Engelhart ihn anschaute. Ferner erinnerte er sich, daß der Vater einst zu einem Geschäftsfreund gekommen und daß er vor Entzücken sich kaum fassen konnte, als ein kleiner Hund ihn wiedererkannte und freudig bellend an ihm emporsprang.
Aber all dies war nur eine harmlose Kleinmalerei seiner wachsenden Reue und Schuld. Ein paar Tage später schrieb er an Justin Schildknecht die Nachricht von seines Vaters Tod. »Es kam zu früh«, schrieb er, »nicht allein für ihn, den Frühgealterten, der ein abgehetztes, kleines, elendes, finstres und unverstandenes Dasein wie durch eigenen Entschluß endete, sondern auch zu früh für mich. Ich hatte mich stets höhnisch gewehrt gegen seine Forderung der Dankbarkeit, aber ach, er wollte ja nur in kleiner Münze bezahlt haben, nur almosengleich zurückbekommen, was er mir, ein unermeßliches Kapital, das Leben selbst, geschenkt. Und er meinte ja gar nicht Dankbarkeit, er meinte Liebe. Wenn er ›Dankbarkeit‹ sagte, so meinte er damit seinen Stolz und seine Scham zu schonen, denn er wollte natürlich lieber

Gläubiger als Bettler sein. Freund, ich finde mich in unerhörtem Maße schuldig; ich finde mich so vieler Versäumnisse schuldig, als es Stunden, ja als es Gedanken der Vergangenheit gibt, und wenn viele den Tod als Gleichmacher und Stummacher preisen, so finde ich, er ist ein furchtbarer Unterscheider und gewaltiger Redner. Trägheit ist meine Schuld, Trägheit hat meine Brust vernichtet, und diese aufs Enge und Niedrige gestellte Existenz meines Vaters erscheint mir jetzt inniger an die göttlichen Mächte gekettet als die meine, die anmaßend zu einer eitlen Verkündigung strebt. Wer in der Tiefe seine Unschuld wahrt, ist der nicht größer zu achten als der, der sie in den Höhen verliert? Und das ist es, er hatte Unschuld, alles Üble an ihm, sein kleinmütiges Streben, seine Pfennigangst, sein armer Geiz und Ehrgeiz, es waren nur die Zeichen und Merkmale seiner Unschuld, und ich, wie ich bin und stehe, ich bin der Verräter an dieser Unschuld. Wozu denn alle Hoheit der Empfindung, alle Gabe des Gesichts, da die der dunklen Kreatur, aus der ich Wurzel geschlagen, unerkannt neben mir verschmachten mußte? Sühnen will ich, und Gott gebe mir Entsühnungskraft und lasse mich den Weg zu den Menschen finden, den ich schon verloren habe. Vielleicht ist dies meine Bestimmung, den gemordeten Seelen Liebe zu weihen und aus ihnen etwas wie Astralkörperchen zu formen, welche man in jener frostigen Halle aufstellt, in der die Menschheit ihren aufgepeitschten Geschäftigkeiten frönt. Ich will mich unter sie schleichen und stille meine Arbeit suchen.«

Als er diesen Brief geschrieben, verließ Engelhart die Stadt und wanderte weit in die südlich gelegenen Wälder und Hügel. Er dachte während dieses Marsches viel an seine Kindheit und Jugend, und ein seltsamer Reigen bunter Figuren erhob sich, flatterte tänzerisch leicht seinem innern Auge vorbei, und er spürte bei ihrem Anblick etwas wie bittersüße Reife. Schließlich setzte er sich ans Flußufer und malte mit dem Stock einige Zeilen in den feuchten Sand:

> Es ist noch dieselbe Sonne,
> die derselben Erde lacht;
> aus demselben Schleim und Blute
> sind Gott, Mann und Kind gemacht.
> Nichts geblieben, nichts geschwunden,
> alles jung und alles alt,
> Tod und Leben sind verbunden,
> zum Symbol wird die Gestalt.

Bewegten Herzens machte er sich auf den Heimweg, und je mehr er sich wieder der Stadt näherte, je trüber umschleierte sich sein Auge, als ahne er das not- und mühevolle Dasein, dem er zuschritt und das ihm ein nicht weniger strenges Antlitz zeigte, seit er den Preis kannte, um den es seine höchsten Kränze bot. Noch einmal hielt er inne und schaute zurück: Der Strom krümmte sich in goldner Flut aus dem Hügelgelände hervor, ein paar schwarze Vögel geleiteten ihn langsam fliegend, und Mond und Sonne standen zu gleicher Zeit am Himmel.

NACHWORT
von Wolfdietrich Rasch

Erfolg ist im literarischen Leben ein zweideutiges Phänomen, er trägt ein Doppelgesicht. Was er dem Autor — von den Einkünften abgesehen — einbringt: Ruhm, öffentliche Geltung, Wirkungsbewußtsein, das nimmt er ihm auf der anderen Seite. Man braucht dabei nicht an Neid und Mißgunst zu denken, die jedem Erfolgreichen zu schaffen machen. Es gibt Schlimmeres. Der literarische Erfolg macht die Kritiker und die anspruchsvollen Leser, besonders in Deutschland, mißtrauisch gegen das Werk. Großer Erfolg erregt Verdacht und wird leicht durch einen Verzicht auf künstlerische Strenge erklärt, weit verbreiteter Ruhm auf zu billige Effekte zurückgeführt, Wirksamkeit als äußere, modische Wirkung abgewertet. Unstreitig ist diese Kritik häufig genug begründet, und sie hat auch bei manchen Autoren von gutem Niveau eine gewisse Berechtigung, wenn sie einzelne Wirkungsmomente fragwürdiger Art aufzeigt. Dabei aber wird die Grenze einer gerechten Bewertung des gesamten Werkes leicht überschritten. Das läßt sich auch von der Beurteilung der Romane Jakob Wassermanns sagen.
Wassermanns Erfolg war besonders in den zwanziger Jahren außerordentlich. Dieser Erzähler war, wie sein Freund Thomas Mann sagte, ein »Weltstar des Romans«. Das gilt etwa in dem Sinne, wie man Richard Strauss einen »Weltstar der Opernmusik« nennen könnte. Wassermann ließe sich wohl als ein Richard Strauss des Romans bezeichnen. Nur daß in der Musik von Strauss das Effektvolle, jeden Hörer leicht Ansprechende oft weit kühler kalkuliert und wirkungsbewußter eingesetzt scheint als in den Romanen Wassermanns, dessen gewiß vorhandener »Sinn für das

Reizende und Wirksame, ja für den Effekt« — so Thomas Mann — eher spontan und sozusagen unschuldig bei seiner Arbeit mitwirkte. Er war, wie der Freund bezeugt, schmerzlich erstaunt, wenn man ihm zuviel »Kunstgeschicklichkeit« vorwarf und ihm seinen Ernst nicht glaubte. Ebenso verwundert war er über seinen Erfolg, an den er selbst wiederum nicht recht glauben konnte.

Wassermann war nicht erfolgssüchtig. Aber er hatte Angst vor dem Mißerfolg — das ist nicht dasselbe. Er brauchte Erfolg, als Kompensation für eine bedrückend freudlose, armselige Kindheit und Jugend und einen äußerst mühsamen, entbehrungsreichen Weg aus dieser Not und Enge zu einem gesicherten Dasein. Diese Jugend schildert der nachweislich autobiographische Roman »Engelhart Ratgeber«, der 1905 abgeschlossen, aber nicht veröffentlicht wurde. Hier erscheinen, nur leicht romanhaft umgeformt, Elternhaus und Jugendwelt des 1873 in Fürth geborenen Wassermann, der mit neun Jahren seine schöne, sehr geliebte Mutter verlor. Sie war die Tochter eines jüdischen Webermeisters in Sommerhausen, war nicht glücklich in ihrer Ehe mit einem kleinen jüdischen Geschäftsmann, dem alles mißlang, der trotz angestrengter Mühe nicht »vom Pfennig loskam« und der verbittert und abgestumpft gerade das Lebensnotwendigste erwerben konnte. Der Sohn, gequält von der Stiefmutter, gedemütigt vom Mißtrauen der Umwelt gegen den Juden, das er auch nach der Schulzeit noch erfahren mußte, überall geduckt und verachtet, schien ebenso ein Versager zu werden wie sein Vater. Seine verschiedenen Versuche, in einer kaufmännischen Lehre vorwärtszukommen, in einem Beruf Fuß zu fassen, scheiterten, seine Studienpläne mißlangen ebenso wie seine Verbindungen mit Menschen. Dem jungen Wassermann also, der im Roman Engelhart Ratgeber heißt, blieb wie seinem Vater jeglicher Erfolg versagt. Damit macht der

Roman vollkommen deutlich, daß Wassermann später der Erfolge als Ausgleich bedurfte, zugleich aber auch, warum dieser breite, zuweilen umstrittene Erfolg die Melancholie, die Wassermanns innere Verfassung sein Leben lang kennzeichnete, nicht beseitigen, sein eigentümlich beschattetes, skeptisches Daseinsgefühl nicht aufheben konnte.
Schon darum ist es wichtig, daß der ungedruckte Roman aus der Frühzeit jetzt veröffentlicht wird. Seine Kenntnis ist notwendig für das genaue Verständnis der personalen Struktur Wassermanns, doch auch für die gerechte Beurteilung seines Werkes. Zugleich ist es noch ein weiterer bedeutender Gewinn, den die Publikation des »Engelhart Ratgeber« einbringt (der Roman ist jetzt »Engelhart oder Die zwei Welten« betitelt, mit Einverständnis von Charles Wassermann, dem Sohn des Autors, der das Manuskript aufgefunden und die vom Verlag besorgte Herausgabe veranlaßt hat). Die Erzählweise dieses Romans nämlich ist schlichter als in den späteren Werken Wassermanns, zwar differenziert und psychologisch voller Spürsinn, aber verhalten: ihr fehlen gerade die artistische Brillanz, die gesteigerten Spannungsreize, die bei aller Anerkennung der großen Begabung dieses Romanciers ihm zuweilen vorgeworfen wurden. Gerade deshalb vermag dieses Nachlaßwerk, das im Oeuvre Wassermanns eine gewisse Sonderstellung behauptet, den heutigen Leser unter Umständen leichter anzusprechen, auch wenn man dem Text zuweilen anmerkt, daß Wassermann die Distanzierung von den quälenden Jugenderlebnissen nicht immer völlig gelang und deshalb seine sprachliche Kraft nicht an jeder Stelle ihrer selbst ganz sicher ist. Wassermann arbeitete an dem Roman in den Jahren 1903 bis 1905. Sein Name war schon durch den im gleichen Milieu der fränkischen Kleinstädte angesiedelten Roman »Die Juden von Zirndorf« (1897) bekannt geworden; sein Ansehen hatte sich gefestigt durch

drei weitere Romane, »Die Geschichte der jungen Renate Fuchs« (1900), »Der Moloch« (1903), »Alexander in Babylon« (1904).

Ob Wassermanns in seinen Tagebüchern bezeugte Unzufriedenheit mit seinem Manuskript beigetragen hat zu seinem Entschluß, es nicht zu veröffentlichen, ist schwer zu sagen. Es scheint aber sicher, daß ihn dazu hauptsächlich die Rücksicht auf seine Familie bestimmt hat. In seinem Nachlaß fanden sich zunächst nur einige Schreibmaschinen-Abschriften des Manuskripts. Wassermanns Witwe Marta Karlweis hat schon 1935 in ihrer Biographie des Dichters (»Jakob Wassermann. Bild, Kampf und Werk«) seitenlang aus dem ungedruckten Roman zitiert. In den Abschriften fehlen aber eine Reihe von Seiten, und zwar gerade diejenigen, die besonders krasse Schilderungen der grausam harten und gehässigen Behandlung des Knaben durch die Stiefmutter enthalten. Wassermann hat diese Seiten offenbar entfernt, um zu verhindern, daß sie bekannt wurden, sei es auch nur im engeren Kreis seiner Angehörigen und Freunde. Das läßt darauf schließen, daß er den Roman vom Druck zurückhielt, um seine Familie nicht öffentlich bloßzustellen.

Jene fehlenden Seiten wurden erst zugänglich, als es Charles Wassermann 1972 gelang, das Manuskript des Romans aufzufinden. Wassermann hatte die Handschrift 1913 einem Freunde, dem Baron Philipp Schey, geschenkt, nach dessen Tode war sie in den Besitz seiner in Paris lebenden Tochter übergegangen. Sie war vollständig, und die bisher fehlenden Seiten konnten für die Buchausgabe hinzugefügt werden.

Vielleicht hätte Wassermann seine Zurückhaltung doch aufgegeben, wenn etwa der Freund Hugo von Hofmannsthal ihm zur Veröffentlichung geraten oder wenn sich Moritz Heimann, der Lektor des Verlages S. Fischer, für

den Druck eingesetzt hätte. Aber Hofmannsthal, der das Manuskript wochenlang auf seinem Schreibtisch in Rodaun liegen hatte, wich jeder Äußerung darüber aus. Moritz Heimann, Wassermanns Freund und Berater, begründete in einem bedeutenden Brief seine Bedenken gegen das Werk. Wassermann hat den Brief in seinem Aufsatz »Geschichte einer Freundschaft« abgedruckt, und auch die Biographie von Marta Karlweis teilt ihn mit. Heimann erklärt den fundamentalen Fehler des Romans so: »Die geschilderten Gestalten und Ereignisse haben keine Realität in sich, sondern immer nur dem Erzähler zuliebe.«
Heimann erkannte, daß der seelische Druck, unter dem diese literarische Auseinandersetzung mit dem Vater stattfand, keine günstige Voraussetzung für epische Kontinuität und Objektivität war. Doch es ist zu fragen, ob das absolute Wertkriterien sind, und man würde die Frage heute wohl anders beantworten als Heimann. Dieser selbst bemerkt schon, daß die Subjektivität, mit der hier die Wirklichkeitswelt gegeben ist, »eventuell als das besondere Kennzeichen ... des Helden erscheinen kann.« Aber Heimann wollte das nicht als künstlerische Möglichkeit anerkennen, während wir heute einen solchen Perspektivismus, der alle Dinge nur von der Hauptfigur aus darstellt, viel eher gelten lassen. Noch stärker zeigt sich die Zeitgebundenheit von Heimanns Urteil, wenn er rügt: »Dieser gänzliche Mangel an Verklärung! Ist das die Gestalt einer Welt, durch die ein junges Menschenkind ging und an die ein gereiftes sich erinnert?« Verklärung war allerdings nicht Wassermanns Absicht, sondern die unbeschönigte Darstellung einer trüben und gequälten Jugend, eines innerlich hilflos und gedemütigt Heranwachsenden, dem auch die Welt dunkel und feindlich erscheinen mußte. Was Heimann tadelt, ist durchaus eine Konsequenz des Themas

und seiner einheitlichen Gestaltung. Heute ist die Stunde für diesen Roman vielleicht günstiger als 1905.
Gewiß erscheinen hier alle Wirklichkeiten und Erfahrungen wie vorläufig, sie werden zwar verzeichnet, doch so, als sollten sie schnell verlassen werden, ganz ohne verweilendes episches Behagen. Dennoch wird auch in dieser verdüsterten Perspektive vieles aus der Zeitwelt kurz vor 1900 deutlich, und das sichert dem Roman, neben dem autobiographischen Interesse, Reiz und Wert des Dokumentarischen. Die verständnislose Strenge des Schulunterrichts jener Zeit, die sich in vielen Romanen dieser Jahre spiegelt — schon in Thomas Manns »Buddenbrooks« (1901), in Emil Strauß' »Freund Hein« (1902), Hermann Hesses »Unterm Rad« (1906), Robert Musils »Törless« (1906) — dieses »Schülermartyrium« erscheint auch im Engelhart-Roman, ergänzt durch die Härten einer kaufmännischen Lehre. Auch die Schilderung der Würzburger Militärzeit Engelharts ist bemerkenswert durch den kritischen Blick, mit dem der Erzähler die »militärische Disziplin« als System angstvoller Abhängigkeiten, die Unmenschlichkeit des als »Maschine« begriffenen Drills entlarvt.
In Nürnberg, als Angestellter einer Versicherung, wird Engelhart berührt von der Unruhe der Zeit um die Jahrhundertwende, auch von jenem »Lebenspathos«, das sie kennzeichnet: »er suchte das, was die Jünglinge mit feierlicher Deutung ›das Leben‹ zu nenen pflegen.« Er kommt in Kontakt mit der Boheme der Zeit, die in dunstigen Kneipen erregte Reden führt, diskutiert mit Vertretern eines obskuren Anarchismus wie dem fanatischen Peter Palm, der Engelhart Eindruck macht, ohne daß er ihn zu seiner Gefolgschaft verführt. »Wir sind die Totengräber der Ideale«, so heißt es in dieser Gruppe. Solche Worte und das »genialische Unwesen« irritieren Engelhart, er findet in dieser Welt der Außenseiter die gleiche Verwir-

rung wie in sich selbst, nimmt aber ihre Reden wörtlich. »Gefühl und Wort waren ihm noch untrennbar eins.«
Stärker fesselt ihn dann ein »Prediger und Reformator«, wie es damals so viele gab, in der Zeit der Lebensreformen. Dieser Justin Schildknecht »hadert« mit der Zeit, eine Erneuerung aller Zustände schwebt ihm vor. Engelhart gewinnt durch diesen Freund nicht Klarheit und feste Ziele, sondern gerät nur immer tiefer in den Zwiespalt mit der Wirklichkeit und Alltagswelt, in der er doch sein armseliges Leben sichern muß. So lebt er verzweifelt ohne Mittelpunkt, klammert sich nur an seinen unklaren Ehrgeiz.
Man findet in diesem Text manche Formel der Zeit, so wenn vom Entschluß, »sein Leben zu ändern«, die Rede ist, auch manches Jugendstil-Bild wie das von dem Mädchen auf einer Steinbank im Garten bei Sonnenuntergang: »Sie trug ein schimmernd weißes Gewand, lose gegürtet, und hielt ein Buch auf den Knien, in dem sie blätterte. Von dem Pfirsichbaum über ihr tropften hie und da weiße Blütenblätter ab, und einige blieben in ihrem dunklen Haar hängen.« Ein solches Bild ist nicht als Ornament eingesetzt, sondern als Zeichen für Engelharts unklare und schmerzhafte Sehnsucht. Seine eigentliche Zuflucht aber ist die Sprache, und damit deutet sich der künftige Weg Wassermanns an, dem wir als Engelhart begegnen: »Und was ihm am teuersten war, war die Sprache, in der er redete und träumte und die bisweilen in ihm zu singen anfing wie eingeborene Musik.«

Der Sohn des Dichters, CHARLES WASSERMANN, *über Entstehung und Wiederauffindung des* »ENGELHART«-*Romans:*

... Am 14. Januar 1905 schrieb mein Vater in seinem Tagebuch: »Engelhart wieder aufgenommen. Diesmal hat mich wahrhaftig ein Dämon getrieben. Mittendrin das andere liegen lassen, auf den Entschluß einer einzigen Minute hin! Bin mit vollem Herzen dabei. Ich merke an dem ersten Entwurf, wie ich doch seit drei Jahren gewachsen bin. Was für ein wunderbares Instrument ist die Sprache, wie reich, wie verzweigt, wie fern, wie immer und immer größerer Vollkommenheit fähig, und wie merkt man an ihr immer erst am Besseren, daß das Schlechte schlecht war.«
Am 15. September muß das Werk längst beendet gewesen sein, denn das Tagebuch berichtet, Hugo von Hofmannsthal habe das Manuskript nun schon vier Wochen zur Lektüre bei sich. Zu dieser Zeit scheint ein wichtiger Entschluß über den »Engelhart« bereits gefaßt zu sein: Aus einer Vielfalt von Gründen — nicht zuletzt aus persönlichen Überlegungen — soll das autobiographische Werk nicht veröffentlicht werden. Im Tagebuch liest man: »Woher kommt es wohl, daß ich jedem vollendeten Werk mit einem aus Bedauern und Angst gemischten Gefühl nachsehe, wie einem Stein, den man einen Abgrund hinabrollen sieht? Woher kommt es, daß ich oft so schmerzlich alle Armseligkeit des Gewebes empfinde, das Stockende, Arme, Schwere des Stils und der Sprache? Die so weltenweit hinter der Vision zurückgebliebenen Bilder? Gibt es feindlichere Begriffe auf Erden als Kunst und Zufriedenheit?«
Acht Jahre später schenkte mein Vater das in seiner berühmten mikroskopischen Handschrift verfaßte Manuskript des »Engelhart«-Romans seinem Freund, Baron

Philipp Schey, der damals Besitzungen in Böhmen hatte. Danach wurde dieses Werk in der Familie Wassermann jahrzehntelang nicht mehr erwähnt.

In den Tagen des Monats Januar 1934, da die Villa des kürzlich verstorbenen Autors in Altaussee im steirischen Salzkammergut verkauft werden sollte, verpackten Angehörige und Angestellte Schriftstücke aus der Bibliothek Wassermanns in Kisten und sandten diese einem Wiener Anwalt zur Aufbewahrung. (Meine Mutter, zutiefst erschüttert über den plötzlichen Tod des Gatten, war damals überstürzt in die Schweiz gereist, um nicht Zeuge der Auflösung des Haushaltes sein zu müssen.)

Mir, als kleinem Jungen, der nun zur Schule nach England geschickt werden sollte, war selbstverständlich von den Kisten nichts bekannt, geschweige denn von deren Inhalt.

Es folgten die Jahre des Nationalsozialismus, des österreichischen Anschlusses, des Zweiten Weltkrieges. Ich lebte in England und wurde zur Zeit der schweren Bombenangriffe nach Kanada evakuiert, wohin auch meine Mutter kurz vor Ausbruch des Krieges gekommen war, um dort an einer Universität zu lehren.

Zwanzig Jahre verstrichen. Dann meldete sich das Wiener Anwaltsbüro, dem 1934 die Kisten aus der Villa anvertraut worden waren. Nach jahrelangen Nachforschungen war man sehr stolz darauf, Frau Wassermann in Ottawa, wo sie nun als Psychiater tätig war, gefunden zu haben. Eine der Kisten hatte die Wirren des letzten Vierteljahrhunderts überstanden, und nun wollte man wissen, ob diese nach Ottawa geschickt werden sollte.

Nach einigen Verzögerungen kam die Sendung in Kanada an. Es war zu einer Zeit, als meine Mutter in eine größere Wohnung übersiedelte, und im Rummel des Umzugs wurde die nie geöffnete Kiste in einem Abstellraum im Keller des neuen Hauses vergessen.

Wenige Jahre später starb meine Mutter auf einer Europareise. Daraufhin fuhren meine Frau und ich nach Ottawa, um die dortige Wohnung aufzulösen. Durch Zufall fanden wir die Kiste. Wir beschlossen, sie ungeöffnet nach Altaussee zu schicken, wo ich — freilich nicht in der elterlichen Villa — als Ostkorrespondent des kanadischen Rundfunks und Fernsehens ein Absteigquartier unterhalte.

Jahrelang stand nun die Kiste in unserem Keller, während wir Osteuropa, den Nahen und Mittleren Osten bereisten.

Im Herbst 1972, als wir überlegten, welche Schriften Jakob Wassermanns wir anläßlich seines 100. Geburtstages veröffentlichen oder in einer Ausstellung zeigen könnten, fiel uns endlich die Kiste wieder ein. Nun wurde sie geöffnet.

Zunächst fanden wir wenig Interessantes: Durchschläge von maschinengeschriebenen Geschäftsbriefen, Rechnungen Altausseer Lieferanten, ein paar Notizbücher. Zuunterst, von einer dichten Staubschicht umgeben, aber in sehr gutem Zustand, ruhte der Fund, eine maschinengeschriebene Version des »Engelhart«-Romans.

Wenige Wochen später beschloß der Langen-Müller Verlag, der ja die Gesammelten Werke Jakob Wassermanns herausgibt, sein Programm abzuändern und den autobiographischen Roman zum 100. Geburtstag erscheinen zu lassen.

Aber wie so viele Begebenheiten aus dem Leben meines Vaters und dessen Werk sollte auch diese Geschichte so enden, als sei sie einem Roman des Schriftstellers entnommen: Bei der Lektüre des neu aufgefundenen, so lange verschollenen Manuskriptes stellte sich heraus, daß 10 Seiten fehlten. Nun galt es, das handschriftliche Manuskript zu finden.

Baron Schey, das wußte ich, war vor mehreren Jahren gestorben. Was nun? Die Zeit drängte, das Manuskript mußte in die Druckerei. Zunächst fand ich niemanden, der mir über Baron Scheys Nachkommen hätte Auskunft geben können. Dann, in einem Telefongespräch mit meiner Halbschwester in Lugano, erhielt ich durch Zufall den ersten Hinweis: Baronin Schey lebte in Ascona. Ich rief sie an. Ja, sie wußte Bescheid über das handschriftliche Manuskript. Baron Schey hatte es wie ein Kleinod aufbewahrt und bei der Flucht aus Böhmen unversehrt in die Schweiz gebracht. Nach seinem Tode sei es in den Besitz einer Tochter übergegangen, die in Paris verheiratet ist.
Bald war es gelungen, die Tochter ausfindig zu machen, und in kürzester Zeit erhielt der Münchner Verlag ein Paket aus Paris. Man atmete erleichtert auf, öffnete das Paket und staunte: Es enthielt eine maschinengeschriebene Version des »Engelhart«-Romans, die mit einer anderen Schreibmaschine angefertigt worden war als jene, die meine Frau und ich entdeckt hatten. Fieberhaftes Zählen der Seiten. Stöhnen und Kopfschütteln: Auch dieses Manuskript war nicht vollständig, von den nämlichen 10 Seiten fehlten auch hier einige!
Schließlich aber ging die Geschichte gut aus. Die Tochter Baron Scheys besaß tatsächlich auch das handschriftliche Manuskript und war bereit, Fotokopien der fehlenden Seiten anfertigen zu lassen. In letzter Minute lag das komplette Werk auf dem Tisch des Verlages...